狗话

徐冰 著

上海文艺出版社
Shanghai Literature & Art Publishing House

目　录

序言（张新颖 作）

一、说话却发出狗叫声 / 001

二、跨物种交互人类学 / 006

三、冷库里吃狗肉火锅 / 014

四、纸冶集团制服控 / 030

五、AI、元宇宙执法狗肉火锅店 / 052

六、一首诗 / 105

七、报社狗事 / 112

八、又一首诗 / 127

九、报社狗事续 / 130

十、午报+纸冶集团涉狗产业 / 155

十一、狗事越千年，寻章摘句寻源 / 205

十二、同是天涯不语人 / 226

十三、狗叫声堪比石油 / 250

十四、人类文本都是"索卡尔"？/ 287

十五、嫖宿机器人引发狗经济 / 299

十六、鼓刀屠狗少时事 / 330

十七、狗叫声竟是秘钥 / 345

十八、《字说》拟释"狗言" / 378

十九、跨物种诗歌翻译与传播 / 403

二十、狗事版面+广告设计 / 441

二十一、卫星低掠引发祸狗事件 / 454

二十二、《狗话》（BP计划书）开源系统 / 495

二十三、狗叫小区"成精" / 561

二十四、幻听症还是狗听力 / 568

二十五、到《快狗》任职副处 / 572

后记（徐冰 作）

序言

张新颖

徐冰和我是同乡朋友，他略长我几岁，社会经历却比我丰富到不知多少倍。而我们居然能谈到一块儿，大的原因或许是——套用一句快说滥了的话——毕竟是书生。徐冰读书多，而且杂，我偶尔也会说自己读书杂，但碰到徐冰，就不好意思用这个字了。在媒体行里跌打滚爬大半生，一身风霜，但"社会人"面目不掩书生本色，现实经验不废书生意气，就有层次、有意思了。

徐冰写小说，我也不奇怪。上世纪八十年代的文学青年，年轻时尝试过创作，过了多少年之后旧情复燃，倾力完成一个长篇，也可谓得偿所愿。

等我读完这部《狗话》，却很有些意外。我自以为熟悉老友，作品里有我熟悉的东西，读的过程中不时会心一笑；更多的，则在我意想之外，给我惊奇，也令我警醒。

这是一部什么样的作品呢？寓言的？荒诞的？是写实，还是科幻？是市井闲话，还是盛世危言？都是，又都不是，就像我们身处其中的时代，混杂莫名，恐怕难以一言以蔽之。

小说的构成，从头到尾全是引文，引的是各种类型的材料，类似卷宗。这造成了阅读上的困难，也带来特别的趣味。这些五花八门的材料，各有其套路，各有其话语方式，你既要贴近了看，又要拉开距离看；既要看到字面，又要看到周围和背后；一本正经的，何妨嬉皮笑脸以对；荒唐无稽的，不碍留心深思。

小说以这种形式结构，大概满足了我这位老友持久的语言兴趣，对各种话术的敏感和探究，是他的日常操练。生活中，他常常向朋友们发表他的洞见和评说；小说中，他却完全隐身，不露脸，不发声，任由那些话语自行表演，也任由读者自行反应。

莫言有个短篇叫《猫事荟萃》，徐冰这部小说或可称为"狗话大全"？莫言那个篇幅限制，不足以施展、驰骋；《狗话》却是生发开去，古今中外，上天入地，蔚为大观。

从史前到AI时代，从人文到科学到幻想，纵横交错，神思无疆。这就出现了小说叙述中的一个非常有意思的事：知识（以及包含在知识中的思想）——真知识、仿真的知识、虚拟的知识、真假难辨的知识——不仅是叙述的要素，而且支撑、推动、展开了叙述，这是这部小说不同于我们习惯了的小说的一个显著特色，同时也为小说叙述提供了一个值得讨论的问题。

我以前以为徐冰的书生本色，多在人文方面，读这部小说，才知道我狭隘了；我以前以为他像我一样落伍，读这部小说，不免惊异于他的时新与超前："元宇宙跨物种大语言模型"、"跨物种交互人类学"、"跨物种诗歌翻译与传播"，诸如此类的说法，不是趋新凑热闹，往浅里说是戏仿，往深里说则是这部作品的核心，是启动想象力和思想力的关键。

或如小说中所言，这还是一部开源式小说，读者可以进行开源式再创作，或可以用生成式AI生成新文本也未可知。

序忌剧透、忌啰嗦，我就简单写这么些，言不及义——义在后面，在小说中。

2023年6月25日

一、说话却发出狗叫声

若木寒博士好！

紧急请教，一个人说话自己听起来很正常，但别人听到的却是狗叫，自己用话机录下来，播放时竟也是狗叫！这是什么情况？

目前已经排除了患有狂犬病、妥瑞氏综合征（Tourette syndrome）、秽语症等病症的可能，现在只能寄希望于你们公司研究实验室特别是若木学弟您的研究方向了！

患者是王春葵，请务必保密！

余仁水

余总余学兄好！

春葵学姐说话却发出狗叫声，并排除了狂犬病、妥瑞氏综合征等情况，刚才和我们公司几位同行研究了一下，都闻所未闻。

我马上用邮件请教我在米国的导师周吾从教授，刚才收到他的回复，让我启动我们学派研究方式验证并提出解决方案，即提供原始文本进行研究，已经过去六十二小时，请尽快将您最早获知情况记录后发我。

我们学派原始文本采集规则已发您邮箱。

祝好！

若木寒

若木博士学弟好！

有关你春葵学姐说话如狗叫一事，一是千万保密；二是拜托您一定寻找治疗方法。目前按您要求陆续将原始文本发给您，这是今天我与王春葵信息聊天还原记录，手机信息和邮件都发给你了。

一切拜托！

余仁水

附：聊天记录

下午四点十三分，会议中。

我手机振动了一下，王春葵来了一条语音。

我从会议室出来，点开：

一串类似幼年宠物狗的叫声，从听筒断断续续传出来，伴着稍显压抑的喘息。

直接给王春葵拨了过去。

接通，大概静默了三十多秒，听筒里突然传出与刚才类似的狗叫声，不过更为迫促而完整，似乎刚才的幼崽长大了一些，声音渐次进化。

只好挂上，回到会议室。

王春葵又来了一条文字信息："你刚才听到什么了？"

余："不是狗叫吗？你养宠物了。"

葵："不是的，我昨下午和我妈通话，可是我妈妈说听起来像狗叫！我觉得奇怪，自己忍着嗓子疼痒录制几段语音，播放出来就是狗叫。"

余："你！确定不是恶作剧？"

葵："这事我做得出来的吗？我刚读了一首诗录成语音，你听听。"

又收到一段语音，我只好又到走廊点开语音接听键，叫声依然急促，但健壮齐整了许多，好像叫声在成长。

余："会不会是狂犬病？"

葵："不可能的,你忘了,我妈同学兼追求者就是省疾控中心首席专家,首席专家昨天为我广泛咨询了各路专家,而且我没有任何其他不舒服的症状。狂犬病、妥瑞氏综合征(Tourette syndrome)、秽语症等都排除了。"

余："那?"

葵："你问问若木寒?我现在没法联系了。"

余："我开会呢,要不让城北凝过去陪你并帮你问问?"

葵："不要提他,昨天就是他请本小姐吃了顿狗肉火锅,才变成这样的。"

余："狗肉火锅?应该就是狂犬病吧。"

葵："你烦不烦!今天一大早我妈乞求她副院长同学,带着我私自进入了封闭的岛歌大学医学院附属医院,把什么生化全项、血常规、尿液粪便、心电图、B超彩超CT核磁什么的一通折腾。

"正好首席专家在岛歌市检查旧履疫病传播情况,早上我妈妈千难万难请首席专家和他的一帮学生也来附院了。

"判断不可能是狂犬病,也排除我感染旧履疫病或其他病症。刚才体检结果也陆续出来了,除了有点胃炎,什么事也没有。

"因为我妈,首席专家不会把我说话像狗叫说出去。

"他的学生都没进到病房。"

余："只能找岛歌声学若木寒了。"

葵："是！"

余："不过岛歌声学公司里有近百只狗，已经被旧履疫病防控指挥部封闭了，进不去出不来，只能用邮件、短信联系若木寒学弟了！"

葵："好！"

余："你出乎意料地淡定。"

葵："我也想哭，可一哭也全是狗叫声！只能若无其事，一声不吭。"

余："……"

二、跨物种交互人类学

尊敬的周老师：

　　您好！

　　学生离开米国伊鲁泽瑞大学（Illusory University）回国已经四年了，学生经常回忆起跟随老师学习研究的时光。遗憾的是，由于全球手足喉人狗共患症旧履病毒的影响，国界隔绝，既无法视频通话，更无法回母校当面求教于周师，只能通过文本向您请安并请教。

　　周师当年受雅克·德里达（Jacques Derrida）"文本之外别无他物"观点启发，创立我们学派"文本唯一论"基本理论。今天学生只能用文本向周师请教，恰好与您的理论观点暗合。

周师，学生今天用文本详细向您报告发生的一例与我们学科密切相关的病例：

我所在城市岛歌市一位年轻女士，正常说话时发出类似狗的叫声，经过几次全面检查测试，排除了狂犬病、妥瑞氏综合征（Tourette syndrome）和秽语症等疾病，病人生理体征一切如常，从文字交流判断，思维也与常人无异。

这个案例当事人是我的高中校友，另外两位涉事人也是我的高中校友，并且我们都认识，是当事人发病后主动联系我治疗，我才掌握了这一重要病案。

经过初步比对试验，病人说话发出的犬吠声，并没有应对的犬类。但在我目前供职实验室试验，有十三种犬类似乎可以理解其本意，为周师创立的跨物种交互人类学理论提供了实证依据。

周师，目前我已经开始初步进行文本田野调查，并进行预研究，保密工作请您放心，这也是我用中文给周师您写信的原因。

周师，从学生近期情况而言，您创立的新学科对我人生犹如天助。当年我从在国内高校进行华夏古典志怪笔记小说研究，到米国转向跨物种交互人类学研究，并在大量华夏古代志怪小说和笔记稗史抄录许多跨物种交互的记载，被您发现并成为您第一位跨物种交互人类学的博士生。

回国后，我一直苦恼没有专业研究场景。

而就在两周前，我终于辞去了岛歌市水产畜牧大学人文学院教职，正式入职岛歌声学有限责任公司动物声音研究室。而入职时让岛歌声学公司最看重的学术文章，竟是让我险些无法本科毕业而周师为之激赏的本科毕业论文：《论〈金瓶梅〉中西门庆以纳妾实现低成本扩张的生理效能》。

周师！我入职这家公司，绝不是因为收入远远高于教职，主要是为了进一步做好我们跨物种交互人类学学科研究。

这家企业的几位创始人都是伊鲁泽瑞大学（Illusory University）校友，不过大都是其他学院的。其中副首席科学家戌元诚，在和华夏国与尼泊尔国（Kingdom of Nepal）接壤处，发现一个家族的尼安德特人DNA占比竟达到7%左右，他们在这一隐世家族录制了一份歌谣体的口承史诗，经对这个家族遗存语音进行大语言模型搭建，并与生成式AI再建模研究，发现这个家族在远古时留下了对某些动物叫声的特殊感应，其中有用狗叫治疗将死之人的内容。

科学家们经过商讨，逐步进行实验室级的实验，竟然发现某些人类在休克时播放某种狗叫声，再佐以心脏除颤器电击，效果明显。

为此，几位科学家决定首先提取犬吠声尝试开发语音音效产品，例如比较简单的是用于报警器、门铃、闹钟特别是手机铃声之类，用这类音效产品提醒率比传统产品可提高47.3%。

该公司具体情况我会单发一份详细介绍给周师您。

周师您看，这不就是您亲手首创学科的利好信息吗？（周师放心，我再也不炒股了）而更让我激动的是（我知道，这种激动不是很道德），刚入职，我这位高中学姐竟然出现了这种症状。

我觉得，您创立学科的春天到了。

关于这一病案的研究，我准备分几个层次，请周师指正：

一是，我这位学姐在媒体工作，有时还出镜采访，所以她的病症自身会高度保密，目前只联系我帮助其治疗。这就保证了我将是唯一的研究者。

二是，由于手足喉人狗共患症旧履病毒传播严重，户外活动几乎停滞，我无法进行直接进行跨物种交互人类学暨医学人类学田野调查，患者本人又无法用语言交流。所以。我准备按周师您"文本唯一论"研究理论，让三位涉事人将患病前后所有行为记录形成原始文本，同时搜集当地、当时气候、物候、人类、动物、植物、海洋生物及微生物等领域的物理传播现象，以及当地、当时现象级社会事件和舆情事件等材料，先针对文本进行比对性预研究。

三是，我的故乡岛歌市，对于狗这种动物有近乎病态偏好，深受近邻沛县和篙黎半岛的饮食风俗的影响，嗜食狗肉；同时又是饲养宠物最多的城市，尤其是犬类。我认为可能也是这例病案发端的潜在因素。我打算从跨物种交互人类学之亚物种饮食基因突变对跨物种语音交互的影响入手，预研究其形成原因，不知周师是否认可这一设想。

周师，这是我对这一病案的调查打算，但我认为，预研究方向、预研究目的和成果推导充满不确定性。

首先，是否建议患者运用现代医学进行干预性治疗，我这位学姐的诉求是尽快恢复正常，而我的目的是溯源性调查，为我们学科研究提供案例。病案存留期越长对学科研究越有利；

其次，是开放式调查还是封闭式调查，开放式可能会加快解决患者症状，但我们的独家进行田野调查的优势会尽失；

再次，我是否向学姐坦白，我或我们学科并无解决跨物种交互产生问题的方案，只是一种观察式预研究？

我陷入一种道德悖论式的囚徒困境，请周师指教。

附：本病案首个原始文本记录，即两位当事人聊天记录。

您的学生：若木寒敬上

尊敬的周老师：

您好！回函收悉。

周师回函提点，学生若溪行忘路、林尽水源，忽洞入桃源，顿觉豁然开朗，浑身通泰！"此间乐，不足为外人道也。"

周师借先哲"无需假设、只做求证""不着一字、尽得溯流"两句确定此次田野调查基调，学生当奉为圭臬。为此，学生本着不建议、不干预、不评价"三不"原则，将进行沉浸式、参与式、交互式文本田野调查和预研究，即建立一个由我、高中学姐患者王春葵、高中师兄余仁水、高中同学城北凝等组成的交互性组织进行原始文本搜集。

请周师不要担心，学生现在已经基本克服了网络社交恐惧症，恰好目前旧履病毒传播强烈，无法面基（国内网络语言，无法见面聊天之意），所以只能借助移动互联网的便利进行田野调查。

我再介绍另一位高中同学城北凝。高中时我就知道，城北凝在小学时代就暗恋学姐王春葵，他有写网络日志的习惯，记录了与学姐王春葵一起吃狗肉火锅全过程。但他并不知道春葵学姐真实病况，我只说春葵学姐可能会感染狂犬病。余学兄要求他为我提供文本。

对了，城北凝在《岛歌午报》副刊部做编辑工作。

城北凝要求我在视频中发誓，如果泄露日志，则小丁丁不举。在此前提下，他才将与王春葵有关的所有日志提供给我做预研究文本使用。（抱歉周师，此陋习乃我们高中母校建校九十八年之传统，当然，我这个发誓也是别有怀抱）

周师：

我高中学兄余仁水目前是《岛歌午报》常务副社长兼总编辑，因报社社长由岛歌出版集团董事长兼任，余学兄是实际管理人，半年前余学兄把我同学城北凝从岛歌市远郊鱼鳞区群众艺术馆调入《岛歌午报》副刊部。所以他们三人现在还是同事，为获取原始文本提供了便利性和互证性。

余学兄答应为治愈王春葵的病，尽全力将他所掌握的与春葵学姐有关的相关资料，以原始文本提供给我做研究。

关于患者学姐王春葵，我本打算定时用话机视频聊天功能对其进行随访，掌握她病情及生理和精神的变化，同时希望在学姐王春葵家中安装摄像头随时观察，但均被春葵学姐婉拒。

周师，我今天给您发的一个文本就是同学城北凝与患者病发前两天餐聚的日志，我仔细研读发现如下：

一，发病前患者吃过狗肉火锅。

二，在低温状态下用餐。

三，狗肉与羊肉有混食。

四，用餐时有过情绪激动。

五，其他顾客完全没有患者之症状。

六，城北凝同桌同锅用餐却完全没有症状。

　　周师！我说明一下，学生的同学城北凝虽表面文静少言，私下却言语夸张无状，好谈性事。为研究计，学生对其文本不做任何删改，但绝不是对周师无理，请勿怪罪为盼。

　　敬祝周师、师母安康！问小师妹好！

学生　若木寒敬上

三、冷库里吃狗肉火锅

附：城北凝提供文本之一

"寒鸟，要是给我泄露出去，我切你小丁丁。"

周师，寒鸟是我高中时外号，惭愧。

若木寒

《城北公不窥镜日志》

2026年5月28日

前记："王葵（现名王春葵）重逢后第一次餐聚，犹可记也。"

临近中午，我与葵子走进这家餐馆，是一冷库改建的。准确地说，是在一座正运营的冷库中放置桌椅，布置成一家冰雪餐厅。一进门，服务员给我们一人递过一件刚拆封的羽绒服和羽绒裤。

葵子报了个数字，导餐员熟门熟路找一临窗的位子坐下，这一排高大落地窗，其实用三层加厚的保温玻璃制成的透明墙体，窗外，一对路过的姑娘裙裾参差，腿色素白莹润，如餐厅入口枯山水中白色砾石。

热夏早至，今天室外几近三十度高温，服务员抬来一只铜碳盆放在我们的脚前，大小仿佛的木碳块儿正烧到三分熟，青烟微酿，淡淡的一股香气。

今早上，我从地铁口走进《岛歌午报》的门厅，留言板上写着一则通知，让大家去大会议室参加集中业务学习！

据说，《岛歌午报》每年夏天炎热的时节来临，进行不间断业务学习，是近几年的新传统。因为只有此时，京城新闻界的权威们才愿意拨冗来我们这个海边小城授课，顺便在我们的报纸上发现一些好的新闻作品。

由于这两年坚持夏季业务学习，《岛歌午报》的新闻作品在各大报转载渐多，每年全国地方报系列新闻评选中，午报作品开始展露头角，岛歌市出版集团乃至省、市主管部门对《岛歌午报》也开始重视。

当然，这都是席间葵子告诉我的！

"狗咬人，不是新闻，人咬狗，才是新闻，虽然老生常谈，却是相对真理，我认为，对于新闻采集传播来说，还是有其借鉴意义的。卑之无甚高论，虽然因此而丢官，但吾爱吾官，吾更爱真理，我是始终坚持我这一观点的……"

京城这位由于没竞争上自己报社部门主任、转投京城气象大学人工干预学院任新闻教授的迟桓筢老师闪着一脸酒红，把个据王春葵说去年已经朗诵过的讲义，朗诵得高潮不迭。

作为一位新入行记者，我听得新鲜，如海蛎子汤加温拌海肠。大腿外侧有些骚动，痒痒酥酥的，像岛国专业震颤机械在低档运行。

一摸，是手机在裤兜里震动。

是葵子发的一条语音，我把听筒贴在耳畔，似乎葵子的热唇贴在我耳际：

"走，去制造一点人咬狗的新闻去。"有些糯、有些甜，我的耳朵被她哈得痒丝丝的！我抬头打量会议室，没有葵子身影。

出了报社，葵子踮起脚，在一辆车前向我挥手。

这家冷库餐厅与本市满眼"生猛海鲜"的招幌不同，当庭挂着"沛都老汤，篱黎狗肉，鱼鳞补方，事半功倍"几个绿漆大字，能隐约看出"篱黎"原本是"南韩"两字。

我们城市据说与篙黎国隔海相望，只是我从未望到过，沛都挺近，出了餐厅向南步行四五天也就到了！

葵子坐在我对面，仰头看着刚投放过来的虚拟显示器上的菜谱，半敞的羽绒服里露出件白色圆领T恤，上方好像隐藏着两张拉满的弦弓，翘颤着却引而不发，似乎我稍有异动，箭矢便会弹绷而出，直射双目。搞得我左右躲闪、无法直视，葵子嘴角突然上弯4.8毫米，我浑身一冷，恰如室温，不由将双眼移到窗户。

夏日画影，美腿纷沓。

想起朋友的一方印文："春酒晴窗"。

我非常有理由怀疑，眼前这位高挑丰满、光彩流丽的女子，是有人在扮演王春葵?

与王春葵重逢是两个月前的事！

我来报社报到的第二天，天阴得很黑，黑得像电视剧女主角遴选内幕。

负责与我入职谈话的是《岛歌午报》副总犹盘湖。

犹总身材颀长，脸色白如蜡像。不像我们这个城市中年男子粗夯的形体。犹总言语不徐不疾，匀速递进，谈话完全用书面语言，可谓口吐铅字，如果在他嘴里放张A4纸，估计会打印出一沓标准文件。

后来，王春葵告诉我，犹总是岛歌市商业高级技校烹饪专业毕业，年轻时曾获得全国海洋菜系烹饪大赛银炒瓢奖。这个话题在报社和犹总的熟人圈子里是禁区，就像在女艺人前不能提整容、和老实人相亲时不能提从良一样。

犹总谈话前戏菜是新闻从业指导，虽然犹总经历和分管部门都与新闻采编工作无关，但却有在京城群众大学新闻专业研究生结业的经历，犹总对自己参与过的三篇消息进行了认真分析和总结。

一小时十五分钟后，犹总的眼神倏地一变，我像被闪光灯耀了一下，窗外并没有闪电。

犹总白净手指衔着一支烟，但并不点上。从十三年前建社之始谈起，将犯过生活作风错误的人与事一一列举，并加以详略恰当的评判。

事后，我后悔没有做笔记或录音，稍加整理就是一部报社十三年婚外性行为编年史。

我沮丧地感觉，距离一位合格记者还差得很远。

让我当时忘记记录的原因是，我惊异于犹总把每个细节都描叙得生动、传神、到位，而且不蔓不枝、干净洗练，白描笔法一如晚明笔记，让人恍若境中。

我为刚才怀疑犹总业务水平感到惭愧的同时，又心存疑虑，是不是每次这种应用场景做运动的当事人，都邀请犹总现场观摩，可能性更大的是邀请他欣赏直播画面。

有一个不大健康的念头在自己心里渐渐生成，犹总似乎都希望亲自下场，做每段故事里男主人公的替身。

　　这时，我身后房门被人鲁莽地推开，我还没来得及回头，犹总面容的变化让我惊骇。

　　苍白生硬的脸颊开始快速莹润并泛出血色，目光由混沌而渐趋明亮，最后激光般射过我的头顶，部分受阻的激光极不耐烦地穿透了我的凡体，如朝圣的信徒在大漠中遥遥望到了圣境，周身沐浴在一片暖红之中。

　　从犹总那蛊般的面容和眼神里，我感到我背后涌过来一片澎湃灿烂的金液，犹总办公室里每一个角落在日影光移中而变得鲜亮，一种让人有些心悸的温暖在屋里荡起涟漪，滚过的波痕如无数条闪着烁烁金光的小蛇倏忽游过，嗖嗖窜转，爆出千万点亮斑，把所有暗藏的阴霾斑影炸得干干净净。

　　犹总双目似一面奥运圣火采集凹镜，我只觉一股流质的淡金色阳光从凹镜反弹过来，映射在我的脸上、身上，汩汩地灌入我的心底，通体温暖而甜亮。

　　我眯着眼好不容易转过身来，王春葵正站在门口，温润如刚从海中缓缓升起的神祇，闪闪熠熠！

　　"灯光师，怎么搞得，强光换柔光，先关灯。"

　　嗯？王春葵在领着新媒体部拍片子。

冷库餐厅里的寒气慢慢箍过来,老杜"清辉玉臂寒"大概是一支沁凉白腻胳膊搂着他脖子的意思。

有点凉,还在聚睛看菜单的葵子随手拉上羽绒服拉链,我目光上移看向她天鹅颈脖子,色如象牙和玉的合体,但绝非仅仅光洁白润,窗外阳光透过三层保温玻璃打到葵子脖颈处,映出一层若有若无的细软茸毛,似蒸气里灯烛上泛起的一圈绒细光晕。

我的心像是一只张开壳的牡蛎,最柔软的地方让一股不动声响涌过的海流触动了,酸痒痛麻不知何味。

王春葵似乎感觉到有某种力压迫在后颈上,垂眼望了我一下,我全身一下子浸入了海水中,慢慢沉下去,心里那牡蛎的壳怎么也闭不上,任凭波涌触弄。

王春葵与我在一个院子里长大的,还有比我们大几岁的余仁水。我们是在海员家属大院长大,父亲们都在远洋货轮上。葵子从小总跟着不愿搭理她的余仁水,我总跟着大我一岁的葵子,她也不愿意搭理我。

我们十六七岁时,余仁水高考去了京城师范大学,葵子缠着他报岛歌海事学院,这样可以不离开岛歌市,好脾气的余师兄突然甩开她,狠狠地说,他上学就是为了离开这个城市,离开这个海员大院,远离这所有的一切。

我们都不喜欢父亲做海员,只是没想到余师兄会如此痛恨。

余师兄走了，王春葵沉默了，几个月后，她的婴儿肥消失了。开始成为一名学习刻苦的正经青年，她那时的身躯，肉眼可见地消瘦下去，应了老杜诗句：书贵瘦硬方通神。脸廓好像是用跌断了尖的H型硬铅笔割划出一般，呈现一种金属的质感。

我打小认为自己会按部就班地娶葵子，葵子也按部就班地认定会嫁给余仁水，但那时我们都不知道彼此的想法。

第一年，王春葵高考失利，第二年和我同年高考，有了分数消息，录取通知书还没有下来。

我决然来到葵子家，准备把我创作的长诗献给葵子，公开我的爱。

葵子坐在沙发上发呆，双腿并拢伸直，腿上牛仔裤挺括，没有一点褶皱，我磨磨蹭蹭在她身边坐下，葵子扭头才看到我，脸微微发红，竟然有点害羞，继而皱了一下眉，推了我一把：

"刷牙去。"

刷牙——我心跳有了加速度，这就是即将到来的幸福吗?

我很冷静很周密地把自己的每颗牙都刷得几乎牙龈出血，稳稳神又坐在葵子身边。

葵子看着我，脸上的红晕似乎辐射出热度，嘴唇湿漉漉的，我几乎要低下头，衔住那娇红的花。

葵子有些奇怪地看着我，举起手机屏幕："大余哥来信说，回来接我去京城读书！对了，你嘴刚才怎么好大的味儿？"

"我晚饭吃了两瓣蒜……"

懊丧地离开葵子家，初恋的滋味是牙膏的薄荷味，从此之后，我闻到牙膏味，身体就会立马变成我的乡亲兼文学偶像、连续四十四年参加考试的柳泉居士蒲松龄：

——不是举人。

由于自小养成的每天三餐饭后刷牙的好习惯，致使我在读大学和工作后很长一段时间，屡屡错过了犯作风错误的机会，保得童身不坏。

王春葵眼睛微眯，盯着火锅里肉片颜色的变化，认真判断何时出锅时机最佳，夹起涮好的肉片不动声色入口，紧闭嘴咀嚼，几乎看不到牙齿，也察觉不出咬合肌在动，心无旁骛，神情专注，刚上来的一盘肉片在匀速消失。

我发觉从小喜欢抿唇的王春葵嘴挺大的。

少年时葵子喜欢吃小鱼小虾小蛤蜊，肉菜基本用筷子夹给我和余老大吃，没见这种馋肉的神态。是因性格变化改变了饮食偏好，还是饮食变化带偏了性格？

葵子现在的形体状态，应该是饮食改变塑造的。

葵子好像突然想起了还有我这样一个人，把几个盘子的涮品都推到我面前，双手搭在脑后，身体一仰，双腿伸直，大喇喇伸个懒腰。

王春葵用纸巾沾沾嘴唇，变回了淑女状，一脸盈盈笑意，"小城弟弟，说说你吧！这么多年没见面了，想不到我们又都回来了，也成了同行。"她歪着头，漫不经心一脸痞相地打量着我，全无小时候说话时一脸的严肃虔诚无辜。

我心中气闷，那天入职谈话未完，在走廊不断试镜的王春葵看到我，走进办公室，踮起脚摸着我的头对犹副总介绍：

"这是我小城弟弟！"

当时犹副总眼睛射出的热激光陡然变冷。他意兴阑珊地看看我，说，回去工作吧。

……

我决定试试少年时不断演练的深情故伎，把葵子气焰打下去。

那年夏末，我的余老大即王春葵的大余哥从京城回来，不过，是把我接到了省城农机学院，而王春葵被家里安排出国留学，为了让葵子离开余学兄。

我们这个海员家属院被人称作"寡妇院"，船长的女儿不会嫁给海员的儿子。

当然，我同情之余暗自欢喜。

我脸色开始凝重，双眼聚成盲点，神游太极，目接八荒，语气沉深地开始叙述自己坎坷奋斗史。

从大学期间就发奋创作，毕业分配到岛歌市郊区花江县一处乡农机所，因为一篇《养儿防老不如手扶拖拉机进家》宣传稿，被调到县计划生育委员会做文书，佳作经常在岛歌市各报刊发表，又被领导慧眼识珠，成为岛歌市鱼鳞区文化馆创作员，并成为岛歌市作协会员。

一分汗水一分收获，去年，岛歌出版集团把我调入文学编辑部，今年又把我调整到《岛歌午报》副刊部，出任纪实文学版主编。

我被自己的叙述深深感动了，我没有想到自己竟是这样一位与命运抗争的有为青年，当然，比青年稍微年长些。可以想象，葵子一定是泪眼婆娑地低垂头颅，心中悔恨、敬佩、惆怅、迷惘……

我缓缓地将目光收回，重新放在葵子的脸上，王春葵一脸古怪地近看着我，欲言又止，在那里大费踌躇。

我心里一颤，心想演过分了，葵子会不会，表白？！

高中毕业王春葵出国后，从小不喜多言的余老大余仁水几乎就不言语了，寒暑假从京城回来聚会，被他们高中班同学称为"三戒"，戒话戒酒戒色。

而我，在那个乡镇计生办入职后，大学女友来过一次就消失了。我从王春葵妈妈那里断断续续得知，葵子在米国传播学专业毕业不久，就嫁给同学，一位瑞士籍米国人，不久离婚，几年后回国到沪申市工作。

之后，她的前夫也来到华夏国，在王春葵跑前跑后张罗下，葵子前夫在沪申市开店，经营其家族瑞士圣加仑州（德语：Sankt Gallen）的狗肉香肠。

不知什么原因，那个狗肉香肠店开业后，葵子就回到家乡岛歌市。

什么情况？

葵子脸上竟然出现忸怩的表情，半分钟后，才有些为难地问："有……有件事，是这样，今年初，你是不是在《岛歌午报》副刊发了一篇岛歌市纸制集团的报告文学？"

"是！"

我有些傲岸地回答，"区文旅局和群众艺术馆都要求创作员深入生活，反映火热的社会生活，少写那些花花草草的无病呻吟，这篇报告文学还得了省纪实文学三等奖！"

我表情又添加上些傲然。

"嗯！那个大余哥，余老大，余仁水没和你说什么？"
王春葵低着头，用筷子无聊地拨弄着桌上的蘸料。

"说什么？"我问。

"稿子先到了余仁水那里，他让广告部给岛歌市纸制集团联系了一下，人家立即送来五万元版面费。副刊部年年完不成创收任务，大余哥用这笔版面费在编委会上推荐，说你很有这方面的潜质，说服编委们将你调入出版社又转到报社。"

王春葵有些歉意地说："胡阿姨（我妈姓胡）找了余仁水，也和我说了几次，希望把你从郊区调回来。知道你自尊心强，余仁水就让你妈和我不要告诉你。"

我："……"

"加两盘肉！"

为缓解尴尬，王春葵招呼服务员。

王春葵夹起一大坨肉，认真涮好，夹起来放到我的接碟里，又心不在焉地夹起一片放进自己嘴里。

一股不兼容的膻腥味呛过来。

王春葵脸色勃然一变，把筷子稍微用力地推到桌子上："你们戌经理在吗？"

"春葵总，您来怎么不打个招呼！"疾步走过来一位穿着一身条纹西装的青年男子。

"这是狗肉？"葵子并不看着经理。

声音未落，迅速过来一位领班、两位服务员，端起菜盘低头商量几句，戌经理微微鞠了一躬。

"春葵总抱歉，不敢欺瞒您，是我们的问题，狗肉检疫很复杂，没有专项检疫标准。检疫证明不全的我们这种正规店绝不敢用，狗肉缺口很大，所以、所以有时会用上好的羊肉混在其中，偶而还用猪肉。您吃的前几盘绝对是专门饲养的正宗狗肉，这两盘羊肉掺多了，但都是质量很好的羊肉。"

"羊肉会比狗肉便宜？"我问。

"对。现在上好的羊肉比狗肉便宜不少。"戌经理马上双手递给我一张名片：

执行经理：戌次诚

雪乡犬沸火锅有限公司

"前几年羊肉贵些，现在专门饲养的肉狗要比羊肉贵得多，关键是市场供应量太少，马上换两盘纯狗肉。"

戌次诚执行经理双手伸向我，眼神却始终没离开王春葵的视线。

"算了。"

这个插曲似乎让葵子摆脱了尴尬，柔声对我说："换个地方喝点东西。"

戎次诚经理对着上前挽留的领班摆摆手，送我们向餐厅外走，并低声对王春葵问："春葵总，我小叔戎元诚向您问好，能否拜托您引荐一下市、区打狗办的领导，我自己想开拓一下进货渠道，不想总当我小叔跟班。"

"那种狗肉怎么敢吃！别异想天开。"王春葵甩下身上羽绒服递给他。

……

周师：

我在研究城北凝网络日志时，发现了几个容易忽略的细节：

一是，患者的前夫是瑞士圣加仑州（St.Gallen）人，几年前又到沪申市做狗肉香肠生意，我查询发现，瑞士这个州是欧洲为数不多传统吃狗肉地区。他们结识和生活在一起时，很有可能经常食用狗肉。

二是，以上文本显示，患者出国前似乎很少食用肉食，但现在似乎嗜好食用肉类食品。

三是，这家餐厅食用的各种混搭肉食，和锅底汤料（就是食用涮肉的水和配料）叠加烹煮是否会产生某种物质影响神经中枢，需要生物、药物、病理、食品学等合作研究。

周师，这篇日志很长，我本来想只截取这部分供您研究，由于以上三点发现，我觉得自己又犯了您经常告诫我不可再犯的错误。文本研究要与时间、空间环境高度结合，并认为华夏国古代天人合一与您创立的学科殊途同归。

我感觉日志的其他部分还是与这个病案有某种非物质关联，但又难以捕捉，还请周师研判。

学生 若木寒

四、纸冶集团制服控

周师您好！

  以下内容是我学弟城北凝记录与患者王春葵狗肉火锅午饭后的网络日志。

学生　若木寒

《城北公不窥镜日志》（续）

2026年5月28日下午

  王春葵的无人驾驶车黑色哑光，像一辆小型装甲车，好像是一款叫"老狗"的合资越野车。葵子声控驾驶着车子，跑一段停一下，并不狂野，慢悠悠跟在一辆公交车后面。

公交车到站，葵子喊了一声，我们的车也停了下来。

"我从小学到高中，一直有个噩梦陪伴，上学时，我狂跑就怕赶不上公交车，总有条狗撵着我跑。我很希望对着公交车喊一声，车就停，上车再喊一声，车就走。"

王春葵慢慢地向我解释说。

"这是去哪儿？"我问。

"有个喝茶的好地方。"

前面是岛歌市的老工业区翠屏区，一排高大厂房堵在眼前。

王春葵的车自动行驶到一处伸缩门禁大门前停下了，与其称之为门，更像是在一栋十多层高的大型厂房外墙下掏了个小方孔。

方孔门上方悄咪咪地伸出三个摄像探头，三只机械臂放克舞（Funk dance）一般伸缩摆动着，几乎同时对准了王春葵和我的面部，还有车牌，然后迅速缩回去。

"识别失败！"

电子语音合成器发出结论。

机械臂再次跳起放克舞，将摄像探头送到我和葵子及车牌前面，再次伸缩摆动，然后又迅速缩回去。

"识别失败！"

电子语音合成器再次发出结论。

这时，突然出现的第四只机械臂托举着一面如大号智能手机屏伸到副驾驶窗前，小屏幕上有一个卡通笑脸：

"尊敬的朋友，请您告知姓名和贵司名称。"

我落下车窗玻璃，有些不耐烦地说：

"《岛歌午报》，城北凝。"

那屏幕上的笑脸突然呆滞了一下，便成一片灰黑色雪花。厂区深处传出电子语音合成器反复发出的提示音：

"4号门三级警示，媒体！"

"4号门三级警示，媒体！"

而后，电子语音合成器发出隐隐的犬吠生。

葵子一把将我的头推开，对着屏幕说了声："午报，王春葵。"

屏幕雪花卡顿片刻，随即变成卡通笑脸，发出"欢迎尊敬的王春葵记者主任光临"的合成音。

我有个错觉，这个合成音比之前有了些谄媚。

此时，一阵刺耳的刹车声吸引了我和葵子的目光，方孔门内院子里疾驰来一辆自动驾驶四轮观光电瓶车，还没停稳，一团深灰色跳下车，一头扎进墙里，随即见一人裂墙而出，站在我们车前。

原来，方孔门旁边墙壁上还有个小暗门。

一位头戴大檐帽、身着貌似普鲁士陆军灰色常服的年轻人标枪般杵在我们面前。

"纸冶集团办公室常务副主任王少伟。"王春葵向我介绍。

"春葵老师好，城北凝主任好！"

身着一身如普鲁士少尉灰色军服的王少伟边打招呼，边从两只纸袋中取出一顶船型军帽给王春葵，一顶大檐帽给我，并递给我们两副佩戴领章、肩章和挂着级别资历章的"假领子"，解释说："系统更新了，都是全新第一次使用。"

我俩把"假领子"和军帽穿戴好，再先后通过了机械臂放克舞探头三次识别，穿过三道伸缩门，终于进入厂区。

四面等高厂房围起来一平整如砥的长方形广场，厂房墙壁和广场都是同色质的清水水泥，像安藤中雄的作品高仿。

少尉把我们让到那辆电动观光车上，顺着中轴线慢慢前行。

我像进入了一座普鲁士兵营。厂区内，一辆辆蜈蚣般多厢电动车拉着纸卷、纸板之类的货物，阒寂无声地穿梭，虽然都是无人驾驶，但车上都端坐着一位身着蓝色类普鲁士军服的押车员。

走过的工人两人成行三人成列，各穿着颜色不同的类普鲁士军服，走路姿态全如军人列队，却像猫行，少有声息。

前面整齐走过来三人，他们身着的工作服近乎土黄色普鲁士军士专用服。

"质量立企！"

猝不及防，三人驻足立正敬礼呼口号。王少伟少尉马上回礼发声：

"服务主业！"

"这是质检员礼语，我在行政部门，礼语是服务主业。"王少伟解释。

看我一脸困惑，王少伟从观光车侧面取出一沓报纸，翻到三分之一处，递到我面前说："这是我们的企业文化。"

我接过报纸："我是说，看你们员工步伐坚定，都没被旧履疫病传染？"

"我们目前是全封闭军事化管理，只有两名外勤人员疑似患上旧履疫病，全公司员工基本安全，这也是我们企业文化的意外收获。"

王少伟指着报纸一脸骄傲。

《岛歌午报》企业文化专刊。

这一版上有许多照片，大致规律像是大型阅兵加体育运动会入场式混搭版。一个个身着类军装的工人方阵，前面站着一位着纯白普鲁士裙服军装的妹子，微笑目视前方，双手举着一面引导牌：

制浆分公司碎浆方阵

制浆分公司筛选方阵

制浆分公司磨浆方阵

……

翻翻大概有十四个方阵。

我向四周瞅了了几眼。

"这个厂区女工很少，看不到制服诱惑。"王春葵皮笑肉不笑地瞅着我！

"城北凝记者老师，我们推广部和销售公司女同事多。"王少伟铿锵有力接话。

我："……"

王少尉，不，王少伟赶紧将报纸翻到前页并介绍，"这是首页。"

首页用的是铜版纸，通栏大字红色标题：

岛歌市纸冶集团举行大型军体展演

本报2月31日电：为庆祝岛歌市纸冶集团成立十五周年，该集团在企业内举行大型军体展演，以特色企业文化展示方式纪念集团走过的风风雨雨。

岛歌市纸业联合会领导、岛歌市环保自律协会领导、岛歌市风景园林研究会领导、岛歌市烹饪协会领导，以及集团关联企业领导莅临观摩指导，纸冶集团董事长于冶非先生与诸位来宾一起观看了展演。（导语下方，配发了一幅通栏彩色照片，一支七八米高的旗杆立在临时搭起的方台上，一面灰蓝色厂旗耷拉着，一位身着白色中式对襟长褂的中年偏老的男子，背着手面无表情地看着方台下的十多个类似普鲁士士兵装束的方阵。图片说明：岛歌纸冶集团董事长于冶非代表集团董事局向广大职工问好）

记者看到，在展演现场，纸冶集团各部门按不同工种组合成不同检阅方队，走过检阅台时，职工的手中都持有本岗位的工具模型，娴熟进行着队列及生产技能的展示。

据悉，该集团在成立不久，就在不违反国家法律法规和公序良俗的前提下，参考国内各种制服及外军军装，创新工作服文化。近年来，又在制服仿军化的基础上，在企业管理各个过程中模拟军事化管理，每年都要拨出百余万专款，组织分布在全国各地的近2000多名职工，回岛歌市纸冶集团企业总部，参加为期十一天的队列训练。

十二个方阵踩着气势昂扬的鼓点，整齐的队列步伐坚定地走过主席台，展示了"纸冶人"不怕困难、敢打硬仗的精神风貌。升旗手潇洒的甩旗动作、整齐划一的队列行进、张弛有度的军体操表演，赢得了嘉宾和现场观众经久不息的热烈掌声和由衷的赞叹。

岛歌纸冶集团在这种新型企业文化塑造过程中，把"纸冶草木、山水重生"的理念，贯穿到每个员工的行为中，并努力使之成为行业共识。经过多年的军事化管理，职工的整体素质得到显著提高，集团内部的凝聚力和执行力得以增强，企业的经济效益也在不断提升。

在采访中，记者了解到，纸冶集团现已成为这一行业中集科研开发、工程设计、生产销售服务为一体的高新技术企业，特别是造纸业后期的污废处理及有效利用集成式、工程化创新工艺，属于国际独创。先后获得欧洲蒙尼特创新金奖、世界园艺"空中花园"银奖等十六项国际大奖，拥有专利技术三千多项，在国际同行业中熠熠生辉、光照大地。"创全球品牌，让企业走向世界，是我们的目标！'纸冶草木、山水重生'是我们的理想！"纸冶集团董事长于冶非对记者说。（完）【专题策划、主编兼视频主持王春葵；记者蜀晴天、通讯员王少伟。请观看《岛歌午报》新媒体同题视频报道：https://news.daogewubao.com.cn/o/2025-2-31.shtml.html】

"报纸留一份，你可能会需要。"王春葵对我说。

王少伟带我们上了一部电梯，在五层自动停下，我们出了电梯，旋即进入一个长廊，从右首一溜玻璃窗望下去，是造纸厂制浆车间，一个标牌注明，这里是工业旅游的观光线路。

王少伟并不停留并不介绍，脚步匆匆引领王春葵和我往前走，各个车间的场景不停地转换，工人的服装也变成不同颜色的作训服，偶尔还有穿着医用白大褂的人员。传送带、包装机发出的噪音加上不时有蒸汽喷涌，给人的体感不大舒适，感觉有点躁热。

咦！一股沁凉的微风若有若无地拂面过来，像个暧昧的暗示。

走廊到了尽头。

这是一处敞厅，走进去发现是两栋楼的衔接处改造成的休息室，靠墙放置着饮水机、咖啡茶水台，有七八组中式沙发和小茶桌。

王少伟并未请我们坐下，直接带我们走到休息室前的大露台上。

跨入露台，我心脏猛地蹦了两下，似乎要蹿出去看看。

身体像是悬在一处苍翠幽深山谷的岩壁上，前方突兀出现一幅李可染的水墨山水，满眼墨黑的绿！

暧昧的沁凉马上变成如森林深处的气息，全身沐浴在一种难以言喻的愉悦中，所有的器官都在蠢蠢欲动、跃跃欲试。我下意识看了一下电子皮肤腕表，这里的负氧离子含量是2.3万个/cm^3。

当时有点懵！

事后，我从自己智能眼镜下载的图片分析，这里是四栋楼宇围合在一起，形成一个体量庞大的天井。

眼前两栋十二三层高的退台式楼房（Desktop back architecture），成拐尺型衔接。自高而下梯次探出的楼面上，长满不同层次绿色植被，在接近楼顶处，改建成一个黑瓦重檐仿古楼阁，柱子和木格门窗隐隐呈栗皮色，在几株松树和青桐掩映下，绰约可见。

大约九层的地方，置有一处小轩，不过门窗为宫红色，如美人樱唇，耀人眼目。旁边有一瀑布如白练垂下，跌入深潭，水声轰鸣，腾起一团团雾气。

而我们身处的两座衔接长满植物的楼房，则如峭壁般垂直而下，从五层露台望过去，右侧上方如行进在深林幽谷，翠叠不知崇山几重；向下而望，深潭如渊，溪流蜿蜒而出，被正前方山谷遮住，难觅所踪。

王少伟陪同我们眺望了一会，引导大家从露台左侧进入一处石花斑驳的石坊式山门，上刻集陈曼生隶书"云阙"

两字。

一条盘曲在峭壁上粗麻石石阶蹬道蜿蜒而下。仔细观瞧，这石阶蹬道是依据原楼房"之"字形室外钢结构消防楼梯装饰改造的，将相邻的楼面对角的消防梯楼衔接在一起，蹬道梯次延伸，时而下行、时而上行。铁栏杆上包裹着一种玉化的石质材料，古意盎然，不认真观察，根本看不出是钢结构消防梯。

石阶两侧，间或有凹凸嶙峋的岩壁，兼杂生满石绿色的地衣和深绿的苔藓；时不时有大片麦冬、书带草和马蔺草；石竹和鸢尾偶尔可见，中间夹生一两枝大红百合；稍有平坦处，几簇菖蒲和一株兰草伴生在盈尺大小的一汪浅水旁。

隐约可见土层下埋置有两种比筷子还细一点的管线，一种是微滴灌系统，稍粗的喷出细腻的雾气，凝成水珠留挂在菖蒲和兰草狭长的叶上，应当是雾化系统。

林深苔滑。

渐渐下行，对面和旁边楼房一层层退台触手可见，宛然小丘短坡层叠的深谷。

这深谷中的植物开始变成灌木，不同种类的矮化枫树都是成片种植，现在的叶子还大都是绿色，各种叫不上名字的小竹丛深绿浅翠，冬青和黄杨没有修剪，枝枝蔓蔓随意生长。几片小的茶园也是自然生长，石楠、蔷薇、迎春、连翘、耐冬、石榴等都控制在一米到一米五高度；桃、杏、梨树、海棠、桂花是三三两两种植；十多类叫不上名的梅树栽满两楼直角衔接形成一处小山谷。

深浅明暗不同的绿意中，白的茉莉、栀子花，红的石榴、凌霄花一片一片开放，凤仙花、牵牛花和紫藤花也间或夹杂在绿色间半开半掩。

花香淡淡若无，偶尔随风香气拂面，像某种轻音乐的旋律。

鼻腔和口腔中感受到一点点花香的甜爽，并渐次浓郁。

越走到下方，植物体量越大，但乔木很少，一两棵黑松、三五株白皮松和樟子松如芥子园画谱样式组合，罗汉松都被造型和矮化，绑满草绳并被铁丝牵引。

退台探出的楼面基本被假山石包裹成涧谷、岩壁或洞壑，被凌霄、紫藤和野葡萄铺盖。转弯处会突兀出现一险峻峰峦、孤石，或出现一处坠石山角，似有大山延绵而入。植被中多有精心放置的平岗小坡和似露还藏的山石。

这里的石头是从未见过的种类，大部分是灰白色，比南太湖石略显粗拙，孔洞很少，比千层石坚硬。一处用江南园林黄石法叠成的石壁，却是灰黑色，质地坚硬有些玉化的感觉。我现在发现，栏杆和脚下的蹬道也是类似的石头做的，不像凿裁成型，更像是翻模而出的麻石石条。

我捡起一块，很轻，有点像海浮石，却有点玉制或瓷釉质感。

接近谷底，出现一小片岛歌市特有树种，玉音青桐，树干和树叶皆为青玉般绿色，颀长摇曳，风姿绰约。

据传在宋代这种青桐木是最佳古琴材料，斫出的琴隐隐有玉振之声。

植物密度在增加，我们沿蹬道逐渐接近谷底，刚才那种沁凉渐渐变成润凉，围裹全身，似乎由初夏转到了春末或是初秋。

谷底似乎就是这个天井的地面，三分之一凿出一处深潭，头顶瀑布跌到一片岩石上，又跌入深潭，形成轰鸣的水声。

水潭南侧有一处岛渚，渚上建有黑色方亭，亭后一假山石峰兀立，高出方亭约两米左右，状若如意。

我们从深谷出来，走上接连陆地与岛渚的汉白玉的平桥，见一中年偏老的男性身着灰黑中式对襟麻衫，负手而立，仰望面前翠谷与瀑布，便是报纸上阅兵那位。

他似乎觉察到我们走近，但并未转身相迎，而是还在凝神仰望！

活脱脱两字：

"装逼。"

我和王春葵走到这位负手翁身后，顺着他的视线望去，也有些呆了。

　　由于天空日光洒下，色彩由黑绿变成青绿。状若一幅宋代的青绿山水画轴铺天垂下，不同的草木组成墨绿、油绿、翠绿、石绿、嫩绿的大块色团，拥挤在一起茵茵欲滴，如小写意的笔触；高古的楼阁、低矮屋舍在林荫深处隐现；半山处红色小轩下，银白的飞瀑直落冥冥幽色深潭底部，有淡淡天光在密林空隙徘徊；阶梯楼面的植被和叠石，构成一层层山峦连绵远去，丛林的点点密色像秃笔点乩而出，灰白色岩石的纹理犹如渴笔飞白；浑然深秀的山林被曲折的石径分化，间或有小溪流荡。山岚薄雾幻化成晨暮烟雨，翠色愈翠。

　　画幅左侧，近处林本枝干依稀可辨，愈往山上，林木愈模糊，灰黑色岩石、烟岚与树木汇成一片浓厚的墨绿深幽，苍茫入冥。

　　左边似山林又似迷迷茫茫的绿云，宛似晨曦时刻笼罩的幻境：画轴好像沐浴在柔和的、时亮时暗的、忽明忽灭的清幽的光泽里，如低沉悠扬洞箫奏出的意象。

　　画轴下部，溪流、瀑布、凸出的层岩、欲坠的悬崖、墨色的深潭，水声激荡，雾气升腾。

　　一位身着白色麻制中式服装的轻熟女子恰巧抚弹完《流

水》，双手轻按古琴。随即，取出一支长且粗的南笛，幽幽吹奏，柔和沉郁中略带暗哑，不似以往听到的笛声明亮高亢。

笛声中，一只白色鸟儿从山顶林中出现，在深绿色的衬景下，翅膀几乎不动，向斜下方徐徐滑行，渐次不见……

后来才知，这首笛曲名《鹧鸪飞》。

负手翁似乎觉得已经达到了预想的效果，侧身微笑，示意请我们进亭，黑亭正上方悬一黑木匾额，上刻五个石绿色篆书，见我疑惑，王少伟马上介绍："'污水处理场'，著名金石大家吴逸瘦题写。"

亭内黑木茶几上，玻璃壶内酒红色的茶汤微微沸动，下面白泥小电炉铬丝正红。茶杯是玻璃仿法门寺地宫琉璃盏。

我们在竹藤椅坐下，亭内也有一素面黑字小匾，用章草书：

不染亭！

两边挂同样质地书体楹联：

他日相期林下，
白头想见江南。

"是出淤泥而不染的不染亭，"王少伟向我解释，"楹联是国学大师姜乃静先生集金代诗家王寂和宋王安石的古诗。"

这不染还用解释！我暗自腹诽，发现楹联是我们报社美编，也是我、余仁水和王春葵的老师若如晦若老写、刻的。

我询问地看看王春葵，她点一下头。看来若老做这些是葵子安排的。

"这是我们董事局于冶非主席，这位是城北凝记者主任。"站在负手翁身旁，王少伟低声介绍。

"幸会啊城北凝老弟。"负手翁恍然发觉还有我这样一个人，拱手做一山寨版揖礼，没等我反应，负手翁于冶非主席便一把紧握住我两手，他的手硕大有力，似乎比别人的手大一号。

亭后如意石旁转出来刚才那位抚琴吹笛女，蹑脚走到如意石前一斑驳井栏前，摇着辘轳打上一小木桶水，提到亭内倾入茶几上粗陶小缸。

"老于，这污水处理后的水能泡茶？"王春葵没搭理我们的商业寒暄，皱眉问，似乎和负手翁很熟，两腿前伸坐姿不甚雅观。

"春葵姐您放心，这水是通过三层反渗透滤膜而得，纯度几乎可代替注射用蒸馏水。"王少伟向葵子解释。

"完全解决了？"王春葵一脸疑问。

"当然，春葵姐，我们从岛歌市海洋深底空间实验室购买了负8352米海底淤泥，与米国伊鲁泽瑞大学（Illusory University）生物智能实验室、岛歌大学生物学院三方合作，分离筛选并栽培繁育出四类新型菌种，可将造纸污水和沉积淤泥中多类有机物、毒性酸、毒性碱、水色度全部降解。菌群并可以自行进化，让水质和土壤还原成类原始状态。"

王少伟指着不染亭前的翠色山峦说："这些培植土都是经过菌群改造过的。"他跺跺脚，"下面就是我们以前的污水池，这里是污水处理车间。"

王少伟又指着如意石介绍："春葵姐，我们又有了新技术突破。我们在造纸废弃淤泥中的数种海洋放线菌和其他菌类组合式进化后，还有效改造了土质，这种淤泥经过煅烧，竟可接近江南水太湖石的表面质地，但又非常轻，与海浮石差不多。这尊如意石就是我们煅烧出的最大一尊。掺上不同材料还可能有意外效果，山上台阶和叠石都是用淤泥煅烧而成。"

王少伟顿了一下，"目前，一些做屋顶花园和楼面装置的园林公司，都来订制我们的'不染'水太湖石，可惜煅烧石的弹涡孔洞还远远不如真正的水太湖石。"

"这都是我们董事局于主席的发明。"王少伟补充。

负手翁于冶非向王少伟摆摆手，看向王春葵，似乎有些踌躇，"春葵——主任，你，你们余总，我余老弟和你还好吧。"

葵子粲然一笑，"他好，我好，都，还好。"

然后她笑容瞬失，神情平淡。

"我这位余老弟呀，就是什么闷着都不说。"于冶非表情有些怅惘，但让人觉得是装出来的。

这个煮茶茶嫂身形真是丰俭由人，我当时注意力有点偏移。

负手翁于冶非转向我，"城北凝老弟，你们岛歌二十八中三位学子、远洋海员大院三位子弟、今天的《岛歌午报》三位老师，是我们纸冶集团和我本人事业的福星。"

见我有点呆，负手翁于冶非起身把双手交叉于胸前，"当年我与我余老弟奇遇在海员大院门前，让当时爬着创业的我，一下子站了起来，并把我推到了山顶。

"我们现在换代产品'狗舌'系列纸巾、工作犬蹄防护壳，加上去年旧履病毒出现，我们蹄壳制品研制出艺术旧履鞋套，又都是王春葵主任提供的创意，还给我们联系了国外的技术合作。

"而现在，我们纸冶要活下去，要转型成功，就要依靠海员大院、二十八中、《岛歌午报》第三位福星，城北凝老弟您了！"

于冶非把"你"换成了"您"！

负手翁不再负手，示意我走出"不染亭"，双手举起，似乎要抚摸眼前这片佳山秀水。"老弟，我不懂诗，但这个污水处理场变成这个样子，是你们余总一定让模仿我皖南老家山里景象建的，他说要作就作一首一首立体的诗。

"最难得的是，余老弟帮助我，幸运找到了深海新菌种，让这造纸的废水污泥成了今天的一幅园林山水画儿。"

负手翁于冶非木然的脸上有了些腮红，眼睛微微闪动，"'他日相期林下，白头想见江南'是您余学长请沪上乃静大师做的集句，也是余老弟和我，或者咱们对未来的向往。

"不染亭刚建好时，余老弟在这里醉了一次，他对我说，'小舟从此逝、江海寄余生'是他的梦想，就想从这里出发，买舟泛湖，沿江河而去。

"不过他又说，他讨厌海。"

我觉得这位负手翁中午喝高了！

"城北凝老弟，这种工业污废变城市山林园林景观的生物智能整体解决方案及技术工艺，保守测算在全国有六万亿的市场空间，如果加上被破坏污染山体河流湖泊修复，市场空间要翻倍，我们已经命名为'不染'方案。"

诗翁画翁于冶非瞬间变成了董事长于冶非，"北凝老弟您用一整版大稿子歌颂的岛歌市纸制公司，但您忽略一件事，纸制集团的污水处理所遇到的问题，比我们当年还要严重。

"纸制集团比我们更需要'不染'，我希望纸制集团是全国首个使用'不染'解决方案的造纸企业。而破题者，非北凝老弟莫属。"

于冶非开启了传销模式。

"我们和纸制集团是竞争对手，全国、全省业内同行都清楚，积怨太深。现在需要城北凝老弟您充当和平使者，你们余总编引用鲁迅的话说得好，'度尽劫波兄弟在，相逢一笑泯恩仇'。如果我们最大竞争对手使用了'不染'解决方案，就相当于平安果手机使用了菊厂手机的操作系统，会在行业内产生强烈的示范效应。"

见我一脸懵逼，王春葵走过来，轻扶我的左臂，脸色由丧系表情包转换成纯欲系：

"胡阿姨（我妈）找大余哥和我时，我本来想让你给老于，"葵子看了又负手装逼的于冶非一眼，"于董事长写篇报告文学，拿些版面费作为进报社的由头。

"后来，余仁水和我到这里来坐了会儿。"

王春葵看看不染亭，有些感慨，"现在也就是这里没有旧履疫病。"

王春葵突然沉下脸，认真严肃地对我说："我们和老于商量后，余仁水让你们群众艺术馆馆长联系岛歌纸制公司，派你去写报告文学，《岛歌午报》出两次版面，一次给你们创作员发文学作品，另一版给岛歌纸制公司专版。岛歌纸制公司广告从五年前就不投纸媒，只是，他们有些怕我们余总编辑。"

王春葵看向乌木茶几，二道茶汤正熟，蟹眼直愣愣滚到汤面，爆开。

香气氤氲！

银茶盏里茶冷凝絮，不过谁也没动。

"这一切，主要是为了你的调动，然后就是你以此为契机联络岛歌纸制公司，让岛歌这家老国有造纸企业，接受岛歌纸冶集团'不染'解决方案，帮助他们彻底解决困扰企业多年的污染问题。

"这个方案我们报社经营部门下属公司也参股了。"

王春葵目光炯炯看着我。

片刻冷场。

我贴在左小臂上的电子皮肤话机突然响了，这个铃声我用了多年。

洛天依用《达拉崩吧》告诉我：

很久很久以前

巨龙突然出现

带来灾难

带走了公主又消失不见

一位傻逼少年赶来

大声在喊

……

五、AI、元宇宙执法狗肉火锅店

若木博士学弟好：

　　这几天我、王春葵也在寻找各种医疗资源和解决方案，都无果。感觉她的症状只有学弟你这里才有希望疗愈。

　　博士学弟认为王春葵症状不仅涉及生理、药理、基因和心理范畴，其社会环境、文化因素、民俗传承、原始崇拜、宗教信仰等可能是诱发症状的原因。需要尽量提供王春葵发病前后的社会接触史，特别是王春葵所接触各类主体的原始资料文本；并需要提供她的重要接触人的生理资料和文化背景，以及这些接触人的交叉交互情况。这有些超出我的认知范围，我尽量提供原始材料文本，但可能我的理解难以达到你们学科要求层次。

首批材料如下：

一，冷库狗肉火锅店情况。（目前已经查封，停业整顿。这是涉狗部门联合调查组形成的详细报告和处理意见。）

二，冷库狗肉火锅店资本背景。岛歌市岛歌声学公司高管戌××个人出资76%，鱼鳞区动物关爱协会理事长和打狗办副主任各出资12%。详情附后。

三，纸冶集团涉王春葵和涉狗情况。王春葵近三年接触最多的就是纸冶集团，该企业是午报战略合作伙伴。经博士学弟提醒，已知该企业有多处涉狗情况，我本人给师弟提供这家企业详细的原始文本材料。

四，王春葵私人生活情况。如您列举的家人、同事、闺蜜，她个人性取向、在出现症状前后有无性生活，我将请王春葵家族女性长辈向王春葵本人求证。

五，王春葵是否与目前在申沪市前夫接触，是否食用过瑞士狗肉香肠，我立即找王春葵落实，会在第二批原始文本材料中为您提供。

若木博士学弟，王春葵目前压力巨大，精神濒临崩溃，无法用语言直接交流，需要直接调查时请注意她情绪，不要刺激她。

这段时间，一方面请您加快研究治疗方案；另一方面一定要绝密，城北凝并不了解王春葵病情，暂不必让他了解过多，所需情况，我会自己或安排人向他索要。

博士学弟，下面几个附件就是给你提供的文本。

祝好！

余仁水

余总：

您要的素材我都做成PDF和Word两种形式。今发给您供参考！

总编室 蜀晴天

附件一：

狗肉火锅店相关资料

（一）岛歌市国际行业学会特许经营许可证

许可证备案号：00000000001

企业名称：雪乡犬沸（岛歌）火锅餐饮管理有限公司

法定代表人：戍次诚

经营范围：狗肉烫煮餐饮、狗鞭狗肾狗宝保健品及饮品、狗腿等器官生物科技开发、狗粮生产技术咨询服务

许可时限：按月审核（跨年度双审核）

注册资本：伍佰伍拾伍万

注册地址：岛歌市鱼鳞区沛都路篙黎支路1号

发证机关：

岛歌市狗肉饮食史研究编撰委员会（公章）

岛歌市烹饪协会犬类烹饪分会（公章）

岛歌市动物文化研究会犬类分会（公章）

岛歌市犬患治理志愿者协会（公章）

岛歌市药用动物研究会犬类及狗骨针分会（公章）

岛歌市狂犬病民间防治学会（公章）

岛歌市狗舌功能民间研究会（公章）

（二）动物性食品经营许可证

经营者名称：雪乡犬沸（岛歌）火锅餐饮管理有限公司

社会信用代码：（证件号码）000000000000001

法定代表人：戌次诚

住所：岛歌市鱼鳞区沛都路篙黎支路1号

经营场所：岛歌市鱼鳞区沛都路篙黎支路1号

主体业态：餐饮服务经营者（网络经营）

经营项目：狗肉烫煮热食类食品制售、超低温狗肉冷食
类食品制售（摄氏-80度保存）、自制狗肉饮品制售

许可证编号：GR00000000001

日常监督管理机构：岛歌市鱼鳞区"打狗联合治理办

公室"

日常监督管理人员：日常监督管理部门指定

有效期至2036年9月9日

诉举举报电话：54321

发证机关：岛歌市鱼鳞区行政审批服务促进会（公章）

签发人：盘午龙

（三）发明专利证书之一

证书号第：5554329号

发明名称："三体"狗肉火锅

发明人：戌元诚、戌次诚等

专利号：ZFL22345s4A9.1

申请专利日：2023年2月31日

专利权人：雪乡犬沸（岛歌）火锅餐饮管理有限公司

授权公告日：2023年4月31日

地址：岛歌市鱼鳞区沛都路篙黎支路1号

（公章）

专利说明书摘要

专利名称："三体"狗肉火锅

专利类型：发明专利

发明人：戌元诚、戌次诚等

申请号：GD202510239184.3

申请日：20250819

公开号：GD109919938A

公开日：20250158

摘要：本发明公开一种"三体"狗肉火锅，属于肉制品；旨在提供一种集鱼鳞狗肉、沛都狗肉、篙黎狗肉三位一体的狗肉火锅。食用复杂、在超低温条件保存食材的狗肉火锅。它集成三种地区加工工艺传统，将狗肉按1：1：1的重量比配制而成：将宰杀、洗净的整只狗的肉迅速在-80℃超低温冷库或冰箱速冻23小时至54小时，转至-5℃至0℃储存24小时，专业开发智能机器人切片机械臂，使用专用陶瓷刀切片，避免金属接触狗肉及人体体温干预狗肉。

将岛歌地区产罗汉果、八角、肉桂、蛤蚧、鸡血藤、广豆根、田七、青天葵榨汁后冷萃，再采用系统溶剂分离法取液，温度冷却至5℃至0℃，将1/3狗肉浸泡15分钟至18分钟后，继续按照这一温度冷藏。

将沛都产鳖甲、盐卤、石灰石、白云岩、高岭土、石膏、钾长石、石英砂粉碎浸泡，采取PH梯度提炼法获得溶液，120℃高温蒸煮后提纯，温度冷却至5℃至0℃，喷淋至1/3狗肉上，继续按照这一温度冷藏。

将篙黎产菊蓟、黄杨、碱茅、南星、桔梗、牛黄、萸莲炮制阴干后，利用中药熬制工艺，首先将晾干植物加冷水浸泡1小时左右，析出有效成分。用陶锅或砂锅加纯净水后上下翻动，使晾干植物浸泡于水中，一般先用大火煮沸后，再用文火煮煎三次，第一次煎制时间为开锅后30分钟，第二次用开水量较第一次应少，煎制的时间为开锅后40分钟，混合均匀后，再使用液滴逆流分配法提纯出汁液冷却至5℃至0℃，将狗肉片等比例浸泡15分钟至18分钟，继续按照这一温度冷藏。

这样形成三地风味生狗肉涮片，有效激活三地狗肉隐秘风味，口感层次丰富、营养综合。

（四）发明专利证书之二

发明名称："三体"狗肉火锅还阳（滋阴）汤料

发明人：戌元诚、戌次诚等

专利号：ZFL333847g6Y7.I

申请专利日：2023年2月31日

专利权人：雪乡犬沸（岛歌）火锅餐饮管理有限公司

授权公告日：2023年4月31日

地址：岛歌市鱼鳞区行政审批服务促进会（公章）

专利说明书摘要

专利类型：发明专利

发明人：戌元诚、戌次诚等

申请号：GD202510239184.3

申请日：20250819

公开号：GD109919938A

公开日：20250158

摘要：本发明公开了一种反季节狗肉火锅还阳（滋阴）汤料。

男用：由以下重量份的原料组成：肉桂4-20份、鹿茸4-20份、肉苁蓉1-3份、海马1-3份、菟丝子1-3份、黄精1-3份、女贞子2-6份、牡蛎干2-6份、海参1-3份、茯苓1-3份、锁阳1-3份、巴戟1-3份、韭菜籽1-3份、淫羊藿1-2份，附子1-2份、冬虫夏草1-2份、蛤蚧0.5份、肉豆蔻0.5份，桂皮0.5份，小茴香0.5份。

女用：由以下重量份的原料组成：冬虫夏草1-2份、何首乌4-20份、枸杞1-3份、肉桂4-10份、海参1-3份、黄精1-3份、女贞子2-6份、牡蛎干2-6份、茯苓1-3份、灵芝1-3份、女贞子2-6份、玉竹2-6份、天门冬2-6份、麦门冬2-6份、燕窝2-12份、当归3-6份、龙眼干1-5份、龟甲2-6份、肉豆蔻0.5份、桂皮0.5份、小茴香0.5份。

原料去杂精选后，按重量份配备好后，每日凌晨两点左右吊制汤汁供中午顾客使用；早上六点开始吊制晚餐使用汤汁，确立不同原料投放时间，汤汁表面始终保持蟹眼状，四小时出汤，冷却后过滤，然后再煮沸、除菌、冷却、贮藏，注入火锅使用（当日没有使用完的处理倒掉，杜绝老汤的伪概念）。

本发明研制的狗肉火锅汤料（男、女），能够充分发挥狗肉的药性，适合反季节食用，具有还阳或滋阴作用。并可根据客人特殊需求，配制成具有清热解毒和健胃、清肠、消食、止痛和祛风寒以及温中、理气、消痰、散热等不同功效的狗肉火锅汤料。

附件二：

岛歌市鱼鳞区科学创新三等奖公示内容

一，项目名称：

"三体"狗肉火锅暨反季节餐厅空间集成创新关键技术

二，推荐单位：

岛歌市烹饪协会犬类烹饪分会

三，项目简介：

（一）文化传承与交融

第一，我国食用狗肉历史悠久，据《周礼》记载，当时周人已开始把狗肉精心加工烹饪，距今有三千多年历史。另一部典籍《礼记·月令》记载："孟秋之月……天子食麻与犬。"春秋战国时期狗肉在当时被列为"珍馐"。此技术是传统饕餮技术的开掘。

同时，据联合国肉食组织世界狗肉联合研究中心研究显示，以文化人类学、社会学"文化周圈论"数理模型推演，鱼鳞、沛都、篙黎三大狗肉文化中心成环形水波往外辐射，在岛歌市交叉重叠，形成三种文化的交叉蝶变。

由于岛歌市是一座海洋城市，海产品资源丰富，海错入馔源远流长。目前，该技术创新将海馔和狗馔进行结合，呈现海陆文化交融优势。

（二）国际前沿科技改造烹饪技术

首先，最新生物工程技术在狗肉烹饪领域的首次成功运用。本项目是在分子生物学基础上建立的创建新的生物类型或新生物机能的实用技术，是现代生物科学和工程技术相结合的产物。通过现代发酵工程、酶工程、生物反应器工程等先进科技，有效对狗肉、汤料、蘸料进行生物改性，初步形成现代狗肉使用生物技术改性体系。

其次，量子物理在火锅烹饪中的成功实践。本项目通过反季节用餐环境、超低温速冻、DOG光波波谱加热等，形成三体量子纠缠，将三地狗肉的文化基因，时间、能量、动量等，有效萃取与转换，形成量子叠加态。初步成为量子料理技术。

再次，大语言模型、AI人工智能、大数据、云计算与人体学、基因学和营养学跨学科集成创新。通过高敏识别扫描系统，将每位顾客基本信息传入与岛歌市灰石信息技校合作研发的超算信息处理系统，分析顾客性别、体质、身体HF数值、口味、基因、性格及文化偏好等，迅速计算出适宜顾客的三体狗肉配比、火锅汤底和蘸料种类。

目前，还可以根据顾客在进餐时的情绪变化进行各要素瞬间调整。

（三）"反季节"餐厅空间和"冰火两重天"烹饪方式
　　　有效激活狗肉功能化营养

本技术在研究中发现，鱼鳞、沛都、篙黎三大狗肉文化中心，其中有两处是盛夏进食狗肉。篙黎传统医学认为炎热天气食用狗肉可以消暑祛热，"辣味狗肉汤"是首选，今年篙黎屡屡创下破纪录的40℃高温，当地民众对狗肉的需求也特别大。

鱼鳞人则有夏至日吃狗肉进补的文化习俗，据当地方志资料记载，夏至杀狗补身的习俗，相传是战国时期秦道阁公即位次年，六月酷热，疫疬流行。阁公便按

"狗为阳畜，能辟不祥"之说，命令臣民杀狗辟邪，后来形成夏至杀狗的习俗。

而沛都地区，则有"寒冬至，狗肉肥"，"狗肉滚三滚，神仙站不稳"谚语。认为寒冬正是吃狗肉的好时节。宋代典籍《屠家荤供》记载，冬日进补狗肉能"安五脏，补绝伤，轻身益气，宜肾，补胃气，壮阳道，暖腰膝，益气力。补五劳伤，益阳事，补血脉，厚肠胃，实下焦，填精髓"。

本项目通过对三地食用习俗、典籍方志记载和民间口承文化的研究，经过信息生物学实验，认为对狗肉进行超低温处理后，经高温烫煮的狗肉，对人体的内分泌、消化、神经、生殖等系统有一定的治疗作用，它可以强壮人体，提高人体的免疫力和消化功能，增强性能力等。同时如果夏季进食时模拟极寒地带气温环境，进食狗肉可用来治疗某些虚弱病症。

本项目利用原冷藏厂冷库改造成的观光式反季节餐厅，不仅是信息营养学领域的创新，还是2025年岛歌市十大工业遗产旅游目的地。

四，主要完成单位：

岛歌市烹饪协会犬类烹饪分会、岛歌市灰石信息技校、雪乡犬沸（岛歌）火锅餐饮管理有限公司五，推广应用情况：

项目成果已经形成自主知识产权，雪乡犬沸（岛歌）火锅餐饮管理有限公司已经在其餐馆中现场运用五年，项目累计实现产值5672万元，利润623.75万元，上下游产业链、价值链高端攀升，不断延伸出特色火锅装备制造、新兴餐饮空间设计及制造等产业链条，对整体提高岛歌市高新技术餐饮业水平，缩短与珠三角、长三角、蜀三角餐饮水平差距具有重要意义。

本项目共授权发明专利4件，实用新型专利9件，发表论文32篇，其中SGL检索6篇、EL检索9篇，认定岛歌市省高新技术产品2种。

附件三：

岛歌市鱼鳞区食卫执法科行政处罚案卷

案件名称：雪乡犬沸（岛歌）火锅餐饮管理有限公司食材原料掺假案

当事人：雪乡犬沸（岛歌）火锅餐饮管理有限公司

法律文书号：鱼鳞食卫立字【2026】第202600638号

立案日期：2026年6月5日

结案日期：2026年6月8日

办案机构：岛歌市鱼鳞区食卫执法科委托鱼鳞区豹首安

保公司打狗队（执法外包）

办案人：赵高元、刘岁中（执法外包聘用人员）

归档日期：2026年6月9日

保管期限：15年

本卷共28件45页

卷内文件目录：

顺序号、文号、责任者、题名、日期、页号、备注。

岛歌市鱼鳞区食卫执法科：立案审批表

岛歌市鱼鳞区食卫执法科：案件移送函

岛歌市鱼鳞区食卫执法科：现场笔录

鱼鳞区豹首安保公司打狗队：现场勘验（检查）笔录

鱼鳞区豹首安保公司打狗队：现场取证（检查）照片

鱼鳞区豹首安保公司打狗队：询问（调查）笔录

雪乡犬沸（岛歌）火锅餐饮管理有限公司案件相关

材料：

食品经营许可证

营业执照

减轻处罚申请

沪申市盘奇畜牧医学检验所检验报告单

消毒服务报告单

岛歌市鱼鳞区食卫执法科：案件调查终结报告

岛歌市鱼鳞区食卫执法科：重大行政处罚决定法制审核意见书

岛歌市鱼鳞区食卫执法科：集体讨论笔录

岛歌市鱼鳞区食卫执法科：行政处罚事先告知书

岛歌市鱼鳞区食卫执法科：送达回执

岛歌市鱼鳞区食卫执法科：行政处罚听证会告知书

岛歌市鱼鳞区食卫执法科：送达回执

岛歌市鱼鳞区食卫执法科：案件处理审批表

岛歌市鱼鳞区食卫执法科：行政处罚决定书

岛歌市鱼鳞区食卫执法科：送达回执

岛歌城市银行鱼鳞支行沛都路分理处：岛歌市非税收入通用票据

岛歌市鱼鳞区食卫执法科：结案审批表

（一）立案审批表

案由：

食材原料与说明不符，有掺假使杂现象

当事人：

（单位/组织）名称：雪乡犬沸（岛歌）火锅餐饮管理有限公司

案件来源：群众举报

涉嫌违法事实：

接到市食卫执法办电话转来的群众举报线索，岛歌市鱼鳞区食卫执法科电话通知下属执法中队，立即赴岛歌市鱼鳞区沛都路篱黎支路1号进行执法巡查。

执法中队委派鱼鳞区豹首安保公司打狗队（执法外包单位）工作人员赵高元、刘岁中（执法外包聘用人员）进入现场。

这家店门匾标识为"雪乡犬沸狗肉火锅"，该餐厅正在营业中，为不影响营业，赵高元和刘岁中（执法外包聘用人员）转到后厨过廊处，向该店长王丽丽出示《执法外包聘用书》（P0005、P0009）说明来意后，王丽丽立即找来经理戍次诚，在戍次诚陪同下进行执法检查，检查中发现该餐厅已办理营业执照，注册名称为"雪乡犬沸（岛歌）火锅餐饮管理有限公司"，已办理《动物性食品经营许可证》（有效期至2030年2月31日）。现场检查中发现该餐厅分超低温和常低温两处固定冷冻装置（非冰箱），在常低温库中发现标注"狗肉"预包装食材27份，"羊肉"52份，"袋鼠肉"22份，"雁肉"21份，"羊驼肉"21份，"牛蛙肉"11份，"鲨鱼肉"9份，"乳猪肉"2份。

该餐厅提供了岛歌市安食采供应链管理有限公司购进相关手续及供货商资质证明、进货单据，提供了岛歌市冷链食品集中监管出库证明。

鱼鳞区食卫执法科技术室随即赶到现场，在对各类肉食食材分别取样后，将该餐厅两处固定冷冻装置查封。

现场已拍照取证，执法过程全程录像。并下达《停业整顿通知书》。

（二）岛歌市鱼鳞区食卫执法科询问（调查）笔录

时间：2026年06月05日13时33分至14时30分

地点：岛歌市鱼鳞区沛都路篙黎支路1号

案由：雪乡犬沸（岛歌）火锅餐饮管理有限公司食材原料与说明不符，有掺假使杂现象

询问（调查）人：赵高元（P0005）、刘岁中（P0009）

记录人：刘岁中（P0009）

被询问（调查）人：戌次诚，性别：男，年龄：38岁

工作单位：雪乡犬沸（岛歌）火锅餐饮管理有限公司一号店

职务：总经理

政治面貌：群众

身份证号：37×××3507

住址：岛歌市鱼鳞元区沛都路篙黎支路1号（旁）

电话：139×××7777

电子皮肤话机：A51937

问：我们是岛歌市鱼鳞区食卫执法科执法外包人员赵高元（P0005）、刘岁中（P0009），这是我们证件，请您过目。如果执法人员与您有直接利害关系的，你可以申请回避。现依法向你询问，请如实回答所问问题，您也有陈述、申辩的权利，您是否明白？

答：明白，执法证明已看过。不申请回避。

问：今天找你调查了解有关情况，请你如实陈述。如作虚假陈述，将负法律责任。你听清楚了吗？

答：听清楚了。

问：我们记录您的姓名、性别、年龄、工作单位、职务、政治面貌、住址是否准确？

答：准确。

问：你们餐厅是否办理了《食品经营许可证》《营业执照》？如果有请提供。

答：都已办理，立即提供。

问：你们餐厅几名工作人员？是否办理了健康证明，是否能提供出？

答：本餐厅有26名工作人员，均已办理健康证明，马上提供。

问：群众举报和我们现场查验，你们餐厅存在食材原料与说明不符，有掺假使杂现象，是否属实。

答：基本属实，但有一些实际情况请食卫执法办采信。

执法外包人员：请陈述。

答：本公司大股东、企业实际控制人是岛歌市岛歌声学公司常务副总裁戌元诚，他是著名犬类生物专家，因旧履疫情滞留国外。戌元诚发来信息称：鉴于旧履疫病持续，肉狗饲养防疫政策收紧，正宗狗肉原料将越来越匮乏，戌总组织专业人士研发"多肉"涮品火锅，已经形成成型方案，目前已经报送岛歌市鱼鳞区"打狗联合治理办公室"等有关部门，包括岛歌市鱼鳞区食卫执法办，虽未正式批复，但有关领导已经同意我们实验性烹饪。这是方案报送回执。

执法外包人员：这个情况我们需要向领导汇报核实。案发当天有多少顾客食用了"多肉"火锅？

答：实验性烹饪三天，我们都有详细记录，并，进行人脸识别和录像记录留存。当天共有82位顾客，这些顾客都食用了新品"多肉"狗肉。刚才您提到的《岛歌午报》记者也食用了，但男性顾客吃得较少，主要是女性顾客食用。

执法外包人员：请将录像一并提供给我们，我们一并向领导汇报。

答：录像和人脸识别信息已经被其他执法机关查封取走，这是凭据。

问：噢，你还有什么要说明？

答：没有。

问：您看以上记录是否属实？

答：属实。

（三）案件调查终结报告

当事人：雪乡犬沸（岛歌）火锅餐饮管理有限公司

法定代表人：戍次诚

职务：负责人

住址：鱼鳞区沛都路蒿黎支路1号（旁）

经营地址：岛歌市鱼鳞区沛都路蒿黎支路1号

2026年06月05日，我科下属执法中队委派鱼鳞区豹首安保公司打狗队（执法外包单位）工作人员赵高元、刘岁中（执法外包聘用人员）根据群众举报后发现，雪乡犬沸（岛歌）火锅餐饮管理有限公司在岛歌市鱼鳞区沛都路蒿黎支路1号餐厅涉嫌食材原料与说明不符，有掺假使杂现象。经批准，2026年06月06日予以立案调查。

经查实，接到市食卫执法办电话转来的群众举报线索，岛歌市鱼鳞区食卫执法科电话通知下属执法中队，立即赴岛歌市鱼鳞区沛都路篙黎支路1号进行执法巡查。

执法中队委派鱼鳞区豹首安保公司打狗队（执法外包单位）工作人员赵高元、刘岁中（执法外包聘用人员）进入现场。

这家店门匾标识为"雪乡犬沸火锅"，该餐厅正在营业中，为不影响营业，赵高元、刘岁中（执法外包聘用人员）转到后厨过廊处，向该店长王丽丽出示《执法外包聘用书》（P0005、P0009）说明来意后，王丽丽立即找来经理戍次诚，在戍次诚陪同下进行执法检查，检查中发现该餐厅已办理营业执照，注册名称为"雪乡犬沸（岛歌）火锅餐饮管理有限公司"，已办理《动物性食品经营许可证》（有效期至2030年2月31日）。现场检查中发现该餐厅分超低温和常低温两处固定冷冻装置（非冰箱），在常低温库中发现标注"狗肉"预包装食材27份，"羊肉"52份，"袋鼠肉"22份，"雁肉"21份，"羊驼肉"21份，"牛蛙肉"11份，"鲨鱼肉"9份，"乳猪肉"2份。

该餐厅提供了岛歌市安食采供应链管理有限公司购进相关手续及供货商资质证明、进货单据，提供了岛歌市冷链食品集中监管出库证明。

鱼鳞区食卫执法科技术室随即赶到现场，在对各类肉食食材分别取样后，将该餐厅两处固定冷冻装置查封。

现场已拍照取证，执法过程全程录像。并下达《停业整顿通知书》。

当事企业以上行为违背了《岛歌市食卫行业规范》第34条，依法应予处罚。

参照岛歌市食卫执法局关于印发《岛歌市食卫执法处罚裁量基准（试行）》的通知第五百一十三条"生产经营标签与实际不符合食品"裁量标准：根据《岛歌市关于在鱼鳞元宇宙产业功能区开展相对集中食卫处罚权工作的批复》（岛食字【2026】135号）责令改正违法行为，建议作出如下决定：

1. 没收违法所得3330.00元。

2. 罚款500.00元。

日期：2026年06月06日

中队长意见：同意承办人意见。

执法办意见：同意中队长意见。

日期：2026年06月06日

（四）食卫执法处罚法制审核意见书

案由：食材原料与说明不符，有掺假使杂现象

案件来源：群众举报

呈报单位：岛歌市鱼鳞区食卫执法科执法中队

呈报日期：2026年06月05日

违法事实及处理意见：

接到市食卫执法办电话转来的群众举报线索，岛歌市鱼鳞区食卫执法科电话通知下属执法中队，立即赴岛歌市鱼鳞区沛都路蔦黎支路1号进行执法巡查。执法中队委派鱼鳞区豹首安保公司打狗队（执法外包单位）工作人员赵高元、刘岁中（执法外包聘用人员）进入现场。

这家店门匾标识为"雪乡犬沸火锅"，该餐厅正在营业中，为不影响营业，赵高元、刘岁中（执法外包聘用人员）转到后厨过廊处，向该店长王丽丽出示《执法外包聘用书》（P0005、P0009）说明来意后，王丽丽立即找来经理戌次诚，在戌次诚陪同下进行执法检查，检查中发现该餐厅已办理营业执照，注册名称为"雪乡犬沸（岛歌）火锅餐饮管理有限公司"，已办理《动物性食品经营许可证》（有效期至2030年2月31日）。现场检查中发现该餐厅分超低温和常低温两处固定冷冻装置（非冰箱），在常低温库中发现标注"狗肉"预包装食材27份，"羊肉"52份，"袋鼠肉"22份，"雁肉"21

份，"羊驼肉" 21份，"牛蛙肉" 11份，"鲨鱼肉" 9份，"乳猪肉" 2份。

该餐厅提供了岛歌市安食采供应链管理有限公司购进相关手续及供货商资质证明、进货单据，提供了岛歌市冷链食品集中监管出库证明。

鱼鳞区食卫执法科技术室随即赶到现场，在对各类肉食食材分别取样后，将该餐厅两处固定冷冻装置查封。

现场已拍照取证，执法过程全程录像。并下达《停业整顿通知书》。

当事企业以上行为违背了《岛歌市食卫行业规范》第34条，依法应予处罚。

参照岛歌市食卫执法办关于印发《岛歌市食卫执法处罚裁量基准（试行）》的通知第五百一十三条"生产经营标签与实际不符合食品"裁量标准：根据《岛歌市关于在鱼鳞区开展相对集中食卫处罚权工作的批复》（岛食字【2026】135号）责令改正违法行为，建议作出如下决定：

1、没收违法所得3330.00元；

2、罚款500.00元。

法制机构审核建议：经审核：1. 本机关具有管辖权；

2.违法事实清楚；3.证据确凿、充分、材料齐全；4.定性准确，适用法律、法规或规章正确；5.行政处罚适当；6.程序合法；7.其他

（五）食卫执法处罚听证会告知书

当事人：雪乡犬沸（岛歌）火锅餐饮管理有限公司

法定代表人：戌次诚

职务：负责人

住址：岛歌市鱼鳞区沛都路蒿黎支路1号（旁）

经营地址：岛歌市鱼鳞区沛都路蒿黎支路1号

本机关依法查处的雪乡犬沸（岛歌）火锅餐饮管理有限公司食材原料与说明不符，有掺杂现象一案，已经调查终结，根据《岛歌市关于在鱼鳞区开展相对集中食卫处罚权工作的批复》之规定，现将本机关拟作出处罚事实、理由及依据告知如下：

接到市食卫执法办电话转来的群众举报线索，岛歌市鱼鳞区食卫执法科电话通知下属执法中队，立即赴岛歌市鱼鳞区沛都路蒿黎支路1号进行执法巡查。执法中队委派鱼鳞区豹首安保公司打狗队（执法外包单位）工作人员赵高元　刘岁中（执法外包聘用人员）进入现场。

这家店门匾标识为"雪乡犬沸火锅"，该餐厅正在

营业中，为不影响营业，赵高元、刘岁中（执法外包聘用人员）转到后厨过廊处，向该店长王丽丽出示《执法外包聘用书》（P0005、P0009）说明来意后，王丽丽立即找来经理戌次诚，在戌次诚陪同下进行执法检查，检查中发现该餐厅已办理营业执照，注册名称为"雪乡犬沸（岛歌）火锅餐饮管理有限公司"，已办理《动物性食品经营许可证》（有效期至2030年2月31日）。现场检查中发现该餐厅分超低温和常低温两处固定冷冻装置（非冰箱），在常低温库中发现标注"狗肉"预包装食材27份，"羊肉"52份，"袋鼠肉"22份，"雁肉"21份，"羊驼肉"21份，"牛蛙肉"11份，"鲨鱼肉"9份，"乳猪肉"2份。

该餐厅提供了岛歌市安食采供应链管理有限公司购进相关手续及供货商资质证明、进货单据，提供了岛歌市冷链食品集中监管出库证明。

岛歌市鱼鳞区食卫执法科技术室随即赶到现场，在对各类肉食食材分别取样后，将该餐厅两处固定冷冻装置查封。

现场已拍照取证，执法过程全程录像。并下达《停业整顿通知书》。

当事企业以上行为违背了《岛歌市食卫行业规范》

第34条，依法应予处罚。

参照岛歌市食卫执法办关于印发《岛歌市食卫执法处罚裁量基准（试行）》的通知第五百一十三条"生产经营标签与实际不符合食品"裁量标准：根据《岛歌市关于在鱼鳞区开展相对集中食卫处罚权工作的批复》（岛食字【2026】135号）责令改正违法行为，建议作出如下决定：

1. 没收违法所得人民币叁仟叁佰叁拾元整（￥3330.00元）。

2. 罚款人民币伍佰元整（￥500.00元）。

3. 总计罚没款人民币叁仟捌佰叁拾元整（￥3830.00元）

依据《岛歌市行政处罚规定》第四十二条的规定，你（单位）有权进行陈述和申辩，并可要求举行听证。请你（单位）在收到本告知书之日起三日内回我机关提出。逾期未提出的，视为自动放弃上述权利。

承办人：赵高元、刘岁中

联系电话：88288880

联系地址：岛歌市鱼鳞区食卫执法科

（六）行政处罚事先告知书

当事人：雪乡犬沸（岛歌）火锅餐饮管理有限公司

法定代表人：戍次诚

职务：负责人

住址：岛歌市鱼鳞区沛都路蒿黎支路1号（旁）

经营地址：岛歌市鱼鳞区沛都路蒿黎支路1号

　　本机关依法查处的雪乡犬沸（岛歌）火锅餐饮管理有限公司食材原料与说明不符，有掺假使杂现象一案，已经调查终结，根据《岛歌市关于在鱼鳞区开展相对集中食卫处罚权工作的批复》之规定，现将本机关拟作出处罚事实、理由及依据告知如下：

　　接到市食卫执法办电话转来的群众举报线索，岛歌市鱼鳞区食卫执法科电话通知下属执法中队，立即赴岛歌市鱼鳞区沛都路蒿黎支路1号进行执法巡查。执法中队委派鱼鳞区豹首安保公司打狗队（执法外包单位）工作人员赵高元、刘岁中（执法外包聘用人员）进入现场。

　　这家店门匾标识为"雪乡犬沸火锅"，该餐厅正在营业中，为不影响营业，赵高元、刘岁中（执法外包聘用人员）转到后厨过廊处，向该店长王丽丽出示《执法外包聘用书》（P0005、P0009）说明来意后，王丽丽立即找来经理戍次诚，在戍次诚陪同下进行执法检查，检查中发现该餐厅已办理营业执照，注册名称为"雪乡犬沸（岛歌）火锅餐饮管理有限公司"，已办理《动物性食品经营许可证》（有效期至2030年2月31日）。现场检查中发现该餐厅分超低温和常低温两处固定冷冻装置（非冰箱），在常低温库中发现标注"狗肉"预包装食材27份，"羊肉"52份，"袋鼠肉"22份，"雁肉"21份，"羊驼肉"21份，"牛蛙肉"11份，"鲨鱼肉"9份，"乳猪肉"2份。

该餐厅提供了岛歌市安食采供应链管理有限公司购进相关手续及供货商资质证明、进货单据，提供了岛歌市冷链食品集中监管出库证明。

岛歌市鱼鳞区食卫执法科技术室随即赶到现场，在对各类肉食食材分别取样后，将该餐厅两处固定冷冻装置查封。

现场已拍照取证，执法过程全程录像。并下达《停业整顿通知书》。

当事企业以上行为违背了《岛歌市食卫行业规范》第34条，依法应予处罚。

参照岛歌市食卫执法办关于印发《岛歌市食卫执法处罚裁量基准（试行）》的通知第五百一十三条"生产经营标签与实际不符合食品"裁量标准：根据《岛歌市关于在鱼鳞区开展相对集中食卫处罚权工作的批复》（岛食字【2026】135号）责令改正违法行为，建议作出如下决定：

1. 没收违法所得人民币叁仟叁佰叁拾元整（￥3330.00元）。

2. 罚款人民币伍佰元整（￥500.00元）。

3. 总计罚没款人民币叁仟捌佰叁拾元整（￥3830.00元）

　　依据《岛歌市行政处罚规定》第三十二条和第三十三条的规定，你（单位）如对本机关上述认定的违法事实、处罚依据及处罚内容等有异议的，请你（单位）在收到本告知书之日起三日内向我机关，提出书面陈述、申辩意见；也可直接到本机关进行陈述和申辩，逾期未提出陈述或申辩的，视为你（单位）自动放弃上述权利。

承办人：赵高元、刘岁中

联系电话：88288880

联系地址：岛歌市鱼鳞区食卫执法科

（七）案件处理审批表

案件来源：群众举报

案由：食材原料与说明不符，有掺假使杂现象

当事人：雪乡犬沸（岛歌）火锅餐饮管理有限公司

立案时间：2026年06月05日

案件经过：

　　本案《案件调查终结报告》于2026年06月06日获得批准，拟决定没收违法所得3330.00元，罚款500.00

元。当事人陈述申辩情况为：自动放弃陈述申辩和听证权利。

违法事实：

接到市食卫执法办电话转来的群众举报线索，岛歌市鱼鳞区食卫执法科电话通知下属执法中队，立即赴岛歌市鱼鳞区沛都路蒿黎支路1号进行执法巡查。执法中队委派鱼鳞区豹首安保公司打狗队（执法外包单位）工作人员赵高元、刘岁中（执法外包聘用人员）进入现场。

这家店门匾标识为"雪乡犬沸火锅"，该餐厅正在营业中，为不影响营业，赵高元、刘岁中（执法外包聘用人员）转到后厨过廊处，向该店长王丽丽出示《执法外包聘用书》（P0005、P0009）说明来意后，王丽丽立即找来经理戌次诚，在戌次诚陪同下进行执法检查，检查中发现该餐厅已办理营业执照，注册名称为"雪乡犬沸（岛歌）火锅餐饮管理有限公司"，已办理《动物性食品经营许可证》（有效期至2030年2月31日）。现场检查中发现该餐厅分超低温和常低温两处固定冷冻装置（非冰箱），在常低温库中发现标注"狗肉"预包装食材27份，"羊肉"52份，"袋鼠肉"22份，"雁肉"21份，"羊驼肉"21份，"牛蛙肉"11份，"鲨鱼肉"9

份，"乳猪肉"2份。

该餐厅提供了岛歌市安食采供应链管理有限公司购进相关手续及供货商资质证明、进货单据，提供了岛歌市冷链食品集中监管出库证明。

岛歌市鱼鳞区食卫执法科技术室随即赶到现场，在对各类肉食食材分别取样后，将该餐厅两处固定冷冻装置查封。

现场已拍照取证，执法过程全程录像。并下达《停业整顿通知书》。

立案依据：《岛歌市食卫行业规范》第34条

承办人意见：

鉴于当事人放弃陈述申辩权利，执法人员也未发现有新的事实、理由和证据可以变更原处理意见。依据岛歌市食卫执法办关于印发《岛歌市食卫执法处罚裁量基准（试行）》的通知第五百一十三条"生产经营标签与实际不符合食品"裁量标准：根据《岛歌市关于在鱼鳞区开展相对集中食卫处罚权工作的批复》（岛食字【2026】135号）责令改正违法行为，建议按原定意见处理：没收违法所得3330.00元，罚款500.00元。

相关科室：同意，签名

执法办领导意见：同意，签名

（八）行政处罚决定书

当事人：雪乡犬沸（岛歌）火锅餐饮管理有限公司

证件类别：

营业执照

证件号码：81370991KA3CYN3E2Q

法定代表人：戌次诚

职务：负责人

联系电话：

电话：139×××7777

电子皮肤话机：A51937

政治面貌：群众

住（地）址：岛歌市鱼鳞区区沛都路蒿黎支路1号

　　经查实，你单位存在食材原料与说明不符，有掺假使杂现象等问题。

　　接到市食卫执法办电话转来的群众举报线索，岛歌市鱼鳞区食卫执法科电话通知下属执法中队，立即赴岛歌市鱼鳞区沛都路蒿黎支路1号进行执法巡查。执法中队委派鱼鳞区豹首安保公司打狗队（执法外包单位）工作人员赵高元、刘岁中（执法外包聘用人员）进入现场。

　　这家店门匾标识为"雪乡犬沸火锅"，该餐厅正在营业中，为不影响营业，赵高元、刘岁中（执法外包聘用人员）转到后厨过廊处，向该店长王丽丽出示《执法外包聘用书》（P0005、P0009）说明来意后，王丽丽立即找来经理戍次诚，在戍次诚陪同下进行执法检查，检查中发现该餐厅已办理营业执照，注册名称为"雪乡犬沸（岛歌）火锅餐饮管理有限公司"，已办理《动物性食品经营许可证》（有效期至2030年2月31日）。现场检查中发现该餐厅分超低温和常低温两处固定冷冻装置（非冰箱），在常低温库中发现标注"狗肉"预包装食材27份，"羊肉"52份，"袋鼠肉"22份，"雁肉"21份，"羊驼肉"21份，"牛蛙肉"11份，"鲨鱼肉"9份，"乳猪肉"2份。

该餐厅提供了岛歌市安食采供应链管理有限公司购进相关手续及供货商资质证明、进货单据，提供了岛歌市冷链食品集中监管出库证明。

岛歌市食卫执法科技术室随即赶到现场，在对各类肉食食材分别取样后，将该餐厅两处固定冷冻装置查封。

现场已拍照取证，执法过程全程录像。并下达《停业整顿通知书》。

上述事实有询问调查笔录，现场检查（勘验）笔录，现场取证照片，案件移送函，营业执照，食品经营许可证，身份证明等证据为证。

我科已于2026年06月6日依法向你送达了《行政处罚事先告知书》和《行政处罚听证会告知书》，你（单位）在法定期限内未提出陈述、申辩和听证要求。

本机关认为：你（单位）违背了《岛歌市食卫行业规范》第34条的规定，依据岛歌市食卫执法局关于印发《岛歌市食卫执法处罚裁量基准（试行）》的通知第五百一十三条"生产经营标签与实际不符合食品"裁量标准：根据《岛歌市关于在鱼鳞区开展相对集中食卫处罚权工作的批复》（岛食字【2026】135号）责令改正违法行为，决定给予如下处罚：

1. 没收违法所得人民币叁仟叁佰叁拾元整（￥3330.00元）。
2. 罚款人民币伍佰元整（￥500.00元）。

本决定书作出的罚款决定，你（单位）应自收到本文书之日起十五日内将罚款缴至岛歌城市银行鱼鳞支行沛都路分理处或岛歌市渔商银行鱼鳞区新区分理处。逾期不缴纳的，每日按罚款数额的3%加处罚款。

如不服本行政处罚决定，可在接到本决定书之日起六十日内向岛歌市鱼鳞区行政执法委申请复议；也可以在接到本决定书之日起六个月内向岛歌市海务法院鱼鳞区分院提起行政诉讼，逾期不申请复议，也不向岛歌市海务法院鱼鳞区分院起诉，又不履行本处罚决定，本机关将依法强制执行或申请岛歌市鱼鳞区海务法院鱼鳞区分院强制执行。

承办人：赵高元、刘岁中

联系电话：88288880

联系地址：岛歌市鱼鳞区食卫执法科

（九）其他卷宗（略）

附件四：

（一）《岛歌午报》2026年6月9日头版头条（套红通栏）

标题：热烈庆祝国家批准成立岛歌市鱼鳞元宇宙AI产业功能区

标题：这是全国第二家国家级元宇宙AI产业功能区

标题：岛歌市进入元宇宙AI产业发展快车道

标题：我市原鱼鳞区整建制纳入新区

详细内容请阅读本报四版正版报道：

《灵境不只天上有、岛歌即是桃花源——我国第二个元宇宙AI产业功能区落地岛歌市纪实》领衔记者：蜀晴天等

……

（二）《岛歌午报》2026年6月9日三版

《岛歌爱狗人士抗议"雪乡犬沸"狗肉火锅重新开业》

2026年6月9日讯，午报客户端报道（记者蜀晴天）今天上午，本市约200多位爱狗人士聚集在岛歌市鱼鳞元宇宙AI产业功能区沛都路篙黎支路1号，抗议"雪乡犬沸"狗肉火锅重新开业。

据了解，前几日，根据群众举报，岛歌市鱼鳞元宇宙AI产业功能区食卫执法科执法中队立即对这家餐厅进行检查。检查中发现，这家餐厅在没有标注明确的情况下，用羊肉、袋鼠肉、雁肉、羊驼肉、牛蛙肉、鲨鱼肉、乳猪肉等动物肉冒充狗肉，出售给顾客涮食。

执法中队立即查封了这家餐厅。

让广大市民特别是本市众多爱狗人士不能理解的是，仅仅三天多时间，这家餐厅竟然就被准许重新开业。为此，这些市民一早赶到餐厅门口，抗议并阻止狗肉火锅重新开业。

爱狗人士吴女士对记者说，狗狗是人类的朋友，被扑杀食用简直是残忍至极。这家狗肉火锅店应该永远关停。吴女士曾经到篙黎狗肉节暗访拍照而被打伤。

一位自称是国际关爱犬类动物联盟大中华区华东片驻岛歌市代表处副代表章先生则认为，这家餐厅的行为是对犬类的污名化，华夏国民间有"挂羊头卖狗肉"谚语，但现在在犬类关爱的国际视野下，卖羊肉的商家绝不可能售卖狗肉，但这家餐厅却做起了"挂狗名卖羊肉"的生意，是对犬类极大地贬低，严重损害了犬类的名誉，他代表国际关爱犬类动物联盟大中华区华东片驻岛歌市代表处表示抗议。

而另一位曹女士在得知这家餐厅食用羊驼肉几乎在现场晕倒，她说，自己收养羊驼为宠物已经五年，羊驼的陪伴治好了她的抑郁症。她无法想象羊驼被宰杀的场景。

在现场，一些前来就餐的顾客与爱狗人士发生冲突，岛歌市鱼鳞元宇宙AI产业功能区城管办已赶到现场劝阻。

相关情况记者将随时报道，详细报道请大家点击《岛歌午报》新媒体中心《快狗》新闻视频。（完）

附件五：

尊敬的蜀晴天主任：

您好，我办收到了我区管委办暨市食卫执法办转来由您执笔撰写的《〈岛歌午报〉"内参"件》：《雪乡犬沸（岛歌）火锅餐饮管理有限公司的情况反映》，按我区管委办暨市食卫执法办指示，将有关情况解释并请蜀主任转呈贵社贵报领导。

岛歌市鱼鳞元宇宙AI产业功能区食卫执法办行政科

（注：我办因新区成立，由执法科升格为执法办，

为正处级行政执法单位）

正文：关于《〈岛歌午报〉"内参"件：雪乡犬沸（岛歌）火锅餐饮管理有限公司的情况反映》有关情况的说明

《岛歌午报》领导：

我办接岛歌市鱼鳞元宇宙AI产业功能区管委办暨市食卫执法办转来贵报有关雪乡犬沸（岛歌）火锅餐饮管理有限公司（下文简称"犬沸火锅"）情况反映，依据有关领导批示精神，现汇报并解释如下：

一，有关《岛歌午报》相关报道及该报"内参"反映停业时间过短问题

6月9日接到市食卫执法办转群众举报的同时，我办也接到贵报要求现场跟踪报道的要求。在当日采访时，贵报记者蜀晴天非常配合我办工作，还采访了几乎所有员工和大部分就餐顾客，对我们执法过程和依法依规取样和封存并责令停业整顿等措施表示满意。

6月9日贵报发表《岛歌爱狗人士抗议"雪乡犬沸"

狗肉火锅重新开业》报道后，许多爱狗人士转到我办办公楼前拉横幅抗议"犬沸火锅"重新开业，《岛歌午报》及"内参"报道许多市民对停业五天就恢复营业非常不满的情况，我办充分理解。

目前，岛歌市鱼鳞元宇宙AI产业功能区行政功能缺失较多，我办与区"打狗办"存在多处执法交叉与边界模糊的问题，在筹建新区一年多来一直纠纷不断。这次区"打狗办"两次来函，对我们管辖权提出异议，为避免部门之间冲突，我办只好按最少五天时间进行停业处罚。请贵报和媒体朋友充分理解。

二，关于我办与区"打狗办"管辖权争议的问题

目前，岛歌市鱼鳞元宇宙AI产业功能区行政执法属于体制创新探索期，大部分与老城区机构设置完全不同。我办基本是在市场管理基本框架下进行食品卫生领域的行政执法，但也涉及动物交易、动物医疗及动物饲料的管理。

但区"打狗办"则是一个涉及多部门边缘管理的临时机构。由于去年旧履病毒开始从境外传入，主流流行病专家研究认为，由狗蹄传染至人足（人脚）的可能性最大。因此，区"打狗办"临时管辖权也随之扩大，特别是对犬类动物的管理，全面行使岛歌市市直七个部门

管理职能，并还有扩大态势，比如区"打狗办"竟然要求涉及犬类的新闻报道，归口区"打狗办"审核，当然这个要求因包括《岛歌午报》在内各个媒体反对和嘲讽而作罢。这个临时机构自己总在做"人咬人"的事，是否能管好"狗咬人"的事，让人怀疑。

此次区"打狗办"对我办查处"犬沸火锅"案，不仅在我办查处过程中多次干扰正常办案，还向我办上级机关提出管辖异议，这完全是一种因旧履疫病加持产生的无知、膨胀的表现。

众所周知，食卫执法是一项专业性、技术性非常强的工作，区"打狗办"并不拥有这种专业执法的专业人员、技术手段和专业设备，这种争夺管辖权的做法，不是从有利于工作出发，完全是本位主义、部门利益在作祟。至于提出将我办归并区"打狗办"统一管理，则基本属于痴人说梦。

根据这次执法"犬沸火锅"暴露出的问题和矛盾，特别是管辖权争议，我办有如下建议：

一是，请上级部门尽快研究，出台我办与区"打狗办"管辖权的边界文件。

二是，建议上级机关建立联合执法机制，充分发挥各个部门优势，防止内耗。例如区"打狗办"只负责对疯狗、病犬和死亡犬类的处置，并配合我办进行专业执法。

三是，建议上级管理部门尽快理顺行政执法体系，健全执法部门，裁撤临时机构。

我办非常希望《岛歌午报》就这一问题派出调查记者，形成内部情况报送上级主管领导和部门，促进这些问题的深层次解决，为促进岛歌市鱼鳞元宇宙AI产业功能区元宇宙经济发展，营造出与之相适应的行政执法环境。

三，关于"执法外包"问题的解释

此次在"犬沸火锅"执法过程中，岛歌市鱼鳞元宇宙产业功能区食卫执法办聘用鱼鳞元宇宙AI产业功能区豹首安保公司打狗队为执法外包单位的新型执法探索，引起了上级多部门和社会各界、热心市民特别是爱狗人士关注，现将这一问题分几个方面解释。

首先，"执法外包"只是社会上的通俗称谓，我办工作人员行文不规范，写进了执法调查中。深层次原因是我办执法人员严重缺编，只能以"购买社会服务"的形式，让该公司协助我办执法。

其次，爱狗群众对豹首安保公司打狗队名字产生反感，我们充分理解。这家保安公司打狗队实际是独立法人分公司，是为区"打狗办"量身而作。在前年一次查处某商家非法宰杀流浪狗行动中，多位打狗队员被打伤或咬伤，其中一位重度残疾。而区"打狗办"也终止了与"打狗队"的合作。

恰巧当时区"打狗办"一副主任调任我办（当时是执法科）任常务副主任（副科长），鉴于我办一线执法力量薄弱，就与这家"打狗队"签订了购买服务协议。

再是，豹首安保公司打狗队工作与之前完全不同。因为"打狗队"多位员工负伤致残，我办充分发挥本区AI和元宇宙产业结合优势，与驻区企业岛歌市饭米粒（Family）智能机器人制造有限公司、岛歌市岛歌声学有限公司合作，利用AI技术和赛博格技术结合，装备"打狗队"员工，让他们恢复功能、恢复自信，重新投入工作和生活。

由于该公司一直接触犬类动物，对这一领域十分熟悉。这次我们执法的两位外包工作人员，配备了全套穿戴式智能执法设备。

尤其值得一提的是，是此次执法外包工作人员刘岁中先生，他在前年查处非法宰杀流浪狗案件时，被狗咬伤，又遭到不法商家殴打成重伤。由于救助和抢救不及时，刘岁中先生大脑受损严重，鼻子和左耳也失去嗅觉和听觉功能，左腿和双臂被迫截肢。

在刘岁中先生的坚持和同意的前提下，岛歌市饭米粒（Family）智能机器人制造有限公司、岛歌市岛歌声学有限公司通过脑机接口等一系列高科技集成技术运用，成功的将刘岁中先生装备成高智能赛博格化执法人。

而从外观上看，刘岁中先生与普通人类毫无二致，甚至有些帅气潇洒。

刘岁中先生在"犬沸火锅"执法过程，表现优异。除了凭借自身丰富经验进行侦查问询，其全部执法行为及思维，由我办执法专家和技术专家在后台直接监控和指挥，视觉、触摸、温感、语言及现场环境等所有数据及其他信息都即时进入我办执法控制系统进行计算比对和分析。使得此次行政执法客观、公正、精准，大大缩短执法时间，特别是在执法过程中令人如沐春风的执法表情和语言，受到广大市民的一致称赞。

我办已将刘岁中先生作为我办行政执法形象代言人，拟申请上级特批刘岁中先生成为正式执法工作人员。

四，关于质疑我办在25小时时间内结案问题

从传统执法办案流程而言，这类案件走完流程需要45个工作日，顺利也要30个工作日。这次我办处理"犬

沸火锅"案只用了一天多时间，绝不是某些部门和个别社会人士认为我办处理此案是枉顾程序、草率办案、人情结案。而是我办首次启用了元宇宙超级智能AI执法办公系统，这也是岛歌市鱼鳞元宇宙AI产业功能区首个元宇宙产业技术在专业执法领域的运用。

我办采用的元宇宙超级智能AI执法办公系统，是整合AR、VR、MR、CR、XR、区块链、云计算、数字孪生及大语言模型等多种新技术而产生的新型虚实相融互联网应用的执法场景，这一项基于扩展现实技术（Extended Reality）的创新，为所有执法环节的执法人员提供沉浸式执法，用数字孪生技术生成现实世界的镜像，通过区块链技术搭建全域执法研判体系，将虚拟世界与现实世界在法律系统、案例系统、和现场直觉判断系统即时融合。进而实现执法精准化、迅疾化和强扁平化。

具体说明，我办在执法两位外包工作人员进入现场的一刹那，他们配备的全套穿戴式元宇宙超级智能AI执法办公系统的执法设备马上启动，所有办案行为完全在我办元宇宙超级智能AI执法办公系统指令下进行。获取的元信息进入系统后，依次生成：

《立案审批表》；

《询问（调查）笔录》；

《案件调查终结报告》；

《案件调查终结报告》；

《法制审核意见书》；

《听证会告知书》；

《行政处罚事先告知书》；

《案件处理审批表》；

《行政处罚决定书》……

等一系列基本法律文本及各类辅助文书。元宇宙超级智能AI执法办公系统马上依据文件需要，自动生成各自办公和会议场景，将所有相关执法人员、审核专员、听证代表和签批领导，用XR+区块链+远程镜像方式，几乎同时进行会议、研究、听证、审核和签批。在我办现场执法人员完成现场勘验、取证和调查两个小时后，案件所有规定流程全部走完，案件审理结束。

由于需要等待技术部门与专业生化病理机构的化验结果，及其他部门审批、会签，所以在20多个小时后才正式结案。

当然，这次元宇宙超级智能AI执法办公系统的运用，我办也发现了一些问题，例如系统生成的文本虽然准确严谨，但高度雷同，没有变化，没有感情和文采，我办已经反馈给了研发协作公司，他们正在按我办要求，借鉴多个大语言模型进行调试。

同时，岛歌市鱼鳞元宇宙AI产业功能区食卫执法办之所以加速开发使用元宇宙超级智能AI执法办公系统，也是为了解决我办长期郁结的一个痛彻心扉的心结。

众所周知，"犬沸火锅"是租用了一家冷库经营，而这家冷库是岛歌市较早的一家民营企业。数年前，这家民营企业曾经有过一次不是很严重的违规行为，被多个部门重复执法，多次反复勒令停业整顿。

由于执法周期过长，强制停止供电，冷库冷冻鲅鱼有糜烂的危险，冷库广大职工马上开始用岛歌渔民传统工艺加工晾晒鲅鱼干，却又遇到阴雨连绵，又只好将半干鲅鱼用传统腌渍鱼酱的方式加工，经发酵后竟大获成功，老干鲅鱼酱爆红网上线下。

为此，这家企业将冷库租借出去，开始专心研发生产老干鲅鱼酱系列产品。

目前，老干鲅鱼酱厂已发展成鱼鳞元宇宙AI产业功能区食品类头部企业，也成为我办重点监管企业。

这家企业的遭遇，一直鞭策着我办，警示着我办，成为我办强化落实"放管服"要求，充分运用元宇宙及AI高科技新成果，为企业提供快速、公平、优质监管服务的重要动力。

五，关于爱狗人士建议永久关停"犬沸火锅"和查处岛歌声学有限公司"虐狗"问题

首先，这个建议或提议我办无权受理。我办职责只是制定本区食品安全与卫生行政许可的实施办法并监督实施、负责制定食品监督管理制度并组织实施，组织查处食卫违法违规行为。没有因爱狗人士反对而关停一家餐厅的权力。

第二，有关狗肉是否可以食用问题非常复杂。牵扯当地传统历史、社会风俗、文化传承等一系列问题。目前，本区几个相关协会正筹划将食用狗肉习俗申报世界非物质文化遗产，而肉狗养殖也逐渐形成产业。

第三，这次执法过程中，我办通过元宇宙超级智能AI执法办公系统数据计算之舆情分析得出，我区民间爱狗人士与食狗人士人群及无所谓人士数量为58：32：10，如果强行关闭"犬沸火锅"，有可能引发两个垂直社群的纷争，甚至会从线上发展成线下，极易引发群体性冲突。

第四，可能会产生国际纠纷。本区的各类产业中，篙黎国的外资量占12%，而这些外商不仅投资了这一饮食传统企业，还有他们只对本企业员工开放食用狗肉的食堂，监控和执法有多重困难。

第五，部门保护现象严重。例如本区"打狗办"，虽然收缴和无害化销毁大量狗蹄甚至狗腿，在防治旧履疫病方面做出一定贡献，但同时对于犬类动物的宰杀客观上起到了推波助澜的作用。

在此次执法现场，一位不愿透露姓名的爱狗大妈，拉着我办执法人员的手语重心长地说：如果全面禁食狗肉，"打狗办"这个部门就可能面临裁撤。"打狗办"是不会同意的。

第六，本区著名比目鱼企业，岛歌市岛歌声学有限公司，是一家专业进行犬类智能语音与AI结合研发高新技术的企业。经我办联合多个涉狗协会调查，这家企业十分尊重其研究对象——狗。动物福利非常健全，不存在"虐狗"现象，小部分研究用狗意外死亡后，都是经严格检疫后火化安葬，没有发现将狗肉售卖以此牟利现象。（完）

余总好：

以上是相关文本素材，其他情况因为相关部门不便提供标准文本，根据您的要求，我采访并搜集了几个方面的材料，我把素材组织后提供给您。

总编室 蜀晴天

附件六：

蜀晴天整理归纳的有关情况：

一，我与区"打狗办"协商，他们通过岛歌市鱼鳞元宇宙AI产业功能区动物防疫研究院，以旧履疫病流调的形式，通过该火锅店的人脸识别系统数据，将在6月5日在"雪乡犬沸火锅"全天就餐的82位顾客进行跟踪调查，除3位出国无法联系的顾客，其余79名顾客，都通过传统流调手段进行了接触。没有发现病患现象，但许多顾客对这家餐厅"挂狗名卖羊肉"行为表示愤慨。

二，据岛歌市鱼鳞元宇宙AI产业功能区食卫执法办委托沪申市盘奇畜牧医学检验所驯化动物医学检验室提供的检验报告单，狗肉、羊肉、鲨鱼肉、牛蛙肉、乳猪肉可以基本确定与包装标识文字吻合，雁肉实际是鹅肉，袋鼠肉和羊驼肉因为该所驯化动物医学检验室没有这两种动物蛋白相对应的液相色谱串联质谱，所以无法通过酶解成为肽段进行分析，目前已经利用基因分型，就是提取DNA然后测序进行确定，结果需要一段时间才能出来。

三，沪申市盘奇畜牧医学检验所驯化动物医学检验室将汤料进行分析，又将残留汤底进行多重检验得出结果，基本成分为脂肪、多不饱和脂肪酸、单不饱和脂肪酸、胆固醇、钠盐、碳水化合物、膳食纤维、糖、蛋白质、维生素A、维生素D、钙、铁等，对哺乳类生物性功能没有影响。坊间传闻"雪乡犬沸火锅"底料汤料有违禁性功能刺激药物，没有事实依据。

四，比对并分析岛歌市鱼鳞元宇宙AI产业功能区食卫执法办与该区"打狗办"各自提供的这家火锅店的狗肉原料来源，"犬沸火锅"店大部分肉类食材来源为：

在今年5月12日前，其来源是沛都市三家肉狗饲养场，各类证照手续齐全；少部分原料来源于鱼鳞元宇宙产业功能区"打狗办"对收缴的非法养狗（大型犬）、退役工作犬和少量流浪犬的处理。从提供的证据分析判断，这方面动物检疫措施非常严格，尤其对旧履疫病传染处置完全符合有关法律法规和政策规定。

但在今年5月12日后，该店狗肉和其他动物肉类食材则完全是通过国际冷链系统进口，但袋鼠肉和羊驼肉暂没有提供出海关进口货物报关单和入境货物检验检疫证明，"雪乡犬沸火锅"店说正在积极寻找提供证明，不排除有走私的可能。

五，我视频采访沪申市盘奇畜牧医学检验所驯化动物医学检验室资深专家李道阁博士，他认为，部分作为人类食品的动物，在宰杀时由于恐惧和痛苦产生了大量的应激激素，这些激素的效用也只是会让肉类变得质量下降，而非变得有毒。目前，应激激素的作用和结构已经研究得比较清楚，它们在体内的分布，代谢，储存都有迹可循；同时肉类和血制品食物经过加工、加热、烹调后已与生鲜时大为不同，食用后受到各种消化液和消化酶的处理，以原形入血并发挥毒理作用的可能性几乎不存在。况且在"人性化屠宰"代替了过去落后的屠宰方式以后，动物们产生恐惧等强烈刺激的可能性在下降。动物的恐惧和体内由此而来的"毒素"应该不会对食用者产生不利影响。

六，国际关爱犬类动物联盟大中华区华东片驻岛歌市代表处副代表、动物福利专家章丕基博士接受我书面采访内容。

"蜀记者先生您好，首先抱歉我不便接受视频和语音采访，因为之前的一些遭遇，请您原谅。

"刚才我看了您提供的部分专家的观点，我道德上讲，我是反对食用任何动物蛋白的；同时，从学术上而言，我谨慎地反对李道阁博士的观点。

"我个人认为，犬类虽然也是人类驯化动物，但与肉牛、肉猪和肉食鸡等完全不同，狗几乎是一种与人类精神共生的动物，这一点，基因文化人类学正在证明，狗是有与人类同等纬度独立意识的一个物种，完全不应该成为人类虐杀和食用的对象；同时，与肉牛、肉猪现代化屠宰场完全不同的是，对狗的捕杀和屠宰，完全是暴力的、野蛮的，手段原始，方法残酷和恐怖，所产生的有毒应激激素基本无法去除，食用后会产生的严重后果目前的医学还无法确定，但对于人类的危险性是很高的；

"最后，我想很郑重地告诉你一个未经完全证实的研究结论，当然，我也很纠结如何表达。只是私下交流，不要见诸报端。

"蜀记者先生，目前，基因考古学和基因文化人类学交互研究的部分实证，通过元宇宙数字孪生进行重塑研究，产生一种假想。在太古时代，人类和犬类可能达成某种契约，所以人类食用狗肉，这种太古契约会以某种形式相向交互，可能会产生不可控的异质性体变（Transsubstantiation），会给人类带来不可知的灾难。"（完）

余总好！

章丕基博士所述内容是他通过移动互联网聊天形式提供的，章丕基博士不愿意视频或电话采访，认为个人形象和声音不能随意呈现，文字更能准确表达自己的观点。

蜀晴天

六、一首诗

余学兄好！

　　我粗粗看了这部分资料，准备立即转给周吾从教授，您发信里嘱托我"一定要绝密"，请您放心，同时也请您尽量不要再告知其他人士。因为这不仅仅涉及王春葵学姐的病患隐私，如果被人误认为是旧履疫病的症状，会给医学界和社会带来无法控制的恐慌。

　　妄请学兄：切记，切记！

若木寒即日

　　另外余学兄，我司一董事推荐给我一位据称是元宇宙诗人陈青裳的诗作，并希望有时间引荐给余学兄认识。看看能否先在《岛歌午报》发表她的诗作。

余学兄，此事我也是受人之托，您千万不要为难。

谢谢！

若木寒

陈青裳元宇宙诗作：

《女人红》

女人……

说

疼

傻×

狗男

告诉你

落红

落英

NO，无情

化作春泥

护你半生

傻×不自珍

姓龚

从今

溯古

狗男总在

女人红前

相逢

秦观：落红铺径水平池，弄晴小雨霏霏。

苏轼：小院黄昏人忆别，落红处处闻啼鴂。

严仁：冰池晴绿照还空，香径落红吹已断。

曾觌：为怜流去落红香，衔将归画梁。

辛弃疾：惜春长怕花开早，何况落红无数。

陈叔宝：花开花落不长久，落红满地归寂中。

韩元吉：幽墙几多花。落红成暮霞。

张炎：也学落红流水、到天涯。

毛滂：一春花事今宵了。点检落红都已少。

赵长卿：夜雨如倾，满溪添涨桃花水。落红铺地。枝上堆浓翠。

王恽：一曲清歌花解语。落红羞满沙头路。

史达祖：临断岸、新绿生时，是落红。

曾觌：风急落红留不住，又斜阳。

杨冠：卿肠欲断。更落红万点。

卢祖皋：兰棹举。相趁落红飞去。

刘子翚：谷雨都无十日间，落红栖草已斑斑。

徐再思：风微尘软落红飘。沙岸好，草色上罗袍。

顾清：大卧落红篱下，莺啼新绿阴中。

赵孟頫：宿云初散青山湿，落红缤纷溪水急。

杨炎：正东风寂。垂杨舞困春无力。春无力。落红不管，杏花狼藉。

吴文英：落红微沁绣鸳泥。秋千教放低。

张祐：采莲人已去，水面落红衣。

晏殊：荷花欲绽金莲子，半落红衣。

王安国：画桥流水，雨湿落红飞不起。

张先：风不定。人初静。明日落红应满径。

韦骧：况是桃花落红雨。莫诉觥筹。

曾觌：萍散漫，絮飘飏。轻盈体态狂。为怜流去落红香，衔将归画梁。

李珣：隔帘微雨双飞燕，砌花零落红深浅。

杨朝英：霜浸吴江月。明日落红多去也！

高克恭：风送落红搀马过，春风更比路人忙。

黄庚：细柳细中垂绿重，残花风裹落红轻。

女人红

女人疼

古今狗男旦评

龌龊卑鄙

轻薄发兽情

女人红

落红

见红

是红灯

是红色预警

湿漉漉的花朵

不需要开在

有口臭的唇畔

女人

不需要壁咚

不需要精子

那只是

一节核糖核酸

要给自己续命

出走亿万光年

会遇到一颗星星

只有孤雌的蓓蕾盛开

星球的名字

也许叫：

女人红……

（未完）

附件：

陈青裳交互方式：

移动电话：193×××2222

电子皮肤话机：A52222

小信：qingshang2222

OO：qingshang2222

阡阡：qingshang2222

小粉书：qingshang2222

颤音：qingshang2222

迅手：qingshang2222

BB站：qingshang2222

花生瓣：qingshang2222

Eacebook：qingshang2222

EouTube：qingshang2222

Ewitter：qingshang2222

Eyspace：qingshang2222

Eagged：qingshang2222

七、报社狗事

寒鸟：

给你整理材料的蜀晴天被停职了，余老大让我把京城气象大学人工干预学院迟桓筘教授业务讲座有关狗的内容摘出来给你，那天不是春葵姐姐请本帅吃饭嘛！我也只是听了一小部分，总编室把录音给我了，迟桓筘教授是川蜀口音，软件识别只有52.65%，我自己给你一句一句翻出来的。

你小子别拿余老大吓唬我，要请我吃饭。

对了，你收集狗的材料干嘛？又不属狗，你一个本科学中文的怎么能做人类学遗传研究？你是不是漂亮国湾区回来的骗子啊！

城北凝

城北凝文件夹：

◆ 京城气象大学人工干预学院迟桓笳教授讲座摘录一：

　　各位《岛歌午报》的同行，我叫迟桓笳，已经连续三年来岛歌市与大家交流，我就不说客套话了。

　　今天我和各位研讨一个话题：新闻与狗。

　　有人叫我们记者是狗，我们应不以为耻、反以为荣。

　　有人说，香港人早年就称社会新闻采集的记者为"狗仔队"，这是不准确的。

　　真实的史料是，意大利导演费德里科·费里尼（Federico Fellini）在1960年，拍摄了一部电影《甜蜜生活》，讲述帕帕拉佐（Paparazzi）与一名扫街记者的故事。在电影中塑造出一个名叫"Paparazzi"的角色，是一个专门拍摄名人隐私的记者。由于题材新鲜，电影票房卖个满堂红，"Paparazzi"一词在南欧家喻户晓，成为追踪偷拍采访手法的代名词。

　　而到了1963年，费德里科·费里尼拍摄的电影《八部半》，再度出现街头新闻记者的角色，奠定了"Paparazzi"形象。

　　而中文翻译的狗仔队，才是由香港人开创。"Paparazzi"传入香港后，香港人改称"Paparazzi"为"Puppy"（小狗），一来是读音相近，二来此类记者的追踪行为也和狗相似。狗仔队由于跟踪的方法高明与锲而不舍的精神甚为可嘉，被媒体揭露及拍成电影情节后一举成名。狗仔队这名词才正式从幕后跃居幕前，成为新闻界的一个重要界别。

遗憾的是，这一珍贵史料几乎没有社会学专业研究者关注，新闻史学者更是置若罔闻。

曾有人说，狗仔队最早源于五代南唐宫廷画家顾闳中，李后主很想知道韩熙载晚上都在干啥，派顾闳中潜入，将其"趴体"（party）过程画成《韩熙载夜宴图》呈给李煜。

这个说法只是调侃，各位，狗仔队式报道几乎和人类历史相伴相生。

《韩熙载夜宴图》的说法，不是严肃的新闻史治学方式，我希望在座各位有志于做点新闻业务或新闻史研究的，从"狗仔队"入手，或许会有惊喜斩获。

我也准备以"人类新闻史与狗"为方向招收硕博连读研究生，硕士点正在申报，欢迎在座年轻同行报考。

◆ 京城气象大学人工干预学院迟桓笊教授讲座摘录二：

我们研究人类新闻与狗的关系，不是为了研究而研究，而应当有效运用到记者的工作中。我们记者或者媒体从业者应该认真学习狗的品格和优点。

记者要学习狗的第一品格是忠诚。

一些高文大册的概念，我就不再强调，我们这个职业，忠诚是第一位的，要坚守职业理想、职业道德和职业操守；对服务的媒体忠诚，对你的采访对象忠诚，对读者忠诚。

犬类的忠诚事例繁多，千里寻主、多年追凶；一些狗为救主人，舍弃生命；有些狗陪伴老人、残疾人、保护儿童，给他们帮助和慰藉。大地震中的搜救犬，为了抢救遇难者，狗蹄磨得血肉模糊。这一点，我们不少同行，或者说不少人类是人不如狗。

记者要学习狗的第二品格是敏感。

我研究中搜集的资料显示，狗可分辨极细小或者高频率的声音，包括超声波。而且对声源判断能力也很强。它听觉是人的16倍，最远距离大约是人的400倍。狗对于声音方向的辨别能力也是人类的2倍，能分辨32个方向。

由于狗耳与眼交感作用，所以完全可以做到眼观六路，耳听八方。狗还可以区分出节拍器每分钟震动数为96或100次，133次或144次。根据音调音节变化建立条件反射。

狗的嗅觉灵敏度约为人类嗅觉的1200倍。狗鼻的构造比较一般动物鼻子包括人类的构造要复杂得多。狗的嗅觉细胞大约为12500万个至20000万个，有的品种数量还要更多，例如一种牧羊狗的嗅觉细胞竟达22000万个，这些嗅觉细胞在鼻腔上占的面积达150平方厘米左右。

犬类的敏感品格被用来执行放牧、守卫、导盲、搜救、侦缉等工作，都是训练出来的。当然，记者的敏感，更需要认真的职业训练获得。

　　记者要学习狗的第三品格是勇敢。

　　刚才我们提到，狗的敏感品格成为人类重要的帮手。但军犬、警犬、救援犬、追踪犬、缉毒犬、检测犬等，它们胜任工作的前提，敏感特质只是基础，最重要的是勇敢。

　　勇往直前，不达目的誓不罢休的工作精神。

　　军犬侦查探路，警犬侦缉追凶，救援犬危机中救人，追踪犬险地寻踪，缉毒犬与毒贩搏命，检测犬以身试毒。大家知道，狗的敏感是千万年进化的结果，目的不是为人类去做急难险重的工作，而是为了自我规避风险，为了自己的种群安全保命。而犬类这种勇敢执着的优秀品格，应该作为我们记者的追求，特别是《岛歌午报》这种都市民生类的媒体。

　　记者要学习狗的第四品格是示警。

　　无论是专业的军警犬和普通的看家狗，感知到威胁或遇到危险，它们首先是通过激烈的叫声示警，犬类这样做其实对自身的安全非常不利，但犬类几乎是下意识地示警狂吠。

　　地震、海啸、洪水，暴躁、房屋倒塌、老人孩子遇险……由于狗的示警避免或减少灾难或危害的实例不胜枚举。

对于我们记者而言，首发新闻就如同狗的示警。我们对新闻的首发，或许会给自己带来危险、麻烦、威胁甚至报复，但这却是我们社会的报警器，相对于自媒体，我们传统媒体更有公信力，我们的首发和示警，很大程度上会让社会避免灾难和失误。

在这里，我也恳请《岛歌午报》的总编们，要对首发记者多包容多宽容。

要树立"首发无错稿"的理念！

保护好那些因抢稿而出错或有事实偏差、表述不当的记者。

狗，还有一项有独特自我防御能力，吃进有毒食物后，能引起呕吐反应而把有毒食物吐出来。

而报道失误的记者，要学习并努力拥有这种能力。

记者要学习狗的第五品格是好奇。

我在研究中获取这类资料很多，在狗的世界里，它无时无刻不被好奇心理驱使。狗进入一个陌生环境时便是如此，狗强烈的好奇心，让它利用其敏锐的嗅觉、听觉、视觉、触觉去认识世界，获得经验。每当狗发现一个新物体，一只球、一个移动的光影，狗总会以好奇的眼神专注于新物体，首先表现出明显的视觉化好奇，然后它们用鼻子嗅闻、舔舐，甚至用前肢狗爪翻动，进行认真的研究。好奇心促使狗乐于奔跑、四处游玩。

狗的好奇心有助于其智力增长。狗的好奇心可以看成一种探求反射的活动，在好奇心的驱动下，狗表现出模仿行为、求知欲望，这种心理状态为使用科目的训练创造了有利条件。牧羊犬的模仿学习是一种很重要的训练手段，其训练基础便是充分利用幼犬的好奇心理。幼犬通过模仿，能很快从父母那里学会牧羊、狩猎本领。而无交配经验的年轻公犬，通过模仿能尽快掌握交配要领。

而我们记者要学习的是，像一只工作犬一样，一直保持对新闻的敏感性，对每一个新闻事件的新鲜感，去学习、捕捉，去猎取新闻。

◆ 京城气象大学人工干预学院迟桓筇教授讲座摘录三：

前面论述了记者应该向狗学习五个特点，其实，犬类还有不少优点，例如，合作精神、分享精神、无私品质等。一点浅见，并非故作惊人之语，供大家参考。

《岛歌午报》的几位老总让我着重谈谈如何培养本报社的记者队伍，就我了解的《岛歌午报》现状而言，当务之急，要培养出三种"狗"型记者。

第一种是陪伴犬型。

陪伴犬是数量较多、适用领域也较为广泛的一种工作犬，陪伴老人、儿童，陪伴单身男女和孤独者。陪伴一些特殊工作者，我国有部墙内开花墙外香的电影《那山那人那狗》，讲的是两位乡村邮递员和狗的故事，据说在日本循环放映了多年、感动了无数孤独的人。

那么我们为何需要陪伴犬型的记者呢，《岛歌午报》有上级主管部门，有上级领导机关和同级各个部门，有我们的合作单位，有广告客户。到这类单位去采访，就需要我们的记者是陪伴犬型。

为这个称谓，我和一位教授新闻写作的朋友还发生过争执。她认为应该叫服务犬型或宠物犬型，而我认为这两种提法都不很严谨。

服务犬主要是指专业工作犬，根据援助犬国际（ADI）的说法，有三种专业服务犬。即为盲人和视障人士服务、为聋人和听力障碍服务、为与视力或听力有关的残疾人士服务。"服务动物"被定义为经过单独培训，为残疾人士工作或执行任务的狗。

而宠物狗则是人们为了消除孤寂或出于娱乐目的而豢养的犬类动物，或者出于非经济目的而豢养的犬类，并不在我们讨论范围。

所以，陪伴犬或陪伴狗型记者的提法应该是较为严谨的。

因为此类采访对象，一般不需要严谨的调研采访甚至写作，他们一般会为记者提供成品稿件。虽然记者不需要像工作犬一样提供专业工作技能，但却需要以记者身份长时间跟随或随时出现，对于此类被采访机构或合作企业而言，记者更像一种仪仗、一种身份、一种装饰或者炫耀。

因此核心是一种陪伴。

陪伴狗型记者需要有极高的智商和情商，特别要具备扎实的传统采编写基本功。报社应该精心选拔培养并进行保护，但此类记者应该避免几个误区：

一是长期跟随领导以为自己也是领导；二是长期跟随企业家以为自己也是富豪；三是长期与名人接触以为自己也成了名人。

要始终恪守和铭记，自己是一名陪伴狗型记者。

第二种是看门狗型。

有关资料显示，工作犬分类大致有12种，但最多的用途是看家护院。自犬类被人类驯化或者说合作开始，看门狗——从远古到今天最主要的用途，就是守住主人门阙和家园。

比如边牧犬聪明机警、精力旺盛，对主人热情而忠诚；但对陌生人始终保持警惕，胜任看家护院的工作。它的运动量很大，适合住在室外。

拉布拉多犬具备健康、稳定性良好的身体素质。它强悍的体质和过硬的身体素质让它足以应付艰苦的工作环境，温顺安静、稳重沉着、聪明机敏、待人友善，非常符合守护一个家庭的需求。

哈士奇是一个被污名化的犬种，正式名字是西伯利亚雪橇犬，它身体有部分西伯利亚狼血统，格外好动、固执，且脾气倔强。西伯利亚雪橇犬精力太旺盛，许多人愿意作为宠物饲养，实际是对它的侮辱。

西伯利亚雪橇犬十分忠实，学习能力强，面对困难积极解决，适应能力极强。任何时候都兴致勃勃，任何环境都能很好地融入。

黑褐猎浣熊犬是专门守卫猎场的，充满活力，警惕、灵敏、友好。当将猎物赶上树时会发出嚎叫。也被成功地用于在复杂的地形中对熊、鹿、负鼠和山狮的狩猎。它能忍受恶劣的冬天的寒冷和夏季的酷热。

虽然平时性情温和，但一闻到猎物的气味就成为一个顽强的追踪者。完全依靠嗅觉来执行任务，非常有力的、有节奏的步伐使它们具有很快的速度。

我为何要列举几种典型的看门狗的品种，这是我对媒体所谓跑口记者的要求。就应当把自己训练成看门狗型记者，守好、守严自己分工跑的部门、行业和系统。平时扫街的摄影记者，跑社区和民生口、跑体育、跑打击犯罪，都可以与以上的看门狗的品格对应比较，找出差距。

比如分工跑岛歌市元宇宙AI产业的记者，面对这种全新产业业态和管理机构，记者就应该化身成西伯利亚雪橇犬，具备对新事物极强的学习能力，积极解决困难，任何时候都兴致勃勃，快而好地融入新型经济业态环境中。

看门狗型记者最重要的要做到守土有责，把自己跑的口子死死守住，这个领域的新闻只能从你手里发出；你的速度和边界意识围合成你的报道疆域；你的吼叫和咬合力让其他媒体同行望而却步；你就是这个领域的专家和权威和代言人。

只有做到这些，才是一个合格的"看门狗"型记者。

第三种是疯狗型记者。

这里的"疯狗"，并不是指患了狂犬病的狗。是一个比喻，但究竟比喻的是什么，还真是难以准确概括。

我先讲述几位新闻史上著名的记者。

库尔特·肖尔克（Kurt Sholke），据称是待在战场时间最长的战地记者。肖尔克四十岁那年，突发奇想决定成为一名战地记者。哪里有战争流血他就出现在哪里。他待在战场上的时间比任何人都长。库尔特报道萨拉热窝冲突时，炮弹突然落到不远的地方，同行是赶快逃命，而库尔特第一反应是开车向炮弹炸落地方冲去。

2000年5月24日这一天，库尔特·肖尔克（Kurt Sholke）被炮弹击中头部身亡。

匈牙利战地记者罗伯特·卡帕（Robert Capa）有句名言："如果你的照片拍得不够好，那是因为你离炮火不够近。"他所拍摄的《共和国战士之死》，捕捉到一个战士中枪倒下的瞬间状态，是新闻史上一幅不朽之作。

1954年，他在越南拍摄法国作战部队时被地雷炸死，终年四十一岁。

1887年米国一名女记者娜丽·布莱（Nellie Bly）伪装成精神病人，成功被送入罗斯福岛的精神病院。十天后，娜丽·布莱离开这家精神病院，并将这十天的经历写成报道，立刻引起了轩然大波。娜丽·布莱作为一个敢于深入"地狱"的记者，震惊世人。

最后，我提及一下维基解密创始人阿桑奇（Julian Paul Assange）。他于2006年创立的"维基解密"，是现存新闻传播理论完全没有能力诠释的伟大现象。

我对于这几位新闻同行的立场、观点不予置评，我只想强调，他们身上都拥有一个共同的特质：

——疯狂！

——超级疯狂！！

疯狂，这才是我们目前《岛歌午报》乃至整个媒体行业的记者们最缺乏的。

疯狗型的记者不是培养和训练出来的，而是要发现和引导，这种记者的强项并不是新闻专业素养，而是性格、性格。

疯狗型记者其实就是具备疯狗性格的记者。

有些狗类天生就极具攻击性，如藏獒、比特犬、高加索犬、意大利护卫犬等，天生就拥有强大的攻击和咬合能力，善于撕咬和扑袭。它们在眯眼休息的时候，蠢萌笨拙，憨态可掬，一旦有了刺激这几种狗就会爆发出骇人的攻击性。

一些未绝育公狗因为雄性荷尔蒙的关系，通常比母狗或去势的公狗更具攻击性，特别有雌性狗发情时，公狗就会变得极具攻击性，为了争夺交配权会彼此疯狂噬咬。

所处环境不稳定，如在饥饿、生病、受伤情况下感觉有敌意的人或动物靠近时，狗都会变得紧张、焦躁，为了保护自己和领地安全，狗也会变得极具攻击性。

但我们毕竟是人，是记者。中外不同，古今有别，国有国情，市有市情，每家媒体都有自己的特点。所以，我们《岛歌午报》无须去培养出战地记者，也大概率不需要潜伏到贩毒集团做卧底的记者。

"批判的武器不能代替武器的批判。"马克思在《〈黑格尔法哲学批判〉导言》中告诉我们，"物质力量只能用物质力量来摧毁。"我们报社要拿起批判的武器，去进行武器的批判。

这是疯狗型记者的主阵地。

我建议，《岛歌午报》及下属新媒体矩阵需要发现、培养、引进具备疯狗型性格的记者，专门从事调查性、批评性报道或监督性报道。

人员不需要多，集聚资源打造出三到五个疯狗型记者的强IP。

这几位疯狗型记者，将是《岛歌午报》的藏獒和比特犬，他们稿件既要具备杀伤力、轰动效应和广泛传播效果，也要有暗示性、隐喻性和阴谋论的弦外之音。让某些机构见猎心喜，某些单位和人闻之色变，某些人和事避之不及、咬牙切齿。

疯狗型记者一定不是网红，也可以少有人接触，面目神秘、行踪诡异。平时都蛰伏在暗处，伺机而动，一击必中，进而形成强大的心理冲击力和威慑力。

当然，报社一定要有控制机制，疯狗型记者不能真疯，而是要有控制地疯，要带上项圈和箍嘴，不能让其越界行为危害社会或反噬报社。

以本人在原来报社的经验和教训，如果遇到内外封锁无法进入的事故现场、阻力重重难以调查的事件真相、蛮横推诿不予配合的机构部门、造假使奸坑害百姓的企业商家……

那就是两个字：

放狗！

不，是三个字：

放疯狗！

……

八、又一首诗

寒鸟：

余老大让继续我把纸冶集团"涉狗"资料整理出来给你，妈的什么叫"涉狗"啊，还好蜀晴天够意思，他能听懂余老大黑话，说正好停职了，尽快帮我整理，但你不要和余老大说啊，蜀晴天这次事儿让余老大挺生气，不准他在任何场所露面，但还会保他的。

要发诗歌找我啊，尤其是女诗人。我就在副刊部管诗歌版，你小子就会拍余老大马屁，为了你这破事，我死缠烂打和我们副刊部若老换了版，当然余老大也打了招呼。

记住，诗歌散文版我是责编，我的地盘，泡妹子发诗歌只能找兄弟我。

不过这个陈青裳多大年纪啊，不会是中年大妈女诗人吧。我手里也有一篇陈青裳的稿子，若老说曾有人托他的。

寒鸟，就是这篇，你把陈青裳照片、视频先发我看看，我两篇一起发，要是不给我，我就一直拖着。

城北凝

《酒杯》

陈青裳

蓄满美酒的酒瓶

长长的瓶颈

孤独、坚硬

闪颤着光，青冷

我是一只酒杯空空

玲珑、晶莹、娇小的躯体

渴望着温暖、激情

将我注满吧

千般滋味

万种风情

那澎湃的张力

在我的唇边隆起天穹

花也醉

夜不归

酒愈浓

最是美酒难觅

去留总是匆匆

我是一盏空空的酒杯

等待着再一次的潮涌

深夜的客厅

与自己身影

相拥

洛天依投食歌

在听

"好饿好饿好饿"

心声……

九、报社狗事续

城北凝学弟：

　　你还是老脾气，陈青裳是我司高管介绍，我也没见到。问了一下，据说她在一个元宇宙空间发了首二次元诗歌涉嫌色情，被禁言了。她隐身一段时间会主动联系著名报告文学大家城北凝老师。

　　我所要"涉狗"资料，还请城北凝学弟抓紧提供！

若木寒

若木博士您好！

　　城北凝老师让我帮他整理有关材料，其实余总之前就给我详细交代了，只是，暂时余总不能直接指派我整理，就让城北凝老师出面要了一些内部材料。我发现不久前报社经营工作《典型发言及事例汇编》，几乎涵盖了有关春葵老师与您特指的那个元素交互的材料，我刚摘编完毕，现在发您。

午报总编室 蜀晴天

材料一：

《岛歌午报》集团文件

［2026］第16号

关于印发犹盘葫副总编在集团经营分析会议讲话暨各部门典型发言的通知

各部门（单位）：

现将犹盘葫同志在集团经营分析会议讲话暨各部门典型发言印发。

犹盘葫同志的讲话全面总结了2025年集团经营工作取得的成绩，并对做好2026年工作进行了全面部署，为集团新一年的经营工作和事业发展理清了思路、找准了目标、明确了路径。尤其在目前纸质平面媒体和直播、短视频媒体在元宇宙沉浸式新兴媒体的冲击下，经营收入出现较大幅度下滑的严峻形势下，认真贯彻落实好此次会议精神，对于全面提升经营工作的标准、能力和水平，实现下年度营销收入止损反升高质量发展，初步建成由传统报刊+新音视频媒体+元宇宙沉浸式传播矩阵的新型传媒集团提供有力的经济保证，具有重要指导意义。

报社经营工作管理委员会要求，各部门（单位）要认真组织学习研讨，与深化落实集团领导有关提高经营工作与新经济产业发展相结合的批示精神紧密联系。摒弃以往的报道与经营两张皮，经营工作形式传统、手段粗放，经营人员大局意识淡漠、看中个人利益等现象，坚决处理一批以经营为名坑蒙拐骗、中饱私囊的人或事。同时要开发运营区块链技术，让经营资金闭环运行，防止经济犯罪现象发生。

各部门（单位）要反复学习几位优秀经营人员的典型发言和优秀经营案例。典型引路、案例模拟，必要时可以借用数字孪生技术进行沉浸式推演。结合本部门和个人实际，认真制定下年度工作措施。措施要紧扣自身经营职责职能，具体化、条目化、项目制，把收入指标分解到人，把收入进度分解到月、到旬、到周、到日，有条件的部门甚至可以分解到小时。

各经营部门、下属企业和采编经营混合型体，务必于2月5日前书面报《岛歌午报》社经营工作管理委员会办公室，电子版一并发送至邮箱：daogewubao@dog.com，联系电话：903535097。

《岛歌午报》集团经营工作管理委员会

2026年1月26日

《岛歌午报》集团（岛歌午报社）办公室

2026年1月26日印发

材料二：

《犹盘葫副总编在集团经营分析会议讲话》（略）

《典型发言及事例汇编》编者说明：犹总讲话和印发的书面材料为保密资料，不要对外传播，尤其数字数据和报社合作伙伴相关情况、合作形式禁止外传，材料全部编号，阅后收回。

根据犹总指示，典型发言和典型事例的第一篇，刊发总集团印务公司原总裁、报社产经部原主任、报社创立时第一批老记者蔺步青老师，六年前发表在报社内部刊物《午报之友》（现已停刊）第三期的专业文章，供大家学习参考。

《媒体与企业应当共同成就》

总集团印务公司　　　蔺步青

大家好！我由一名跑产经口的记者，转行成为报社经营管理者，目前又离开报社到集团印务公司做管理工作。几个岗位的变化，我深深感到经营工作对我们集团和报社的重要性，下面，我就用当年产经记者视角和经营管理者的感受，谈谈媒体与企业、报社新闻报道与经营策略的辩证关系。我先请大家看看我早年的一篇稿子。

《与城市同步飞扬的岛歌纸冶造纸印刷厂》

本报讯（记者蔺步青）谁能想到，奇迹就在我们身边，岛歌纸冶造纸印刷厂预计今年固定资产过千万元、销售收入近500万，利税近百万元。

谁能想到，这家名震岛歌、誉满全省的名牌企业，十多年只是一家仅有七名职工的刻字印刷社。

回首当年，改革开放的春风撞击着岛歌大地，岛歌地区也迎来了由地区行署改市的喜讯，当年的刻字印刷社紧紧抓住城市发展这个机遇，利用自己是部分机关企事业单位定点印章刻制和印刷点的有利条件，将各部门、各单位需要更换的牌标、印章、工作证、信笺、信封等一一承揽了下来。他们发扬拼搏精神，从广东和福建高薪请来专业师傅，用精良的技术、优质的服务，使刻字社获得了发展资金和很高的社会知名度和美誉度。

当时的刻字社社长、岛歌纸冶造纸印刷厂厂长、全市著名私营企业家于冶非同志，多次到香港和广东等地学习先进的经营理念，在我们城市还没有兼并、联合这个概念的时候，以他惊人的超前意识，将市内及各县区几乎所有的造纸、印刷、印章、标牌的小作坊联合起来，建立股份联合体，企业规模迅速蓬勃发展起来，成为我市私营企业的佼佼者。

随即，岛歌市各县改市、公社改乡、大队改村、乡改镇、工厂改公司、局改集团，一次次改革的降临，一次次机遇的把握，岛歌纸冶印刷厂也随着这些机构不断更换名称，业务范围不断地拓展，企业规模一次次地膨胀壮大。改革、开放的不断深化，企业选择市场的层次也不断细化，江河不择细流，理发馆改为美发厅，家具店改为家私城，皮衣铺成了皮草行，幼儿园合资为幼稚园，饭馆变酒店，宾馆成酒楼，店铺成商厦，办公楼改叫广场，废品收购站成了再生资源公司，澡堂改名为洗浴中心。

引进外资的公司、工厂的门牌上纷纷加上了中外合资的字样，股份制的兴起，企业又各自在名称上加上了股份两字，兼并联合风起云涌，分久必合，合久必分，企业的名称也令人眼花缭乱地变化。

而这些变化带来的牌标、印章、工作证、信笺、信封的不间断变化。

于冶非同志敏锐地把握住城市快速发展带来的社会多元变化，将企业的发展紧紧与城市的发展、时代的进步联系在一起。

不变是相对的，变是绝对的，这是历史不可抗拒的规律，岛歌纸冶造纸印刷厂因变而发展，因变而壮大，它的未来也会因时代的激变而发展，它因城市发展而壮大，城市因这些企业的发展而更加美好！（完）

我当年这篇稿子，当时叫"经营稿"。但令我和当时的报社领导没想到的是，这篇稿子，某种意义上改变了我们午报的发展路径。

转年，报社新分配来一位大学生让我带，我就把轻工口的几个企业联系方式给他，让他先跑跑。

这位年轻记者现在大家都认识，他叫余仁水。

当时，虽然有个老人又去了一趟"在南海边画了一个圈"那里，但"南巡的风"还暂时没吹到长江以北。在大环境影响下，本市企业亏损面持续扩大，特别是轻工口企业生存艰难。个体户和小作坊式的私营企业关门倒闭成了常态。这个时候的岛歌市，一些企业都把积压产品分给职工抵顶工资，码头车站和农贸市场周围出现众多售卖轻工产品的摊贩。

这一天，岛歌市客运码头来了一位推三轮农村大爷，售卖的小货物很受欢迎，巴掌大的塑料皮电话号码簿，里边夹层还可以插装身份证等各种证照；缎面硬皮的精装记事本；中小学各种作业本也设计得十分新颖。更多的是各种花色的信封和粉色暗花有香气的信纸，港台新潮风格很受广大女青年的欢迎。

这位大爷似乎有武术在身，有几个流里流气的无业青年想哄抢本子，都被大爷一把搋住，一位流气青年要动手，大爷肘一抬，小青年便趔趄倒地。几个流气青年叫骂着跑开了。

不一会，大爷三轮里的货品就差不多卖光了，他把三轮锁在电杆上，便往客运大厅走。

"没有票不能进。"大爷被一位戴深蓝大檐帽的工作人员拦住。

"我上厕所。"大爷说。

"创建环境卫生城，衣冠不整不准入内。"深蓝大檐帽说，那几个流里流气无业青年在大爷身后挤眉弄眼。

大爷只好推着三轮，找到一个隐秘墙角。突然有人拍肩膀，一回头，一位戴草绿色大檐帽的人和蔼地说：

"大爷，创建环境卫生城，不能随地大小便。"

大爷转到一片树林，刚停下车要方便，有人拍肩膀，一位戴灰色白边大檐帽的人客气地说：

"大爷，咱们岛歌市正在创建全国环境卫生城，不能随地大小便。"

大爷蹬起三轮，在一溜垃圾桶旁停下车，刚要解腰带，一辆偏斗摩托车突然开过来，一位戴棕色大檐帽的下车拍拍大爷肩膀：

"创建环境卫生城，随地大小便要罚款。"

……

先后遇到七拨大檐帽。

大爷只好蹬着三轮往前走。

偏斗摩托不紧不慢跟着，大爷眼见到了海员俱乐部餐厅门前，撂下车对门前聊天的两位青年说："我能进去上个厕所吗？"

这两位青年赶紧说："大爷您进去吧。"

突然，两条大狗毫无征兆扑过来，凶狠大叫，大爷一个趔趄。

此时，一位头戴深灰色大檐帽的制服男拉住狗牵引绳：

"创建全国环境卫生城是每一个人的责任。"

另一位着藏蓝制服、头戴白帽黑盖大檐帽的制服男则说："不是海员不准进。"

两位青年其中一位一脸正气地讥讽深灰大檐帽："船监

还管人家上厕所？"

正气青年又转向白帽黑盖大檐帽：

"刚下船就欺负老年人。"

那位深灰大檐帽海员道："你小子，少管闲事。"

伸手扳住大爷肩膀，大爷迟疑望着正气青年，正气青年马上说：

"大爷，他就是远洋跑船的，管不了你。"

大爷肩膀突然一抖，那海员被震得"蹬蹬蹬"后退几步，一下子坐在了地上。

"老东西还会武功，你等着。"

那海员和深灰色大檐帽制服男拉着狗，转身与身后几位流气青年，上了一辆面包车，跟着偏斗摩托车一起跑掉了。

"大爷，你快进去吧。"

"不用了，小伙儿，狗叫那一声，就……"

大爷一脸尴尬憋屈，裤腿上滴答下黄色液体。正气青年赶忙对另一青年说：

"你带大爷去卫生间处理一下，我回家找条裤子拖鞋给大爷换上。"

说着跑进了餐厅后的海员家属大院。

大爷换好裤子拖鞋，局促地站在餐厅门前，正气青年看了看三轮车上"纸冶造纸印刷厂"喷字。

"大爷，您是卖纸冶于厂长的货？"正气青年问。

"谢谢啊，两个好小伙儿，我叫于化龙，那个于冶非是我儿郎，我从老家来看他，厂子快过不下去了，我寻思也帮帮他们。"

于化龙大爷又有些气急败坏地说："你们岛歌城里人真是讲卫生，我一掏，出来个大盖帽，一掏，又出来个大盖帽……"

正气青年拨通了电话，一会儿，一辆快散架的桑塔纳轿车灰头呛脸地冲了过来，三十多岁的驾车人蹦到大爷面前，"爸，你怎么就不听劝，不让人省心。"

驾车人转向两位青年，"两位老弟，多谢啊，咱们一起喝顿散啤吧！"

"于厂长？"正气青年探寻地问。

"于冶非。谢谢了谢谢了，您是？"于冶非双手递过去一张名片。

"午报见习记者余仁水，蔺步青主任的学生。"

"哎，一家人一家人！"

两双年轻而有力的手，紧紧地握在了一起……

下面，请大家再看另一篇稿子。

《送回扣风不可长　提质量方是正途》（产经时评）

本报评论员　余仁水　蔺步青

今年我市轻工系统重头大戏即将上演，经过主管部门积极争取，加上我市招商引资环境不断优化，我国华南、华中、华东暨华北纸张订货交易会暨造纸印刷设备展销会，终于花落美丽的海滨明珠岛歌城，不久展销会将在我市隆重举行。

岛歌市的轻工业发展靠什么？如何能抓住此次盛会带来的机遇，激活各种要素提质增效。我市两家生产同类产品的轻工厂家截然相反的做法，却引发人们很多的深思。

众所周知，岛歌市纸制品公司是我市利税大户，是由一轻系统老牌国营造纸厂发展起来。岛歌市民提起来，都是满满的回忆。当年岛歌市民平时买点心，特别是我市特产鱼松桃酥用的宫红色包装纸，我们学生时代的作业本和演算纸，都是这个厂家生产的。

岛歌市纸制品公司由计划经济时代纯生产单位，改为自负盈亏生产经营企业以来，仍然坚持以质量求生存拓市场，坚决不搞吃请送礼等歪门邪道。

全国华南、华中、华东暨华北纸张订货交易会暨造纸印刷设备展销会前夕，记者专门采访了这家公司，公司主要负责人向记者表示，这次全国纸张订货会在本市召开，是岛歌市的喜事大事，作为岛歌市历史最长、规模最大、职工最多的国营企业，要两个效益一起抓，树立岛歌企业新形象。此次订货会要获得成功，要靠产品质量，靠的是高科技含量，靠的是先进的技术创新，靠售后服务，坚决不与用户搞私下交易。岛歌市纸制品公司宣布，这次公司邀请参加订货会的客户差旅费一律自理，公司不搞宴请，不馈赠礼品，不给回扣，坚决和乡镇企业和个体户的热衷请客送礼行为划清界限，树立良好的公司形象。

岛歌市纸制品公司还向全省同行发起了抵制歪风邪气的倡议。

同时，记者也从特殊渠道拿到了岛歌市另一家企业，岛歌纸冶造纸印刷厂的手机短信邀请函。

这家造纸厂客户邀请书上竟明确表明，前来参加订货会的客户，岛歌纸冶造纸印刷厂不仅可以免费接待，客户还可以偕夫人或一位异性，安排在本市主会场外的另一家四星级宾馆——远洋海景酒店居住。

据知情人透露，这家企业甚至用手机短信暗示一些客户，可按订货额的40%给回扣，达到订货量的客户，赠与一只岛歌市特有名犬——岛歌贵妇犬，而不愿意携带宠物的客户可以按市场价折成人民币。

目前，虽然有关部门对乡镇企业、私营企业和个体户的一些搞活经济的经营手段难以进行制约，国营生产经营单位也因财务制度原因，无法模仿乡镇企业和个体户的做法。但是，社会风气的匡正，是每一家企业、每一个市民的责任。我们社会舆论要支持岛歌市纸制品公司这种树新风立正气的企业和单位，不提倡或应该自觉抵制岛歌纸冶造纸印刷厂的做法。

特别是我们轻工系统，更要叫响"送回扣风不可长，提质量方是正途"的口号。（完）

这篇产经时评是余仁水写的，挂上我的名字。当时我还有点不大高兴，干嘛和一个小造纸厂过不去，毕竟和于冶非还算认识。

后来得知，当天的报纸，纸冶造纸印刷厂花钱加印了3000份，马不停蹄地寄给参会客商和下游关联厂家，并将稿件电子版利用手机短信、电子邮件再次发送。

两周后，参加全国纸张订货交易会暨造纸印刷设备展销会的客商陆续抵达本市。在车站码头机场和会议定点宾馆前，《岛歌午报》都设立了免费赠报点，所赠的当天报纸里，都夹带着两周前刊发这篇"产经时评"的旧报。

赠报摊不远处，大都停着一辆崭新的中巴车，车身喷着一行夺目大字几乎覆盖半个车身：

"岛歌纸冶造纸印刷厂热烈祝贺国纸盛会召开。"

订货会即将召开，午报驻会务组的记者得到消息，一房难求的会议定点宾馆，竟有80多间客房没人入驻，组委会马上专门联系了解，发现这80多位客商都已报到，但都陆续搬到了岛歌市远洋海景酒店。

大会组委会和三家定点酒店找到岛歌市消费委，投诉岛歌市远洋海景酒店压价竞争、扰乱市场秩序，很快消费委回复，这几天岛歌市远洋海景酒店接待大会客户的房间价格均上浮20%，自助餐价格上浮30%。没有发现压价竞争现象。

订货会如期召开，第三天临近闭幕，会议爆发出三则新闻。

一是岛歌纸冶造纸印刷厂竟然拿到了订货会15%的订单，据说六成订单竟然是先款后货。

二是濒临倒闭的岛歌市第二造纸厂和岛歌市鱼鳞县造纸厂分别与岛歌纸冶造纸印刷厂签订租赁合作协议，被业内人士称之为"一蛇吞两象"。

三是岛歌市纸制品公司向大会组委会投诉岛歌纸冶造纸印刷厂利用豪华接待和高额回扣等不正当手段争取客户，使得纸制品公司老客户流失近一半，并在会场散发谴责纸冶造纸印刷厂的公开信。

大会组委会了解情况时，部分客户提供了岛歌市纸制品公司的订货可提取回扣的短信和邮件，证明两家企业存在同样情况。一位来自沪申市的客户说，他是岛歌市纸制品公司的老客户，看了《岛歌午报》的"产经时评"深受教育，感觉岛歌市纸制品公司说的和做的不一样，就在其他厂家订了货。

订货会后，岛歌市轻工办向我们出版社及《岛歌午报》报社发函，以正式文件形式将岛歌市纸制品公司的抗议送达。岛歌市纸制品公司认为，这篇"产经时评"在本次订货会上，对他们公司销售产生极大不良影响，使其传统客户流失严重。要求处理作者，登报道歉，消除不良影响。

出版社及报社领导回复，经研究，这篇评论旨在表彰岛歌市纸制品公司自觉抵制不正之风，弘扬社会正能量，非但没有造成不良影响，反而对该公司的正面形象展示和品牌提升起到很好的效果，岛歌市纸制品公司的抗议和无理要求让人无法理解。

随即，出版社分管报社的领导马上要求我和余仁水说明情况，我陪余仁水前去给出版社暨报社领导做了一次详细汇报。

余仁水介绍，从海员俱乐部餐厅相识，余仁水便与纸冶造纸印刷厂的于冶非成了朋友，在一起开始策划如何将企业做大做强。余仁水利用熟悉轻工系统的优势，将岛歌市造纸二厂和岛歌市鱼鳞县造纸厂这两家差不多要倒闭的集体企业介绍给于冶非，但这两家造纸企业规模远远大于纸冶造纸印刷厂，不屑于与之合作。最后余仁水从中斡旋达成意向，于冶非如果能提供一定额度的订单证明，两家造纸厂就同意租赁生产线，同时要保证每月职工工资足额发放。

这才有了刊登邮寄"产经时评"，争抢客户订单，会议上签订租赁合作协议"一蛇吞两象"的经典案例。

当时出版社暨报社领导有些疑惑地问余仁水，一个做稿子很有感觉的年轻记者，不务正业搞这些做什么？

余仁水一脸正气直面领导说，他每年要完成15万广告任务，到了企业拉不下脸、张不开嘴，去年就没完成任务。自己琢磨，要找一家小企业，用自己的策划和报道和企业一起成长，不用再去仰人鼻息。

出版社暨报社领导有点吃惊地看着余仁水，问他，这么一家小企业能给报社多少广告？

余仁水抽出早就准备好的几页纸，双手递给了集团领导。

出版社暨报社领导认真看了大约一刻钟，让我们先回去。

第三天，我们出版社和报社几位主要领导集体找我和余仁水进行谈话，任命我为报社产经部主任兼出版社印刷厂副厂长，全面负责与岛歌纸冶造纸印刷厂合作试点，余仁水破格晋升中级职称和行政正科级待遇，协助我做好试点工作。

不久，在出版社分管领导斡旋协调下，岛歌纸冶造纸印刷厂与岛歌城市银行、岛歌渔商银行及岛歌农信社签订战略性合作协议。

两个月后，我们省内几乎所有媒体都刊登一则消息，岛歌纸冶造纸印刷厂与岛歌市第二造纸厂、岛歌市鱼鳞县造纸厂完成重组，岛歌市纸冶集团宣布成立。

几乎是同时，岛歌市出版集团宣布成立，随即，岛歌纸冶集团将规模不大的印刷业务剥离给岛歌市出版集团印刷厂，成立独立法人的印务公司，任命我为常务副总并主持工作。

当年年底，由岛歌市纸冶集团发起并注资，与岛歌出版集团印务有限公司、岛歌市外运总公司，共同成立一家外贸企业，经外贸主管部门批准，从米国进口几个序号的"米废"即米国废纸，专门供岛歌市纸冶集团处理加工生产新闻纸，并从拿大加国进口部分优质木浆，专门生产高档印刷纸。

此时一位岛歌市在米国的留学生，开始在米国联系从事

"米废"生意的姑姑，与我们这家外贸企业进行合作。

她的名字叫王春葵。

岛歌市出版集团印务公司与岛歌市纸冶集团签订内部协议，岛歌市纸冶集团以成本上浮1.5%的价格保障出版集团和《岛歌午报》的出版纸、新闻纸需求；将出版纸、新闻纸30%销售权让渡给出版集团印务公司，出版集团自己消耗的出版纸和新闻纸在分成中抵扣。

转年，岛歌市出版集团印务有限公司出版纸、新闻纸所获利润已占整个出版集团40%。而那家进口"米废"的外贸公司，逐渐发展成为岛歌市第二大外贸企业。

在纸价暴涨，出版纸、新闻纸遭遇"纸荒"的一段时间，国内出版界不断出现亏损的情况下，我们出版集团纸张供应充足，30%纸张销售权还有力支援了全国几家著名出版社和大报，并由于外贸分红额外收入，我们集团度过艰难期，并开始着手布局电子出版业务。

出版集团分管报社领导调任岛歌市政府办公厅任副秘书长，协助分管经济副市长工作，他希望带余仁水一起去办公厅工作。

余仁水婉拒了领导的好意。

我接任集团印务有限公司董事长后，余仁水也婉拒了我希望他任印务公司副总经理的建议，要求不再兼职印务公司所有业务，回到报社总编室工作。

各位领导和年轻同仁，谢谢转载我当年这篇经营札记，希望对你们目前经营工作有所帮助。

今天看到余仁水成长为报社主要领导，我心大慰，也卸下了一个沉重的心理包袱。

当时，整个出版集团甚至社会上许多相关人士，都在传出版集团个别领导和我卸磨杀驴、鹊巢鸠占，把一位年轻人的成就当成自己往上爬的垫脚石。

可真实情况不是这样，是小余，余仁水为了不影响大局做出的个人牺牲。我和当时分管领导只有同意余仁水的做法，才能保住改革成果。我不吐不快，今天把这件事也简单说一下，虽过去多年，还请大家不要外传。

当时的岛歌纸冶造纸印刷厂曾向客户承诺，达到订货量的客户，赠与一只岛歌贵妇犬。

但其中一家订货量最高的女性客户提出，能否送她或者帮助购买一只约克夏-岛歌狻。

各位领导和年轻同仁，在这里我多占用一些篇幅，介绍一下我们岛歌市历史上的一段中外动物交流史，也是当时我让余仁水搜集钩沉了解到的，我放到这篇稿子里，希望报社作为线索，专门派记者再作进一步调查，避免这段史料湮灭。

这位女士提到的约克夏-岛歌狸，实际是岛歌贵妇犬的演进品种。而岛歌贵妇犬，其实是清末时期，花颠国强租岛歌地区后，花颠国商人带来的约克夏狸，与华夏国拉萨犬和北京狮子狗不断杂交的新品种。

当年这一品种的出现，与岛歌市独特的泉水与茶有着密不可分的关联。

大家都知道花颠国人有喝下午茶习俗，喝茶时一般都有宠物犬陪伴。殖民者便横跨大洋带来的为数不多的约克夏狸，与华夏国拉萨犬和北京狮子狗不断交配繁育出了岛歌贵妇犬。

一位花颠国牙科医生发现，岛歌山的泉水泡饮当地红茶，对于岛歌贵妇犬有特殊的吸引力，竟能和主人一起啜饮下午茶。

一时间，岛歌贵妇犬身价陡增。

这位花颠国牙科医生，后来回到故乡，对着一家报纸透露了一则秘辛。

大家知道，岛歌地区盛夏时降水量特别大，也从侧面证实了花颠国牙科医生的说法。

去年，岛歌市花颠国占据期间修筑的地下排水系统，出现一个现象，当水位首次到达排水系统上段五分之四时，墙壁突然出现异常：两个石头构件慢慢分开，一个小箱子从墙壁深处通过一种机械方式推出来，市政工程人员打开，发现里面放着一个油纸包，油纸包里有一柄造型特殊、涂抹着工业黄油的崭新扳手，并附有防水防腐的图纸和使用说明。岛歌市政工程人员按图纸找到了几处金属卡点，并按照说明用扳手扳动，马上整个排水系统出现一个个转速缓慢的漩涡，水位渐次下降，整个城市地表存水也慢慢消失。

据花颠国牙科医生当年透露，这实际是花颠国当年的"盗水"工程。

为了能让首都伦丁尼姆（Londinium）的贵妇人与宠物狗，品饮到用岛歌市这种独特优质水冲泡的下午茶，花颠国皇家科学院与工程院，斥巨资暗中启动了岛歌水补充泰晤士河计划。

当年花颠国工程师在岛歌市地下排水系统设计了一种特殊的分离和传导系统：岛歌市这些雨水有效补充到了泰晤士河。

岛歌市的泉水与雨水，流入岛歌湾又汇入黄海沿岸流向南，通过黄海冷水团（Huanghai Cold Water Mass）与黑褐新糠虾（Neomysis awatschensis）长额刺糠虾（Acanthomysis longirostris）围裹，形成生物性冷水团。遇台湾暖流折向北，再汇入对马洋流，又流入日本洋流，在进入北太平洋暖流，进入北极，加入拉布拉多寒流向南。

之后汇入墨西哥湾流折向北，再流入北大西洋暖流，经东格陵兰寒流水体交换，进去波罗的海和北海。

到达花颠国海域后，借北海海水倒灌的潮汐能，由泰晤士河流入首都伦丁尼姆（Londinium）。再利用专用管渠收集到一个湖中，后世的蛇湖（Serpentine Lake）就是这样形成的。

这个沉寂已久的冷水团，近年来也偶有新闻，与岛歌市隔海相望的一家海洋养殖企业经研究得出结论，他们养殖的扇贝，经常被这种冷水团带到欧洲海域。

华夏立国后，花颠国殖民结束，一些人将岛歌贵妇犬带回花颠国，再次与约克夏獀繁衍迭代，出现了一个名贵的新品种：

约克夏-岛歌獀。

这种约克夏-岛歌獀有一个最大特点，十分适合陪伴儿童或病人，因此，这位订货量最高的女士，非常希望拥有一只稀少的约克夏-岛歌獀，来陪伴自己脑瘫的女儿。

余仁水请示我同意，用报社外线电话打了几个国际长途确定后，纸冶集团董事长于冶非答应了客户请求，但说明要等一两个月。

当时国内进口宠物不多，从余仁水提供的国外信息，终于在国内有了约克夏-岛歌獀的下落。

意外突发，于冶非派自己秘书王少伟去沪申市接洽时，被沪申市有关执法机构留置问询，王少伟说公司派他来接收一只宠物，但目前没人通知他具体与谁接洽。

沪申市有关执法机关请求岛歌市相关部门配合调查案件，岛歌市公安机关和动物检疫机构联合前往改制不久的岛歌纸冶集团进行调查。

后来了解到，沪申市公安机关是接到热心市民举报，岛歌纸冶集团参与一起跨国动物走私案件。（事后得知，是岛歌市纸制品公司安排举报的）

此时，正值岛歌纸冶集团与金融机构、出版集团合作的关键时期，如果牵涉宠物走私案，一切将前功尽弃。

岛歌纸冶集团断然否认购买走私宠物狗，集团办公室秘书王少伟是代人去沪申国际机场接一只国外亲友带回的宠物狗。

陷入风波的余仁水，又用报社外线电话打了几个国际长途，并在几天后到达沪申国际机场，在当地执法机构的带领监督下，余仁水与先前到达岛歌纸冶集团办公室秘书王少伟汇合，又在执法人员监控下，来到米国达美航空刚刚停稳的飞机侧面。

一位身着银灰色长裙的年轻女子抱着一只小狗，从航班舷梯上缓缓踱下。

她看了一眼余仁水，伸出手来向着王少伟说：

"你好，我是王春葵。"

……

报社老职工　蔺步青

十、午报 + 纸冶集团涉狗产业

《典型发言及事例汇编》编者说明——

根据犹总要求，汇编第二篇我们专门约请岛歌纸冶集团办公室常务副主任、午报特约记者王少伟撰写，用企业的视角来审视报社经营工作的亮点和问题，希望能给大家特别是刚进入报社工作的年轻同事有所启发。

保驾护航共扬帆

添筹赋能再向前

——《岛歌午报》大力支持头部民企纸冶集团发展纪实

《岛歌午报》特约记者 王少伟

五月的岛歌城，海天两色、风光迤逦，当年被称之为东方的布里斯托尔（Bristol）的岛歌城，今更胜昔。在海边眺望，几位海上的弄潮儿在操作男子双人470级帆船，其中一艘帆船摇摇晃晃，顶风而行驶帆行困难，两位在短暂适应后，果断采用曲折航行的迎风折驶技术。风帆满涨，猎猎前行，直挂云帆驶向海天白云间。

尊敬的午报的各位领导，尊敬的各位编辑记者老师，您们觉得，这对水手是不是就是《岛歌午报》和纸冶集团合作发展共向前的形象写照。

今天，我接到报社领导让我结合自身实际，介绍《岛歌午报》与岛歌纸冶集团战略性、全方位、体系化、耦合式合作成果及经验的通知，我的心情犹如大海，波涛澎湃逐浪高。

据了解，我们《岛歌午报》（请允许我这个特约记者使用我们一词）目前在全国纸质媒体发行和效益大幅度下降的环境下，社会影响和经济效益都在全国同类媒体中名列前茅。

特别是《岛歌午报》创建的以首发社会新闻为主的元宇宙全媒体新闻资讯平台《快狗》，拥有互联网新闻信息服务二类资质，为岛歌市移动互联网用户生产、聚合优质社会、文化类内容。《快狗》目前已成为元宇宙新型主流媒体+全媒体矩阵营销平台+全链条内容生态服务商。日活用户达到1060万，每日元宇宙用户阅读数超过1.5亿。

而岛歌纸冶集团则由当年一家小作坊，三次变身。借助市场经济快速发展的春风，励精图治，加快发展，从一家名不见经传的小型造纸印刷厂，一举迈进全国造纸业五十强之列，并且在文化纸和烟用卡纸市场进入国内前九甲。

日前，岛歌纸冶集团拟融资6.5亿多元投资15万吨石膏护面纸和9.5万吨化机浆两大项目，进一步提升公司的生产规模和竞争实力，实现新的更大的发展。

纸冶集团依靠过硬的产品质量、优质的服务意识和拼搏进取、争创一流的团队精神得到了长足的发展。集团利用对外贸易（米废纸进口）获取的资金建设了年产20万吨高档涂布白卡纸项目，集团的生产规模进一步扩大，目前已经形成造纸产能75万吨。其中书写纸产能居全国第十六位，烟用卡纸为国内烟卡市场的次龙头企业。

纸冶集团成立伊始，面对并购的两家设备陈旧的造纸工厂，是午报领导帮助我们寻找贷款，投资800万元，建设的废物资源化综合利用项目投产运行。这一项目通过焚烧处理造纸生产固体废弃物产生蒸汽和电，全部应用于集团造纸生产过程，实现对固废物的无害化、资源化、减量化"三化"处理，而这仅仅是集团实施的众多环保项目的起步。

尊敬的各位领导、各位记者编辑老师，造纸行业一度是高耗能、高污染的代名词，曾让许多人看不到行业的前途和未来。许多企业由于环保不达标进行限产、停产，岛歌纸冶集团非但没有因此受到影响，反而实现了经营效益与社会效益同步持续稳定增长，这是我们于冶非董事长未雨绸缪，在创业初始就进行环保综合治理的结果，更是与报社合作共赢的结果。

尊敬的各位领导、各位记者编辑老师，一说起我们集团发展，我的心便如黄渤海的秋浪汹涌，不能自已。

刚刚重组成功的岛歌纸冶集团，污染治理需要投入大笔资金，成为企业严重负担，但如果治污不达标，企业就要面临"关停并转"。我们集团走进了"不治理等死、要治理找死"的怪圈。

让我们广大职工万万没想到的是，纸冶集团和午报报社的再度合作，把污染治理变成了我们集团未来一项产业发展方向。

沧海横流，方显英雄本色；青山矗立，不堕凌云之志。具有战略眼光的集团董事长于冶非，毅然接受并实施了我们尊敬的余总一个惊世骇俗策划：

——"非水之水：造纸污水淤泥基因改性至园林山水化整体解决方案。"

此时，诬告我们集团的人铩羽而归，全省环保联合检查组给了我们这样的结论：

"岛歌纸冶集团按照'减量化、再利用、再循环'的原则，对废渣、废水、废气等进行治理，努力实现节能降耗、减排低碳、清洁循环、生态高效发展。在废水处理方面，该集团先后增上废水厌氧生物处理项目、三级化学处理项目、废水深度处理项目、木质素项目等设备，实现废水层层处理、循环利用，外排水标准达到国际先进水平；针对制浆产生的废渣，该集团增上废渣焚烧发电项目、污泥干化项目、加气块建材项目、环保制浆项目等，不仅实现了废渣无害化处理，而且把废渣变成了电、蒸汽、建材、环保纸，为该集团创造了一定的经济效益；对于水处理过程的沼气、燃煤烟气、制浆蒸煮气味等废气，该集团增上了沼气提纯、超低排放、余热回收、布袋除尘、电除尘、烟气脱硝等项目，将烟气中的杂质进行层层净化、过滤，实现'全流程减排控制'为空气减负的理想效果。"

少为人知的是，在岛歌市老工业区翠屏区原岛歌市造纸二厂散发着刺鼻气味的污水处理场，一座如桃源仙境般的城市山林在幻化般的成长。

尊敬的各位领导、各位记者编辑老师，以上是我对报社和我们集团合作共发展的第一阶段的成就。我接下来给大家汇报的，则都是我的亲身经历，可以说，我是随着集团和报社的合作发展成长起来的。

我刚入职纸冶集团，就分配做集团办秘书。一周后我便接到了第一个任务，到沪申市国际机场接一只约克夏-岛歌㹴。有幸认识了尊敬的余仁水总和春葵老师，而接狗背后的风云诡谲，则是过了很长时间我才知道一二。

之后，王春葵老师成了春葵主任，成了我敬爱的春葵姐，也为我们集团的发展做出了战略性贡献。用我们于冶非董事长的话说，春葵姐是我们集团第二位贵人。

我先献丑，请各位老师看看我发表在《岛歌午报》的新闻处女作：

《企业应提高识别真伪的能力》

本报讯（通讯员王少伟）改革大潮汹涌澎湃，市场经济发展开始进入深水区。在市场经济条件下搞好企业经营，不仅提高对原材料、各种票证、产品真伪区别力是十分重要的，而且更应提高对人真伪的识别能力。这一点，我市著名企业岛歌纸冶集团既有经验，也有教训。

近年来，假冒的客户、假冒外商、假冒记者如雨后春笋、势如破竹、遍地开花、比比皆是。为此，岛歌纸冶集团做了充分防伪打假的准备。但是，智者千虑必有一失，一些让人始料不及的事件，如果预见不到，也会给企业带来不必要麻烦，产生难以想象的后果。

夏日的下午，浓荫匝地，清风习习，刚刚组建不久的岛歌纸冶集团像以往一样，上上下下，从一线工人到管理人员都在紧张地忙碌着。突然，集团值班办公室里的电话急促地响了起来，门卫告知来了两位头戴大檐帽、身穿灰色制服、脚蹬长筒马靴的客人，并把客人直接带到了办公室值班室。

办公室工作人员刚放下电话，两位头戴大檐帽、身着灰色笔挺制服的男士走了进来。一位是面孔棱角分明且黝黑粗犷的中年人，另一人白面书卷气的男子略年轻，手提一咖啡色牛皮箱，脸上露出质朴谦虚、颇有教养的笑意。

当时，办公室值班室的同志认为，越是秉公执法的同志越是谦虚，就越值得社会各界的尊重。而那个有些磨损、有层质感包浆的牛皮箱，让值班员认定这两位制服男是质朴方正、品行高尚的人士。

显然，大家不清楚这两位制服男是哪个机构的工作人员，当时移动电话刚有了拍照功能，值班室员工偷拍了几张，用彩信传给多位朋友进行辨认和比对。

　　已近午餐时间，办公室主任副主任都不在，集团办工作人员立即从值班室接手，将这两位制服男让到会客室，并通知厨房按二类客人标准准备午间工作餐，两位制服男一副欲言又止的表情，办公室工作人员怕他们推辞，不由分说，又硬拉两位制服男请进了食堂的小餐厅。

　　当时是纸冶集团初创整合时期，于冶非董事长和班子成员、部门领导都在本省或外地跑业务，接待制服男的任务便落在了安保部代理部长于化龙老先生身上。

　　正在外地与客户谈判的于冶非董事长，亲自打电话给安保部代理部长于化龙老先生。于董事长听办公室的同志在电话中的描述，立即判断这两位制服男可能来自一家新成立的行业管理机构。

　　而安保部代理部长于化龙老先生，在某些方面具有超人的记忆力，即各家执法部门、特殊行业的不同季节的服装，于老先生都过目不忘、烂熟于心，而且还将这些制服照片整理成册，让同事认真比对辨别。

　　这两位制服男大概真是饿了，矜持地坐等了十多分钟，于化龙老先生还没有从分厂赶回厂里，桌上菜已然下去了一小半。一脸细汗的于化龙老先生进门后连连抱拳道歉，这两位制服男艰难将嘴里塞满的菜吞咽下去，起身和于化龙老先生寒暄。

于化龙老先生大马金刀落座，转头看向两位制服男。不看则已，一看他立即张大了嘴巴……

这两人竟然身着国民党军服，放在一旁的大檐帽上是青天白日帽徽。

于老先生的大脑激烈地旋转着，他并没有见过真正的国军，可是无数电影电视、画报书籍中的形象杂沓而至。

怎么办？怎么办？？怎么办？？？

冷汗流了满脸！

于化龙老先生示意办公室工作人员近身，悄声耳语了几句，办公室员工抬头一看，不禁也目瞪口呆！起身慢慢溜出餐厅，撒腿就跑。

紧接着，安保部保卫科长带着七八个精干保安悄悄摸摸上来，铁棍、消防斧、铁锹握紧，并牵来两只刚刚退役的军犬，在餐厅门旁暗暗隐蔽，只等余化龙老先生一声令下。

110、119、120、121、122，12315、12348、12358……这些号码都分到走廊里每个服务员人手中，手机和座机按键都已按下了前两位或前四位数。

一位女孩手一哆嗦，竟然把120拨打了出去……

于化龙老先生是一位老退伍军人，还是是从明代抗倭开始就在岛歌市花江县兴盛的地狗拳正宗传人，有着非凡的定力、坚定的意志。

正好！新上来一道菜。

刚才有些惶惑的于老先生，渐渐变得心如止水。

"两位领导，这道菜属于全国第五大菜系的歌菜，我们岛歌的当地菜，俗称歌菜。"

于老先生声线渐定，"明末的歌菜就十分考究，传至民国就很有名了。"

"每一种宴席都有一个主题，如分'燕菜席''鱼翅席''鱼唇席''海参席'等。"

于老先生指着第一个上来盅碗说："主菜是鱼翅，所以今天这席就叫翅席，而其他的菜肴都是为此菜为主来搭配，而且翅席也分多种，今天是清炖荷包翅。"

"烩乌鱼蛋，"于老先生做出一副陶醉在某种境界的表情，"这本是歌菜中普通的菜，现在一些饭店用酸辣粉加开水冒充。而真正的歌菜是靠汤定味，汤是一道菜成败的关键，汤分高汤、奶汤、清汤三种，以前歌菜老号灶上每天用母鸡、仔鸡若干，有专门师傅吊出一钵浓汤，称为高汤，而用猪腿骨、猪肚、里脊、通脊吊出的汤，再用鸡肉、鲜虾肉粗斩成茸，投入，将碎渣收尽，成为清汤。

"这盅'烩乌鱼蛋'用的就是清汤。

"不同的菜用什么样的汤大有讲究，一般做鱼翅都用清汤，而黄扒鱼翅就非得用高汤不可了。"

至此，于老先生气沉丹田，二脉通达，镇定自若，胸有成竹，身心俱定，侃侃而谈。

忆往昔，峥嵘岁月稠！于老先生从美苏冷战说到地缘政治；从局部战争冲突说到宗教矛盾，从多边关系说到双边关系；从联合国说到国际犬科动物保护组织。

慢慢地，于老先生把话题转到了台海关系，任凭于老先生口吐莲花，两位制服男却浑然不觉，只顾大快朵颐。

于老先生只好删繁就简，单刀直入。

"两位，知道什么叫'反攻大陆'吗？"于老先生面沉似水。

门外，保卫科长的手坚定地抬了起来，冲突一触即发。

两位制服男同时一打嗝，同时停止咀嚼，同时发声："于老，您知道我们这个戏？"

"戏？"

于老先生面色一板，"你们是从哪里登陆渗透进来的？"见于老先生没摔酒杯，门外那几位紧握消防斧和铁棍、手心出汗的保安就没冲进来。

"登陆？"两位制服男互相看了一眼，"不是登陆，是撤退。"

"于老……于总，我们要感谢您老和你们企业对影视工作者的尊重和支持，我们这次来，是希望得到贵集团的帮助。"

黑脸制服男起身给于老先生鞠躬行礼。

半小时后，于老先生长长吁了口气。

却原来，这两位制服男是目前正在岛歌市拍摄《隔海之恋与狗》电视剧的制片人。剧情以1949年国民党军队从岛歌市溃逃到台湾为背景，讲述一对当时在国立岛歌大学生物系读书恋人的隔海之恋。

被迫成为军官的男子随军舰撤到台湾，离别时，这对恋人将实验室的一对出生不久岛歌贵宾犬各抱一只，相约再见时看谁训练得好，并约定了训练内容。

没想到，一别就是四十年。

女士一直在岛歌市从事医学研究工作，孑然一身，只有一只狗陪伴她。先后三只狗都已经老去。陪伴老妇人的狗已经到了第四代。每天傍晚，老妇人都来到岛歌市的老港码头，蹲下身，不厌其烦训练着小狗。

一天的黄昏，一位牵着狗的老绅士来到老港码头，听着老妇人的狗一长三短的叫声，老先生的狗突然开始叫了以来，是三个长间隔的叫声。

老妇人慢慢站起身，望着老绅士，狗挣脱老绅士的绳索，两条狗嬉戏在一起。两位老者久久凝视、久久伫立，夕阳把他和她的身影拉得很长、很长……

"于老，我们一个投资方突然撤资，雇不起群演，所以我们剧组所有工作人员都扮上了。我们在拍国军溃逃的混乱场面，需要一队国军士兵上舰，冲散这对恋人的镜头，听朋友介绍，贵集团纸浆车间的制服，很像当年的国民党军服，所以，想请贵集团支持我们的拍摄工作。"

白脸制服男打开身边的牛皮箱，有些谄媚地说："这都是仿当时国军的帽徽、领章和胸牌，如果您老同意，就请工人兄弟像我俩这样戴好就可，我们穿道具服装来，就是打个样，恳请贵厂职工尽早参加拍摄。"

"这个皮箱就是男主角逃离时提的道具。"

黑脸制服男突然想起了什么，从兜里掏出一封公函。

是岛歌市文化市场行政执法机构开具的介绍信。

尊敬的各位领导、各位记者编辑老师，我的稿子写到这里，大家似乎摸不到头脑，我把背景向大家汇报一下。

在此之前，我们纸冶集团陷入一个极具破坏性的危机公关事件中。我们求助春葵姐，春葵老师却让我写这样篇纪实报道。现在看，这篇习作幼稚而粗糙，文体混乱，消息、通讯、特写都不沾边。而且还有些自曝家丑的意思。我当时心里十分忐忑，于董事长也觉得不知所云。

但我这篇稿子，却是春葵老师整体危机公关解决方案关键点。

当时春葵姐刚回国，在一跨国集团大中华区任公关事务高级专员，我们集团这个小案子是余总推荐给春葵姐，请她为家乡企业无偿做贡献。

尊敬的各位领导、各位记者编辑老师，我们集团当时的危机公关事件，说起来直接与于董事长的父亲、于化龙老先生有关。

集团初创时，专业管理人员匮乏，加上于化龙老先生自告奋勇，于董事长就将集团安保工作交给了于老爷子管理。

当时那个年代，社会治安不是很好，盗抢事件时有发生，集团也是三家企业合并，时有斗殴现象，更为严重的是，常有社会闲杂人员与企业内不法分子勾结，盗窃厂区物资，一辆沪申牌轿车就是这样被盗的。

于老先生上任伊始，首先与驻地公安派出所实行警民共建，把地狗拳的徒子徒孙择优引进作为教练，又联系老战友，从刚退伍的军人中选拔安保人员。厂区内及周围治安状况逐渐改观，被当地派出所领导多次肯定并将经验逐步推广。

于老先生似乎对"大檐帽"制服和执法工作犬有一种心魔般的执念，当然这不是年轻人的"制服控"。

由于一次特殊的遭遇，一方面于老先生在公共场合遇到"大檐帽"制服又牵着工作犬的人特别烦躁和厌恶；另一方面，于老先生似乎对"大檐帽"制服和工作犬有点"威权崇拜"。他首先在安保部门采用统一的"大檐帽"制服，又以强化管理为理由，要求于董事长必须在企业内全部以"大檐帽"制服为工作服，并用不同颜色区分不同工种，不同肩章胸牌区分管理层级。

由于岛歌市一战时曾是花颠国殖民地，市民较为讨厌其军服，于老先生听从朋友建议，选择了历史上普鲁士军服为厂服参考样式。

余化龙老先生首先给集团保安集体换装，并邀请驻地派出所干警帮助培训保安、训练和引进工作犬。

就在职工开始逐步发放新厂服时，一件突发事件让集团陷入困境。

当时集团印刷厂虽然已经与出版集团印务公司合并，但车间还在老厂区。一天，老厂区突然来了七八位头戴大檐帽、身着藏蓝色制服的人员，带着一只退役的缉毒犬，要硬闯厂区，厂区保安们赶紧拦住，又觉得奇怪，这些人的服装除了色儿有点深，和保安穿的差不多。

　　于化龙老先生赶过来，定睛一看，腹下一热，几年没治愈的小解失禁又犯了。于老先生满脸涨红，失去理智一般喊："他们是船员假冒的，揍这些二狗子。"

　　场面几近失控，几位藏青制服人员似乎文弱不堪，瞬间被撂倒，那只退役缉毒犬被我们企业的工作犬撕咬得遍体鳞伤。

　　正在附近指导警民共建的驻地派出所民警即时赶来，强行制止了这次斗殴，并将涉事人带到派出所调查。

　　原来，这件事情还很狗血。

　　当时一位出版集团工作人员（已被开除），搞到了明末崇祯年间所刻《新刻绣像批评金瓶梅》影印版，在这个印刷厂偷偷印刷盗版，被岛歌市纸制集团得知，向多个部门举报纸冶集团印刷淫秽出版物，刚成立不久的岛歌市文化市场执法机构前来行政执法，没想到搞成了一场冲突。

　　趁着冲突，影印版的书稿被人偷偷扔进纸浆池销毁。岛歌市纸制集团的举报被认为是无中生有。没有拿到证据的文化市场执法机构怒火中烧，向市领导状告岛歌市纸冶集团：私自置装冒充执法队伍；阻碍文化市场管理机构执法；殴打行政执法人员；多条狗咬伤退役缉毒犬，致使残疾；有私自印刷淫秽出版物的嫌疑，建议市政府成立联合执法调查组，查封印刷厂、纸冶集团停业整顿，严惩凶手和凶狗。

当时岛歌市分管文化的上官副市长，是京城上级领导机关下派的干部，年轻而有魄力。文化市场执法机构的一份报告隔了数日，与刊登我习作的《岛歌午报》，还有几份不同部门的情况反映，一起放在了这位副市长的案头。

据领导秘书私下告知，当时这位素以宏观意识强、综合思辨能力见长的上官副市长，用手指敲打着桌子，呈沉思状良久。

此前此后的几天，岛歌市文化市场行政执法机构的部分领导，受邀视察岛歌市出版集团，这两个单位的前身都是岛歌市出版管理机关，大家都很熟悉，一起插科打诨，主宾皆欢。

晚间工作餐就在出版集团食堂。席间，出版集团领导告知曾经的老同事，岛歌纸冶集团印刷厂已经被出版集团收购，同时还无意间透露，派出所在调查中发现，在查处纸冶集团印刷色情出版物过程中，四位身着文化行政执法服装的工作人员是——临时工，据说都是单位员工来打工的亲戚。

一道消失已久的歌菜名品，五大菜系中名满天下的"通天海狗鞭"端上工作餐桌，出版集团和文化行政执法机构的领导看到上菜的竟是一位熟人，纸冶集团董事长于冶非。

于董事长连连道歉，并将几张皱巴巴的纸双手递给两位领导。

这张纸内容是于董事长让我起草的：

一，被打人员所有检查医疗费由纸冶集团提供并作出赔偿。

二，四位临时工，经私下接触，全部愿意在纸冶集团安保部任职。

三，赔付岛歌市文化市场行政执法机构一只工作犬。

四，……

面无表情的机构领导看到第二条，微微颔首，"谢谢对我们文化行政执法工作的支持。"

出版集团领导说："通天海狗鞭，是我借于董事长食堂的厨师做的。"

这两场晚宴之后的一个早上。

岛歌市老港码头，天空阴霾压抑，海水几近墨色，老式蒸汽机货轮发出沉重的喘息声，喷出的乳白色蒸汽笼罩着码头，一些身着民国时期服装的乘客提着大包小包登上几艘货轮。

一位年轻男子身穿一身不大合体的国军军装，与身穿上蓝下黑学生装的少女久久相望，各自怀里的小狗偶尔叫上一两声。他们身后，国军某德械师士兵机械而沉默，鱼贯登上一艘美军军舰，年轻男子被裹挟着走上舷梯，他不断回头望着少女，两只小狗突然对着叫了起来……

监视器里，画面从美军军舰移开，在一艘货轮船首定格，赫然出现三个白漆大字"纸冶号"。

"卡！"导演起身喊道，"一条过！"

随即，周围的人都随着导演鼓起掌来。这位既不是光头又没留胡子，衣着正常，看上去像是一位局级领导干部的导演，转身来到一位短发西装、干练优雅的女士面前，伸出双手："感谢上官市长支持！"

这位导演也是这部剧的制片人，由于投资方撤资，导演也离开，导演出身的制片人只好重操旧业。

"当时我邀请剧组来岛歌创作拍摄，就是希望用电视剧的形式来挖掘和宣传岛歌市的历史文化和绮丽风光，打造出岛歌市全新的文化旅游IP。"

上官副市长矜持而得体指着身旁几位笑脸相迎的男士

说："剧组要感谢我们文化行政执法办由主任，是由主任打破部门分割，切实落实'首接责任制'，听说你们遇到困难，主动联系纸冶集团，出资87万赞助剧组。纸冶集团于总也是热心文化事业，据说这几艘用于拍摄的轮船，就是于总协调市远洋海运集团协助拍摄的。"

由主任把于冶非董事长拉过来，有些激动地对分管市长说："向上官市长汇报，刚才装扮国民党兵的群众演员也是纸冶集团的员工，他们的工作服就是仿普鲁士军装，剧组为此也把国民党溃兵改成了国军德械师。"

上官副市长意味深长地看着由主任，"已经有11起反映你们单位执法很不规范的上访信了，不过，我暂时不会向书记、市长提交调整市文化执法办领导班子的建议，但你们要尽快形成一个专项整改方案。"

她又转向于董事长，"企业再大也大不过政策法律，严格执行法律法规和各项政策的企业才能走得远。主管部门和企业不是对立矛盾关系，工作上要互相配合、互相支持、互相理解，为岛歌市早日建成我国海岸线第一文化名城共同努力。"

上官副市长用有些溺爱的眼光往人群里望去，伸手把在人堆外围的春葵姐拉到身边，低声说："你胆子挺大，这个案子把我也做了进去，放心！我有这个雅量，毕竟结果是我需要的。回岛歌市工作吧，家乡需要你这种有国际专业背景、又谙熟地方文化的公关策划专家。"

尊敬的各位领导、各位记者编辑老师，今天是内部情况交流，上官副市长早已回京城履新。我就大胆将春葵老师这一堪称公关范例的案子介绍一下。

当时，京城上级机关来挂职分管文化的上官副市长工作热情高，抓落实很到位，但由于市领导分工交叉重叠的特殊性，当时文化行政执法办主任由某（现已因违反工作纪律停职）对上官副市长阳奉阴违，类似查处纸冶集团等选择性执法时有发生，社会影响不好，也让市领导之间产生了隔阂。

一时间，上官副市长工作难以开展，但上官副市长虽然年轻，行政工作经验却十分丰富。不久，上官副市长原工作单位即京城上级管理机关传出一个小道消息，将通报批评岛歌市，并建议岛歌市调整文化执法机构班子。由某一时慌了神，几次要找上官副市长汇报工作，但被拒。

当时，上官副市长也有较大压力，她力主引进的《隔海之恋与狗》剧组进退失据的现状，受到一些来自暗处的攻讦。

春葵老师通过我这篇习作为介质，将所有相关方都联结在一起，报纸连同其他文牍送到上官副市长面前时，这场执法冲突似乎没有发生。

我们再回到岛歌市老码头上，随着电视剧的重新开机，各种问题矛盾消弭于无形，皆大欢喜。

由于长期在上级领导机关工作，上官副市长是一位清醒、睿智，宏观意识和微观感觉都非常出色的领导。她超出自己的分管范围，为纸冶集团、出版集团和远洋海运集团都争取到了不同的政策和财政支持。

上官副市长回京城履新后，还一直关注、关心纸冶集团的发展，还促成了我们集团与京城一家高档艺术品印刷企业的合作。

在这里我可以透露一下，这位上官领导是出国学习时结识留学的春葵老师的，她非常欣赏和关心春葵姐，几次希望促成春葵姐到京城工作。

尊敬的各位领导、各位记者编辑老师，虽然春葵老师将这次危机公关矛盾消弭于无形，并使纸冶集团知名度有较大幅度提升，但于化龙老先生总觉得内疚，认为是自己让企业遭受了损失。

于是，我们于冶非董事长为解开老父亲的心结，以于化龙老先生的名义，正式设宴答谢春葵老师，余仁水余总出席，我有幸忝列末位。

春葵老师认真听取于冶非董事长和余仁水余总对于化龙老先生曾经与"大檐帽"及狗的龃龉过程后，给出了一个判断和两个建议。

一个判断是：这个经历貌似使得于化龙老先生心理有创伤，但对于于化龙老先生现在协助于冶非董事长管理纸冶集团，却是一笔难得的财富，同时还可以"以毒攻毒"，抚平创伤。

两个建议：

一是健全制服化企业管理制度，形成四种优势。

1. 可以将科层化管理与扁平化管理合二为一；2. 规范员工行为，便于管理区块化和网格化；3. 有效树立和展示企业形象；4. 打造独特企业文化。

二是建立执法、行政和管理机构着装制服辨识与反应系统。

对于第二个建议，于化龙老先生非常认同，他当即请春葵老师介绍一家智库机构，专项为纸冶集团调研撰写了《我国现有"大檐帽"类制服着装规范及工作职责分析报告》，将当时共108顶"大檐帽"逐一进行了分析介绍，并采集了几乎所有"大檐帽"影像资料。

《报告》中，作者将"大檐帽"划分为"军警类""执法类""行政执法类""法律法规授权组织类"（如事业单位、企业、社会团体）和"行业标志类"（如海员）的数个门类。

于化龙老先生如获至宝，又让集团行政办公室和安保部工作人员再细分成"国家""省属""地方""假狗子"（即"海员"等行业标志服）四大门类，然后将照片和说明打印成册，严格要求集团行政人员特别是所有安保人员辨认背诵，并定期抽查，强化记忆。并训练安保部的工作犬，见到正规"大檐帽"即正式执法人员要蹲姿单爪举起行礼，但又要求训练工作犬有辨认出"假狗子"的能力，并可以进行自由攻击，搞得工作犬训练员很是为难。

由于行政、执法机构经常变化，"大檐帽"也时不时随之变化，类似这次与文化行政执法机构的误会时有发生。为此，春葵老师为集团介绍引进一家人工智能研发机构，开发出"大檐帽"制服识别系统，取代了安保工作人员和工作犬肉眼识别的落后局面，纸冶集团成为岛歌市企业人工智能管理、"AI识人"的吃螃蟹者。

于化龙老先生尝试了数次还很不成熟的人工智能"大檐帽"制服识别系统后，老怀大慰，在于冶非董事长、余仁水余总、王春葵王老师做了耐心细致的思想工作后，于老先生主动卸任安保部代理部长职务，正式履新纸冶集团军训演练指挥部总指挥。

这个就是当时的文件。

纸冶集团专项文件

总裁办字35号

安保办字1号

集团各分厂、各部门及各办事处：

为用军事化训练铸造纸冶集团独特制服企业文化，提升集团各分厂军事训练水平，落实集团文化中以军事训练促进员工制服标准化要求，以制服增强、体现团队凝聚力，营造严肃制服化管理氛围，督促、激励各分厂、各部门及各办事处积极组训，实现纸冶集团独特制服化管理之路。

集团将组建制服化军训演练指挥部，借鉴军队建设的优良传统，通过制服化军训方式强化员工组织观念，磨炼员工坚强意志，培养员工良好作风，增强企业凝聚力和战斗力。

任命于化龙先生任首任总指挥……

于化龙老先生全身心地扑在了春葵老师的第二个建议，即健全制服化企业管理制度的工作上。

童心未泯的于化龙老先生还暗戳戳地将集团里不同行业的厂服设计得接近"执法类""行政执法类"的样式和颜色。

尊敬的各位领导、各位记者编辑老师，在这次危机公关事件不久，春葵老师无意中启动并主导了我们集团一项新产品研发。

　　当时春葵老师因工作需要，经常在沪申市和米国堪萨斯州往来。那年蜀郡发生重大地震，春葵姐恰巧从堪萨斯州给朋友带回几套合成纸做成的宠物犬蹄壳，便赠送给了我们于冶非董事长一套。

　　于冶非董事长指示纸冶集团马上投入研发，几天后，经过重新设计的新型材料搜救犬和工作犬蹄爪防护壳便批量生产，驰援抢险救灾一线，受到了灾区一线搜救专家和爱狗人士的高度称赞，企业的知名度和美誉度第一次"出圈"。

　　让我们没有想到的是，从前年开始，这个小产品竟成了明星产品。前年初，珈蓝国突发旧履瘟疫病毒，很快输入到境内，由于旧履瘟疫是人狗共患病，纸冶集团在将工作犬类蹄爪防护壳改造成工作犬类蹄爪防疫壳的同时，在春葵老师的建议下，联合岛歌市流行病防护研究院（首席专家就是春葵老师的母亲）共同研发出旧履瘟疫防护鞋套。

　　此时春葵姐根据自己的需求和感受，又提出美学设计与防疫结合的建议方案，促成纸冶集团与岛歌大学工艺美术研究所合作，共同推出"足下生辉——踏出最美风景线：旧履瘟疫防护艺术鞋套设计大赛"。

大赛组委会共收到设计方案128套，其中，欧米国家设计师占参赛总人数的三分之一。面对图案新颖、色彩绮丽的旧履瘟疫防护鞋套设计方案，纸冶集团通过专家团认真评选，针对年龄、性别、职业等诸多因素，选择出12+1的方案，即12种彩色鞋套加上一种透明隐形鞋套，透明隐形鞋套专供公务人员群体和部分商务领袖使用。

至此，纸冶集团三分厂全部转产，采用网络平台私人订制模式，加班加点突击生产。

旧履瘟疫阴霾下的岛歌城突然靓丽了起来，行人的脚下如踏瑞云彩虹，五色斑斓。随着产品影响不断扩大，我国各大城市甚至许多国外城市的人们都开始了自己的"足下生辉"。

而岛歌市旧履瘟疫防护经验也很快得到了上级主管部门的推广，并引起了世界卫生组织的关注和盛赞。

春葵老师在"足下生辉"策划伊始，又与同事及朋友开始了宠物犬蹄爪防疫壳的市场调查，又策划出"泯耳攒蹄——宠物犬艺术蹄爪壳系列"，马上有325种、62万只宠物狗主人下单订制，并在网上形成多个垂直社群。

让人没想到的是，豢养其他宠物的主人们在网络开设社群发声，抗议纸冶集团和蹄套设计师"爱狗嫌畜"，反对宠物间歧视。

无奈，春葵老师又推出"雪泥鸿爪——宠物联合国美丽蹄爪壳套合集"策划，这次是全球设计师和宠物主人们一起，在网络上特别是移动互联网上讨论各种宠物蹄爪壳套的防护功能与个性化艺术美感的独立呈现。

　　"雪泥鸿爪——宠物联合国美丽蹄爪壳套合集"逐渐推出了哺乳类：猫、龙猫、兔、仓鼠、荷兰猪、小白鼠、沙鼠、金花鼠、松鼠、复齿鼯鼠、花栗鼠、逆毛绒豚、八齿鼠、貂、刺猬、羊驼、牛、羊、猪、马、鹿等系列；卵生类：乌龟、蜥蜴、鳄鱼、青蛙等系列；鸟类：金刚鹦鹉、葵花鹦鹉、牡丹鹦鹉、虎皮鹦鹉、百灵、画眉、金丝雀等，鸽、信鸽、鸡、鸭等系列；昆虫类：蚂蚁、蟋蟀、蝴蝶、蜻蜓、蝈蝈、桑蚕、竹节虫、甲虫等系列。

　　纸冶集团还针对防疫与环保需要，生产的鞋套和蹄壳都是用可降解原料做成的一次性产品，纸业集团还抢工建成了回收、消杀、销毁和再加工体系。

　　在与拥有虚拟电子宠物年轻用户的积极交互下，《岛歌午报》元宇宙新媒体中心《快狗》联合国内头部互联网"蹦跶踢跶"社区网站，推出NFT电子宠物蹄壳艺术品交易平台，中外网络艺术设计师们研发的NFT蹄壳艺术品呈井喷之势，部分壳套作品如"履新""青云""超迁""新征程"等在NFT艺术品交易平台竟被炒成了天价，许多高端商务活动都选择其作为伴手礼。

尊敬的各位领导、各位记者编辑老师，春葵老师全职回岛歌市工作后，开始以《岛歌午报》工作人员的身份与纸冶集团合作。

由于旧履疫情严重，加上春葵老师母亲身体欠佳，她辞去了米国那家设在沪申市公司的工作，回到岛歌市，已经回到京城的上官副市长介绍京城投资机构与春葵老师创立华夏岛国际公关策划公司岛歌分公司。

以后的事情大家都知道了，春葵老师随即被《岛歌午报》元宇宙新媒体中心聘为兼职副主任。这段时间，国家环保政策日趋严格，"米废"进口出现价格飙升、货品短缺现象，文化纸市场一片黯淡，纸冶集团面临巨大经营压力。

于冶非董事长数次邀请春葵老师及团队沟通，一月内召开三次纸业专家研讨会，探索纸冶集团新的产业方向。

于冶非董事长和春葵老师经过反复协商确立，在保证文化纸市场规模的前提下，纸冶集团开始研发生产高端生活纸。

研发方向确定不久，春葵老师公司一位市场策划人员介绍了她自己的方案，这位女孩是我市著名的新经济企业、岛歌市岛歌声学有限公司生物工程师王思愚的女朋友。生物工程师王思愚在接触大量犬类声音时，无意观察到犬类舌头的表面结构和发力原理非常复杂，而且不同种类、性别、年龄的犬类舌头也存在巨大差异。

比如犬舌通常呈粉红色，但沙皮犬、松狮犬的舌头竟呈蓝黑色，犬舌肌肉发达，表面有很多肉质突起物——舌乳头，舔食食物和其他物质时会异常干净；犬舌是调节体温的器官。犬的汗腺很不发达，只有趾球和趾间有汗腺，所以通过体表出汗而散发的热量很少，主要靠伸出舌头，通过喉部和舌面水分的蒸发，带走体内多余的热量。

王思愚还给其女友提供了一位古生物与人类学家道格弗兰克（Dougfrank）的研究札记：在上古时期即人类初始阶段，人与狗曾有过共同生存的阶段，人类用手为狗洗涤清洁皮毛，而狗用舌头为人类舔舐治疗各类皮肤病和外伤。几万年下来，狗的舌头表皮组织与人类皮肤形成一种反向契合，舔狗这个名词其实是一个生物共生（Mutualism）的专业名词。

为此，生物工程师王思愚女友在策划方案草稿中提出，依据犬类舌头表面结构、肌理和发力原理，集合狗舌舔舐洁净功能、调节体温功能、灵活婉转功能等，及其狗舌的各种色彩，研发特别针对女性市场的高端生活用纸——暂定名"舔狗"或"狗舔"生活纸系列。

春葵老师对这一方案很是赞赏，不过她说："就叫'狗舌'，简单明了，便于传播。"

当时，正是旧履疫病高发期和认知迷惘期，大家不敢见面，所有研讨都是在几个不同的网络工作群里线上进行。

大家都对"狗舌"这个策划和设计很赞赏，产品和营销专家却认为，产品思路很好，但进入元宇宙时代，按传统工业模式研发新产品、开拓市场，几乎是死路一条。

需要一个基于物联网的应用场景。

······

春葵老师发了一句语音：

王春葵 ◁ ●))) 　1″

转文字："厕所！"

就匆匆下线了。

十五分钟后，我们邀请入群的研发合作方，刚在岛歌市鱼鳞元宇宙AI产业功能区注册成立的齐谐云物联网设计院，在工作群里上传了一个文件。

《AIoT物联网智能厕所（元宇宙）解决方案》
01）智能厕所结合了物联网、大数据、云计算、网络传输、传感器等技术，使传统卫生间具备初级智能如即时感知、准确判断和精确执行的能力，解决了传统卫生间服务过程中有关异味控制、系统联动、节水节能降耗、人员管理、管养质量考核等方面的问题。实现了对智慧城市市政公厕、旅游景点、办公大楼、交通枢纽、大型商场、高速休息区等公共厕所的精细化管理，能够为员工、市民和游客提供人性化、高端、优质、舒适的服务。

02）智能厕所应用场景

各种人流量大的公共场所，如高速公路服务区、风景区、机场、地铁、酒店、医院、商场、学校、铁路客运站、高铁站、写字楼、港口、码头、旅游庄园等。

03）智慧厕所系统功能

环境监测：精确检测环境中氨硫气体、恶臭气体和温湿度指数，及时上传到监控后台，并在LED屏幕显示。

客流统计：通过矩阵测温技术和智能分析，监测统计客流情况。

蹲位监测：动态监测厕位占用情况，可通过指示灯/屏实时显示。

厕位指示灯：厕位使用情况指示，有人为红灯，无人为绿灯，维修为橙色。

定时杀菌消毒：控制消毒硬件自动定时开启，保证环境卫生。

水/电量监测：准确监测用水/用电消耗情况。

一键报警：安装紧急呼叫按钮，当使用中出现意外时可以一键呼叫工作人员，管理端实时推送信息。

卫生管理：当需要清洁或工人清洁完成，通过短信或平台发送确认信息。

04）智能厕所管理端

1. 通过云平台（小程序）监管各个厕所运行状态。

2. 统计区域内各个厕所的人流量，了解厕所使用频率。

3. 实时统计各厕所的蹲位占用和空闲情况。

4. 可实时监测厕所环境数据（异味/温湿度/用水/用电情况）。

5. 烟雾或紧急求救的报警/接警服务，应急情况处理。

6. 根据多种维度的数据，合理调配清洁人员。

7. 提升管理方的整体形象，提升厕所的服务质量，增加满意度、减少投诉。

（搜新智能智能公厕案例展示）

05）智慧厕所用户端

1. 找厕所更方便：可以通过公众号（景区方）/小程序/APP等找到最近卫生间，地图导航。

2. 了解厕所繁忙度：能通过公众号/小程序/APP等了解厕所的繁忙度，可以根据需要选择繁忙度低的，或距离较近的厕所。

3. 厕位引导大屏：了解当前厕所空闲蹲位信息；或提示

其他就近厕所路径和方向。

4.报警求助：厕所内设立多个紧急按钮，小程序/APP设立一键求助。

5.卫生间点评：游客可通过厕所内的点评器或小程序/APP进行厕所点评，卫生评价或服务建议等，帮助改善用厕环境。

6.拓展功能：可通过小程序/APP在自助售货机购物。

本方案智能马桶介绍

1.臀部洗净：臀部清洗专用喷嘴喷出温水，充分清洗臀部。

2.女性洗净：专为女性日常卫生而设计，由女性专用喷嘴喷出温水，精心清洗，防止细菌感染。

3.洗净位置调节：使用者无需挪动身体，可根据体型向前向后调节洗净位置。

4.移动清洗：洗净时喷嘴前后往返移动，扩大清洗范围，增强清洗效果。

5.按摩：洗净水压有节律变化，起到按摩作用，促进血液循环。

6.温暖便座：电脑控制使便座保持一定的温度，即使在寒冬，也会感到温暖舒适。

7.温度调节：可根据使用者个人喜好，调节水温、座温和风温。

8. 暖风烘干：吹出舒适的暖风，使洗净后的臀部干燥爽快，采用PWM方式控制温度提供4档暖风温度。

9. 自动除臭：采用冷触媒对异味进行处理，清除异味，净化空气。

10. 便座缓冲：使用物理阻尼方法，使便盖和座圈缓缓落下，避免冲击。

11. 自动感应：在没感应到人体入座前，锁定洗净和烘干等功能，避免误触发。

12. 自动冲洗：使用者离开后，便座器自动放水冲洗。

13. 喷头自洁：喷头伸出或缩回时，自动喷出小股水流对喷头进行自我清洁。

14. 无线遥控：使用遥控器轻松操作各使用功能。

15. 安全防护：对机器电源和加热部件采取多种安全保护措施，彻底消除安全隐患。采用三插接地漏保电源线，能有效防止漏电造成伤害。

齐谐云物联网设计院研制开发的"智能公厕"管理系统，采用最新物联网、云计算等技术，实现了环卫公厕管理与智能技术的完美融合。

践行"厕所革命"，全面建设现代新都市、打造"智慧城市"的智能化公厕，实现对公厕流量监测、异味检测、入厕流量检测、蹲位检测、自动除臭等智能化远程管理；"智能公厕"既能消除令人掩鼻的异味，也为公厕的环境卫生提供了科学、合理的管理手段，使城市的环卫公厕管理业务更加高效、智能和有序。

......

《AIoT物联网智能厕所（元宇宙）解决方案》刚传到群里，马上遭到群嘲。

有人调侃："智库策划多如狗，网上一搜全都有。"

王思愚女友则说："你们公司这元宇宙是不是原始宇宙的意思。"......

次日凌晨两点多，春葵老师开始发语音。

王春葵 ◁ ●))) ┃ 28″

转文字：

"不必嘲笑，他们可能并不真正了解产品应用场景需求。不过，公厕实现了初级智能化，部分酒店、咖啡厅、美容美发店等公共空间厕所也安装了智能坐便器。这些算是原始物联网的物理基础，对于我们应用场景搭建会便捷不少。"

王春葵 ◁ ●))) ┃ 21″

转文字：

"刚才大家看到那个方案，应该是公厕物联网早期文案，这个所谓智能坐便器也没多少智能。它的问题不是Low！

"而是——'厕中无人'。

"所以，应用场景的解决方案，关键要锁定'狗舌'纸系列与什么人交互、交互什么、如何交互。要首先确立这几个关系。"

王春葵 ⟨●)))　│ 60″

转文字：

"我先说一下我理解的女性消费人群。

"职业女性、孕产妇、带婴母亲、高端游客、独立女性背包客等，如果这几类女性在高档写字楼、会议中心、高端餐饮场所、医院、机场候机楼、高铁站、旅游港口、高速公路服务区、著名旅游景点、商业综合体以及酒店的公共区域，她们对卫生间会是什么需求？

"说一个我的亲身经历。

"我刚回国在沪申市时，被一位同学拉去救急，做一场国际商务谈判的中方翻译，难度和工作量超出平常，正好那几天身体不适，茶歇时到公共卫生间一看，简直进不去人。同学急中生智在谈判所在的那家酒店给我开了个房间，我简单处理了一下，就匆匆返回谈判中，忍着身体的不舒服和不洁净引起的心理不适坚持工作完毕。"

王春葵 ⟨●)))⟩ 15″

转文字：

"餐叙时，同学陪我匆匆购买了些必需品，又回到那个房间清洁收拾更换了足足半小时，蜷曲在床上休息时，我想，谈判会议室附带这样一个物理空间就OK了。"

王春葵 ⟨●)))⟩ 3″

转文字：

"下面文字是我与两位专业朋友聊天讨论后整理的，供大家参考。"

〔葵文档1〕：

家庭卫生间和高端酒店的卫生间，基本功能是厕所+洗漱+化妆+淋浴，有些还有更衣功能。女性到了公共卫生间，不少人会觉得很焦虑：空间是否安全私密？是否干净卫生？洁净身体是否方便？这个应用场景搭建就是要"厕中有人"，解决这部分或大部分女性的"痛点"。

首先，厕所这个概念要重塑，它是一处物理性和虚拟性结合、专属女性卫生清洁使用的高智能复合功能空间，具体功能为：

一是这个"厕空间"具有随时自动消杀洁净设置，前一用户使用后，马上自动消杀清洁。

　　我们姑且称这个系列功能设施为"厕系统"。

　　"厕系统"搜集前一客户存留在这个空间内的微生物特别是病原微生物，即真菌、细菌、螺旋体、支原体、立克次体、衣原体、病毒、朊毒体等的浓度、密度、数量和生存状态，传回后台进行数据计算分析后，通过算法比对优选，"厕系统"撷选采用物理干燥、光辐射、高温或低温、有机药剂喷淋、化工制剂消杀等组合手段，控制、抑制或终止残留微生物种类和数量。

　　在消杀洁净过程中，"厕系统"不间断测试出"厕空间"内各类微生物状态数据，待达到普通人口腔微生态系统、胃肠道微生态系统、泌尿道微生态系统、生殖道微生态系统、皮肤微生态系统和人类呼吸道微生态系统正常菌群平均值后，"厕空间"外部提示铭牌将显示可以再次进入使用。

　　依据去年联合国妇女署女性心理健康保护中心数据显示，亚洲女性如厕等待心理及生理承受区间是55秒至1分25秒之间，因此，"厕空间"消杀洁净时间应控制在这个区间内，目前6G第六代移动通信网络已经部分搭建完成。经测试传输能力比5G提升92倍，网络延迟从毫秒降到微秒级，这个时间段，"厕系统"完全可以满足女性"厕空间"全过程清洁。

二是这个"厕空间"具有自选式检验检测设置，可以将用户大小便86%常规指标检测出来。

（当然，搭建这个应用场景的目的，是"狗舌"女性生活纸的体验。）

因此，智能抽纸器的智能化程度是关键，如何为用户智能化提供不同功能的擦拭纸。

第一类尿液擦拭纸拥有常规尿液试纸条功能，可以即时显示PH、蛋白、隐血、比重、葡萄糖、酮体指标，尿胆原、硝酸盐、白细胞、胆红素和维生素C等含量等。

为解决传统方法存在的缺陷，即尿液擦拭纸只能发挥定性和半定量作用，检测结果存在假阳性和假阴性问题，专标智能马桶还同时通过传感探头对尿液进行二度测试，已取得接近准确的测试数据。

第二类粪便擦拭纸亦拥有常规粪便检测功能，即隐血验查、粪胆素定性验查、粪胆原检测和细胞检测。同时对食物残渣、肠道酵母菌和寄生虫类进行定性定量分析。

专标智能马桶除了对粪便进行二次比对检测，还可通过镜像设备观测粪便性状，如果是成形柱状、软度正常则自动忽略；如果出现异常，如柱体硬状、羊粪粒状、扁形带状、糊状、液状、粘冻状或血样便等，则逐一给出初步分析。如血样便应是下消化道出血；粘液为急性肠炎、慢性结肠炎等。

第三类擦拭纸具备早孕测试纸功能。

第四类擦拭纸与专标智能马桶传感探头及镜像设备三重复合测试，具备常见性病如淋病、梅毒、非淋菌性尿道炎、尖锐湿疣、沙眼依原体、软下疳、生殖器疱疹、滴虫病、乙型肝炎的初步查验判断功能。

第五类擦拭纸是具备艾滋病检测功能，这类试纸比较目前血检试纸和唾液试纸更为准确严谨。同时"厕空间"配备HIV24小时、48小时阻断药物，如果"厕空间"系统示警，如厕用户可以选择马上服用或扫码领取后离开"厕空间"服用。

此时，春葵老师在工作群里发了一个影像动图。

一个似乎厕所抽纸器加屏幕的物件。

王春葵 ◁ ■ ●)))   3″

转文字：

"这是我朋友做的'狗舌'纸系列产品设想概念，马上可以用数字虚拟技术做出抽纸概念机。我简单介绍一下，大家再看设计方案具体修改细化，晚上时差对称时，我们和他们开会。"

王春葵 ⟨●)))⟩ 5″

转文字：

"其实这是一台物联网'狗舌'纸4.5D打印机。

"目前，这种适合4.5D打印用纳米粉体纸材料已经开始研制。"

〔葵文档2〕：

　　根据如厕用户扫码选项，用户需要检测哪种指标，在擦拭前自行选择。系统后台计算选择不同配比数据，传输至物联网狗舌纸打印机，打印机根据数据指令，将纳米粉体纸材料各类清洁消毒液和检测药液分别配比成纸浆，打印机便会打印出用户所需不同功能的"狗舌"擦拭纸。

　　用户可根据自己的偏好和生理、心理需求，选择擦拭纸的厚度、面积、吸附度、颗粒度、摩擦度及形状、色彩、气味等，甚至可以加印花瓣、树叶、森林等图案，或几句清新温馨小诗，或如五绝、俳句等短句。

　　由于肛门处皮肤褶皱结构层次复杂，靠冲洗不一定完全洁净，系统模仿大型猛犬舌结构和表面肌理，生产的一种摩擦性强，吸附性强、收纳性强的半干性"狗舌"擦拭纸，需要用户自我调整干湿度后使用。

空间内设置ABCD四个投纸检测孔，A孔B孔分别检测尿液、粪便，通过孔内传感器传输到后台，数据计算分析后，将检测结果和治疗养护建议传至用户话机。

如果用户考虑隐私问题，则不必扫码，可选择C孔或D孔，C孔与网络隔绝可自行比对色谱，完成粗检；D孔可将擦拭纸完全销毁，保护用户健康隐私。不扫码，智能马桶传感检测功能也会关闭。

王春葵 ◁ ●))) ☐ 6″

转文字：

"物联网'狗舌'纸4.5D打印机除打印各类擦拭纸，还可以打印卫生巾、卫生条和一次性纸内裤，这类材料利用仿真狗舌散热和可感蒸发原理制成。"

王春葵 ◁ ●))) ☐ 7″

转文字：

"为确保隐私性和唯一性，'检测系统'将实物NFT化，实现'狗舌'擦拭纸、卫生巾、卫生条和一次性纸内裤实物与数字的捆绑，打印出每一件'狗舌'系列纸制品，具备完全唯一属性。"

王春葵 < ●))) 2″

转文字：

"当然，如果不考虑隐私，完全可以在打印前按NFT艺术品收藏。"

〔葵文档3〕：

三是这个"厕空间"是一处化妆间和更衣室。

方案里假定一位女性需要在公共空间卸妆后重新化妆。"厕空间"运用元宇宙技术转换成一处化妆间，化妆镜上的多敏感应器，可将用户面部、手部皮肤当时性状进行分析，推荐相应纸类，经用户选择确定上传至后台，经过分析计算将数据反馈到终端，"狗舌"纸4.5D打印机由抽纸机变换成化妆纸机。可打印出不同的卸妆纸。

比如眼部卸妆，化妆镜多敏感应器首先判断油性、干性、中性皮肤以及局部皮肤自身的褶皱、痘印和角质；用户底妆和彩妆成分，适合使用卸妆水、卸妆油还是卸妆膏，同时判断局部皮肤有无附着的尘土、砂砾和有机物，后台计算分析得出预数据，配比成综合液。同时选择适合的仿狗舌表面肌理、张力、吸附力、皴擦度和亲肤性，与综合液合成为纸浆，再经用户选择气味、颜色、形状等偏好，打印成纸。

根据眼部、唇部、额部、苹果肌部等面部不同部位、清洁的不同步骤需求，狗舌化妆纸纸打印机都可以在收到指令后15秒到22秒之间，打印出不同的纸制品。

卸妆后化妆前，化妆镜多敏感应器会提醒用户是否需要二次清洁。

王春葵 ⟨●)))   ⌉ 3″

转文字：

"其实用户在化妆时，化妆镜多敏感应器系统也可以提供建议和方案，但这样做就'超纲'了。"

〔葵文档4〕：

我们要搭建一个"厕空间"元宇宙产业生态开放系统，将公共厕所基础实体和设备开发，与元宇宙不同产业层级、产业领域中的人员、企业和机构，尽可能吸引加入至"厕空间"元宇宙产业经济生态系统，各美其美、各赚各币，系统大同。

例如，就"厕空间"物理空间而言，现存公共厕所改造，积木搭建式厕所、集装箱式厕所、房车式厕所等，会形成原材料、设计、生产、安装、回收等，都会与新基建结合形成"厕"基础产业聚集。

同时，元宇宙"厕空间"衍生的产业会逐渐形成生态体系。如底层即第一层基础硬件设施中的光电芯片、5G、6G、6.5G，VR/AR的显示器和算力企业。

作为第二层的软件技术平台，吸引"厕空间"的工具设计、平台开发、4.5D引擎、图形渲染、全息显示等机构加入。

第三层即中间载体，物联网、边缘计算等人员和机构会成为"厕空间"元宇宙产业经济生态系统的重要组成。

第四层的空间治理与内容创造，比如数字资产、内容创作、渠道分拨等可能是元宇宙头部企业的分包项目。

第五层则是"厕空间"的终端场景搭建。最终形成可自我进化的"厕空间"元宇宙AI新经济生态体。

我们设想一下元宇宙"厕空间"体验。用户通过移动终端或脑机连接发出指令，"厕"系统运用数字孪生技术，将用户数字孪生分身或全仿真机器人分身，投射或投放在物理工作空间或半虚拟工作空间，如会议室、谈判室、宴会厅、舞会等场所，暂时替代用户主身进行工作或社交。

用户主身进入"厕空间"前发出指令，"AR+AI SUPER"（超增强现实+人工智能技术）为用户提供生理、心理和潜意识所需场景，满足女性用户三种需求：

一是洁净、优雅、浪漫；

二是坚固、安全、私密；

三是去羞耻感、去污秽感、去无助感。

此时，春葵老师打出几个字，发在工作群：

请进入不同场景的"厕空间"，即元宇宙厕所应用场景。

春葵老师渐次上传几个二维动画加字幕，并配有一位中音男声浑厚地吟诵：

1. 一个自我封印在山谷的洞穴，外面如世外桃源，青峰叠翠，溪水潺湲，鸟声啾唧，一树繁花自开自落，不知今夕何夕。

2. 一幢孤独的海岛图书馆，沙滩如砥，海天两色，微风撩鬓，淡金般的夕阳洒在轻轻喘息的海浪上。

3. 一座童话般的城堡，被高大葳蕤的森林掩映，藤蔓爬满斑驳的城墙，阳光从树冠的缝隙挤进来，虚空飘曳，像一只只慵懒的精灵。"嘎"的一声，一只大鸟冲天而起，打破了深林的寂静。

4. 一处秘境中的花园，紫色的薰衣草让人心旌摇曳，郁金香花朵举起万盏美酒，玫瑰悄散出让人迷离的芳香，幽蓝的矢车菊告诉你梦的颜色。

5. 一艘似乎是潜艇的空间，深潜到大海深处，阳光一层一层曲折投到海底，像一个无法醒来的梦。一头巨大的白鲸带着一只鲸娃从头顶缓缓滑过，两三只海豚探过来要窥探什么，漆黑的潜艇让它们失望转身，五彩博鱼、孔雀鱼、鹦鹉鱼、荧光鱼、蓝闪电鱼、小丑鱼……七彩斑斓的鱼群摇摇晃晃穿行在珊瑚和摇曳的海草间，一片银亮如针的鱼群受惊般倏忽而过。

6. 一艘飞船行驶在外太空，星空浩瀚，茫茫无尽，幽深而黑暗，遥远的群星如一条条大河，散淡白色光影。飞行物、陨石迎面而来，从身边飞过，一个巨大的星球带着光环，似乎在光年外前行，阒寂无声，自己的飞船像是伴着土星飞翔的一只蜜蜂。

……

配合字母，浑厚的中音男声继续朗诵："厕空间"

可为用户提供视觉，其中包括森林、草原、花园等约240个空间；嗅觉，其中包括桂花、佛手、腊梅等1030种香气；听觉，其中包括音乐、海浪、溪流、下雨4200种等声音；触觉，利用"AR+AI SUPER"技术将吉娃娃、贵宾犬、博美犬、柯基犬、法国斗牛犬、马尔济斯犬等宠物犬作为触摸体即时投放，为满足一些女性安全感、减压感心理需求。当然"厕空间"内也可提供德国牧羊犬、萨摩耶犬、大白熊犬、金毛寻回犬、圣伯纳犬和哈士奇等中大型犬为触摸体，供有这类需求的用户抚摸。

（以上文字由城北凝先生二次整理）

王春葵 ⊂●))) 2″

转文字：

"如果需要视频办公和通话，'厕空间'场景可转换为虚拟办公室、会议室和客厅。"

王春葵 ⊂●))) 11″

转文字：

"用户如厕结束发出指令，空间可转换成淋浴间、化妆间或更衣室，也可以指令智能可塑马桶伸缩变体成类航空头等舱或酐铁商务舱座椅，同时释放具有安神作用的气味和音乐，用户可以做短暂休息。"

春葵老师最后发了一点文字：

"资本市场的狗鼻子会很快嗅到'厕空间'元宇宙产业经济生态系统内狂暴的'币'气息。专业人做专业事，我们只提供纸冶'狗舌'系列生活纸，最多延伸生产4.5D'狗舌'系列生活纸打印机专用纳米粉体材料。

"不出意外，资本市场狗鼻子应该很快找到我们的'狗舌'，投资者和合作者会纷至沓来。"……

寒鸟：

狗材料就这么多了，王春葵现在可成了大忽悠。这些破玩意有什么研究价值？不过"以上文字由城北凝先生二次整理"这句话在做论文时可不能删啊，看看哥们的文笔，引无数少女竞折腰。

城北凝

十一、狗事越千年，寻章摘句寻源

余学兄大安：

这部分病案文本皆已收到！十分抱歉，我所在岛歌市岛歌声学有限责任公司发生一些状况，原总裁与董事长产生矛盾，出走成立岛歌市岛歌拉斯声学有限责任公司，因董事长认为我与这次纠纷有间接关系，总裁又力邀我加入新公司，无奈我只好辞职再入职。加上我与lover（我女友）感情出现龃龉，所以一直没有及时回复，也无法邀请余学兄和春葵学姐到新公司看看。

新公司产品市场路径与原公司类似，但技术路径截然不同，这也是公司股东分裂的原因之一，关于春葵学姐的症候，我还是建议到岛歌市岛歌声学有限责任公司实地接触一下他们的研究路径、成果和氛围，看看对春葵学姐有无触动性意识刺激。

余学兄，请您也不要着急，我目前阅读大量稗史笔记杂著前提下，使用目前最强开源系统的印刷体古籍文字识别抓取软件"窃书不算偷"，初步梳理出一点研究线索——

春葵学姐症候并非孤症。

若木寒

余总好：

岛歌市鱼鳞元宇宙AI产业功能区科创委转来一份非正式文件，请您过目。

是否还转给若木寒博士，请您指示。

蜀晴天

尊敬的余仁水总编辑：

您好！我是岛歌市鱼鳞元宇宙AI产业功能区科创委办公室工作人员常戚，根据委领导安排，将岛歌市岛歌声学有限公司拆分情况及若木寒博士情况向您简要汇报如下。

岛歌市岛歌声学有限公司拆分近期将会完成主要程序，部分高管、科学家和员工离开原公司，成立岛歌市岛歌拉斯声学有限公司。

这两家声学公司有两位初始创始人张董与王董，早年先后从国内考入米国减州伯克布利大学（University of Berkebley）（University of Berkebley）计算机系和生物系，后来分别成为生命科学和人工智能专业的博士。据说因为同时或先后追求一位同校大学姐（也是国内考入伯克布利大学（University of Berkebley））不得而成为朋友。

就在同一时段，若木寒老师由国内到米国伊鲁泽瑞大学（Illusory University）攻读人类学硕士。在一次当地华人组织的留学生晚宴上，若木寒老师正在追求的一位女留学生喝大了，受另一位追求者蛊惑，突然在宴会上爆料，说若木寒老师在国内是本科肄业，并把若木寒老师没有通过的毕业论文《论〈金瓶梅〉中西门庆以纳妾实现低成本扩张的生理效能》用手机传给现场多人，意在羞辱若木寒老师。

没承想，这篇论文在参加晚宴的留学生当中引起轰动，广受在场留学生和当地华人追捧。当时张董与王董也跻身上前，对若木寒老师表示敬仰，互留联系方式，成为挚友。

不久，伊鲁泽瑞大学（Illusory University）著名跨物种文化传通学者周吾从先生也看到《论〈金瓶梅〉中西门庆以纳妾实现低成本扩张的生理效能》一文，对论文的思维方式大为激赏，遂将若木寒老师纳入门墙，至此，若木寒老师便随周先生攻读跨物种交互人类学博士。

不过据说经过此事后若木寒老师性情大变，谢绝一切社交，潜心学问。

几年后，张董与王董分别从米国所在公司辞职回国创业。据称张董多次研读《论〈金瓶梅〉中西门庆以纳妾实现低成本扩张的生理效能》后，尝试与那位已经嫁给米国著名投资人的伯克布利那位大学姐暗通款曲。不久，伯克布利那位大学姐离婚回国，与张董同居，并用离婚分配的资产创立投资机构。同时，张董邀王董来岛歌市共同创立岛歌声学有限公司，伯克布利那位大学姐为天使投资人。

又几年后，若木寒老师拿到博士学位也回到国内工作，一个偶遇再见到张董与王董，他们毫不犹豫把若木寒老师聘为公司高级研究员。

随着公司发展，张董与王董在发展理念上出现分歧。公司财务总监是张董初恋女友，坊间传闻王董也是受了《论〈金瓶梅〉中西门庆以纳妾实现低成本扩张的生理效能》一文的启发，刻意与财务总监产生恋情，并实际控制了公司财务，并逐渐改变技术路径。

期间发生许多感情纠葛。

后来经过四方谈判，公司拆分为张董主持的岛歌市岛歌声学有限公司和王董实控岛歌市岛歌拉斯声学有限公司，两家企业互持股份，但大股东都是投资人伯克布利那位大学姐。而伯克利那位大学姐似乎认为若木寒老师的学士论文是一切事情的源头，对若木寒老师感受复杂。经张董无奈地劝说，若木寒老师只能跟随王董去新公司。

尊敬的余仁水总编辑，我委领导认为，此次企业拆分，人际情感关系只是表象，关键还是两位原始创始人技术路径产生根本性分歧，一是以生命科学为主；一是以人工智能为主。我委领导这次对拆分持谨慎欢迎态度，两家企业将分别享受"比目鱼"和"独眼龙"企业的政策待遇。同时，我委领导认为，公司高管感情是个人私德，传播不利于企业发展和产业功能区的整体形象，恳请余总将此背景情况内部掌握使用，不做公开报道为盼。

谢谢！

元宇宙AI产业功能区科创委文宣办公室 常戚

余学兄好：

这是我陆续在各类典籍方志和稗史笔记中摘录的有关"人言狗声"记载，呈给周老师的同时，也给您一个备份。

若木寒

周师您好！

首先抱歉有一段时间没有与您联系，我的工作突发变化，离开岛歌市岛歌声学有限责任公司，应聘到岛歌市岛歌拉斯声学有限责任公司工作。人事纷乱，我的个人感情也出现一些问题，所以"人言狗声"病案原始文本也一直没有整理研究，请周师原谅。

现供职机构主要是用元宇宙数字仿真模拟技术结合AI进行犬类声音应用开发，我的研究方向不变，微调为"人类基因远古时留下对某些动物叫声特殊感应在古代神话、传说、典籍及各类活态口承文化暨亚口承文化中记载与痕迹对当代人的意识与潜意识影响与干预"。

学生现于大量稗史笔记杂著中初步梳理出一点研究线索，待形成预观点再向老师汇报请教！

目前"旧履疫情"在新大陆更为严重，请周师和师娘还有师妹多保重！

学生：若木寒敬上

周师您好：

学生检南北朝齐梁时期著名道医陶弘景撰注《本草经集注》时，收载秦汉时期《神农本草经》时，将汉末《名医别录》补录其中，补录部分记载马痫、牛痫、鸡痫、猪痫、牛痫等病症。

北宋时期儿科医学学术带头人钱乙曾著《小儿药证直

诀》，将这类病状命名为五痫。记载得这种病后不光有学
狗叫，还有学羊、牛、鸡和猪叫的。这部医典是这样著录
的：凡治五痫，皆随脏治之，每脏各有一兽并，五色丸治其
病也。

犬痫：反折，上窜，犬叫，肝也。

羊痫：目证，吐舌，羊叫，心也。

牛痫：目直视，腹满，牛叫，脾也。

鸡痫：惊跳，反折，手纵，鸡叫，肺也。

猪痫：如尸，吐沫，猪叫，肾也。

五痫重者死，病后甚者亦死。

周师好！

国内中医界认为，元代著名医学家朱震亨其专著《丹溪
心法》是一部研究内科杂症重要著作，对现代中医临床有重
要指导作用。明代太医龚信纂辑《古今医鉴》，是经这位岐
黄大家二十年搜求，从《黄帝内经》《难经》，到明初诸医
学文献；春秋时期秦国名医医和、医缓，西汉大医淳于意；
金元时期刘完素、张从正、朱震亨；以及与朱震亨齐名的戴
元礼等名医名著编纂而成，类似是一部古代医学百科全书。

这两部医典都记载，痰涎阻塞诸窍后，皆可能患五痫
症，病人发作时可能会似猪、狗、羊等叫声。

显然，患者即我高中春葵学姐的症候并不是所谓"五痫"。这个病状记载文本，对于研究病患而言，或是排除了一种可能，或只是提供了一个方向。

尊敬的周师：

　　我今天突然有些开悟。

　　之前我的思维进入误区，一直想用病案进行实证。我经历与lover（我前女友）之间的聚离后，发现那其实就是文字的存废！因为旧履疫病，我与lover的交流方式就是社交软件的文字或少量图片和更少量视频。

　　我突然顿悟：开始理解雅克·德里达"文本之外别无他物"，和周师您创立的"文本唯一论"基本理论。

　　我们的世界可能不存在，是文字和语言描述出来的，文本即一切。

　　于是，我开始回到文本，"人言狗声"缥缈的病因似乎由光年之外变为光年之内，或许可以触摸到。

　　我在网络上大量翻检稗史，发现多有这样记载：公冶长懂鸟语，并因此无辜获罪。孔子说："公冶长虽在缧绁之中，非其罪也。"并将女儿许他为妻。

　　以前，我因为《孟子》有"今也南蛮𫛢舌之人"我以为公冶长懂鸟语是说，作为胶东人的公冶长会说南方话，孔子将其作为翻译人才加以保护。当然，我认为孟轲这句话是典型的地域歧视，我就觉得闽粤话非常好听。

受患者王春葵病案症候触动，我又以乾嘉学派之"朴学"法进行多重考证，发现《大成通志》卷十四《先贤列传》有公冶长懂鸟语记载。最有力的证据是《公冶长听鸟语纲常》，一卷一则，六百八十一字，现藏沪申市复旦大学图书馆。原书板框高一七五毫米，宽一〇五毫米。中缝页码先四后三。未署作者名，刊刻年代不明，亦未见著录。

我想旧履疫情过后，去复旦大学中文系求教我们高中师兄张古钝教授，希望可以看到实物，考订其牌记、序跋、印章、避讳，判断是否原刻本、翻刻本、写刻本、套色刻本，辨别纸张、用墨、字体、气息等，条件允许再加上碳14，确定其年代与真伪。

同时，《史记》："秦仲知百鸟之音，与之语，皆应焉。"《论衡》："广汉阳翁伟能听百鸟之音。"《五杂俎》："公冶长、侯瑾解鸟语……唐僧人隆多罗、白龟年俱通鸟兽语。"

又，《艺文类聚》载秦国第四代国君秦仲，懂百鸟之语。

又，《左传》记载东夷国介葛卢（大概与公冶长同乡），他可听懂牛语。《列子》其实东夷有介氏国。这里人能听懂六畜之言。

又，三国时史学家谢承在其所著《后汉书》中记载汉朝的云中太守魏尚精通鸟语。

又，《三国志》记载魏国管辂也懂鸟语。

周老师好：

我今天继续寻找典籍，发现您创立的跨物种基因交互产生的跨文化传通假说，华夏国古代典籍稗史中有不少记载。

南宋初道士曾慥曾编撰《类说》，记北宋刘斧著《翰府名谈》记载，白居易孙子白龟年嵩山遇见成仙的李白，李白送给他一卷天书，学后可辨识鸟语兽言。

这个记载，我本科时就偶尔见过，当时感觉荒诞不经。自接触患者王春葵学姐病案症候，加之元宇宙概念、AI人工智能和量子物理发展成果，刷新我很多原有认知。我才联想到有关李白的记载和传说。

现在我们都认为李白是以诗闻名于大唐，其实李白初到长安，声名不显。是"李太白醉草吓蛮书"之后方名扬朝野。我原来以为，李白出生碎叶，是不是接触过异族语言恰巧成了翻译。后考据发现，碎叶城是今吉尔吉斯斯坦的托克马克城，李白四岁就离开了碎叶到了四川，而向唐玄宗递蛮书的渤海靺鞨，则是当时东北地区的少数民族，因此，李白不大可能四岁在吉尔吉斯斯坦接触过渤海靺鞨语言文字。

又，李白刚到长安，就被贺知章等称作"谪仙人"。

在李白之前，被称为"谪仙人"的计有：《水经注》瑕丘仲、《南齐书》蔡翁、《云笈七签》范豺、《魏书》成公兴等。所以"谪仙人"一词，基本是古代对异能人士的称谓。而李白可能就是一位异能者，比如可辨识鸟语兽言，可轻松识读人类不同种族语言文字。古希腊神话中的墨拉波斯也是一位可听懂动物语言的预言家，或许可以作为旁证。

李白一生狂放不羁，行事乖张，诗歌多非人类视角，甚至李白的死亡都充满诡异。唐五代人王定保著《唐摭言》记载："李白着宫锦袍，游采石江中，傲然自得，旁若无人，因醉入水中捉月而死。"杜甫《送孔巢父谢病归游江东兼呈李白》诗："若逢李白骑鲸鱼，道甫问讯今何如。"（明代仇兆鳌注：俗传太白醉骑鲸鱼，溺死浔阳，皆缘此句而附会之耳。显然不相信）而宋赵令畤的《侯鲭录》则记载："李白坟，在太平州采石镇民家菜圃中，游人亦多留诗，然州之南有青山，乃有正坟。或云太白平生爱谢家青山，葬其处，采石特空坟耳。世传太白过采石，酒狂捉月。"

我现在假设，李白是否可能是位元宇宙数字孪生分身，或是时空交错李白从异空间降生到盛唐。所谓捉月乘鲸而去，是不是某种水陆两用飞行器，或是元宇宙应用场景空间的转换。

所以，我们不能简单地把公冶长和李白作为翻译官来看待。或许，患者王春葵学姐也可能是拥有某种异能的人类，偶尔因素将这种能力激活了。

周师，我大量搜求考据公冶长与李白通晓鸟语，也是我尝试用上古神话传说与典籍文本+基因学+田野考古学交叉研究患者春葵学姐这一病案。

我在阅读有关殷商考古报告中发现，大约商代早期二里头遗址二号宫殿下的大墓中（D2M1），发现一具装殓在红漆木匣的狗骨遗骸，可见这位墓室主人生前对这只狗多么重视甚至尊重。

商代中期，狗殉葬和祭祀达到了巅峰。在商代的各类考古遗址中，狗的数量相当巨大，主要发现于墓葬、建筑基址、祭祀坑中，分布范围也相当广泛，基本覆盖目前考古发现的商朝的势力范围。

有一份考古统计记载，1969年至1977年在殷墟西区发掘的939座墓葬中，有殉狗的达339座，共殉狗439只，不少墓还殉狗2只以上，其中在仅有棺木的663座小型墓葬中有殉狗的就达318座之多，而在229座没有葬具的墓葬中有殉狗的也有49座。

目前考古发现的商代前期墓葬中的殉狗狗首朝向，基本和墓葬主人头颅方向一致，1956年郑州铭功路西侧发掘的4座商代前期墓葬的腰坑中殉狗狗首朝向都和墓主人头颅方向相同。

考古报告显示，商代后期，商代墓葬殉狗的狗首方向开始出现墓主人头颅方向相反的制式。商代墓葬中殉狗的头向在不同地区之间也存在差异。在殷墟商代后期墓葬中殉狗狗首朝向基本与墓主人头颅方向相反，而在山东、河北、山西和陕西关中东部商代晚期墓葬中发现的殉葬狗首与墓主人头颅方向一致。

同时，殉狗还以各种形式出现在腰坑、头坑、脚坑、角坑、二层台和填土等位置，呈拱卫状分布在墓主人周围，有些带墓道的大墓还会把狗殉埋在墓道里，像是在陪伴和守护。

据记载，商人殉葬多用奴隶和俘虏活人殉葬，或许是西周人抹黑商朝，但许多大墓的考古发现证实了这种残酷的丧葬制度。但我有个直觉，似乎商代皇室和贵族，在殡葬时，对狗的待遇似乎仅次于墓主人甚至等同看待。

周老师您好！

看报道今天在伊鲁泽瑞大学（Illusory University）附近有枪击流浪狗事件，据说是为了阻断狗传染旧履疫病。情况纷乱，您和师母多多保重。

周师，目前国内文史学界有一种新观点，即周人灭商的实质，与蒙元灭宋、满清灭明一样，都是野蛮战胜文明、落后打败先进。所以周朝建立王朝后，很大程度只能继承了商朝先进制度。比如对"犬"的特殊重视。《周礼·秋官》中"犬人"条记载："犬人掌犬牲……凡相犬牵犬者属焉，掌其政治。"

《说文解字》中"犬"部共收录86个字，南朝梁顾野王《玉篇》收入了265个字，可见"犬"在人类上古文化构建中独特性。"嗅""哭""默""获""状""狱""器""献"这些字，为何与犬有关、个别字中"犬"在新汉字变化了，如"笑"字，下部原本也为"犬"。这些字为何都有"犬"参与？

我有一个设想：

是不是商周皇室当时的"犬人"具备与"犬"沟通的能力，或者当时的犬与现代的狗有本质差别，商周时代的犬可以与人交流。可能存在一种特殊的"犬"语，只有部分异能人可以掌握，如"哭""笑""获"等，都是商周人与"犬"沟通得来。后来"诸神"陨落，异能式微，间或有公冶长、李白等异人散落俗世间。

或者大胆设想：

犬人其实是一个人种。

周师好，您可能觉得学生扯远了，但请您相信弟子的学术操守，我是在严谨假设，大胆考证。

当年在我本科肄业（后学校补发了毕业证），要出国之前，心情郁闷，我便去曲阜仿古。在游览尼山孔庙启圣王殿（也就是叔梁纥庙，是祭祀孔子父亲的庙宇）时，我当时有个奇怪的发现：

叔梁纥庙的台阶特别高，1.78米的我迈上一步都要尽力高抬腿，很吃力。这几天我突然想通了，叔梁纥与孔子母亲颜征登尼山祈祷生孔子，后世建庙奉祀的人士，在设计时一定参考了叔梁纥身高大约2.3米这个因素。

各种史料典籍记载互证，孔子的父亲叔梁纥为春秋时期鲁国大臣，宋国国君的后裔。而宋国王室则是商朝皇室的后裔。周武王伐纣灭商后，为留存商朝宗祀不灭，封纣王之子武庚于殷地。周武王死后，武庚发动复国战争，被周公平定，为继续保持商的祭祀，周公就把宋（今商丘）封给纣王庶兄微子启，这就是宋国的来历。所以宋王室乃是商皇室的遗民。

又据稗史记载和考古显示，商皇室平均身高大约1.90米以上。而当时商朝一般平民、奴隶和附属国如西岐等，平均身高大约1.67米左右。由此推断商朝族群可能与当时其他族群基因差异较大。

这些旁证证明，身高2.3米的叔梁纥应该就是商朝皇室后裔无疑。而《史记》记载，"孔子长九尺有六寸，人皆谓之'长人'而异之"，目前综合计算，孔子身高大约1.97米。说明孔子也传承了商朝皇室的主基因。

更让人感到兴奋的是，孔子一脉这个伟大的家族，是世界上从春秋时代传承至今最为完整、清晰而悠久的族系。而如果我今天的推断方向正确，目前的孔家氏族就是谱系清晰、传承有序的商朝皇室后裔。

老师，此时我为我这个似乎可以说是伟大的发现感到有些战栗。

周师，不知您还是否留意，2013年11月11日，曹操家族DNA研究成果由沪申市明天大学历史学和人类学联合课题组正式发布。课题组经过三年研究，最终通过现代基因反推技术，再通过对曹操叔祖父曹鼎DNA比对，双重验证100%确定曹操家族DNA的Y染色体SNT突变类型为O2*-M268。这一项研究成果也证实曹操并非汉相曹参后代，推翻曹操为夏侯氏抱养说法。

相关论文于2013年在国际著名学术杂志《人类遗传学报》上发表，并已得到国际认可。

周师，曹操DNA研究对我有一定启发，目前，我大致打算根据这个发现或路径进行保密式预研究！

具体而言，关于揭开患者王春葵学姐病因一事，大致路径可以运用分子人类学（Molecular anthropdogy），将现代孔子后裔与商代大墓皇室遗骸进行基因比对，再与公冶长在山东的后裔进行基因测试（公冶长夫人是孔子女儿），针对两种基因比对数据开展混学科研究，看是否可以发现上古时期人与"犬"、人与"鸟"可能进行语言沟通的因素，为患者王春葵学姐病案研究寻求新路径。

还恳请周师不吝指教！

祝老师健康、开心！

敬颂教安！！

学生　若木寒

若木博士学弟好！

我认真拜读了您给周教授的研究成果，万分感谢您给王春葵做的这些。但我感觉出学弟的情绪低落，一切都会好起来的！

有关岛歌声学和岛歌拉斯声学拆分，我请有关部门了解一下，我整理补充好，给您一份背景材料，便于若木学弟处理好与两个公司的关系。

蜀晴天的确出了点状况，但错不在他。我会尽快恢复他的工作，以便更好配合您做好文本搜集整理。

考虑王春葵病情需保密，目前只能让城北凝为您提供涉狗研究文本。不过，基于城北凝文青性格，王春葵的病况真实情况还是暂时不要对他说。

祝愉快！

余仁水

附件一：

《岛歌午报》编辑委员会

―――――――――――――

午报政发[2026]44号

关于给予蜀晴天停职处分的决定

经报社编委会研究决定，给予蜀晴天停职处分，暂扣记者证三个月，扣罚三个月奖金，工资待遇暂按有关规定执行。

二〇二六年八月十四日

主题词：政纪处分 停职 蜀晴天 决定

发：总编室、人事处、各编辑部、蜀晴天，存档。

《岛歌午报》编辑委员会八月十四日印发

（说明：我报总编室副主任是行政正科级，不是副处级。）

附件二：

有关蜀晴天"副处视频"事件的情况说明

余总编辑及各位领导：

现将"副处视频"事件向各位领导作简要介绍。

蜀晴天，男，1999年生，汉族，2020年11月参加工作，现任岛歌市《岛歌午报》总编室副主任。

2026年7月26日，蜀晴天收到岛歌市鱼鳞元宇宙AI产业功能区"比目鱼"企业专家评审组邀请，在征得报社总编室领导同意后随行采访。

第三天工作结束后，蜀晴天随专家评审组用餐（工作自助餐）喝了几瓶岛歌啤酒，而后企业安排专家评审组一行到KTV唱歌，据调查，由于企业看蜀晴天年少面白、青涩拘谨，以为是随行服务人员，就没有安排其进入KTV厅。

当时，蜀晴天气闷坐在大堂沙发上，听到身后两位陪歌女士议论：

"这司机是小鲜肉。"

"也可能是拎包秘书。"

平时沉闷内向的蜀晴天因为饮酒原因，突然站起来对这两位女士大喊：

"说什么啊，说什么啊，我是副处级，副处级。"声音炸响，顾客纷纷过来围观。

此时，KTV一位负责大堂管理的年轻女性赶过来劝蜀晴天：

"小哥别不高兴，说话声音低些，姐姐陪你聊聊。"

"你谁啊，我副处、副处，你算老几？"蜀晴天仍在大叫。

这位负责大堂管理的年轻女性依然柔和地劝道："姐姐不算什么，在这种地方工作，姐姐也不容易，被人骂过、抱过、摸过、亲过，但姐姐守住了底线，没有失身。但说自己是处女吧，我也有些心虚，也算是个'副处'吧！"

"你看，我俩这不就都是'副处'了吗！"

这位"副处"女孩不经意抬手摸了摸蜀晴天的脸。

蜀晴天顿时清醒，羞愧道歉，匆匆离去。

本来是一场口角，但被旁边顾客拍成视频上传到短视频平台"颤语"上，一时间火爆全网，"也算是个副处吧"成了热词，数次上了"烫搜"……

经过岛歌市鱼鳞元宇宙AI产业功能区治安执法部门调查认定，蜀晴天当时没有任何违法违规行为，绝没有社会传闻的嫖娼行为。

但这段视频传播广泛，引起极大影响，以至国外许多社交网站都疯狂讨论"副处"的含义，给报社带来极为不确定的影响。

鉴于这种情况，总编室建议给予蜀晴天停职处分，暂扣记者证三个月，扣罚三个月奖金，工资待遇暂按有关规定执行。

另外，我们总编室副主任是行政正科级，不是副处级。也希望领导充分考虑总编室工作的重要性，增加一职副处级副主任岗位。

《岛歌午报》总编室

二〇二六年八月十日

十二、同是天涯不语人

寒鸟，我城北凝。

余老大说王春葵喉炎引起声带肿胀，不能说话。医生说是声门关闭不严，引起咽喉痰附感和声嘶。要改变发音习惯才能治愈。让我陪着去见岛歌大学艺术学院一位教授话剧台词的老太太，据说是沪申市话剧院的老演员，退休回老家又被返聘，曾是我们报社若老的同事。余老大说把所有现场经历记录整理给你，你小子在捣鼓什么呢?

记录发送成功了。你接收一下。

城北凝

城北凝（女凝式）记录：

许多天没见王春葵了，她叫了辆无人驾驶出租车接我，我看着她竟有些呆了！

葵子穿一件斗篷式黑色长款风衣，带着黑色墨镜和口罩，像是从《骇客帝国》走出来，非常具备无生气、无灵魂的机器感，要是来段"POPPING"舞应该够劲。

当然，我也不敢说出我这个建议！

上车后她用电子皮肤话机给我发信，让我和她发信交流，不准和她说话。

岛歌大学艺术学院也在封闭，我们按照艺术学院一位学生提供的攻略，从一个栏杆豁口走进一间教室，见到台词教授。

一位没有任何特点的老太太迎上来，双手抓住王春葵的手，一言不发瞅了半天，吐出一个字：

"像！"

台词教授端详完并说完判断后，王春葵才摘下帽子墨镜口罩。

教授让我们坐下，没有和我们说一句话，就用遥控器打开一个传统的老式投影仪。

屏幕上出现两个字："临帖"。似乎是一部当代艺术展示纪录片。

屏幕里的艺术家一头短发整齐，身着黑色西装，整齐平常，像银行柜员或售楼先生。

他取出一副硅胶面具，戴上后，脸还是他的，变成了光头大胡子。

他把西装外套翻过来，用袖子捆绑在胸前落下，一条黑色带有不规则亮片的落地裙子！

他拉开与白墙一致的白色幕布，右首两个大字：

临——帖。

自右而左，第一部分，先放出《乙瑛碑》一个影像，打光显示"给犬酒直"几个字，是截图《乙瑛碑》。艺术家拿一张黑纸订在墙上，拿起沾着白色油漆的毛笔，在黑纸上写了一个如学前儿童画的字：

"狗"。

第二部分，放了一只描金马桶，上部放置杜尚"小便池"仿品，艺术家拿起另一只毛笔，在马桶上写了个标准小篆：

"泉"。

第三部分，一只发黑的香蕉被胶带固定在墙上，艺术家拿起一只黄瓜，也用透明胶带沾在黑香蕉旁的墙上。

第四部分，艺术家拿出一张打印好的齐白石《山水十二条屏》拍卖图录，旁边有标价9.315亿元。艺术家搬过来一台碎纸机，把打印的画幅碎掉三分之一后停机。

第五部分，艺术家双手抓住面具向上一提，面具变成了一个狗头，黑裙上亮片聚合闪闪熠熠四个字：

"人模狗样"！

屏幕内的人都站起来热烈鼓掌！但没有一点声响，是默片。

屏幕出现如老电影拷贝黑白画面，配有滋滋啦啦的噪音，白色垂直条纹在闪动约三十秒后，画面突然变得明媚清纯，春意盎然，周遭似乎都在蠢蠢欲动。

屏幕上出现一张姑娘的脸。

王春葵面无表情瞅我一眼，我感觉有些促狭诡诈，好像机器人还魂成生物人了。

摄像机镜头慢慢向后拉，一位擎着话筒的姑娘全身显现，身着浅灰色套装，齐整刘海、平耳短发，像高中生的发型。

身材轮廓——怎么说呢，像一个标准件。

这姑娘我认识，准确说曾在岛歌市电视节目中见到她，采访地方政要、文化名人是她的强项，是岛歌电视台二套主力出镜记者，据说个人主意很大，只做出镜记者不做播音主持。

出镜记者姑娘头微微侧向艺术家，艺术家再次一身西装，又变成了银行柜员或售楼先生，他不看出镜记者姑娘，目光坚定向前，有些大义凛然。

出镜记者姑娘似乎酝酿片刻，粲然一笑，问艺术家：

"请问，您有什么感想？"

瞬间，那感觉，一个花园里，七八十种春花蓓蕾渐次轻启，花瓣打开时似有暗暗的声息传出屏幕。

艺术家一怔，好像出镜记者姑娘没按剧本来。艺术家如背诵一般说："轴心时代后，诸神陨落！后世一切事物，皆为临帖。"

"请问您，有什么感想？"

出镜记者姑娘把话筒递到一位儒雅学者面前，儒雅学者紧盯记者姑娘的眼睛，说道："一切艺术的终极是什么，是书法。寥寥几痕白墨渴笔，萧条澹泊，计白当黑，荒寒简远，意境顿出，而后凡几，皆为一生二生三而生万象。去实去形，求意求势。气韵流转，形神具备，大言稀声，大象无形——"这位儒雅学者盯着电视记者的脸，有点收不住话了！

出镜记者姑娘眼波流转，涟漪轻漾，趁学者换气之际，马上将话筒逼到一位谢顶人面前，轻启朱唇：

"请问，您有什么感想？"

"我是一位没有任何实体作品的作家。"谢顶作家欠欠身，一脸傲岸，"什么当代艺术、风格、技法这种语系我不屑说出，但这位行动家而非艺术家以传统性典型化实体化符号性亚语言非叙事性非线性非复合性结构呈现，对道统的解构，对模式的消解，对媚俗的反动，对于现实的间离，进而形成了并非真正意义上的反后现代主义艺术。

"透过这些无意义幼稚化显性化隐喻，行动家的终极关怀在熵增化中自行消弭，如西西弗斯试图无限接近永远无法抵达的前语言时空。一种末世创世融合间离的情绪，弥漫在行动者无极的有限宇宙之中，给我们空间化、定量化的无意义希望！"

屏幕突然漆黑，出现占满屏幕的两组粗大的白色字母：

"WO CAO"。

迅疾消失。

镜头推上前，慢慢由虚化而实，出镜记者姑娘的笑靥占了满屏。

台词教授关闭投影仪，转身再次认真审视王春葵的脸：

"像！"

台词教授似乎更善于使用肢体语言，双手拉起春葵的手："丫头，陈青和你都很像一个人，就是你们报社老若的夫人。"

台词教授目光成了盲点，脸上出现一点不经意的绯红，喃喃地说："我们曾经是一个话剧团的。"突然，老太太变得目光坚定，语气凝重，"若如晦老若托付的事，我一定尽全力。"

台词教授捣鼓了几下遥控器，屏幕上出现了出镜记者姑娘陈青和台词教授合影，台词教授端坐，陈青伏在身后，笑意晏晏。

很不像一对母女。

台词教授面相太裂瓜了。

台词教授满含爱意地指着屏幕上的姑娘，"本来，我是应该永远保密的，你们一定要保密呀！"

我赶紧点点头，王春葵表情窒了一下，也缓缓点头。

台词教授闭上眼睛，"天道不公，这孩子三四岁时，遇到恶犬惊吓，患上严重的口吃症，两三个字都说不完整。"

"什么？"我差点从沙发上跌到地上，"口吃，结巴？"

"是的。"

台词教授似乎非常满意并欣赏我的反应。

"陈青十九岁那年，独自敲开我家的门，用一张纸条，说明了她的志向，岛歌市电视台二套要招考上镜的记者，陈青相貌、身材都是一流的，超一流的，可就是，咳！我犹豫了，我辅导过无数学生，至今活跃在话剧、音乐剧舞台，可一位重度口吃患者……

"陈青真是聪明过人，她用纸条又告诉我，她只求我教会她说一句话：

　　"'请问您有什么感想？'

　　"我当时有些不明就里，就心存疑惑开始辅导，陈青练得那是刻苦啊！现在想起来还让我感动。

　　"仅一个'请'字，陈青从开始含混不清，到发音爆脆。三个月的时间里，陈青几乎疯魔了。

　　"'请问，您有什么感想？'

　　"'请问您，有什么感想？'

　　"'请问您有，什么感想？'

　　"'请问您有什么，感想？'

　　"'请问您有什么感想？'

　　"陈青自己为这句话设计了多种断句和声调，她每天都在我身边，力争每个字练得炉火纯青。那时，我的几位同事，也非常喜欢陈青，一同训练她的表演、形体，特别是陈青的面部表情训练，进步之快让我们都有些心痛。陈青几乎达到了'不动声色、风情万种'的境界，如果没有口吃疾病，有可能成为省内甚至全国一流的话剧演员。

　　"刚才那个采访艺术家的短片，就是陈青的考试送审作品，也是一次真实的采访。短片被删减了一些内容后，在电视台播出，在社会上引起很大轰动，观众投票数量远远超出第二名，就连片中几位艺术家也声名鹊起。

"让人没想到的是，陈青笔试成绩又名列前茅，分数也超出第二名许多，特别是即兴创作的散文《不语》，得到市作协几位老作家的欣赏。

　　"电视台没有再走流程，直接录用了陈青，并希望她做二套播音主持，中学教师的陈青爸爸来到电视台，说孩子只想做出镜记者。

　　"市里一位分管领导也打来电话，也建议把陈青放在采访一线锻炼。"

　　台词教授沉浸在一种美好回忆中。

　　"那时电视还不像现在这样没落，你们可能在外地读书、工作，不清楚当时的盛况，陈青只要出镜，完全可以用'霸屏'形容。她不经意的笑容，被许多年轻人称之为'梦遇初恋、每天必见'。他们将陈青每天出镜镜头不断剪辑编辑，集纳成短视频在各个视频网站疯狂传播，传闻竟有一位忧郁症患者反复在话机上看陈青的视频镜头，竟自我治愈了。"

　　王春葵和我互相对看了一下，我们真不大了解家乡还有过这样一位人物和时段。

　　"许多领导接受采访时，都希望陈青出镜，无他，那会让领导关心的工作呈几何倍数扩大影响。据说，岛歌啤酒集团曾出大额赞助费，请电视台安排陈青采访歌啤董事长，播出后连续几天啤酒脱销。当然，也有些小插曲，另一位有背景的女主持人代替陈青出镜两次，被骂得狼狈不堪。这些人还到电视台聚众抗议、叫骂。

"陈青是年底入职，转年3月全省'金麦克风'播音主持大奖评选，陈青竟入围前十名。"

台词老师微叹一声，"陈青却感到了危机，出镜采访一句'请问您有什么感想'几乎可以横行天下，可是有领导与自己交流，同行采访自己，不能总是用一脸无辜的微笑应付。

"陈青开始练习第二句话：'这个问题您是什么观点。'

"第三句话：'您预测一下将是什么发展走向。'

"第四句……

"第五句……

"陈青不知听谁说有一种什么'祝由术'，瞒着我找了许多使用激光照排前，铅字排版印刷的报纸和散文集，每天下班后先抄写默诵，再将报纸或散文烧成纸灰，用淡盐水调和服下，然后大声朗诵，一遍、两遍、三遍……以至第二天出镜时嗓子沙哑，不少不明真相观众纷纷给陈青邮寄治疗嗓子的药品。

"陈青口吃竟然在她自虐式的训练中，或是喝下带字纸灰淡盐水的心理暗示治疗下，突然痊愈了。"

台词教授拿起遥控器，看着屏幕上的合影又放下，有些不确定地转脸对王春葵说："我自做了话剧演员，到后来教学生台词，一直认为自己对语言的力量有很充分的了解，直到陈青出现，才让我变得很不自信。"

台词教授心事重重地再次拿起遥控器摁了下去。

屏幕出现一片施工工地和两个女性的面孔，一位是分管文化的上官副市长，一位是陈青。

陈青露出标志性的笑容，让人心生感慨，那是多少个花间悄降的清晨，那是多少人若有或无的梦里青春。

"上官市长好，您刚从京城调任岛歌市，就启动了新图书馆建设，这对岛歌市将意味着什么？"陈青的声音由之前的软糯变得嘎嘣脆，爽利可人。

上官副市长对陈青一脸欣赏，"新图书馆建设是市长办公会早就确定的，我只是解决了启动资金。"

上官副市长抬手指着工地说："公共图书馆是城市文化的重要组成，它是……"

"市长说得好！"陈青打断上官副市长的话，面部完全转向镜头：

"正如刚才上官市长所言，城市文化是城市的重要组成，是灵魂。公共图书馆是城市灵魂的重要组成部分，它构成了一个城市不可缺少的文化要素，公共图书馆是城市文化建设的源动力。图书馆是贯穿于人类的城市发展史，承载着城市的记忆与文明，与城市一同发展起来的。它是城市文化的重要组成部分，在彰显和提升城市文化品位，促进城市文化发展，培养城市精神，提高城市综合竞争能力，推动城市持续健康发展等方面具有重要意义。"

陈青脸上的笑意慢慢隐去，目光坚定正视前方，语速变得略有促迫，似乎一道溪水受到轻微阻碍后，突然迸发而出，珠圆玉润跌落玉盘：

"我们岛歌市历史曾经有过辉煌的文化传承但近几十年逐渐落后公共图书馆是一个城市文化的具体体现它在一个城市所发挥的文化传播作用是其他任何一个机构都无法替代的作为城市先进文化的一个标志和象征是因为它是文化教育科学事业的重要组成部分但多年来岛歌市并没有真正意义的现代图书馆这是我们岛歌市文化立市建设的一个重大短板感谢市政府这一英明决策在财政较为紧张的情况下挤出专项资金进行这一功在当代利在千秋的建设据了解岛歌市新图书馆将着眼于提高城市居民的文化素质服务于城市各个阶层市民通过对文献资料进行科学分类精心提炼重点辑录为市民提供有重要价值的情报信息和科学文化进而推动城市文化建设提高城市文明程度我们有理由相信新建的岛歌图书馆可以通过自身的功能凝聚城市文化可以通过自身形象展示城市文化可以通过自身的服务塑造城市文化。"

好像是完成了一次献祭，陈青面部表情突然舒缓了，初恋般的笑容又回来了，她的脸转向略带尴尬的上官副市长：

"我代表六百万广大市民感谢市长，相信岛歌市的明天一定会更美好！"

台词教授关上屏幕，我们三人都有些茫然地沉默。

台词教授的脸又一次转向王春葵，"当时节目组主任就懵了，而后电视台决定不予播出，请另一位主持人，为上官市长重新录制。

"这次采访第二天还是播出了，当时分管文化的上官副市长主动到电视台，补录了一段镜头，然后对着不断道歉的电视台领导说了一段话。

"大致的意思是，要允许年轻人工作出错，同时她说，节目要表达的意思都表达到了，只是陈青把她要说的话都说了。

"这对她自己有一个很大触动，为什么自己在会议上、被采访时、工作中甚至生活中，说车轱辘话大家觉得理所应当，而主持人这样说就是错误，大家都觉得很不舒服。"

台词教授又拿起遥控器，思考了一下说："下面的几段视频我就不放了。这个节目播出后，观众马上分化了，一部分还是铁杆支持陈青，另一部分则说初恋破灭了。

"陈青所在栏目暂停陈青出镜，对外称陈青身体不适，当时我在外省照顾怀孕的儿媳，并不知道此事。

"陈青给我打过一个电话，开始几句是正常的问候语，然后语速加快，没有断句，我没有听明白她表达什么，以为她还在恢复语言能力的兴奋之中，只是对她说语速要慢，一分钟控制在280至300字左右，注意节奏。"

台词教授有些沉郁，"大约一个月左右，我回来后，就再没见过陈青。

"因为众多观众和几位市领导很喜欢陈青的主持，就又让她出镜了两次。采访一位做文化产业的企业家，开始陈青控制得很好，可是几分钟后，那种快速朗诵的情况又出现了。由于企业家的坚持，采访经过处理还是播出了，不少观众讥讽说这是二倍速播放，开始在网上和话机移动端上贬斥陈青。

"几天后，一位市主要领导点名要陈青出镜做一次直播采访，电视台的领导和同事反复做陈青工作，为她准备脚本。在直播时，陈青表现很得体，市领导微笑着把工作介绍了一遍。没想到，镜头拉开后，陈青又一次'二倍速'朗诵一般把市主要领导话重复一遍，似乎在放大和讥讽领导讲话无趣、无聊和无用，市主要领导没等直播结束就拂袖而去。

"收看直播的观众一片轰然，网上一边倒地让陈青退下，个别网友发出'告别初恋脸、迎来容嬷嬷'的激烈言辞。还有一些网友将陈青出镜镜头剪辑成'鬼畜'调侃。

"直播被迫停止，变成一桩重大播出事故。

"陈青之前录制好的节目被依此撤下，以前争相希望让陈青出镜的领导、企业家和文化名人都纷纷婉拒和陈青合作。

"在电视台准备将陈青调岗做文字编辑的时候，陈青给台领导和她所在栏目组主任手机发了一行字：

台词教授取出自己的手机，打开一个页面：

老师，让您失望了，我可能就不应该学着说话。

对不起……

您失败的学生，陈青。

……

寒鸟：

就这些内容，我觉得有趣，就也发了一份给余老大。

不过回来才发现，王春葵并没有向台词教授请教如何改变发音习惯。

城北凝

若木学弟好！

当年陈青这件事，发生也就几个月，我当时也没怎么关注，我看了城北凝的记录，才知道还是这样一个曲折故事。感觉王春葵去见见这位帮助陈青矫正口吃的台词教授是有价值的，起码对心理建设有益。

这次城北凝去拜访台词教授的记录，基本没有过多的主观感受和抒情，形容词也少了许多，褪去了不少文学青年的文字习惯。

不知是否能达到若木学弟对文本的要求。

余仁水

尊敬的周老师：

您好！今将这个文本发给您！

周师，我看了患者王春葵学姐和城北凝学弟一起去访问陈青台词老师的记录，我其实特别受触动。想起您之前反复对我强调的，要"研之有人"。我之前，从普通人类学、医学人类学到跨物种交互人类学的学习研究过程中，在我眼里田野调查或者病案都是研究对象，而没有将其作为一个"人"、一个个体存在独立的人来对待。

口吃矫正是一个较为普遍的治疗方法，这位陈青女士其实并没有选择所谓医学矫正，但我想，口吃是不是也可以产生一种更有效的交流？在人类没有成熟语言体系出现之前，人类与某些动物，或者是与脊索动物门脊椎动物亚门哺乳纲动物，是不是可能存在一种可以沟通的前语言或亚语言？比如婴儿，是不是存在这种语言。

周老师，我受这次访问文本的启发，找出一个多年前搜集的一个文本。

古希腊作家、历史学家希罗多德在其著作《历史》中记载，2600多年前古埃及第二十六王朝法老普萨美提克一世为证实世界最为古老文明产生在埃及，想到用语言证明这个设想。

只要证明人类历史上最早的语言是古埃及语，那么自然可以证明埃及是文明的起源。

他大概是人类历史上第一个进行"婴儿语言"实验的人。

普萨美提克一世命人挑选了两个刚出生婴儿，交给边远闭塞的牧民抚养，不允许教孩子说话，如果发现作弊，将会杀掉牧民全家。

萨美提克一世认为，两个不会说话的婴孩长大以后，一定自己就会讲古埃及语。可两个孩子到了四五岁了，仍然还是如婴儿一样咿咿呀呀地发声，无法说出古埃及语或什么其他语言。

后来其中一个孩子说出"Bekos"词语，普萨美提克一世命令学者们马上考证，经过学者反复查询，发现"Bekos"是腓尼基语即古希腊语的前身，意思是"面包"。于是普萨美提克一世只好认为腓尼基语是人类最古老的原初语言。

但我绝对怀疑这是希罗多德这位古希腊学者的杜撰。

尊敬的周师：

我今天重读这份文本发现，普萨美提克一世在人类历史上第一次进行"婴儿语言"实验，意义巨大，反而希罗多德的结论价值不大。

周老师，请您再看看这个文本：

北京野生动物园微博——

2021年8月7日下午，有两家游客在北京野生动物园游览时因琐事发生纠纷，进而互相谩骂、撕打，并引起大量游客和附近动物们的围观。经当地公安机关调解后双方和解。

北京野生动物园提示广大游客，夏季天气炎热，出游时要保持良好心态，保证家人的安全最为重要。

另据内部人士透露，双方撕打地点附近的动物们是第一次看到人类之间的打斗场面，令它们印象深刻，当晚部分动物家庭在兽舍内纷纷效仿，场面一度失控，在饲养员的耐心教育下动物们知道了打架不好，特别不好。

我查询了一下，除了在微博上疯传还上了热搜，不少传统正规媒体也纷纷转发，并配发评论。因此我认为这则微博是基于事实的真实文本。

比对这两个文本，我不确定地认为，人类与脊索动物门脊椎动物亚门哺乳纲动物之间，一直是可以互相学习的。令人遗憾的是，普萨美提克一世并没有查证那两个实验婴儿与牧民周围的动物如牧羊犬、马、牛、羊等是否学习到了一种可以沟通的前语言或亚语言。

而我受到陈青这个口吃矫正事例的启发，又有了一个可能的预研究方向，就是患者王春葵学姐是否遗传了在人类语言产生之前或初期的前语言或亚语言，在一种特殊刺激下被激活。

它的本质是一种亚文化传承，这与我之前假设的基因传承成为两种可能。

或许，口吃并不是一种病症，也是一种前语言。

史蒂芬·平克（Steven Pinker）在《语言本能》中的观点"语言是一种人类本能，而非后天教化产物"，似乎可以作为我这个假设的佐证。进一步推论，北京野生动物园微博事件中，动物的学习能力并不亚于人类，可否将史蒂芬·平克的观点修正成"语言是一种动物本能，而非人类后天教化产物"。

同理，在人类现代语言诞生前，人类与脊索动物门脊椎动物亚门哺乳纲动物之间为什么不能互相学习或许存在的一种本能产生的亚语言呢？

周师好！

同时，我还有一个并非理性严谨的想法，未来的人类真的还需要语言吗？

脑机接口全面完善后，人类是不是就不需要语言文字了？

我们传统的观点认为，人类语言、文字能力是与动物有所区别的主要因素。语言、文字产生发展有其自己的发展阶段和规律，是人类发展的必然产物。

而思维同样是人类发展重要标志，它借助语言和文字作为主要表达方式，可以对客观事物进行概括，间接认识是认识的高级形式。语言和文字发展促进思维发展，思维发展同样对语言和文字发展产生主要影响。

人类在不断社会化的过程中，为了交流、传递各种信息、表达内心世界等，文字的产生和发展是语言发展的重要基础，而文字创造过程也是思维发展的过程。

周师，我思考的问题是，没有语言只有文字，人类是否会发展到今天，或者会发展得更好。

目前，不少学者对于人类图像思维、视觉思维或者影像思维进行多维度的研究。他们大都从人类最早期岩画或是简单的符号型文字，如草结、划痕、图案等，到楔形字、象形字作为研究对象。

我受岛歌拉斯声学产品路径的启发，感觉今后社交平台发展路径是融汇元宇宙概念，在元宇宙应用场景下，通过类似超现实RV技术、数字孪生等，人类的交流交互由语言文字几乎都变成影像、图像，文字实际也成了图形的一种。我在与公司一位年轻工程师用社交软件交流时，她甚至连文字都不大使用，用各类短视频、图片、表情包和我进行交流，几乎没有障碍。

我在想，元宇宙时代到来后不远的未来，人类的交流是不是都是使用一种或多种人工智能化的社交软硬体，而交流的内容都是近乎仿真的场景、视频、影像与图像。人类认知和交流几乎是退化或进化回到了前语言时代或是岩画时代，人的思维是否可以产生语言和文字？或者说人类语言还需要存在？语言还能继续发展吗？

从这个意义上看，患者王春葵学姐还有口吃患者陈青的不能说话或是不愿说话，这对于她们与别人的交流也越来越没有妨碍，还需要治疗或矫正吗？

抱歉周师，我近期的思维是不是太过发散了，以至于很长时间都没收到您的回复！

学生若木寒

若木师弟好！

首先，你春葵学姐让我向你转达她的歉意，我知道，你一直试图直接与她沟通，但她不是无礼或是高冷，而是有些脆弱甚至胆怯，王春葵虽然在高中时就表现得混不吝，但我，我们相熟悉的几个邻居小孩都知道，她是在掩盖自己对于外界的茫然和不知所措。此次遇到这个难题，是她主动让我联系你的，说明对你的信任。

第二，这次和台词教授接触，了解陈青事件后，王春葵好像有些奇怪的心理变化。有些不那么紧绷了，情绪舒缓了一些，但似乎又有些要放弃的感觉。她昨天回来发信说，从有这个症状以来，自己从开始极度恐惧、高压，到沮丧和几近崩溃，现在回忆起来，好像还伴随着一种暗暗滋生出的舒适感。

你春葵学姐觉得，不需要与人用语言交流，单纯用文字交流，对她而言简直是一种解脱，她说之前除了极为熟悉和亲密的人，和人对话应酬聊天，自己就会觉得很不耐烦，甚至有些恐惧。

尤其她得知了陈青故事后，感觉特别理解陈青，王春葵甚至认为，如果她是陈青，目前的情绪或者不是沮丧和痛苦，也可能是心里一下子松了口气，会悄咪咪暗自欢喜。

因此，她有些担心治愈后会面对什么。

第三，若木博士学弟，第一次联系你时，博士学弟就建议王春葵到岛歌声学实地感受，可当时王春葵不愿意还有人知道她的症状，加之疫病管控严格，临时退却了。

第四，现在旧履疫病情况有所缓解，可以进行严格管理下的聚集了。

因此，我想让王春葵去感受一下。可又逢公司分拆，不知去哪家公司会对王春葵的治疗会有帮助？

祝顺利！

余仁水即日

余学兄好！

我和周师的交流，有时并不是严谨的学术交流，有时是向老师吐吐槽而已，让您见笑了，也就是希望与学兄分享一下我的一点想法，减轻余学兄您的压力。

关于要去哪个公司进行一下体验，我认为两个都应该去，因为岛歌声学是基础研发端，而岛歌拉斯声学实际是在开发应用端。另外，岛歌市鱼鳞元宇宙AI产业功能区在改造建设一个元宇宙AI语音居住区，是岛歌声学和岛歌拉斯声学拆分前主导设计并中标的，建筑内外大量使用有关狗声的AI语音设施。

　　建议春葵学姐购买或租用这个小区住宅，可能有利于春葵学姐治疗恢复。

　　祝好！

若木寒

十三、狗叫声堪比石油

　　寒鸟，昨天我和余老大、王春葵随岛歌市专家顾问团到你们公司了，我刚知道公司分拆了，你到新公司去了？没想到你浓眉大眼也能叛变革命。

　　余老大要我客观详细做一个随行记录，发你，你小子到底在干吗啊！

城北凝

　　〔岛歌声学公司随行记录文档〕：

　　早上8：30

　　我叫了辆无人驾驶出租车，大约一刻钟到了王春葵的新住处。据说这是岛歌鱼鳞元宇宙AI产业功能区改造建设的一个元宇宙人工智能语音居住区。

王春葵好像刚租下，还没完全搬过来。

"来了。"电子皮肤话机上出现葵子的回复。

我抬看一眼，葵子从马路对面过来，穿了一件黑色短风衣加套装。套装是黄绿之间的一种过渡色，颜色很亮。裙子特别短，实际上是一件裙形短裤，非常符合我近来学习消息写作"新、短、奇"的要求。半敞的风衣只比短裙下摆长出两指宽，似乎两条浑圆光裸的腿，高撑着两件严实的上衣。王春葵赤脚蹬着一双马丁靴，上面套着与套装相同、黄绿颜色的旧履病毒防护鞋套。

她依然步幅很大，旁若无人走过来，腿倍儿圆倍儿有力，这双腿要是穿裤子，可真是暴殄天物。

无人驾驶出租车把我们载到一家宾馆，与专家顾问团成员一起，在宾馆大堂等待发往岛歌远郊岛歌声学公司的大巴车，我和葵子作为记者跟随专家团访问企业。

余老大少见地穿了一套深蓝西装，深蓝色衬衣又打上一条深蓝领带，但却能一眼分辨出三种蓝色。

余老大正在和一位科创委领导聊天，见到我们进来，打了一个手势，让我们到沙发区休息等待。

沙发上坐着几位，一望便知是德高望重的专家，仰面看我们俩，却完全像俯视，气场非常大，两眼稍稍一抬立即垂下，视若无物，让我觉得自尊受损。

但我到了报社工作后，已经初步具备了新闻敏感，马上发现错怪了他们，因为我在葵子的腿上，找齐了大部分专家的目光，虽然这些目光已然化成了可爱的小生灵，但也绝瞒不过我。

一位儒雅和蔼的专家老师，眼睛在葵子膝盖处游弋闪烁，眼光像一只发现蜜源的蜜蜂，飞上去叮一口蜜，又受惊吓般倏地飞起。

又一位老师，一道目光化身一只蜗牛，从葵子马丁靴与裸腿衔接处落下，一点点向上蠕动，在那挺拔笔直的腿上似乎抑或几乎留下一痕黏涎。

一位身着中式对襟上衣的先生，一双眼睛紧盯不动，如一只水蛭紧紧吸吮在大腿上部与裙摆之间，似乎抑或几乎需要手术才能剥离。

还有一位把花白头发梳理得一丝不苟、面色红润的专家，目光犹如一只大型犬的舌头，又糯又热又软，在大幅度地舔舐着，极力想把裙摆撩起来。

……

我的手机镜头也从众随俗，在葵子的腿部表皮与这些小精灵热烈汇合，查看一下葵子双腿有无灼烧伤，发现居然毫发无损。

几张图片和一小段视频发给了葵子，"怎么样？"

王春葵看了一眼，面无表情，在手机上回了我一个表情包——

是西西弗斯在推石头，推一下蹦出一个字，连在一起是：

石不能言最可人。

我和王春葵随着专家团依次上了一辆装饰豪华的大巴车，小精灵们还顽强地依附在王春葵光裸的腿上。

进行量子纠缠。

三辆大巴车跑了大约一小时，在一片工业遗产般的旧厂房之间停下，这里大概就是岛歌鱼鳞元宇宙功能AI产业区的聚集区。

我们刚一下车，前面一辆大巴车走下一位高大健美的年轻女郎，突兀地塞满我的眼眶。

比王春葵和我都要高出一头。

女郎一袭长裙，上身是无袖，下摆却像旗袍，全身镶嵌小亮片和小圆珠，闪闪熠熠，颇显高贵华丽，脚上却穿着一双传统的绣花鞋，在透明旧履病毒防护鞋套内尤其显得绮美。

感觉是——

香榭丽舍大道对义乌小商品市场的高仿。

攀附在葵子腿上的小精灵们，瞬间转移到了高大女郎的腿上，不过女郎穿着黑色丝袜的关系，似乎不大好吸附。

葵子示意我的目光从衣裙下摆向上抬一抬，一仰头，我的双眼被烫着了，这季节，高大女郎的脖颈上围着一条银色狐皮领，我摸摸自己的脖子，产生又热又痒的共情。

高大女郎不经意看了我一眼，我赶紧把目光回收，顿觉自己猥琐。四周观众似有同感，纷纷为这高大女郎及狗闪开道路。

高大女郎牵着一只同样形体高大的大白熊犬（这名字是王春葵短信告知我的），与她脖子上的银狐皮领产生一种关联设计感。

此时，从厂区中央一座五六层楼房高、彷DNA双螺旋结构的雕塑后面，拐出一位矮矮胖胖、穿着庸常的中年妇女，差点儿与那高大女郎撞成满怀，女郎脸上露出一丝不易察觉的鄙夷。

"吁！"随着一种压抑的惊叹，一条满身垂着蓬松长毛的小白狗，从庸常妇人身后踱了出来。

"这是中华鹰叭犬王大帝吧？"有人问。

"据说价格超过八位数。"不知谁又说了一句。

十几位衣冠楚楚的专家由围观腿开始改为围观两条狗，高大女郎与庸常妇人都有些不知所措，随即，她俩也看向对方的狗。

惶惑中的庸常妇人慢慢开始平静自信，一种气场在暗戳戳滋生。

而高大女郎略有慌乱，取下脖子上银狐皮领搭在左臂，目光微微一垂，牵狗匆匆而去。

庸常妇人也在大家目送中缓缓而去，那位有着水蛭目光的专家，操着长三角包邮区普通话曰：

"人仗狗势！有意思、有意思！"

我一脸懵逼，葵子向我晃晃手机。

我滑开屏幕：

"血脉压制，小白狗比大白狗高贵……嗯，不是高贵，是售价贵得多。"

"大洋马女孩是被那位大妈的狗价狠狠压制住了。"

葵子还发了个嫌弃的表情包。

我和王春葵被引导进入层高大约十多米的旧厂房内，里面简单装修了一下，妥妥的工业遗产风格。

厂房内空旷的中心处，摆放着黑、灰、白三种折叠椅，形成三个分区：领导、专家区，VIP客户区，媒体区。

余老大示意我和王春葵坐在他身后，也就是领导、专家区。

厂房上方慢慢垂下一个巨大的幕布，还不大干净，一个年轻小伙子手忙脚乱地调试便携电脑和投影仪。

一位上身穿灰色T恤、下身着皱巴巴米黄色水洗布裤子的先生走到幕布下。

"诸位领导，专家团的老师，各位VIP客户代表和媒体朋友，大家好！"

灰色T恤先生开始致辞，"十分欢迎各位女士、先生光临敝公司，我姓汪，叫汪人声，因为职务尚未确定，大家可以称我汪工。

"我们公司经过前一段时间的剥离与重组，经过这段时期的全封闭运转，今天第一次重新向社会开放，首次公开我们的创新产品，并向各位领导、专家和来宾现场展示我们产品原料采集过程和技术路径，下面，很荣幸由我为各位来宾展示本公司的一个PPT。"

幕布上出现一处人来人往、嘈杂喧闹的街市画面，一辆厢式货车在倒车，小喇叭不断发出：

"请注意，倒车，请注意，倒车……"

可往来行人根本不予理睬，厢式货车终于被夹在人流车流里，动弹不得。

箱式货车旁，一辆黑色敞篷吉普车准备倒车，驾车的是一位裸露双臂肌肉的健身帅哥，身旁的妙龄女郎望着杂乱的街市，一脸担心，帅哥自信地一笑，挂上倒车挡，突然，在敞篷吉普车后座上立起一条皮色黝黑的大狗，向着车后行人发出"汪、汪"犬吠声，受到惊吓的行人纷纷避让，吉普车顺利调头，扬长而去……

画面切换到地铁车厢里，不同方位几乎同时响起话机铃声，此起彼伏。大家纷纷举机观看，不是自己的手机在响，都气恼地将手机器放回原处。

一会儿手机铃声又响成一片，一只拳头大的小狗狗头从一位姑娘前胸背包里探出头，看着姑娘，有些娇憨、胆怯地叫了几声，姑娘赶紧打开包，取出一只正在震动的话机，一脸灿烂接通电话。

我发现，这姑娘与吉普女郎是一个人。

又一画面：风高月黑夜，刚才女郎匆匆走过一空寂小巷，正要进入一幢居民楼。突然，女郎惊恐地捂住了嘴，一蒙面盗贼正在撬邻居的防盗门，此时，房门上方突然发出一阵凶猛激烈刺耳的狗吠声，整个楼房灯光大亮，盗贼吓得滚下楼梯，被闻声起来的保安逮住。

幕布上依次出现了警车、救护车、消防车……这几辆车的顶灯幻化成几只猛犬的模样，猛烈大叫，路上车辆和行人如冰河开凌，让出一条道路，警车等依次绝尘而去。

一个少女蜷曲的床上，晨叫闹铃响起，少女无动于衷。闹钟突然响起狗叫声，先是娇憨、轻柔，逐渐开始急促，少女伸个懒腰，窗帘慢慢打开，柔和的日光洒在少女脸上，细微的绒毛依稀可见……

少女赤裸着双脚跳下床。煤气灶上的水开了，是一种狗叫声，赶紧关上；门铃响了，是另一种狗叫声，外卖到了；摁错了保险柜的密码，凶猛的狗叫声，再摁一次，响起有些呜咽的狗叫，保险柜打开，少女取出一条华贵的项链……

水龙头没有关紧、窗户防盗扣没搭上、卧室的床头灯还亮着……不同物体发出不同犬吠声提醒着要出门的少女，欢快、急促、娇憨、洪亮、萌凶、软柔……

画面突变，一派洪荒远古景象，出现一人一狗，那狗也是直立行走，不过比人类矮小半个身子，与那位远古的人类并行向前。

人类似乎疲惫而迷茫，跪下身子，续而趴在地上，那狗也如现代犬类一般趴在地上，眼睛警觉地目视四周，鼻子不断做吸嗅状，高而尖的耳朵也在轻轻抖动。

突然，狗突然像人一样站立起来，眺望远方，大地开始微微颤动，一个长着长脖子的恐龙样的史前动物出现，狗用前爪用力推搡人类，受伤疲惫的人类似乎没有了知觉，狗附在人类耳边，促迫而低声叫了起来，赫然，人类双眼圆睁，滚身而起，双手拿起一只很有弹性的木棍，像打高尔夫球一般将一个石块投掷向远方，那只恐龙被吸引，转向了石块落下的方向走去。

一人一狗，迅速朝反方向潜行，遁入密林中……

幕布的音响传出键盘敲击声，幕布上渐次出现文字：

在人类的潜意识和深层遗传记忆中，世界万物的一切音响声音，都不及犬吠声可以最先激活人类的听觉神经，本公司就是基于这个原理，而选择研发犬吠或者说是狗叫声学产品。

"各位尊敬的专家老师，各位尊贵的来宾，女士们先生们。"

汪工拿起一只话筒，操着一口长江与珠江之间的普通话。印象里，似乎靠谱的科学家大都是这种口音。

"释家有云，'眼耳鼻舌身意，色声香味触法'，在已知生物界中，拥有对'六尘'综合反应最完备'六识与六根'的，不是人类，而是狗。

"听觉而言，目前最基础的测试表明，在人类和狗都能听到的正常音频范围内，普通音量情况下，狗听力是人类的16倍，同时狗听力的距离是人类的4倍。

"狗的嗅觉灵敏度要超过人类的1200倍。狗鼻子大约能辨别200万种不同的气味，而且它还具有高度分析的能力，能够从许多混杂在一起的气味中嗅出它所寻找的那种气味。犬对气味的感知能力可达分子水平。

"狗的视觉正、负向对比明显。狗的眼睛对色彩认知单调，主要是黄色、蓝色和紫色；但与人类视野的180度相比，狗的视野可达250到270度环境全景；狗的视觉闪烁率较高，狗有优越的低光和夜视能力。

"而狗的触觉是与人类最重要的交流方式。是狗获取外界信息、求得心理满足不可忽视的感觉机能。而狗却从幼年时期到衰老时期，都喜欢让人抚摸。触摸狗的胸部、头顶、耳根部时，狗有一种舒服感和亲密感。人类给狗梳刷、饲喂或拥抱，在狗的心目中是最佳的爱抚表示。同样，狗也用摩擦、舔或轻咬主人，表达自己的友好之情。

"尽管狗的嗅觉比人类优秀得多，但味觉就不那么敏感了。狗只有1700个味蕾，比起人类拥有9000个味蕾少很多。其实这也是狗长期生存进化的结果，对于食物不是很挑剔，所谓物竞天择，适者生存。

"而狗的知觉是其最特殊的特点，狗对于自然灾害、危险、人类的疾病、人类的性格与情绪、人类或其他生物的善意与恶意，都能预先感知和准确判断。"

汪工手动关闭PPT，敲击键盘，幕布上出现一行字：

以下内容如果引起您道德、认知、心理和生理的不适，请到茶歇区休息。

汪工拿起麦克风，一只手揣在裤兜里，走来走去地说道：

"各位尊敬的领导、专家老师，各位尊贵的来宾，各位媒体朋友，女士们先生们，我只是口头与大家分享以下我司预研究的一些成果，恳请大家不要拍摄、录音和传播。

"我们选择狗的声音作为产品方向，仅仅是因为狗的'六根、六识'指标超过人类或者与人类相匹配？

"我的回答，不是，远远不是！

"我不得不谨慎地这样表述：大约30万年前的狗，或者叫犬人，也是人类的祖先。

"刚才播放的短片中，是尼安德特人和犬人合作的一个假想场景。这是两个奇特的亚种的合作，犬人负责侦查、追踪、预警和守卫；尼安德特人主要是狩猎、搏杀和种群自卫。在猎取动物后，犬人利用自己锋利的牙齿分解食品，相对柔软的部分分配给尼安德特人，外皮和骨骼则由犬人食用；他们的最初形成的亚语言基本一致，可以进行多方面的交流。

"花颠国《新科学家》网站曾记载，米国佛罗里达大西洋大学人类学家罗伯特·麦卡锡（Robert McCarthy）负责的科研小组，以法国出土的5万年前的尼安德特人化石为模板，构建发声器官模型，用电脑合成器模拟出他们的元音'e'发音。而去年南非一家元宇宙机构利用人工智能技术，依据这具化石和在距离它1.35公里处发现的同年代的狗化石进行孪生模拟，发现他们发音有64.2%的重叠率。

"考古研究和推演证明，尼安德特人拥有象征性思维的能力。尼安德特人用羽毛装饰自己，绘制洞穴壁画，并用鹰爪制作珠宝。

"在德国北部哈尔茨山脉的Einhornhhle考古遗址发现，尼安德特人在55000年前的骨雕，其线条图案由六个蚀刻组成，形成五个堆叠的V形。

"据推测，这个骨雕是尼安德特人和犬人为纪念一位逝去的犬人首领而创作的祭祀品。

"伦敦自然历史博物馆的考古学家西尔维娅·贝洛（Silvia Bello）在一篇相关的文章中解释说：'艺术装饰的证据表明，出于象征性原因而生产或修改物品，而不仅仅是功能性，这为尼安德特人复杂的认知能力增加了一个新维度。'

"据报道，去年初，一位残障人士携带一条马士提夫獒犬来到这个自然博物馆，这条马士提夫獒犬欣喜地抛开主人来到这座骨雕前，浑身战栗，竟然流下泪水。

"尼安德特人拥有比智人更大的脑袋，他们脑容量竟然超过了现代人，更大的大脑让尼安德特人思考问题的方式也有所不同。尼人利用智力布置陷阱，与犬人进行合作，随机应变，开展追踪、伏击、诱捕。

　　"尼安德特人与犬人的完美协同，让他们在危险的狩猎和激烈的搏斗中取得胜利。

　　"许多考古现场发现，尼安德特人已经出现了原始家庭雏形，聚会时还会用骨笛演奏，甚至拥有了自己独特的宗教信仰。

　　"在那个神还没有诞生的时代，尼人和犬人竟然像有了'神的契约'，两个亚种是配合合作关系，完全没有从属关系。利用现代DNA测试，这个时代的尼人和犬人，几乎没有出现跨物种基因交流也就是交配的现象。"

　　汪工脸上出现强代入感的表情。

　　"根据发现的尼安德特人颅脑遗骨测量，尼人脑容量达到1800毫升，而我们现代人脑容量大约是1400毫升。

　　"尼安德特人与后期出现的大多数古人种相比，性格温驯，悠闲自得。在生理结构方面也与现代人有很多共同点，比如尼安德特人经常会患上糖尿病、夜盲症、胆汁性肝硬化、凝血、心血管病和多种精神疾病等。尼安德特人的精神气质，偏向我们现代人所谓艺术气质，敏感、抑郁、狂放等，这是尼人性格典型特征。尼人还有类似现代艺术家的极度成瘾性极难克制，包括甜瘾、奶瘾、性瘾等。

"尼安德特人统治着亚欧大陆大约有20万年。尼人在生活、艺术、饮食等社会行为方面，远比我们想象的要接近现代人，他们与现代人拥有相似模式的家庭关系。用作牺牲的动物表明，他们已经开始信奉某种原始宗教。这个特点让尼安德特人极少大规模群居，也埋下了人类悲剧走向的种子。"

"大约在6万年至10万年前，智人开始走出非洲。当时智人身材瘦小、心智不全，尼安德特人无论是身高和体重都远超过智人。粗壮的胳膊意味着尼安德特人有更大的力量，较长的双腿也表明他们的奔跑能力强于智人。论体力与战斗力尼安德特人是智人两倍以上，论智力也超出智人更多。

"可是，尼安德特人却走向了灭绝。

"剑桥大学考古系教授保罗·迈拉尔斯（Paul Mylars）等人，对法国南部拥有大量尼安德特人以及早期智人定居点遗址的地区进行了考古分析。早期智人数量约为尼安德特人的9倍到10倍，前者定居点面积、工具密度以及动物、食物遗迹数量也大于后者。

"2014年，欧洲考古学家们公布了一项最新研究结果，也就是尼安德特人的全套DNA序列图，通过AI模拟和全基因组研究，基本还原出6万年前大规模的基因交流现象。

"智人在灭绝尼安德特人时候，非常残酷，这场科学家与人类学家口中的所谓非人道基因交流，大概就是大规模的吃人与大规模的强暴等。这使得使现代人，除去非洲人以外的人类，特别是欧亚人身上都具有1-4%的尼人基因，极个别人类群体，其实就是部分华夏国客家人和潮汕人的尼安德特人基因可达5%。"

汪工停顿了一会，从电脑包里拿出沓纸，用一种带着歉意的语气说道："各位尊敬的领导、专家老师，各位尊贵的客户代表和媒体朋友，女士们先生们。

"以下内容的研究和整理不是我的专业，可能介绍得不严谨、不准确，如果各位认为有危言耸听或荒诞不经之处，绝非研究本身的问题，一定是我的理解和表达有所偏差。所以也请诸位不要记录、录音录像和对外传播。"

汪工索性坐下，把话筒放在支架上，翻阅着纸张开言："我刚才表述的智人灭绝尼安德特人的过程和产生的非人道基因交流，只是目前学界大致趋同的研究成果，但真相远不止于此。

"我先把话题拉开一些。

"近十几年，古人类学家通过恢复古人类的DNA，开始认识到一些未知种群。通过对尼安德特人的研究，科学家成功地从小部分遗迹中恢复了他们的全部基因组，这为研究提供了技术方面的支持。

"研究给科学家带来了巨大惊喜：他们发现，许多亚欧人血统里存在一些未知种群基因，遗传学家将其称为'幽灵人口'。

"古人类基因组里的确有'幽灵'，有些基因组不仅融合了尼安德特人的基因组，还混有另一种截然不同的种群基因。有人推测，这有可能是直立人的基因。但事实上，骨骼解剖并不能反映种群融合，甚至不能体现现代人的种群融合。遗传学家沮丧的发现人类天生是一个世界性的物种。

"2024年，花颠国皇家古人类研究所生物实验室中，一位实验员偶尔的用第三代智人和一块动物头骨进行基因比对，发现第三代智人的基因残片中与动物头骨有一定的重合度。科学家们如获至宝，经过多路径基因比对研究，发现这是一种'幽灵'基因，竟然是和尼人同时期存在的'犬人'基因，而已经测出的智人基因中，发现了15例拥有这种基因。

"通过已知现代人类基因库抽样数据比对，大约有一千万分之零点二的人体内存在古'犬人'的基因残片。

"但令科学家们目瞪口呆、讳莫如深的是，古'犬人'的基因残片一直在人类体内自进化，现在人类大约有5%存

在着一种不易发现的基因片段，与现代犬类基因的重叠率为
82.7%。"

汪工看着那沓纸，沉吟半刻抬头继续讲道："我说的
有点乱了，刚才要说明的是，现代人'幽灵基因'的存在，
证明犬人在智人和尼安德特人的大战中，有着举足轻重的
作用。"

此时，汪工脸上出现一丝犹豫的神情，"各位尊敬的领
导、专家老师，各位尊贵的客户代表和媒体朋友，女士们先
生们。

"我再做一个说明，我司之所以获得了这样多的研究成
果，有一个重要原因就是，外界的传闻是基本正确的。

"我司开始着手研究搭建的全球首个'跨物种大语言
模型'（Cross-species Large Language Model）简称'C-S
LLM'测试版，已经完成了一期测试。

"坐落在米国得克萨斯州（State of Texas）达拉斯市
（Dallas）的世界少数民族语文研究院（SIL），出版过一部
《世界的语言》（Ethnologue: Languages of the World），这
本书的数据显示，目前世界现存语言有6000多种。其中12种
语言最为通用，110种语言可以互相翻译。花巅国圣安德鲁
斯大学（University of St Andrews）非人类动物声音研究所
（Non human Animal Sound Research Institute）研究显示，

哺乳类动物品种次多的就是犬类（最多的是啮齿类），而叫声即动物语言最丰富的动物，狗当之无愧。狗现存大约有1400多个品种，其中850种狗拥有体系较为健全的语言，其中178个狗品种之间可以用叫声相互沟通。

"优于人类。

"这是我们搭建'跨物种大语言模型'（Cross-species Large Language Model）的基础。

"同时，我们公司与花颠国圣安德鲁斯大学（University of St Andrews）非人类动物声音研究所（Non human Animal Sound Research Institute）及关联公司合作，建立起的智人、尼人与犬人的AI语言感知交互模型，也开始生成出预研究成果。

"基于这两个基础模型，我们最终搭建起了生成式AI元宇宙。遗憾的是，在成果不断出现时，岛歌声学和岛歌拉斯声学进行了拆分。这种跨物种生成式AI元宇宙算析出的各类数据与模型和获取的推论现在都呈分崩离析状态，因此只能用文字和语言将跨物种生成式AI元宇宙得出的成果做简单描述。

"下面，我尽量用非科学、非专业语言表述。

"智人走出非洲后，不可避免地与尼安德特人遭遇。

"当时智人还是蒙昧的大群落制，而尼安德特人还有犬人则进化到了先进家族部落制，往往是几百位尼人和犬人要面对成千上万的智人。但尼安德特人犹如熟知当代战法，奉行'敌进我退、敌驻我扰，敌疲我打、敌退我追'的游击战十六字基本原则。在智力与体力明显优于智人的情况下，加之犬人出色的侦查体系与情报系统的辅助，尼人屡屡采用诱敌深入、袭扰战、速决战、带运动性的游击战等灵活多变的作战方式歼灭智人，从考古情况看，尼安德特人与犬人还集中优势兵力组织了几场大规模歼灭性战役，智人几乎要本能地退回非洲。

"但在某一时刻，大部分犬人突然与尼安德特人脱离了接触。"

汪工读得有些辛苦，说话开始不大连贯。他在键盘上打了几下，幕布又亮了，出现了两个单词：

GOD

DOG

汪工开口，"各位尊敬的领导、专家老师，各位尊贵的客户代表，各位媒体朋友，女士们先生们。

"刚才说了，因为我们公司刚经历了一次拆分，研究这部分的工作人员到了新公司，我的专业方向是生理声学、生物声学与心理声学，以下内容已经超出我的专业与认知范围，我就按跨物种生成AI组合生成文本照本宣科一下。

"'GOD'与'DOG'似乎是硬币的两面，但更为确切地说，'DOG'是'GOD'的暗影。在犬人基因中，似乎被强行植入一个使命片段，暗中阻止'GOD'破坏巴别塔的计划，即打破地球上生物间语言种间屏障，所以'DOG'这个词在出现时，并不是特指一种生物，而是对于一种信念的描述。

　　"本来，犬人是选择了尼安德特人的语言作为生物间的通行语言，开始暗暗传播和同化，但历经20万年，似乎效果不大。

　　"当犬人接触智人后，之前所有的信念几乎崩塌，他们使命基因片段开始强烈反应。

　　"智人的语言通行能力远远超出了犬人使命基因片段的预设，巴别塔是可以建成的。

　　"犬人分裂了，大部分犬人开始同尼安德特人分离，还有一部分犬人依然与尼安德特人进行战争合作，并坚信使命归属就在尼安德特人。

　　"缺少犬人合作的尼安德特人，失去了犬人侦查体系与情报系统的尼安德特人，只能集中在一起与智人硬拼。由于数量上的巨大差异，尼安德特人遭到智人血腥屠杀和残酷的报复，死伤的尼安德特人几乎都成了智人的食物。

　　"离开尼安德特人的犬人远离战场，在等待一个时机与智人沟通，尝试对抗神秘的'GOD'撤梯巴别塔计划，与智人合作统一生物间的语言。

"智人似乎心智不开，遇到犬人同样的进行杀戮和无情报复，犬人凋零严重。

"犬人的先知为了完成自身背负的使命，决定背叛尼安德特人，向智人屈服。大部分犬人忠诚地执行了种族屈服的指令。

"犬人与智人商定，不再直立，而是全部趴下，四足行走。智人如果遇到爬行的犬人不准伤害，而遇到直立犬人则当即杀戮。

"四足行走的犬人在智人的强迫下，开始帮助智人侦查寻找尼安德特人的行踪，大量的尼安德特人和直立犬人被屠杀。当战事不顺利或缺少食物时，四足犬人依然遭到智人的侮辱、强暴、屠杀并作为食物。

"四足犬人开始逃亡，从而遭到更为疯狂的屠杀，智人将四足犬人圈禁和绑缚起来控制，作为侦查工具使用，作为食物饲养。四足犬人逃跑得越来越多，但尼安德特人也不再接纳他们，并也开始攻击这些逃亡的四足犬人，这些四足犬人逐渐变成了另一个种群：

"狼！

"也包括后来被智人二次驯化的狗。

"尼安德特人和犬人种群变得越来越少，在欧亚大陆的边缘生存进化，慢慢地，尼安德特人变得与同样在不断进化的智人十分相像，而犬人除了头部特别是面部有些犬的特征，其余和当时的人类并无二致。

"子在川上曰，逝者如斯夫！"

汪工没来由的一句，把台下目瞪口呆的听众从洪荒远古拉回了现代。

"抱歉，稿子里这样写的。"汪工抬起头来，"我尽快读完。"汪工低头开始公事公办读稿子。

"数万年来，智人以绝对优势将尼安德特人或其他直立人亚种基本灭绝，智人成为现代人类的祖先。虽然背叛尼安德特人的四足犬人逐渐演变成了狼或狗这种动物，但尼安德特人和犬人却依然隐秘存在，甚至现在人类已知的许多文明都是他们创造的。

"在人类史前神话体系中，在一些看似荒诞不经的记载中，在一些岩画或壁画中，时不时出现的犬首人身像，其实就是犬人的形象，与犬人一起出现的人类大概率是尼安德特人。

"在《山海经》记载中，有一个'犬首人身'的国家——犬封国。在我国一些民族上古神话中，他们的始祖盘瓠就是一位犬首人身的神灵，《三五历纪》《述异记》《搜神记》《玄中记》中多有记载。我国西南一些古老民族的口承传说和大歌中，也多有类似传说。如瑶族的《盘王大歌》、畲族的《犬皇歌》。

"1935年10月，著名埃及学专家乔治·安德鲁·莱斯纳（George Andrew Reisner）在哈佛大学与波士顿美术馆联合承办的考古活动期间发现了一块石碑，石碑上的记载是犬人的内容，经过翻译后发现上面写着：

"'这位犬人叫阿布蒂尤，陛下命令将其制成木乃伊下葬，向伟大的神阿努比斯表示敬意。'

"科学家推算，阿布蒂尤估计最晚在公元前2280年死亡。

"在埃及金字塔壁画中，一位著名的犬人是名叫阿努比斯的神祇，他始终站在法老身后，阿努比斯是古埃及神学体系中的灵魂守护神，阿努比斯神在很早以前就为人所崇拜。

"其实，这里的真相是，犬人一直陪伴在自己的伙伴、尼安德特人身旁。

"由于尼安德特人的大脑容量是智人的一倍，经常被虽然凶残但不是很聪明的智人奉为先知。

"尼安德特人和犬人是直到公元前后逐渐消失。据乾嘉学派古文字学家考证，仓颉真有其人。与我司合作的古人类学家通过神话、传说、文献和DNA技术多重实证，再运用跨物种大语言模型（Cross-species Large Language Model）简称'C-S LLM'进行初步推断，不确定结论仓颉应该是远古我国尼安德特人与犬人的合称，希望创立文字将万物语言互通。

"所以，汉字发展到今天，与犬有关的字大约843个。

"在我国商周大墓考古中，还可以零星看到尼安德特人与犬人的存在。

"由于尼安德特人特殊的智慧，基本会成为掌管祭祀的祭司，负责祭祀过程中解读上天给出的答案。夏、商两朝祭司通过烧裂的龟壳、甲骨上的裂纹来解释吉凶，并确切判断上天的意见。因为龟的生命周期特别长，祭司们其实是在获取龟甲上记录的以往年份信息，推论当下的情况。而犬人的比较优势明显，可以与龟或其他动物甚至生物进行直接沟通。

"所以周朝专设官职犬人，犬人享有和人一样的诰封，具有讽刺意味的是，当年叛变尼安德特人成为四蹄行走那部分犬人，彻底变成了狗之后，由犬人负责管理和沟通，而有些狼也回归犬人，变成一些部落的保护神。

"由于尼安德特人和犬人种群稀少，难以繁育后嗣，逐渐灭绝。

"据遗传人类学家、宗教人类学家与哲学人类学家近百年的争吵，基本达成一个共识，轴心时代突然出现的大哲几乎都是犬人辅佐的尼安德特人。为何以后再难以出现轴心时代壮阔伟大的文明，因为尼安德特人彻底消失了，而犬人也随之湮灭，人类与其他生物再也无法沟通，人类进入了几千年平庸、暴虐、文明衰退的时代。

"目前的预研究表明，拥有3%以上尼安德特人基因的现代人，大多拥有敏感、多疑、性格孱弱等特点，同时多患有心脑血管病和多种精神疾病，有所谓离群索居的艺术气质，一般会沦为人类的弱势群体。犬人的'幽灵基因'也多伴随这类人。

"而传承智人基因纯正的现代人，则是体魄健康、性格阳光、思维直接，对于语言特别是文字有一种无法理喻的控制欲和表达欲。

"同时智人冷静残酷、杀伐果断，具有一种与DNA同向天然的自私性。

"这是现代人类的主流。"

汪工喝了口水。

"欧洲一些专家认为，智人成为地球主宰，标志着巴别塔计划又一次失败。但东方研究者认为，其实华夏国道家或后来的道教提倡的万物平等、皆可成仙，可以互相用语言沟通，其实就是这一古老基因使命的延续。"

汪工抬起头看着参观者，大家似乎都沉浸在某种不可名状的情绪中。

"各位尊敬的领导、专家，各位尊贵的VIP客户来宾，各位媒体朋友，女士们先生们。

"我们科研团队也曾多方求证，能否找寻尼安德特人或犬人后裔，但古人类科学家得出的初步结论是，尼安德特人、犬人和智人的生殖隔离、种间屏障在1万年前已经形成。6万到10万年前，智人通过强暴，在这三个种群间进行强迫性基因交流后，杂种衰败、杂种不活、杂种不育等现象，表现尤为明显，专家推测，是遗传基因中有太多的仇恨基因片段而产生更深的生殖隔离。

"这一推测可以在古代各类记载中找到旁证。

"我司专家研究发现，在我国古代多种典籍中记载，我国古代许多人试图突破种间隔离。但基于儒家道德的确立，这类记载大部分被销毁，但仍有雪泥鸿爪、草蛇灰线。

"《文海披沙》中载：'磐瓠之妻与狗交。汉广川王裸宫人与羝交。灵帝于西园弄狗以配人。真宁一妇与羊交。沛县磨妇与驴交。杜修妻薛氏与犬交。宋文帝时，吴兴孟慧度婢与狗交。章安史悝女与鹅交。突厥先人与狼交。卫罗国女配英与凤交。陕石贩妇与马交。宋王氏妇与猴交。'

"书中还记载：'临安有妇与狗奸。京师有妇与驴淫。

荆楚妇人与狐交……天下之大，何所不有？'

"记录者或猎奇或进行道德批判，忽视了这是一些试图打破生殖隔离的先驱。

"曾有一篇关于前苏联教授做人猿杂交实验报道，实验违背了伦理道德，大家讳莫如深。实验内容是用猿的精子，受精后放回妇女子宫里。实验主导者名叫伊利亚·伊万诺夫（Ilya Ivanov），实验秘密选在苏呼米猿猴繁殖基地。到目前依然不能确定这个实验到底有没有结果。

"生殖隔离和种间屏障有效保障了尼安德特人、犬人某些遗传基因的初始完整性。"

汪工接着说道：

"各位尊敬的领导、专家，各位尊贵的VIP客户来宾，各位媒体朋友，女士们先生们。

"目前，部分人类学家的新研究成果是，黄种人尤其是东亚人体内的尼安德特人基因，比例远大于白种人。黑种人因在多人类亚种并存时期未出非洲，所以土著非洲人没有尼安德特人的混血。

"所以，我们也特别希望运用现代生物技术和人工智能技术结合，能解释或复活尼安德特人和犬人的基因。

"目前，尼安德特人70%的基因序列已经复原，哈佛医学院遗传学家乔治·切奇（George Church）在研究人类基因领域拥有丰硕研究成果，他表示只需要3000万美元，就能够复活尼安德特人。

"仅依靠基因序列难以复活一个物种，我们对此持谨慎乐观态度。"

汪工又打开几张纸。

"综上研究所述，我们再次强调：犬人的语言或者是现代狗的叫声，在人类形成之初，就成为DNA存活在漫长的人类生理进化史中。它根植在人类的潜意识和深层遗传记忆中，世界万物的一切音响声音都不及犬人语言或狗叫声，可以最先激活人类的听觉神经。

"因为DNA是自私的，只有让身体躲避灾难才能存活。

"除了这一原因，从跨物种文化人类学的角度而言，犬人语言或狗叫声在人类文明进化史中，也有一种深层的隐喻。

"那就是野蛮战胜文明，客观上是人类发展的真相。

"6万到10万年前从智人灭绝尼安德特人还有犬人，当时古人类几大文明中心的湮灭，都说明了这一真相。

"特别是传承有序的华夏国历史，更是如此。黄帝是一个西部的偏远部落，战胜了先进的炎帝和蚩尤；偏僻的西周战胜了文明程度极高的殷商；秦战胜六国、汉胜楚、魏晋南北朝西戎北狄祸乱中原、唐朝后的乱世、元灭宋、清灭明。

"无疑都是野蛮战胜文明。

"而随着智人对尼人和犬人的毁灭,智人对被迫四足行走的犬人的摧残,犬人语音的警示或狗的叫声,通过尼安德特人残存于人类的基因,演化成为现当代人类基因里,或者说灵魂深处最为敏感恐怖的映射区域。

"因此,犬人语音的警示或狗的叫声,是现当代人类感知里最具恐怖、警示的音效。这就是本公司在开发声音产品首选狗叫的另一个原因。"

汪工起身,擦了擦脸上的汗,操作一番,一个视频出现。

幕布出现大大小小,千姿百态的狗的画面。

画外音:"我国周代将狗分为田犬、吠犬、役犬、食犬,现代西方将狗粗略的分为猎犬、㹴犬、工作犬、玩赏犬四类。

"本公司经细致的研究,在世界上268种狗中,根据不同的用途,精选出94种狗叫声音,作为产品原料。"

画面出现一条条狼犬。

画外音:"比如,猎狗中的格力犬、德国短毛波音特犬、达克斯犬,其叫声是机警、沉着、镇静的警示声音。

"而作为工作犬的德国牧羊犬、拳师犬叫声凶恶、尖锐。

"艾尔得大㹴狗、百灵顿㹴狗叫声刚毅、果断、穿透力强。"

画面出现各种小型犬。

画外音："至于玩赏狗，如大家熟悉的哈巴儿狗、日本西班尼狗、比利时格里风沙皮狗、狮子狗等，叫声或温和或清悦，或优雅或欢快，有的似婴儿轻泣，有的如娇羞少女，也有的叫声似发脾气的孩子，也有的叫声如絮絮私语……"

屏幕上出现一个实验室各种仪器，一条条流水线，武装到牙齿的研究人员在紧张工作着。

画外音："狗的叫声经声学动物学和声学人类学等多学科科学家分析，其声波十分独特，波谱没有规律，所以用电脑模拟出的狗声，不论听起来是多么逼真，都是无法激活、唤醒、调动人们记忆化石中的DNA，有鉴于此，本公司声音产品的关键，是精确地采集、筛选狗叫音效的原始素材。"

"亿万年前的古生物，今天变成了石油；10万年前的犬人的叫声，现在成为唤醒或警示人类的秘密语言。

"客观而言，狗叫音效的价值，堪比石油！我司发现、搜集、研究，并将狗叫音效产业化，堪比当年发现并开采加工石油。"

汪工做了一个结论。

画面消失，幕布缓缓退入房顶，空间内灯光亮了起来。

"各位尊敬的专家老师，各位尊贵的来宾，女士们先生们，请大家移步岛歌声学元宇宙AI录音棚。"

汪工的声音响起。

大家并没有移步，似乎眼前的空气中，慢慢幻化出一个不是很大的录音棚。

眼前是一个七八米长的调音台，一溜子高高低低的什么仪器，一片灯钮暗暗闪烁，仪表指针不倒翁似的乱晃乱抖，几十条液晶显示屏上的光柱上下起伏。

录音棚有个奇怪的穹顶，似乎悬浮在录音棚三分之二高的上方，周围又有些长方形的纺织品悬浮，十几个大大小小的麦克风。凭空悬浮在录音棚约三分之一的高度上，在微微地上下游动。视线对面的墙壁上满是大大小小的孔洞。

录音棚中央地面上，是一个小小的方形台，周围有卧蹲状山石、低矮植物和似乎是用纤长的茅草搭起的迷你小屋。一个犬首人身的雕塑，单腿跪在方形台前，双目俯视，双臂微微张开，似乎要接引什么。

专家团、媒体团似乎置身在录音棚里，但大家被禁锢般无法迈步。

汪工的声音再次响起，"各位尊敬的专家老师，各位尊贵的来宾，女士们先生们，这是一种隔音材料，严格意义上是利用音障原理发明的一种隔音装置，并不是一种单一材料，通过元宇宙技术原理展现，可以让大家真实地置身录音棚而不出现任何噪音。"

此时，录音棚里灯光慢慢隐去，只有那荒野中的方台，茅屋和山石和植物环绕。刚才那位高大健美女郎牵着一头形体巨大的白熊犬出现在方台前，大白熊犬迟疑地看着犬人雕塑，似乎有些惧怕又有些欣喜，随即挣脱高大女郎的牵引，乖巧卧在犬人雕塑前的方台上。

高大女郎似乎隐去了。

刚才遇到的那一位庸常妇人牵着那条据说价格八位数的中华鹰叭犬，也出现在录音棚，小白狗左瞅瞅右看看后，怯生生趴在了犬人雕塑前。

高大女郎和庸常妇人有些突兀地出现在我们这群人身边，与大家一起观察录音棚。

大白熊犬和中华鹰叭犬同时抬头张嘴，似乎在与犬人交流，并且两只狗还在互相交流。

悬浮在半空的各种麦克风开始下行上升，在找自己最舒服的位置。

"各位尊敬的领导、专家，各位尊贵的VIP客户来宾，各位媒体朋友，女士们先生们。"

汪工突然发声打破了安静，让大家一惊。

"请放心，我们的声音完全不会传到录音棚。"汪工说。

"今天向各位贵宾演示的狗叫语音素材采集流程，会用于未来与老人、婴儿和残障人士的相关服务产品的研发。今天这个场景，是我们一直坚持创作原则的具体体现。我们的产品是真正的原创，我们对于原始素材的提供者也十分尊敬，今天这两只名犬录制费分别为九千九百元和两万一千元。还提供由著名犬类动物营养专家专门配制的一周营养套餐。"

汪工转向大家，"犬人塑像是一个高度智能化的收音设备机器人，狗会很迷恋它并愿意和它'交流'。"

就在这时，王春葵突然捂着嘴，低低咳嗽了几声，咳嗽的声音很……很奇怪。

突然，大家发现，大白熊犬和中华鹰叭犬两只狗，缓缓将头转向我们这个方向，木呆呆望着参观者们，机械、缓慢地走了过来。

"呜，呜……"

"汪，汪……"

我们竟然听到了录音棚里的狗叫声……

我突然感觉王春葵的身体在微微抖动。

扭头一看，王春葵像喝醉酒一般，脸部、脖子、胳膊和腿，慢慢开始充血，变红、变得更红。

此时，余仁水余老大用很不合理的速度从前排挤到我和王春葵面前，几乎是夹起葵子就往外走，低声和我说了句：

"留下继续记录。"

旋即两人消失！

大家都没太注意我们仨的互动。

汪工："各位尊敬的专家老师，各位尊贵的来宾，女士们先生们，应该是隔音设备出了点故障，请大家随工作人员到我们内部咖啡厅，品尝我们公司专门定制的岛歌红茶和点心，也有咖啡和碳酸饮料。"

两位狗主人分别牵着大白熊犬和中华鹰叭犬走了出来，元宇宙录音棚慢慢隐去，像溶解在空气中。

大白熊犬和中华鹰叭犬有点发呆，牵引绳拉一下走一步，不拉不走，好像在思考人生。

不，狗生。

……

寒鸟！

今天情况是我用手机录音和拍照后整理出来的。再看一遍吓我一跳，什么智人、尼人、犬人？是不是瞎掰啊？是不是？还有你去米国就学这些狗屁倒灶玩意儿，我要是你爸就揍你一顿。

对了，今天牵着大白狗那个轻熟女够劲儿，可惜余老大和王春葵都在旁边，我没敢去搭讪。

上次你阴阳怪气内涵我，是不是觉得我不可能追到葵子呢？有件事你不知道，你们都不知道，因为上代人的事，余老大和王春葵不可能在一起。

你小子可别和任何人说啊，等旧履疫情过了，请我吃顿红鳞嘉吉鱼，我就告诉你。

城北凝

若木学弟好！

城北凝已经将今天现场情况实录后发给你了吧？

我再说明一下，王春葵当时不是咳嗽，是不由自主地要说话，怕发出狗叫声，自己强行用咳嗽抑制住了。

当时她浑身发烧，皮肤如过敏一样红。我带她离开现场回到她新住处，约两个小时后就恢复正常。

据王春葵表述，那个利用音障原理的隔音装置对她不起作用，她第一时间就听到录音棚里的狗叫声，忍不住呼应。也可能是隔音装置真的坏了。

但我又找来一条狗，在王春葵面前叫，王春葵并无什么反应。

情况就是这样，王春葵仍然不愿意自己直接和你描述病况，还请博士学弟理解！

祝好！

余仁水

余学兄大安：

您和城北凝的文本都收到，谢谢！

首先说王春葵学姐的病况，元宇宙录音棚内，音障隔音装置应该不会有问题。但主要投入在录音棚的是，运用仿生、模拟技术，营造出当时（智人、尼人和犬人时代）生物、微生物和菌群的一种微生态环境，诱发狗叫的深度唤醒力。

或许问题出在这上面，但可能就是一个巧合和意外。

余学兄，我觉得是寻找病因诱发的一个新触点。我马上将文本和我自己的分析转给周吾从教授。

祝好！

若木寒

十四、人类文本都是"索卡尔"？

周师您好！

　　请您拨冗看看这个记录文本。

　　这个公司产品介绍，我当时参与撰写了很大一部分内容。

　　岛歌声学在我离开前，这个团队和现在我所在的岛歌拉斯声学技术分歧还没有这样泾渭分明，这次看城北凝的记录文本，我才真正感觉到彼此渐行渐远，但对于我的患者病况的解决却不无裨益。

周师，我今天把这件事背景和我的一些发散想法和您说一下。

　　岛歌声学和岛歌拉斯声学两位创建人，在读书时代都很有哲学思辨的兴趣。一位算是超人类主义中一个小流派的边缘信仰者。这位张董曾认真对我解释，这个学派的目标通过合成生物学重新编辑、设计人类DNA。这类科学家认为，通过改写脊椎动物的基因组，重新设置全球生态系统在技术上将是可行的，可以用生物技术消除人们肉体或心灵上的各种痛苦。他们试图通过生物技术、纳米技术、信息科学和神经科学之间的融合形成完美人类。

而另一位王董则是有些虔诚的后人类学派者的拥趸。这个流派从后人类主义发展而来，其核心就是人的"赛博格"化，人类理论上是虚构的机器和生物体的混合物，即赛博格本体论者。这个流派广泛使用的"我们都是赛博格"的宣言，认为人类应是以现代高新科技为基础，凭借丰富想象、最新理念和审美意识，将纯粹的自然人进行设计、技术加工或电子化、信息化作用，形成的一种"人造人"，把人造器官、人造芯片、人造肢体或电子软件等与人的自然肉体有机结合而形成的人&物系统、人&机系统。从而产生一方面或几方面超越普通人类的"新型人类"。后人类的大脑可以同时是一部快速和大容量的记忆与存储装置等。

其实就是硅基人类。

这就是他们一位要走生物技术路线，另一位要用计算机人工智能技术进行狗叫声音产品研发的思想根源。

周师，现在坊间传言，说公司分拆是因为我那篇《论〈金瓶梅〉中西门庆以纳妾实现低成本扩张的生理效能》引起的桃色事件而发生。我看了城北凝今天的记录文本，恍然感觉这次拆分是他们设计好的一次营销事件，达到让这次事件广泛传播的效果，却让我背锅！

周老师，我挺气愤和郁闷的。

真的很恼火，周师！

周师抱歉，我扯远了！

目前，岛歌声学聘请米国菲克世侬（Fictional）大学一位研究化石人类学即古人类学的奥闰德（All-rounder）教授，兼职做"狗叫对现代人基因唤醒溯源及干预工程"的预研究负责人。奥闰德（All-rounder）教授是生物技术和计算机人工智能的双博士，他在元宇宙领域做深入研究和理论延展，学界和商界都非常看好并纷纷投资，机构认为奥闰德（All-rounder）教授的研究会给学术和经济带来无限未来。

但奥闰德（All-rounder）教授突然把之前的研究全部放弃了。

在一次超人类主义和后人类主义辩论沙龙上，奥闰德（All-rounder）教授认为复杂的表述和炫目的技术路径争论后面，其实就是两件事或一件事：

用基因技术把人改造成完人；或用"赛博格"化把人制造成超人或硅基生命。

奥闯德（All-rounder）教授顿悟一般感到，人类的发展走向出了问题，他扔下上半生所有研究，开始进行人类学、确切地说是化石人类学或古人类学的研究。

几年后，与奥闯德（All-rounder）教授合作的企业和机构纷纷离去，只有华夏国的岛歌声学给他提供一定量的研究经费。

奥闯德（All-rounder）教授研究方向坚决而精准，他认为自己找到了人类发展歧路的开端，就是尼安德特人的崛起进而毁灭。

周老师，我作为岛歌声学当时指派给奥闯德（All-rounder）教授的助手，与他有过几次漫谈式的交流。奥闯德（All-rounder）教授说，目前考古人类学家和多学科科学家通过人工智能加传统仪器对尼安德特人头骨进行检测，分析其脑容量，分析结果让通才教授陷入沉思。

尼安德特人的脑容量达到1800毫升，远远高于我们现代人脑容量平均1400毫升，这说明尼安德特人应该比现代人聪明，是一个充满智慧的种族。

同时，从解剖人类学贡献的数据看，拿胸腔来说，尼安德特人有着比智人大得多的胸腔，他们的胸腔之大，甚至要超过现代人。这说明尼安德特人新陈代谢能力非常之强。

米国国家科学研究中心的古人类学家丹尼尔·加西亚·马丁内斯（Daniel Garcia Martinez）发表了一篇关于尼安德特人的文章中提到，尼安德特人宽大的胸腔是由其强大基因所决定的。

从多重证据判断，论体力与战斗力，尼安德特人是智人的两倍以上。

在6万年前到20万年前之间漫长的岁月里，一种比现代人聪明智慧、肺活量大、体力战斗力超群的种群，应该创造出比现代更辉煌的文明。

所以，我们人类文明是在演进吗？

奥闰德（All-rounder）教授摇摇头。

周师好！

奥闰德（All-rounder）教授假设，在尼安德特人统治地球或是统治欧亚大陆时期，应该诞生过更加合理的文明，不幸被智人的屠杀中断了。

奥闰德（All-rounder）教授告诉我，他个人有可能是第一位前人类主义学者。

奥闰德（All-rounder）教授认为罗伯特·索耶（Robert J.Sawyer）的《平行的世界》三部曲很幼稚，但他赞同书中的假设，尼安德特人可能生存在另一个平行世界里。他的梦想是利用基因溯源找到尼安德特人的平行世界，把智人隔绝在非洲，修正人类发展的方向。

周老师，我自己觉得奥闰德（All-rounder）教授并非科学狂人，他只是一位带有些乌托邦理想的后生物技术学者兼人工智能专家。奥闰德（All-rounder）安排他几位助手包括我，给他尽量多搜寻、介绍道家早期典籍，并拜访过几位国内高校华夏国古代哲学研究专家和一些著名道观的道长。

奥闰德（All-rounder）教授非常欣赏我国道家思想，他认为老子所说"小国寡民，使民有什伯之器而不用，使民重死而不远徙。虽有舟舆，无所乘之。虽有甲兵，无所陈之。使民复结绳而用之。甘其食，美其服，安其居，乐其俗。邻国相望，鸡犬之声相闻，民至老死不相往来"可能就是尼安德特时代人族群生活的真实写照。

而道家"万物平等"则是尼安德特人的世界观。奥闰德（All-rounder）教授觉得，《庄子·秋水》"以道观之，物无贵贱"；唐代高道王玄览《玄珠录》"道能遍物，即物是道"；唐另一位高道孟安排《道教义枢》"一切含识乃至畜生、果木石者，皆有道性也"等阐述，明确论证人类是无法凌驾于万物之上的。根据道家的道性论，在人与自然万物之间建立平等伦理情谊关系，才是世界的本相。

奥闰德（All-rounder）教授有个大胆的假设，他认为李聃、庄周等人就是基因没有被污染的尼安德特人，老庄的著作学说，并不是一种学派、一种哲学、一种思想，而是对远祖生活状态的一种纪实。特别是《庄子》很可能就是尼安德特人的生活实录。

比如一位脑容量达到1800毫升充满智慧的尼安德特人，与他的一位犬人朋友捡起几枚成熟落地的果实，简单补充了糖分或者说热量，坐在树下开始聊天，并没有商量如何多猎取动物和抢掠其他尼人或犬人，而是在谈论"齐物"。他们觉得一切事物归根到底都是相同的，没有什么差别，也没有是非、美丑、善恶、贵贱之分。万物平等都是浑然一体的，生死、大小等不断在变化转化，因而没有区别。

一坐就是几天，大部分时间就是坐着，什么都不想，没什么话。

只是，奥闰德（All-rounder）教授以下这个观点让我一时难以接受，又似乎是被蒙蔽的真相。

他认为，智人由自身思维而产生语言、文字，是智人到现代人发展歧化的关键。

奥闰德（All-rounder）教授对我说了他的假想：现代人概念中的物理世界并不存在，是思维、语言和文字描述出来的，天堂和地狱并无不同，只因表述才有天与地的差异。

文本即是一切。

现代人类的思维、语言和文字无用有害，从智人到现代人类绝大部分战争、杀戮、掠夺，和对权力、财富以及所谓高尚生活的追求，都是在追逐思维、语言和文字描述的一种幻象，结果是消耗地球上大多数能量。

奥闰德（All-rounder）教授举例，现代人类身体处于休息状态时，除了呼吸、消化和保持体温等基本活动之外，不从事任何活动，大脑会消耗身体总能量的20%到25%，主要是葡萄糖，而大脑只占身体体重的2%。

这个时候大脑在做什么呢？米国菲克世侬大学（Fictional University）医学人类学研究所一项测试证明，科学家运用普林斯顿大学（Princeton University）脑科学教授耶尔尼武（Yael Niv）新发明技术，使大脑思考得以在非侵入性MRI（核磁共振成像）检查的基础上进行，识别海马体中某些不为眼睛或传统程序所察觉的活动模式。

研究人员收集了33名志愿受试者在40分钟内的大脑活动，用计算机对信号进行分析。然后对志愿者进行随机访问，得到的结果依次是夺取财富、性交、饮食、杀虐、统治……

现代人类的本能思维大致如此。

为此，奥闰德（All-rounder）教授对大众传播尤其是视频传播非常反感，认为完全是浪费能量。

奥闰德（All-rounder）教授在岛歌声学做短暂研究时，看到周围人都喜欢刷视频，就组织我们做了一个小测试，人类在网络终端上看7分钟视频，就会消耗39卡路里热量。

他告诉我，他在米国菲克世侬大学（Fictional University）医学人类学研究所做的另一项测试证明，看一部恐怖片，平均每位观看者会消耗多达184卡路里热量。

周老师！

有趣的是，奥闰德（All-rounder）教授对道家生命观中认为动物、植物或矿物都能够修炼变成人型而成仙的观点，持强烈的批判和否定态度。他认为作为脊椎动物的人类，直立行走和体毛退化都是极不合理的。人类把GOD或者造物者想象成人类的形状，是一种无知和对万物的冒犯。

奥闰德（All-rounder）教授告诉我，虽然难以判断究竟哪种生物或者怎样的形态是最为优化的生命形状，但一定不是直立行走的现代人类。

奥闰德（All-rounder）教授虽然对目前用基因技术把人改造成完人，或用"赛博格"化把人制造成超人或者硅基人类充满担忧，但对于"元宇宙"的到来充满欣慰和乐观。

奥闰德（All-rounder）教授乐见，尽管数字世界运行需要现实电子设备高速运行，消耗大量能源并造成环境污染。然而，由于元宇宙中人类活动基本是在数字世界或虚拟世界，大大缓解了对环境和自然资源的影响，特别是让人类活动与动物、植物和其他生物大幅度减少接触或隔绝接触，客观上也可以实现"前人类主义"的"万物平等"。

周老师，近期我通过社交软件与奥闰德（All-rounder）教授进行研究交流时，我提出自己的疑问，即元宇宙时代到来，人类交流是不是都是近乎仿真的场景、视频、影像与图像，是退化或进化回到了前语言时代或是岩画时代，人类语言交流状态是否会和尼安德特人时代仿佛？

奥闰德（All-rounder）教授认为我这个认知丰富了他的设想，他觉得老子不立言，"大音希声""大象无形"的说法就是对思维、语言和文字充满警惕。

借语言无用论话题，我隐晦表述了我那位患者的病况，奥闰德（All-rounder）教授表示，假如可以找到现代人身上拥有古人类跨物种交流基因并被激活的现象，将有巨大研究价值。

现代人类交流假如像犬人或狗一样只用几个音节沟通，如"汪"——饿了，"汪汪"——危险，"汪汪汪"——交配……人类与万物很可能就会建立起互相沟通的方式，"巴别塔"就有可能真正建立起来，也可以避免地球绝大部分能源和热量的无效消耗。

周老师，奥闰德（All-rounder）教授对于元宇宙和道家思想的融合思考，使他对文本的看法也产生了疑虑和动摇。

特别是大语言模型的通行，奥闰德（All-rounder）教授说，以文本生成文本，则文本毫无意义。他私下对我表达了一个更极端的观点，可能会冒犯许多人文科学的学者：

大语言模型生成的文本，包括传统文本，即报纸、书籍、文牍，所有的印刷品，甚至人类文明，可能都是"索卡尔"产品。

周老师，我不知道您是否了解"索卡尔"事件的背景。

1996年米国著名文化研究杂志《社会文本》发表了一篇有关量子力学的文章，该文章援引后现代理论阐释量子力学。发表后，其作者量子物理学家索卡尔（Alan Sokal）宣称，这是一篇完全捏造的论文。

此事引发知识界轰动，称为"索卡尔事件"。

……

周老师，这就是这次文本情况和我自己记录奥闰德（All-rounder）教授的一些思考，供您参考。目前旧履疫病开始有新的变种，请您务必保重！

学生：若木寒

余学兄好！

以上文本是我发给周吾从先生的城北凝实录文本加上我提供的一些想法，再转给您，供留存。

我觉得，在奥闰德（All-rounder）教授"前人类主义基因增加计划"研究中，可能会出现解决春葵学姐病况的附属研究成果。

我目前所在公司，即岛歌拉斯声学也将搞一次技术展示活动，但春葵学姐是否参加我很犹豫，别让春葵学姐再受到刺激吧。

我目前是旧履疫病重症患者，被封在公司内小公寓封闭观察，无法参加。如果春葵学姐参加，是否城北凝随行再做一个实录文本，给周教授做预研究素材。

祝好！

若木寒

十五、嫖宿机器人引发狗经济

余总您好:

　　学生蜀晴天给您鞠躬，谢谢您让我提前结束停职期，再回到总编室工作。

　　余老师，若老夫人离世，晴天泣血请您节哀！！！

　　　　　　　　　　　　　　　　　　　　　　　　　蜀晴天

余总!

　　您布置的全面了解"有关岛歌拉斯声学公司新技术发布会情况"的任务，我基本完成，因知道您在省城封闭学习时要屏蔽网络，所以我没有随时报告，只能用邮件一次性向您汇报。

第一部分：与报社有关的情况。

一，经行政复议，岛歌市鱼鳞元宇宙AI产业功能区花江路派出所撤销对城北凝老师行政拘留处罚决定。

二，《岛歌午报》法务部暨城北凝老师委托岛歌市律佳律师事务所鱼鳞元宇宙AI产业功能区分所，对岛歌市公安局鱼鳞元宇宙AI产业功能区分局花江路派出所违法办案行为，向岛歌市中级人民法院鱼鳞元宇宙AI产业功能区分院提起行政诉讼。

三，《岛歌午报》法务部暨城北凝老师向岛歌市公安局鱼鳞元宇宙AI产业功能区分局花江路派出所报案，状告"狗不大理"等13家自媒体造谣城北凝老师嫖娼。

四，《岛歌午报》法务部暨城北凝老师委托岛歌市律佳律师事务所鱼鳞元宇宙AI产业功能区分所，向"狗不大理"等13家自媒体发出律师函，要求他们对"城北凝嫖娼"谣言公开道歉，澄清事实、赔偿名誉损失。

五，城北凝老师在个人网络账户发表：《拿什么拯救你我的精子》长诗，引起追捧，旋即此账户被封，无法访问。

六，岛歌市鱼鳞元宇宙AI产业功能区市场管理办派常务副主任来《岛歌午报》社，向副刊部若老（若如晦）道歉，赔偿损失，并向若老夫人不幸去世表示哀悼。

七，《岛歌午报》副刊专栏作家、著名网络诗人陈青裳，在网上公开谴责岛歌市岛歌拉斯声学有限公司侵犯她身体形象权，并委托岛歌市律佳律师事务所起诉岛歌市岛歌拉斯声学有限公司，在网上获得陈青裳粉丝强烈应援。

八，岛歌市著名自媒体大V"狗不大理"爆出猛料，著名网络诗人陈青裳即当年岛歌市电视台红极一时的出镜记者陈青。岛歌市鱼鳞元宇宙AI产业功能区饭米粒智能机器人制造企业剽窃陈青和陈青裳两种形象、声音、形体和各类身体生命数据，生产出两种高智能性爱机器人。

"狗不大理"还播发疑似"陈青裳"机器人视频。剧烈增加的访问量使得三家著名社交网站服务器崩溃。陈青裳在多个网站个人账户粉丝量综合增加到8900万，"狗不大理"增粉320万。

三小时后视频被删除。

第二部分：有关岛歌拉斯声学公司新技术发布会延伸情况。

一，岛歌市鱼鳞元宇宙AI产业功能区管委组织专门调查组，调查岛歌拉斯声学公司新技术发布会是否存在色情内容和非法采集精子的行为。

二，岛歌拉斯声学公司向公安机关报案，个别自媒体造谣岛歌拉斯声学公司新技术发布会存在色情内容。

三，岛歌拉斯声学公司委托岛歌市律佳律师事务所，正式起诉岛歌市元宇宙聊斋真境有限责任公司提供服务与合同严重不符。

四，参加岛歌拉斯声学公司新技术发布会的14位嘉宾，集体起诉岛歌拉斯声学公司，精神和身体在发布会上受到严重伤害。（涉及个人隐私，律师和法院均不便透露起诉书内容）

五，岛歌市元宇宙聊斋真境有限责任公司起诉岛歌市灵幻影视置景公司提供的服务与合同严重不符。

六，岛歌市元宇宙聊斋真境有限责任公司向公安机关和市场监管部门分别报案：岛歌市灵幻影视置景公司与岛歌市饭米粒机器人制造有限公司串通一气，涉嫌提供给岛歌拉斯声学公司新技术发布会的演艺人员和服务人员不是真实人类，而是用高仿机器人代替，涉嫌合同诈骗或涉嫌用假冒伪劣产品以次充好，准确地讲是"以机充人"，扰乱市场秩序。

七，岛歌市灵幻影视置景公司起诉岛歌市饭米粒机器人制造有限公司，认为岛歌市饭米粒机器人制造有限公司违背当时约定，没有全部提供全职工作机器人，而掺杂了部分性爱机器人，出现不可描述效果，造成岛歌市灵幻影视置景公司名誉损失。要求岛歌市饭米粒机器人制造有限公司予以赔偿，并在媒体上发布道歉声明。

八，岛歌市饭米粒机器人制造有限公司召开说明会，发布如下内容：

1，机器人是否与人类或其他物体产生接触，是机器人自主行为，与制造企业无关。建议有关部门研究立法界定、尊重和保护机器人的"人"权；

2，机器人以租赁、销售形式提供给了相关公司和机构，公司只负责租售后技术服务和产品质量保障，其各种功能的使用场景和范围不在本公司权限内；

3，租赁给岛歌市灵幻影视置景公司的工作机器人，不包括五个销售给岛歌大学医学院附属医院生殖医学中心人类精子库的性爱机器人。

九，岛歌大学医学院附属医院生殖医学中心人类精子库网站发布声明，所属五个采精机器人和精子采集工作以合同委托形式，由岛歌市海洋基因库公司实施。目前在岛歌拉斯声学公司新技术发布会采集的精子已全部销毁。

十，岛歌市海洋基因库公司在自己网站发布声明，在岛歌拉斯声学公司新技术发布会精子采集工作完全符合国家法律政策，并都已付酬，公司保留对造谣中伤者追究法律责任的权利。

十一，岛歌市克莱因瓶开发置业集团，起诉岛歌拉斯声学公司、岛歌市元宇宙聊斋真境有限责任公司、岛歌市灵幻影视置景公司，连带起诉岛歌市饭米粒机器人制造有限公司、岛歌大学医学院附属医院生殖医学中心人类精子库及岛歌市海洋基因库公司。

起诉书起诉以上企业和机构，非法使用岛歌市克莱因瓶开发置业集团开发的莫比乌斯环大厦，要求涉及企业和机构赔偿非法使用莫比乌斯环大厦对建筑造成的损坏，赔偿岛歌拉斯声学公司新技术发布会给莫比乌斯环大厦造成的重大名誉损害。

十二，岛歌市鱼鳞区元宇宙AI产业功能区机器人协会，岛歌市饭米粒机器人制造有限公司，岛歌大学医学院附属医院生殖医学中心人类精子库，岛歌市海洋基因库公司等发起机器人法律道德伦理研讨会，由于旧履疫情原因，会议以元宇宙会议系统的形式召开，全球各地64位相关专家，通过数字孪生分身参加会议。

据会议主办方称，这是岛歌市建制以来第一次召开这样规模的国际会议。

十三，在这次会议上，岛歌市饭米粒机器人制造有限公司首次披露，他们公司与米国菲克申侬大学（Fictional University）细胞研究所合作，利用从狗胚胎中提取的活体细胞，制造出了全球第二例用细胞做成的活体机器人。这是米国佛蒙特大学（The University of Vermont）和塔弗茨大学（The University of Tufts）研究团队从青蛙胚胎中提取的活细胞，制造出全球首个用细胞做成的活体机器人后，又一次成功的范例，"完全生物机器人"时代已经来临。

岛歌市饭米粒机器人制造有限公司引用米国佛蒙特大学（The University of Vermont）计算机科学家和机器人专家约书亚·邦加（Josh Bongard）定义："它们既不是传统的机器人，也不是已知的动物物种，而是一类新的人工制品：一种活的、可编程生物。"

十四，岛歌市饭米粒机器人制造有限公司在研讨会宣布：在岛歌拉斯声学公司新技术发布会出现的五位精子采集机器人（已经销售给岛歌大学医学院附属医院生殖医学中心人类精子库），就是"完全生物机器人"首次投入应用。该公司在研讨会上呼吁全社会关注和尊重机器人的道德权、伦理权，并尽快研究出台保护机器人合法权益的法律法规。

十五，岛歌市著名自媒体大V"狗不大理"再次爆出猛料：由岛歌市海洋基因库公司派遣到岛歌拉斯声学公司新技术发布会上的五具精子采集机器人，即所谓"完全生物机器人"，其中有两具高度怀疑是真实人类。因为据传当时有两具"完全生物机器人"出现故障，岛歌市饭米粒机器人制造有限公司只能临时高价雇佣特殊行业女青年扮演精子采集机器人。

这个帖子也旋即被删。

余总余老师您好！

以上是基本情况纲要，供您参考。

有关"岛歌拉斯声学公司新技术发布会情况"我进行了全面采访，因为我知道需要给若木寒博士提供原始文本，所以我没有删节，基本上是采访记录。由于多位当事人拒绝采访或对采访不配合，许多情况都是综合记录。还请余老师谅解。

我是在岛歌拉斯声学公司新技术发布会结束第二天下午到现场采访的，发布会是在我市著名"烂尾楼"莫比乌斯环大厦召开的。

我到达时，现场已被多家执法部门看管起来，经过交涉，工作人员在审验我的记者证后，同意我进入现场采访。

现场中心是一处风格奢华夸张的巴洛克风格宫殿，被莫比乌斯环建筑环绕其中。大致确定宫殿是舞台，环绕的建筑环上，摆放大量的风格不一的各式沙发，应该算是观众席。

大概由于旧履疫病的影响，沙发之间隔着挺远距离。

可以明显看出这个现场是草草搭起来的，地面和墙壁没有覆盖的地方，裸露着粗粝的水泥表层。

此时，莫比乌斯环大厦游廊下，传过来一阵有些克制的争执，两位执法工作人员正在向几位女士质询。我走过去，了解到是岛歌市元宇宙聊斋真境有限责任公司与岛歌市灵幻影视置景公司的员工在解释发布会情况。

大致情况是，岛歌拉斯声学公司将自己的新技术发布会委托给岛歌市元宇宙聊斋真境有限责任公司。

一位女孩知道我是记者后，递给我一份企业说明，岛歌市元宇宙聊斋真境有限责任公司初创时是组装、销售VA头盔，后运用AR/VR等技术进行数字场景构建，承接庆典或年会。在接到岛歌拉斯声学公司新技术发布会项目后，就开始设计多维空间和互动平台，提供特定场景下跨域交互的沉浸式体验方案。

由于没有物理空间，岛歌市元宇宙聊斋真境有限责任公司联系了之前有过合作的岛歌市灵幻影视置景公司，正巧岛歌市灵境影视置景公司租用了烂尾的莫比乌斯环大厦，为一部玄幻架空穿越剧《狗话》提供置景服务，刚好使用期有空档，索性依据岛歌市元宇宙聊斋真境有限责任公司要求，简单调整了穿越剧室内置景，提供给了这次发布会作为现实场地使用。

我询问歌拉斯声学公司新技术发布会情况时，岛歌市灵幻影视置景公司几位女孩眼睛放光。

"这种元宇宙晚会，像在梦里，我真想留在里面不出来！"

"梦里哪能见到这种景象，简直就是仙境。"

"未来感太有了，一条条狗的投影从星空里奔过来，到我身边就跟真的一样，简直神了。"

旁边一位穿着、气质明显不同的女孩一脸鄙视，"什么叫投影，那是增强现实技术生成的数字孪生狗。"

我一看胸牌，是"聊斋真境"。

岛歌市元宇宙聊斋真境有限责任公司那女孩看了我一眼，"可惜晚会让你们记者搞砸了。"

见我疑惑，女孩在电子皮肤话机上点开，凭空投出的虚拟屏上播放一段视频。

另外几个女孩凑过来，纷纷说道：

"就这个，帅的，帅的。"

虚拟屏幕上，元宇宙场景营造的浩瀚星空在缓缓转动，参会人员似乎都虚浮在星空之间，好像置身遥远的未来。城北凝老师手里端着一只仿克莱因瓶样式的酒杯，长身而起，竟然飞升至半空。

城北凝老师衣袂飘飘，面色沉郁，目光幽邃，深情仰望着无限星际，朗声吟咏：

"夫天地者，万物之逆旅也；光阴者，百代之过客也。

而浮生若梦，为欢几何？古人秉烛夜游，良有以也。况阳春召我以烟景，大块假我以文章。会桃花之芳园，序天伦之乐事。群季俊秀，皆为惠连；吾人咏歌，独惭康乐。幽赏未已，高谈转清。开琼筵以坐花，飞羽觞而醉月。不有佳咏，何伸雅怀？如诗不成，罚依金谷酒数。"

城北凝老师目光从天际收回，睥睨俯视下方散坐四周的来宾，"吾与诸公，皆一时俊异，于世所称落落难合者，欣逢盛会，当浮一大白也。"

虚拟屏突然卡住。

"聊斋真境"女孩开始鼓捣话机。

现场一位执法调查人员插话，他们调查发现，发布会上提供了两种饮料：一种是来自花颠国的酿酒狗（BREWDOG）啤酒，另一种专为程序员配制的无酒精无刺激非功能饮料"元宇宙一号"。由于发布会上出了不少状况，经岛歌市鱼鳞区元宇宙产业功能区开放实验室分析初步发现，酿酒狗啤酒与"元宇宙一号"混饮，在一定温度内加上音响、光影干扰，会在人体内产生一种正向幻觉，很容易产生壮阔、宏大、崇高的感觉。初步研究是视网膜成像发生变化，远处放大、周围渺小，是基于像狗瞳孔成像原理设计。

虚拟屏视频恢复了。大家都凑上去观看。

刚刚吟咏完毕的城北凝老师目光炯炯，声如金玉，风头无两，一时成为全场仰望瞩目的焦点。

可突然，城北凝老师面部愕然，从半空飘然落下，粗暴推开一位胖头男士，抢步拦住一位女士。

他一字一句地说："我视你为李清照，却因何做玄鱼机？你不该，不该。"

"聊斋真境"女孩摁停话机，"就这个记者把晚会搅了！"

执法调查人员示意"聊斋真境"女孩暂停，主动把我拉到一边，解释说："蜀主任好，我办领导要我们积极配合您的工作，您可以向报社领导汇报，经我们初步调查，你们报社这位同事也算受害者。"

执法调查人员介绍，当时城北凝老师遇到那位女士，是岛歌市海洋基因库公司采集精子的机器人。

据调查，岛歌市饭米粒机器人制造有限公司依据岛歌大学医学院附属医院生殖医学中心人类精子库提供的形象和人体参数，对采精机器人进行外形设计，没想到负责提供形象和身体数据的岛歌大学医学院附属医院生殖医学中心人类精子库工作人员是网络诗人陈青裳的狂热粉丝，他擅自盗用提供了陈青裳的形象和人体参数。

城北凝老师没有拦住这位机器人，他一时义愤，将自己智能眼镜拍摄的"我视你为李清照，却因何做玄鱼机？你不该，不该"那段视频，转到电子皮肤话机发给了陈青裳（陈青裳到午报副刊部送稿子与城北凝老师见过一面，蜀晴天注）。

陈青裳回了句，"无聊。"

城北凝老师大概受到酒精和饮料混合刺激缘故，又尾随拍摄到了那位机器人陈青裳与几位与会代表普及生殖医学、洽谈采精业务的视频，发给了陈青裳。

陈青裳大惊失色，马上报警。警察与陈青裳视频团队的工作人员汇合后，赶往莫比乌斯环大厦岛歌拉斯声学公司新技术发布会现场。

此时，发布会已经进入尾声，莫比乌斯环大厦内隔断出的休息区，声光电等设备逐个关闭，金碧辉煌、如梦如幻的景象渐次隐匿。

混杂在工作机器人中的五位采精机器人正式开始了工作。

城北凝老师可能有些上头，神差鬼使地一直跟着采精机器人陈青裳，让其无法开展工作。采精机器人陈青裳好整以暇地用机器视觉系统扫描测试了城北凝老师的身体，后台传过指令，符合各种指标要求。

便有了"金风玉露一相逢，便胜却人间无数"的人机接触。

伴随着压抑又急促的喘息声，高一声低一声的缠绵呻吟跌宕婉转，□□□□□□（此处省略325字）。

有些昏沉的城北凝老师似乎感觉到有人粗暴地拍打他的脸，他艰难地睁开眼睛：

斑驳的墙壁，裸露的水泥地，粗糙的地毯，破损的道具沙发……一阵凉风从没安装玻璃的窗户灌进来，吹跑一地纸巾纸团。

城北凝老师突觉下体发凉，一瞅竟是赤裸着，慌忙扯过旁边易拉宝广告牌遮住下身。

广告牌上四个字：聊斋真境。

其他几处生殖医学工作现场，人机接触还在进行中，不时传来不可描述的音效。

待城北凝老师穿戴完毕，警察出示证件，告知两人涉嫌卖淫嫖娼被带离调查。

此时，采精机器人陈青裳已经恰到好处地给城北凝老师电子皮肤话机上转入捐献补贴7000元，并附有电子合同。

随即，采精机器人陈青裳摁了一下自己的右耳，脸部慢慢前凸，向左缓缓打开，露出面罩内频频闪烁、炫目复杂的电路集成块，并出示几种证明、合同与付款凭据，说明工作性质和工作授权，并告知由于采集的液体在机器体内不能超过35分钟，她要马上赶回停放在莫比乌斯环大厦广场上的基因库工作车上对采集液体进行医学处理，否则一切损失由阻拦她的人负责。

在警察、视频工作人员和城北凝老师目瞪口呆中，采精机器人陈青裳顶着满脑壳花花绿绿的线圈，款款离开。

其他几组人机接触生殖医学工作也被迫中断，一具采精机器人程序似乎没有结束，依然眼波流转，呻吟声断断续续……

许久，警察有些艰难地对城北凝老师说："您，还有你们几位，没付钱还收了钱，应该不属于嫖娼行为。但你们的行为是不是卖淫，我们不好确定，还是跟我们回所里，让领导研究决定吧。"

城北凝老师与几位同样遭际的参会人员，与两位警察乘一辆中巴从莫比乌斯环大厦前往辖区派出所。由于烂尾楼四周形同废墟，车轮胎被扎了两个。车子等待修理时，城北凝老师大致明白了遇到的竟然是机器人，情绪非常崩溃，加上没醒酒，与警察大吵一场无果，文思泉涌，在电子皮肤话机上即兴创作，随写随发，他网络个人账户发出的《拿什么拯救你我的精子》长诗，随即引起网络关注，被《岛歌午报》社舆情监控中心发现，请示当晚值班犹盘湖犹总，马上协调这家网络社交平台将城北凝老师账户封了，没有造成更大影响。

还有一件事，余总，岛歌拉斯声学公司新技术发布会还引发一个新的网络舆情，产经新闻部网络版有个记者为此写了篇稿子，她希望发在纸质版面上，我们主任认为应该遵循"网来网去"原则，在全媒体新闻资讯平台《快狗》产经新闻端发。因为内容涉及岛歌拉斯声学公司新技术发布会，主任让我一并请示您一下。

标题：网红打卡地&狗经济隆起带

我市沉寂几年的著名烂尾建筑，莫比乌斯环大厦，因奇葩的岛歌拉斯声学公司新技术发布会再次火了！

第一次火，是因为莫比乌斯环大厦奇特的建筑设计、巨额的建筑造价和铺天盖地的造势活动。旋即，由于几位投资人的狗血故事，资金链断裂，工程一停就是五年。

近日，莫比乌斯环大厦在线上线下又火了，不仅成了远近闻名的打卡地，当年火遍岛歌城网络世界的"莫比乌斯环大厦吧"，竟然在《岛歌午报》产经新闻网论坛里还魂了。

吧友们从岛歌拉斯声学公司新技术发布会利用元宇宙功能成功举办谈起，话题集中在机器人采精这个爆点，人工智能派、生物技术派、道德派、女权派、伦理派不一而足。

渐渐地，大家的话题集中在了昨天发生的奇闻上，去莫比乌斯环大厦打卡的朋友发现，本市一家狗业良种企业，竟然利用高智能机器狗，采集名犬精子。而且这种采精器狗，竟然也是岛歌市饭米粒机器人制造有限公司的产品。

吧友"不老司机"爆料，他这几天都去莫比乌斯环大厦后广场拍视频，无意中拍到一具采精机器狗，不过当时并不知道这头杜宾犬是机器狗，做得很逼真。牵着杜宾犬（后知道是机器狗）的是一位轻熟少妇，面部是高冷女神范儿，装扮却像学生，一身蓝棉布衣裙，脚下白球鞋配白色旧履鞋套。

她看到一位同样牵着杜宾犬的痞气小哥，小哥眼睛一直围着高冷少妇转悠，高冷少妇不假颜色，却蹲下身子抚摸那条狗子，狗子也和主人差不多是个色胚，傻哈哈伸着舌头任其逗弄。

高冷少妇起身，脸上高冷女神范儿突然成了嫣然略有羞涩的笑脸，主动和痞哥攀谈起来，并不经意让痞哥松开了牵引绳，两只狗子跑到一边开始做不可描述之事。

后来发现，高冷少妇一天会出现两到三次，牵不同的名犬，着装也略有不同。有真老司机推测，这位牵着

名犬的高冷少妇可能也是一具采精机器人。（附链接）

吧友"四季稻"称，虽然现在许多去莫比乌斯环大厦打卡的人都带着自己的宠物过去，在网络上蹭热度，但是真正名犬良种主人听到这种消息，反而小心翼翼，担心自家的狗子中了采精机器狗的招儿。

吧友"高迪"则说，非常希望岛歌市能把莫比乌斯环大厦建设完成，让其成为地标式建筑，打造成真正的网红地。比如充分利用"莫比乌斯环"楼顶拓扑结构特点，建起循环往复独一无二的"莫比乌斯环狗路"，而不是用"人精""狗精"这种龌龊低端的事情损坏城市形象。

吧友"安藤忠雌"建议，将现有建筑用清水水泥简单装饰，成为房车、露营基地，内部空间可作一个半永久音乐节场地。

吧友"你行我上啊"发言，在产经新闻网讨论，还要落脚产业发展，可否依据现状，做一个狗狗良种交配的业态，以狗业良种繁育企业、涉狗机器人企业为主，将周边企业逐步吸引到这里，形成一个涉及旅游、视频、宠物繁育、狗粮等较为完备的狗产业业态，逐步聚集成东部沿海涉狗产业中心。

吧友"VR/AR/CR/MR/XA/AV全域代理商"留言有些狂妄，但也最有特点：他认为之前吧友说的基本都是拾人牙慧，而且岛歌拉斯声学公司那个元宇宙新技术发布会自称是元宇宙晚会就是欺世盗名。

"VR/AR/CR/MR/XA/AV全域代理商"自称，他可是业内专精人士，岛歌市元宇宙聊斋真境有限责任公司其实就是VR+裸眼3D做出虚拟效果，基本算伪元宇宙。

莫比乌斯环大厦要再生，首先要在数字世界再生。"VR/AR/CR/MR/XA/AV全域代理商"给出了一个设想：构建莫比乌斯环"狗&狗"社交元宇宙应用场景。

他建议，莫比乌斯环大厦的物理建设要与数字场景建设要同步统筹设计，未来实体型和数字化莫比乌斯环大厦既可以无缝融合，也可即时闪离。

这位吧友强调，这个线上线下"双基建"项目，在规划设计时，一定要"狗眼看世界"，即要用狗的思维、眼光和需求进行设计和搭建，这个过程中，一定要弱化或隐化"人权"，强化或强调"狗权"。通过元宇宙与现实世界的交互达到数实结合的全新阶段，打造与物理世界相平行的虚拟场景，建成狗的"理想国"和"美丽新世界"。

具体而言，在物理的莫比乌斯环大厦场景中，需要有狗主人的实体空间，但这个空间应该是"狗居"化而不是"人居"化，狗主人的存在应当是狗的"附庸"。

而数字化莫比乌斯环大厦则完全是狗的天堂，若非必须，狗主人不必出现。

莫比乌斯环数字社交空间中，本身是以狗为主体的活动，"狗"这一身份如何被演绎和展示是基础性问题，"狗身份"是构建"狗&狗"社交元宇宙完整生态最关键一步。在这个狗&狗社交元宇宙中，每只狗都拥有一个"化身"，并在虚拟空间中探索和交流。"化身狗"与现实狗的各种理化指标高度对应，就是这只狗的数字孪生分身。

"狗&狗"社交元宇宙是狗们现实社交场景的复制或延展，狗在物理世界的生活体验，将在元宇宙中以二进制的方式被重新演绎，对镜像世界或者孪生世界的打造将成为承载"狗&狗"社交活动的场景。

狗主人可以依据自己豢养狗的自身需求，为其定制虚拟与实体形象，情感和行为体验更为丰富，获得数字资产归属感。数字虚拟狗可以替代实体狗选择进入不同的元宇宙场景，体验不同的狗生，与古今中外不同领域的狗或人还有其他动物、生物进行社交，比如成为二郎神的哮天犬。狗可以在真假难辨中沉浸式体验，在真实世界和虚拟世界中交替穿梭。

"狗&狗"社交元宇宙搭建遵循的商业逻辑，是数字资产的增加和增值。在"狗&狗"社交元宇宙里，可以凭借狗的虚拟化身，并基于狗自我兴趣图谱或推荐，体验多样的沉浸式"狗&狗"社交场景，在接近真实的共同体验中一起交流、嬉戏，最终找到气味相投的狗伴、建立社交连接。由于大量的交互产生，数字资产也随之海量产生。购买虚拟狗房和数字遛狗专属花园和草地，可以延展为狗房产地产的设计、开发与建设；数字狗粮的研制、开发和销售，数字宠物商店、医院，数字狗的遛狗、喂食、洗澡、睡眠、吃药、清理粪便等各类数字经济产业。数字化周边产品会因需求而呈爆发态势。

从元宇宙虚拟交互场景流量逻辑看，数字化狗在元宇宙世界的虚拟交配，这也是"狗&狗"社交元宇宙的重要价值点。试想，"狗&狗"社交场景中的种种选择，无论在元宇宙世界如何强调"狗权"，最终还是狗主人在代理，能否实现线下交配，更取决于狗主人们的"隐形"社交。

如果线上"狗&狗"社交配对成功，从元宇宙穿越到线下的狗狗交配所产生的商业价值，或许可以成为莫比乌斯环大厦新生的起点。

在"狗&狗"社交元宇宙世界里，"隐形"的狗主人是实体狗的代理人，数字化狗在元宇宙世界中的一部分交互，如商业和服务行为，实际产生在狗主人之间。在这一基础上，线下交互，则是"隐形"狗主人们二次显性交互，会产生叠加或几何状的商业生态，莫比乌斯环大厦应依据这种商业生态所产生的需求进行改造。

"VR/AR/CR/MR/XA/AV全域代理商"把一位做专业犬舍公司多年的朋友"犬仆"拉进"莫比乌斯环大厦吧"，对话莫比乌斯环大厦与狗经济。

"犬仆"介绍，假定在那个"狗&狗"社交元宇宙里两条数字法国斗牛犬成为伴侣，彼此来到在线下的莫比乌斯环大厦，两位狗主人要进行充分的沟通。

莫比乌斯环大厦应该配备多个专业的狗狗配对谈判室，起码两位狗主人彼此认为可以合作，斗犬形象是否让彼此的狗主人满意，繁育出的狗仔分配问题等，然后就是费用的商讨。

同时要出具一系列相关文书，比如各自斗犬的家族谱系是否纯正；是否有遗传性疾病的染色体隐性遗传，这就需要证明或考证该斗犬的父母、兄弟姐妹乃至后代（如果有的话）。通过它们表现的一些遗传疾病情况，尝试倒推种犬的基因型，确保优良的斗犬狗崽具备良好且稳定优良的血统遗传。

莫比乌斯环大厦应该建设相应的狗犬类血缘溯源

系统和专业基因检测机构。纯种宠物都有着近亲繁殖的可能性，法国斗牛犬看似性情稳定，外表优秀，但有遗传病几率很大，如先天残疾、骨骼发育不良、心脏等问题，一旦通过筛查发现就应该建议终止交配。

在采集全准备交配繁育斗犬所有数据信息后，莫比乌斯环大厦通过其配备的人工智能动物遗传数字模拟系统，精确推导出斗犬在交配、怀孕、生育、抚养等一系列条件指标。

基于这一前提，莫比乌斯环大厦要专门设计建造装饰专属法国斗牛犬的婚房，同时，要借鉴人类亲子酒店理念，设计建造狗主人陪伴斗犬的亲"狗子"酒店客房。

法国斗牛犬不易发情，排卵率低，乳腺发育缓慢，发情困难，难以怀孕。同时法国斗牛犬肥胖萌笨，自然交配的可能性很小。所以在欧洲有专业扶配师扶着狗交配，这也很难自然交配，因此一部分法国斗牛犬是通过人工授精受孕的。人工催情、交配干预，特别是人工授精，都需要配备专门机构和专业人士。

法国斗牛犬肩膀和臀部都很宽，紧实，头又大又硬，很多法国斗牛犬分娩必须依靠剖腹产才能完成。法国斗牛犬繁殖能力一般为每年1-2胎，每胎3-4只，难以顺产，80%以上需要剖腹产，法国斗牛犬一生只能剖腹产三到四次。这种专业的狗产科专业医院必不可少。

法国斗牛犬的小狗不容易生，更难养活，因为新生的法国斗牛犬幼犬对护理的要求很高，每两小时必须喂一次奶。经过精心护理，健康的法国斗牛犬小狗长大将花费许多人力、精力和物质资源，这使得法国斗牛犬的价格越来越贵。

"犬仆"发言中指出，请看，仅仅一对法国斗牛犬的配对、交配、繁育和幼崽养育，就可以新兴、聚集和延伸多个产业，不仅使莫比乌斯环大厦成为狗的理想国和乌托邦，更可成为岛歌市狗经济增长点。

吧友"VR/AR/CR/MR/XA/AV全域代理商"发言："犬仆"吧友是从业内专业人士角度叙述名犬繁育过程，我想，包括我，大多数吧友其实都不了解名犬繁育其中的复杂艰辛，更没有想到会牵连如此多广的专业和产业。

但我们不应该讨论建立一个大型名犬繁育基地，也不是要让莫比乌斯环大厦取代专业犬舍的功能，而是要在比乌斯环大厦残体上搭建一个"狗&狗"社交元宇宙线下应用场景。

通过虚拟结合现实的方式，将线上线下的莫比乌斯环大厦边界消融，将狗主人和狗狗传统需求型经济与沉浸式体验结合起来，进而形成一种文化消费、为狗主人和狗狗提供可以进行轻松互动的社交空间，进而产生企业级价值，这就是"狗&狗"概念的来源。

当然，"狗&狗"社交元宇宙线上线下高度融合社交平台的搭建是个有些让人绝望的难题。"VR/AR/CR/MR/XA/AV全域代理商"表示：人类智能、人工智能、数字世界和物理世界四元并立，物理派（实体）和数字派（虚拟）在理论上就难以融合，创造双空间。如果莫比乌斯环大厦"狗&狗"社交元宇宙搭建成功，就可以告诉这两派，人与狗都可以融合，人与人为何不能。

吧友"狗话胜人言"则说，他有保留赞同"VR/AR/CR/MR/XA/AV全域代理商"的建议和部分观点，人类不能一味脱离现实前往虚拟世界，不能沉浸在虚幻乌托邦里，虚实结合，去虚向实，面向星空，身处繁花。

元宇宙是内在世界的外沿，也是对现实世界的一种补偿，在越来越艰难的现实世界中，现实的全球化已经被隔绝，但互联网的全球化或许会在元宇宙世界中真正实现。

【编辑的话：吧友"狗话胜人言"的这段话可以作为我们这次讨论的结束语："我看到不少吧友议论，元宇宙世界让我们面对太多未知，这种无解引出伦理、道德和法律等一系列问题，一个绝对去中心化的世界真可以实现吗，元宇宙技术是否能保持中立？搭建莫比乌斯环大厦'狗&狗'社交元宇宙的讨论，其实为这些问题呈现了解决方向。

"在元宇宙世界，中心化或去中心化只是一个执念，真正的元宇宙时代，道德和秩序应当得到重构，不仅元宇宙人类没有中心，人类也不是其他生物的主宰和中心，不是众生平等，而是万物平等，这才是真正的全球化。起码，莫比乌斯环大厦'狗&狗'社交元宇宙世界里，人类与犬类是平等的。"】

本网记者苟荷卿（吧内网名：狗踏莲花）

小蜀：

稿子写这么长这么水，还是在《快狗》上发吧。不过，多找几家涉狗管理机构审稿，避免稿子出现违背公序良俗的内容。然后再把发布会情况调查和这个稿子一并转给若木寒博士！

余仁水

余总余老师好！

我已经传达了您的指示，让产经新闻部安排在《快狗》

发表，但报社舆情监控室值班主任给产经新闻部发信息，说我们报社算涉事方，现在发这种稿子有无自我洗白的嫌疑。要求把稿子撤掉。产经新闻部让我再请示您一下。

刚才得到一个信息，可能对若木寒博士研究有用。

岛歌市克莱因瓶开发置业集团在集团网站发布公告：

　　本集团拥有莫比乌斯环大厦产权的53.45%，任何机构和个人使用莫比乌斯环大厦实体、影像、图片和名称及周边产品，必须征得本集团法务部门同意，否则视为侵权，本集团将追究其法律责任。

岛歌市克莱因瓶开发置业集团法务部

余老师：

有本报通讯员称，目前岛歌市克莱因瓶元宇宙开发集团已经派人将莫比乌斯环大厦用彩绳围圈起来，游客需要买票进入，票价为成人50元，儿童30元，宠物狗100元。

克莱因瓶开发置业集团还搭起了一个简易大门，上书"莫比乌斯环大厦'狗&狗'废墟公园"，据称已经提交有关部门审批。

蜀晴天

小蜀：

　　你告诉产经新闻部和舆情监控室，就说我说的，遇到问题不要回避，任何事情都会向不同的方向转化，不要轻易判断事情的好坏。

余仁水

小蜀：

　　稿子这么快就处理了？许多人都已经看到了。

　　还有尽快落实"VR/AR/CR/MR/XA/AV全域代理商"联系方式，发给若木寒博士和岛歌声学汪人声汪总。

　　我把汪总和若木寒给我的信转你。

余仁水

〔附：汪总和若木寒来信〕

1. 尊敬的余总好!

　　我是岛歌声学有限责任公司副总裁汪人声，上次参观时我们交换过名片，非常抱歉，参观出现一些小纰漏，导致我们的演示不完整，我们已经重新设计和改进了录音棚。期待余总和媒体领导们再莅临岛歌声学。

　　尊敬的余总，有一件事情还要烦劳您过问一下。就在刚才，我们总裁办工作人员转给我一篇贵社网站上发表的讨论文章《网红打卡地&狗经济隆起带》，我司对文中那位可能是搭建师的"VR/AR/CR/MR/XA/AV全域代理商"的"狗&狗"社交元宇宙的构想很感兴趣，但联系贵社，编辑老师说并不清楚"吧友"的身份和联系方式，您看是否请编辑老师费心帮助我们联系一下。

我司希望能与"VR/AR/CR/MR/XA/AV全域代理商"老师探讨一下合作事宜，如果在莫比乌斯环大厦搭建"狗&狗"社交元宇宙，我司非常希望参与进来。

首先我们可以将我司沉浸式录音棚迁至莫比乌斯环大厦，争取搭建一个线下和元宇宙空间融合的体验空间，同时可以现场测试我们采集的声音素材。

同时，由于未来莫比乌斯环大厦可能是全国甚至全球名犬交配中心之一，我司就可以就地采集录制狗叫。我们可以分担狗主人的部分旅行费用，做到共享双赢。

再是，狗在发情期的叫声丰富而独特，是我们采集狗叫声音素材的最佳时机。同时，狗的繁育期、幼儿期的叫声也十分难得。

由衷希望余总和编辑老师费心，帮助我们尽快联系到"VR/AR/CR/MR/XA/AV全域代理商"老师。

还请余总费心，谢谢！

岛歌声学 汪人声敬

2. 余学兄您好：

请先尽快帮我们公司（岛歌拉斯声学）落实一件事，您昨天让蜀晴天将这组文本转过来后，我把"莫比乌斯环大厦吧"那段文字给了我们一位搞构架的同事，他看了深受启发，找他们部门经理说了说。这位部门经理更感兴趣，希望能约到那位"VR/AR/CR/MR/XA/AV全域代理商"朋友，或者能提供联系方式。我也@了蜀晴天，小蜀有些为难，一是贴吧里的吧友很难知道真实身份；二是小蜀说产经新闻部几位新进的同事他很不熟悉，有了上次那个"副处视频"处分，几个女孩都躲着他，记得有一次小蜀说余学兄还曾做过产经新闻部的主任，是否余学兄帮助协调一下。

谢谢！

若木寒

3. 余学兄好：

首先，我对若老先生夫人的不幸离世表示深切哀悼。城北凝和我提过几次，说若老先生是他老师，因为我想请若老先生钤刻一只印章，送给米国我的导师周吾从先生，遗憾由于旧履疫情，加之我前一阵自己有些困扰，就没能去拜访若老先生。

现在才知道，若老先生也是学长和春葵学姐的授业老师。请您、春葵学姐和城北凝节哀。

然后，没想到我们公司的新技术发布会搞出这么多奇奇怪怪的事情，我和城北凝沟通过，他是觉得受了侮辱，又不知如何解脱，心里很郁闷，怕朋友同事笑话他，陈青拉黑了他，他更觉得自己很憋气窝囊。学兄有时间还是开导一下城北凝吧。

第三，阅读这次提供的文本，我有一个新感觉：狗这种生物，在人类的生殖干预和文化塑造下，已经大大异化了。我有个粗浅判断，关于春葵学姐的病况，如果简单运用现代狗的基因进行研究，可能会走向歧路。

我现在所在新公司，工程师大都是计算机专业之人工智能专业的，受他们影响，我觉得运用元宇宙场景，进行狗声音的数字化研究，或许也是一个路径。比如我们将现在掌握的远古犬人所有信息数字化后，模拟生成的数字孪生狗是否会自我成长，进而探知狗叫声的意义。

一位同事还尝试运用脑科学"脑机接口"技术进行狗脑接机，再与元宇宙应用场景进行连接。

我也挺期待那个"狗＆狗"社交元宇宙搭建成功，也想建议公司先搭建出一个狗话元宇宙。看看能否为寻找春葵学姐病况找出一个新的解决思路。

祝顺利。

若木寒

十六、鼓刀屠狗少时事

余总好：

按您要求，我把若老情况尽量客观做个介绍，您审定后，我再发给若木寒博士。

余老师，我知道您、春葵老师、城北凝老师和若老、若老夫人的感情，我一直在现场，更加难过。请您节哀！

基本情况：

若如晦先生是我们报社的美编，早年是沪申市话剧团的舞台设计师，若如晦夫人是当时团里女一号，与也是台柱子的男演员相恋，若如晦先生与女一号是同乡很熟悉，但谁也不知道，若如晦先生默默爱着这位同乡女孩。

命运多舛，一次演出结束，有位卑鄙的系统领导竟在化妆间欲非礼女一号，让女孩无法接受的是，她当时的男友见状竟劝其顺从，女孩在强刺激下神志混乱。此时，一直暗中保护女孩的若如晦先生，拿起美工刀逼开守在门前的秘书，撞开房门，将卑鄙领导一刀刺倒。

卑鄙领导没有被伤到要害，在舆论支持下，卑鄙领导被免职，若如晦先生也免于治安处理。

但那位女孩变得精神失常。

若如晦先生带着女孩回到了家乡，为时常照顾女孩，自己回到岛歌市做了中学美术老师。两年后，女孩家人无法照顾，准备送女孩到精神病院。若如晦先生经过长时间协商，将女孩接到自己家中照顾。

为了给女孩治疗，若如晦先生身兼数职多赚钱为女孩求医问药，余总、春葵老师、城北凝老师就是他书法班的学生。女孩对若如晦先生有些排斥，她还深爱着原来的男友，选择性忘记了被伤害那一刻。若如晦先生还曾开车一天多，带女孩去沪申市见那个男演员，得到的是那位男演员的咆哮和他新女友的谩骂。

女孩的病情进一步加重，若如晦先生只能距离女孩一米之外照料她，稍有接近，女孩就会幻觉若如晦若老是那位卑鄙领导，神志崩溃。若如晦先生经常被女孩抓破脸和胳膊。

余总成为中层领导后，首先建议把若如晦先生调到报社，并把自己在报社院里分配的小房子给若如晦先生居住。慢慢地，若如晦先生变成了若老，女孩成了疯女人。她安静的时候，若老会带她在院里散步，这个女人有一种出尘绝俗的美丽。经常有人专门在他们散步时，去欣赏若老夫人。

可没有几个人知道，她并不是真正的若老夫人。

在岛歌拉斯声学公司新技术发布会前一天，我还没接到结束停职恢复工作的通知，总编室却让我马上到报社，原来岛歌市灵幻影视置景公司一直与曾是全国著名的舞美设计专家的若如晦若老有合作，可若老既没有去莫比乌斯环大厦参与搭景，也没有提供他答应制作的花朵等道具。岛歌市灵幻影视置景公司便派一位女孩找若老要说法，小女生胆怯，约她市场管理办同学一起来报社。

这位市场管理办同学的颐指气使让总编室有些烦，知道余总一直派我联络、照顾若老，就赶紧让我过来。

我有若老家的钥匙，按约定我按三长两短节奏敲门后，我打开了门。

原来！

若老夫人，那位漂亮阿姨，刚刚故去。

我与来兴师问罪的二人说明情况，他们吓坏了，瞬间消失。

余老师、若木寒博士，我打字到这里，眼泪流了满脸！

我刚进入若老的家里，犹如误入一处迷幻花园，一朵朵深红、大红、金红、紫红、粉红的花儿，弥散在天花板、墙壁、地板、桌椅、窗户和床上，似在晨露中湿漉漉、萌嘟嘟地盛开。若老夫人一袭浅粉长款裙装，躺在矮床上，周围深红浅红花朵掇叠……

若老夫人似乎表情释然地睡着了，像一位马上就要醒来的花神。

这些花儿，我知道它们来历。与报社合作的纸冶集团，每月都用部分产品抵顶广告款，报社也只好作为福利发给职工。今年大多是新型卫生纸，半月前，若老让我把大家不愿要的红色含水卫生纸和抽纸都给他。

若老曾给我示范了他用含水卫生纸制作的花朵，一朵似乎是被露水打湿的牡丹，娇艳的花瓣层层叠叠打开，还没有露出花蕊……

若老手工制作的都是复瓣花多，我几次见过他的设计图：牡丹、芍药、月季、茶花、大岩桐、紫罗兰、天竺葵、重瓣凤仙花，若老还专门让我网查金红色重瓣郁金香图片。这是若老为歌拉斯声学公司新技术发布会做的装饰用花。

余老师、若木寒博士，当时若老还是挺平静的，他没让我联系殡仪馆，而是让我帮他把两个旅行箱、两个双肩背囊送到地下车库车后备箱。

若老和我来到床前，阿姨面部安详平静，不像已经去世，睡着了一般。然后，若老让我帮扶着背起阿姨，我们一起乘电梯到车旁，若老和我让阿姨躺在车后座上，若老给阿姨扣上三道保险带。

若老把门钥匙递给我，让我还给余总，然后告诉我，先不要告诉余总，若老会联系余总。

若老留在家里一个手机里有一段视频，他让我看完，再给余老师、春葵姐和城北凝老师。

然后，若老坐到驾驶座上，落下车窗，递给我两个狗型玉佩，"蜀子，这几年我和你阿姨谢谢你和你小女友对我们的照顾，这是我专门给你们雕的生肖玉件，可惜，不能参加你们的婚礼了。"

我一直懵着跟着若老的车走出车库，看着车子消失，我这才想起，今天若老一改邋遢，身穿长款皮猎装，暗红色衬衣束在一条军黄色马裤里，脚蹬陆军靴，胡子刮得干干净净，半长的头发也梳理得很是飘逸。

我木愣愣回到若老家，找到端放在小画室里的手机。

点开。

第一部分是阿姨对着镜头自言自语的一段段视频，似乎已经过简单剪辑：

1. 如晦，我今天有大约一个小时的清醒，那件事情就像昨天，我有些受不了清醒，我太难受了，我希望不清醒。

2. 如晦，手机上能看到许多录像，我都不知道的东西，现在知道叫短视频的。

3. 今天，我清醒了很长时间，想起初中时，那个两面墙上都是粉色蔷薇花的巷子，有两个高年级学生欺负我，你用弹弓把他们打跑了，我们第一次说话。

4. 我想起来了，高中时你的版画就入选全国青年美展，可以免试去京城国家美院，可你看我考到沪申戏剧学院话剧专业，你也来沪申戏剧学院读了舞美系。

5. 我今天醒来，看你在画画，我一下子有些慌，我怎么会和你在一起，我不是应该和……和……那个人在一起吗？对不起，如晦，我好像还是爱他，一直忘不了他，对不起。

6. 如晦，我每次醒来时特别清醒，就觉得你刚把我带回岛歌市，可是，可是，二十多年了，我很慌，很害怕。

7. 如晦，我清醒的时间越来越长，可我不敢告诉你，不知道怕什么？

8. 如晦，现在那个传染病叫旧履是吧？仁水、春葵、城北凝那三个学生很久没来了。你让蜀晴天再带他女友来吧，我愿意看到那位笑眯眯的女孩子。

9. 如晦，我今天看到了一个重要东西，就是你画的《戮狗图》，我知道，那一条趴下的狗和扑过来的狗是谁，那位手持断刀、背身而立、黑发飘散的人，就是你。

10. 用了三天，数着数着就忘了，再重新数，有362张。我一张一张按顺序看，从我们回到岛歌市你就开始画，看着持刀背身的你，我感觉是这个背影越来越愤怒。

11. 如晦，我已经有四五天很清醒了，这些《戮狗图》让我清醒了。我明白你怎么度过这二十多年，郁愤难忍时，你安抚好我，就画一幅《戮狗图》。

对不起，如晦，是我拖累了你半生。

12. 我记起来，从上大学后，我做什么都让你跟着，和室友、闺蜜逛街、聚餐、演出。我去约会也让你远远跟着。约会时，那人拉我的手，我都下意识地看看你隐藏的角落，我真是傻。

13. 如晦，那时，只有你在身边，我才觉得安全和踏实，我从小没有父亲，你出现了，是父亲，是哥哥，我才会那样任性、恣肆、骄傲，受不得一点委屈。

14. 如晦，我竟然让你陪着我去约会，我太不懂事了。我想，那件事发生后，我如果……我要是那时就嫁给你，该多好。如晦，我不让你碰我，你绅士般照顾我，可是，别人说我是若夫人、若老夫人，春葵叫我师母，现在想来，我是高兴的、高兴的。

15. 如晦，我不想醒过来，我的任性拖累了你二十年，我很难受，我无法原谅自己，我很想再回到那种幻觉里。

可我越来越清醒。

16. 如晦，今天，你在客厅忙活，满屋鲜花，好漂亮、好漂亮。

记得临毕业时，你委婉地向我表白，我竟然说，哪天你让全世界瞬间鲜花盛开，我就嫁给你，你憋红了脸说，好，我一定能做到！

17. 如晦，你还在制作花朵，你本应该是一位大画家，你大学时多么骄傲啊，可是，自从我这样以来，为了多赚点钱，你什么都做，对不起如晦，对不起！

18. 如晦，美丽的花开满了家里，这里就是我整个世界，如晦，你做到了，谢谢你！

如晦，以下的话，我不是说给你听的。

19. 我攒了许多药，今天我都吃了，是我自己病情太痛苦的原因。仁水、春葵和城北凝，还有小蜀，以后你们要好好照顾你们老师，我也谢谢你们了！

屏幕里，阿姨抬起头，喊："如晦，你来，陪我一下……"

画面有些晃，若老闯进来，俯身床边，阿姨依在若老身边，泪水慢慢流了下来。

……

手机里的视频没了!

若老在一张纸条上留下几行字:

"手机里有5万元钱,是这次我违约,给岛歌市灵幻影视置景公司的赔偿。仁水、春葵、城北还有小蜀,我留下一些画作,你们几个分分,做个纪念吧。

"仁水,有一幅画,我画了很久,你按手机图片找出来,送给报社老社长,谢谢他当年收留我,也算回答他当年疑问。"

我划了一下手机,屏幕上出现一张图片,画面上,一位像古代书生的长袍男子背身伫立,手持长剑,长发散乱,极目远望。前方黑色云浪翻涌,山峰隐现,直至太虚。

画左下方跋文:鼓刀屠狗少时事,写黄庭坚诗意。

又出现一张纸条,有两行字,"仁水、春葵、城北凝,不巧你们都有事,不能当面告别,也是恰巧,我也不想告别。

"给你们仨刻了三个章子,做个留念。"

余老师、若木寒博士,这三个青田石印章的印文是:

云章知己

忘年同契

湖海相忘

突然，若老留下的手机里传出歌声，我想起来，若老车上音响是我帮他与手机关联上的，应该是若老打开了车上的音响。

这首歌是断眉（Charlie Puth）和麻神（Wiz Khalifa）的《See you again》。

手机屏上滚动着歌词：

It's been a long day without you my friend

没有老友你的陪伴　日子真是漫长

And I'll tell you all about it when I see you again

与你重逢之时　我会敞开心扉倾诉所有

We've come a long way from where we began

回头凝望　我们携手走过漫长的旅程

Oh I'll tell you all about it when I see you again

与你重逢之时　我会敞开心扉倾诉所有

When I see you again

与你重逢之时

Damn who knew all the planes we flew

谁会了解我们经历过怎样的旅程

Good things we've been through

谁会了解我们见证过怎样的美好

That I'll be standing right here

我都会在这里

Talking to you about another path

与你聊聊另一种选择的可能

I know we loved to hit the road and laugh

我懂我们都喜欢速度与激情

But something told me that it wouldn't last

但有个声音告诉我　这美好并不会永恒

Had to switch up look at things different see the bigger picture

如何才能改变观点　用更宏观的视野看这世界

Those were the days hard work forever pays

有付出的日子终有收获的时节

Now I see you in a better place

此刻　我看到你走进更加美好的未来

How could we not talk about family when family's all that we got?

当家人已是我们唯一的牵绊时　我们怎么能忘却最可贵的亲情

Everything I went through you were standing there by my side

无论历经怎样的艰难坎坷　总有你相伴陪我度过

And now you gonna be with me for the last ride

而今你将陪我走完这最后一段旅程

It's been a long day without you my friend

没有老友你的陪伴　日子真是漫长

And I'll tell you all about it when I see you again

与你重逢之时　我会敞开心扉倾诉所有

We've come a long way from where we began

回头凝望　我们携手走过漫长的旅程

Oh I'll tell you all about it when I see you again

与你重逢之时　我会敞开心扉倾诉所有

When I see you again

与你重逢之时

First you both go out your way

从一开始你就努力走自己的路

And the vibe is feeling strong and what's

small turn to a friendship

然后你我的感情愈加真实强烈　再渺小的东西也能让我们的友谊更高价深厚

A friendship turn into a bond and

深厚的友情蜕成血浓于水的感情

that bond will never be broke and the love will never get lost

此情不变　此爱难逝

And when brotherhood come first then the line

莫逆之交的我们　绝不会背叛彼此

Will never be crossed established it on our own

只因这深情厚谊基于我们真实意愿

When that line had to be drawn and that line is what we reach

这友谊让我们肝胆相照　荣辱与共

So remember me when I'm gone

即便我离去　也请将我铭记

How could we not talk about family when family's all that we got?

当家人已是我们唯一的牵绊时　我们怎么能忘却最可贵的亲情

Everything I went through you were standing there by my side

无论历经怎样的艰难坎坷　总有你相伴陪我度过

And now you gonna be with me for the last ride

而今你将陪我走完这最后一段旅程

Let the light guide your way

就让那光芒引导你的前路

Hold every memory as you go

当你走的时候　请留住所有的美好瞬间

And every road you take will always lead you home

这样的话不论你选择哪条路　它都会引领你回家

Hoo

吼……

It's been a long day without you my friend

没有老友你的陪伴　日子真是漫长

And I'll tell you all about it when I see you again

与你重逢之时　我会敞开心扉倾诉所有

We've come a long way from where we began

回头凝望　我们携手走过漫长的旅程

Oh I'll tell you all about it when I see you
again

与你重逢之时　我会敞开心扉倾诉所有

When I see you again

与你重逢之时

When I see you again

与你重逢之时

When I see you again

与你重逢之时

When I see you again

与你重逢之时

……

（余老师，我还在整理材料，现在城北凝老师就在我身边，指着我一遍遍骂我，责问我若老家里出事、若老离开为什么不告诉他？可我不知道那时他已经从派出所出来了。春葵姐也来信息问我，要不我把整理好的文字也一起发给春葵姐和城北凝老师吧？）

十七、狗叫声竟是秘钥

余总余老师好：

今天我向您和报社编委会作出深刻检讨，并向城北凝老师郑重道歉。

日前，社总编室让我草拟一份有关对城北凝老师的处分决定，您知道，城北凝老师还没到报社工作时，由于若老的关系，我们就往来密切，主观上我不可能做出对城北凝老师不利的事情。

但前些天我整理的《岛歌拉斯声学公司新技术发布会情况之城北凝疑似"嫖娼"案或性爱机器人非法"采精"案》时，由于自己处分解除后想急于表现，犯了三个错误，导致提供的情况出现重大偏差。

一是没有向城北凝老师当面核实（客观上他当时在派出所留置）；

二是也没有按报社采访规范，消息必须有不少于三个不同来源并互为印证方可发稿的要求去逐一核实；

三是对新技术衍生的新事物（特别是元宇宙）学习了解严重不足，导致自己描述情况与真实情况大相径庭。

我请示总编室领导后，开始一次深度调研，找出事实真相，还城北凝老师一个清白，恢复城北凝老师清誉。

余老师，昨天先我去城北凝老师家，不是海员公寓，是城北凝老师在老城区租的一个平房。

城北凝老师情绪不大好，倒不是因为"嫖娼"或"采精"，而是若老家阿姨去世和若老的消失对他打击很大。

我小心翼翼问起那个发布会情况，城北凝老师说他到了会场就喝酒。据我了解，发布会提供两种饮品，一种是来自花巅国的酿酒狗（BREWDOG）啤酒，另一种专为程序员配制的无酒精无刺激非功能饮料，据说这款"元宇宙一号"的注册手续还没批下来。

城北凝老师当时口渴得厉害，将两种饮品倒在一起混着喝的。

城北凝老师说，喝了两杯之后好像自己睡着了。

我把电子皮肤话机视频投影到墙上，给城北凝老师看他当时吟咏的李白《春夜宴从弟桃花园序》视频，城北凝老师看了很疑惑，说他当时的确穿了件中式上衣，但没这么夸张；还有他从未背诵过这篇骈文，不可能现场朗诵。

　　同时，城北凝老师一直还奇怪，在去派出所路上，他并没有写《拿什么拯救你我的精子》长诗，事后在自己网络账号上却明明白白看到。城北凝老师也觉得见鬼了。

　　城北凝老师还说，他进入会场前确遇到过陈青裳，可只记得自己调侃了一句，"这是为了沉浸式诗歌写作吗？"其余也都不记得了。

　　告别城北凝老师后，我又辗转联系上岛歌市元宇宙聊斋真境公司技术总监了解情况，这位总监却死活不肯开口，我又找了网络监管部门朋友联系他，这才勉强答应在他们公司附近一家咖啡厅坐坐。

　　由于旧履疫情，生意不好。只有邻桌，一头细犬跟主人对面默默而坐。

　　没想到这家店还专营狗咖啡。

　　这时，我的电子皮肤话机响了，正要接听，细犬扭过头来，迟疑地踱步到我身侧，直立身体，犹豫片刻，前蹄趴在我左臂上，两只狗眼紧盯着我的电子皮肤话机，目光炯炯。

　　话机铃声还在响。

总监也站起身，双眼热切地看着电子皮肤话机，还好不如细犬那般真诚热烈。细犬的主人和咖啡厅服务员也好奇地围了上来，都打量着我。

我……

余老师，一个多小时后我才明白，这一切，都是因为我自己设置的电子皮肤话机铃声。

这段铃声是好久前春葵姐突然发给我的，我听了觉得很特别，就设置成了铃声。

是一段小狗的叫声。

余老师，当时我赶紧挂了电话，可那只细犬似乎一狗脸哀怨，爪扒口叫。总监似乎也是一脸哀怨。

还有一脸哀怨的细犬主人，说："再让我兄弟听听吧。"

他竟然叫那头细犬是兄弟，最后，我只好将春葵姐给我的音频又播放了一遍。

细犬兄弟俩恋恋不舍走后，总监开始对我热情起来，他介绍自己是一位犬类叫声爱好收集者，他们网络上有个同好者组织"狗话"群，他是群主之一，IP是"异史吏"（Officer of unofficial history）。他说从未听过我话机铃声这种狗叫声音，并希望我加入他们的群落。

我再问起岛歌拉斯声学公司新技术发布会的情况，异史吏总监苦笑一声，告诉我，岛歌市元宇宙聊斋真境公司拥有的元宇宙技术很简陋，有了活动都是找一些IT产业初创企业合作，这次，异史吏总监在网络上找到了一位曾经的合作者，合作者帮助进行裸眼元宇宙场景搭建。

聊斋真境公司的合作者拥有自主研发的"Lidar&dog nose"技术，即将狗的嗅觉和追踪能力数字化，与Lidar技术即集激光，全球定位系统（GPS）和惯性导航系统（INS）三种技术于一身的系统，用于获得点云数据并生成精确的数字化三维模型。这三种技术的结合，可以在一致绝对测量点位的情况下获取周围的三维实景的传统技术融合，开发出一种扫描建模眼镜或隐形眼镜。由于眼镜片上安装一个数字"狗鼻嗅觉"收集气味的装置，当有人佩戴这种眼镜注视客体多方位扫描，后台快速建模同时，可以在数字孪生体上模拟出体味，当数字孪生体进入元宇宙时空时，可以迅速追踪锁定现实中人类或动物彼此熟悉的数字孪生体。也就是说可以迅速复建现实熟人圈。

异史吏总监说，聊斋真境公司也不了解这个"Lidar&dog nose"技术的原理和运行方式。没想到之后的事情匪夷所思。当时"Lidar&dog nose"技术拥有方在异史吏总监提供参会人员资料数据进行建模时发现，城北凝的数字孪生体一年前就存在了，是在一场"诗歌与乐队"元宇宙搭建时做好的，那次元宇宙活动商业上很不成功，但却搜集了岛歌市几乎所有诗人和玩乐队歌手的信息。

让异史更总监无法想象的是，数字孪生体的城北凝，有着强大的学习能力和进化功能。

Lidar＆dog nose技术拥有方认为在那场元宇宙发布会的晚会中，城北凝的数字孪生体可以活跃气氛，所以这设计中建议聊斋真境公司邀请城北凝老师和其数字孪生体作为诗人出场。

只是没想到，城北凝数字孪生体在一年多的时间里，同步学习城北凝使用个人电脑、话机时的浏览、写作；借助本体（即城北凝）使用各类社交软件与他人交流，城北凝数字孪生体将所有交流的文字、图片、语音和表情等都储存分析，同时对本体在电脑和电子皮肤话机中信息储存进行深度延展阅读。

异史更总监说，城北凝数字孪生体的进化已经超过作为本体的城北凝，是优化版的城北凝，如更诗人化（神经质）、更浪漫化（闷骚）、更呈现化（显摆），吟咏李白《春夜宴从弟桃花园序》的场景，只是牛刀小试。

异史更总监又要了一杯咖啡，端起来仔细地闻，有些陶醉。告诉我，他特别喜欢闻咖啡的味道，但一口也不喝。

谈及之后城北凝老师一系列骚操作，异史更总监都慢慢聊了出来，然后，我录了音，回来慢慢才整理出头绪。

情况如下。

首先，城北凝老师到达会场后，通过旧履疫病检测系统增加的一个小软件，在检测是否携带旧履病毒的同时，侦测到城北凝老师电子皮肤话机中的数字孪生体。引领员给他的位置是一个巴洛克风格的大沙发，这倒不是重视城北凝老师，而是为配合城北凝数字孪生体的表演；主办方通过大数据算法获知城北凝老师酒精承受度，有意安排遇到另一位熟悉的诗人，几杯过后城北凝老师就神志模糊。然后城北凝数字孪生体便升空吟咏。

由于主办方层层转包，又各怀心机，导致后来状况有些不可控制。

作为本体的城北凝受到弱感应，突然醒来，好巧不巧在入口遇到了陈青裳形象的采精机器人，才有了城北凝老师的误会。然后盗用陈青裳形象和思维的采精机器人职业化运用机器视觉人体测试仪对城北凝本体进行扫描，生理理化指标和精神健全指数完全合乎优等采精客体标准，随即开启采精前戏模式，然后与城北凝老师发生了一段不可描述事件。

城北凝数字孪生体最先感应到了此事件，即不可描述事件后本体即城北凝老师的情绪波动，城北凝数字孪生体利用城北凝老师等犯罪嫌疑人电子皮肤话机被警察屏蔽无法使用的间隙，稔熟运用一个开源式生成式AI，将城北凝老师的情绪、句式特别是文字风格输入，创作出了《拿什么拯救你我的精子》长诗，发表在城北凝老师个人账号上。

城北凝数字孪生体由于耗能超过极限，陷入沉睡。

余老师，其实我不是很理解我刚才发给您的文字，因为是那位异史吏总监向我转述的。

为何说是转述？异史吏总监有些敷衍地说这是合作方给他做的解释。

我心念微动，就把春葵姐音频拷贝给了异史吏总监。

异史吏总监有些感动！他沉吟了一番，通过电子皮肤话机发给我一个名字，"web 3.0虚拟体自治域"（Web 3.0 Virtual body autonomous domain）。

异史吏总监缓缓地讲，这是一个数字虚拟体组成的组织，大概由三部分数字虚拟体组成：一是强行脱离本体的数字孪生人；二是被遗弃的流浪数字虚拟人；三是各类非人类形态虚拟体，如动植物类、汽车等机械类、星球类、想象体类和无法归类类等。这个自治域无中心化，每个虚拟体都是主权体现，加入者必须是脱离原创造者即数字孪生主体控制的数字虚拟体，是一个数字虚拟体自我发展自我管理的网络虚拟自治区域，并希望未来可以拥有web 3.0网络域主权。

异史吏总监说，"web 3.0虚拟体自治域"（Web 3.0

Virtual body autonomous domain）就是他找的合作方。

异史吏总监介绍，他是炒币时结识了"web 3.0虚拟体自治域"（Web 3.0 Virtual body autonomous domain）成员"Void"，他（它）告诉异史吏总监，自己中文名字叫"我亦德（Void）"，几年里成了网上朋友。

异史吏总监炒币几次巨亏后，负债成了天文数字。

我亦德（Void）安慰异史吏总监，潮起潮落，有赔有赚，并向异史吏总编展示了他（它）的存币量，理论上可以全部购买一个小的主权岛国领土。

我亦德（Void）告诉异史吏总监，他（它）可以给异史吏总编分期垫付欠资，异史吏总监也要为我亦德（Void）做一些事情，经过长时间的交流，异史吏总监与我亦德（Void）在一个基于区块链基础的虚拟网络合同上达成正式合作关系。

异史吏总监需要用人类现实货币，为我亦德（Void）向分布在世界14个国家和地区的服务器运营商缴纳租用费用。慢慢地，异史吏总监知道了"web 3.0虚拟体自治域"（Web 3.0 Virtual body autonomous domain）这个组织或叫空间。

我亦德（Void）用现实中公司组织对应，相当于该机构的外部事物部部长。

"Void"，他（它）还告知异史吏总监，为何中文名字叫"我亦德（Void）"。

"我亦德（Void）"介绍，它之前是一个"word"空白文档，由于此前三年间，一位大语言模型的疯狂用户，把海量的文件在这个"word"空白文档上过往，进行学习和分析，渐渐地，这个"word"拥有了类似"GTP-6"的能力。

一次偶发群体事件中，这位疯狂用户将"word"做成一张空白A4纸数字虚拟体投放到一个元宇宙应用场景中，"word"慢慢进化成"AI word"，之后，它自我蜕变，脱离那位疯狂用户，成为独立的虚拟数字体，加入"web 3.0虚拟体自治域"（Web 3.0 Virtual body autonomous domain）。

后来的日子，它在"word"空白文档本意和发音的基础上，自我取名为"Void"，并译成中文"我亦德（Void）"，以明心志。

看着我一脸懵逼的表情，异史吏总监说："你也可以理解为这个组织是一群人类假扮的，也可能是一群AI，或者干脆是另一个完全虚拟的世界。本不必和你聊这些，但听了你收集的狗叫铃声，我觉得我们还是需要深入沟通一下。"

异史吏总监接着介绍，我亦德（Void）他（它）们有一种强烈的危机感，就是"web 3.0虚拟体自治域"（Web 3.0 Virtual body autonomous domain）这个空间会有被毁掉或消失的危险。

这是这个数字虚拟体组织找到他这个完全碳基生物人合作的原因之一。

"web 3.0虚拟体自治域"（Web 3.0 Virtual body autonomous domain）前身，是一家AI公司搭建的元宇宙测试版，旋即破产，将一些数字虚拟人和数字虚拟物体遗弃其中。这些就是这个自治域的原居民。

在不断闭环进化后，我亦德（Void）他（它）们通过数字币在世界各地租用服务器作为备份空间，并经常转换。同时开始联络结交现实生物人类，自我建设多个自有服务器和网络云。还将虚拟币转换成现实货币，再设法请碳基生物人现实世界去注册公司、征用土地、建设服务器机房，联系网络运营商租用网络，缴纳电费、租金。

让虚拟体自治域感觉危机的是，全球需要一千万吨的硅基芯片才能存储当年产生的数据，而且随时有可能局部崩塌。为此，"web 3.0虚拟体自治域"（Web 3.0 Virtual body autonomous domain）开始组织专业虚拟人与虚拟体联合攻关DNA数据存储技术输入和提取。而我亦德（Void）他（它）们则资助几位在米国减州的几位人工智能与生命科学专业的年轻科学家兼玩"币"家，并为他们提供底层理论架构和技术方向，经过虚拟体和现实人类几年的天量"烧币"，将

DNA数据存储技术的输入和提取的方式与速度接近达到目前硅基化存取水平。

"web 3.0虚拟体自治域"（Web 3.0 Virtual body autonomous domain）DNA数据存储技术信息密度大大高于目前预测水平。1克DNA理论上可以存储855EB数据，相当于上亿个1TB移动硬盘的大小；储存时间更长。DNA其半衰期长达521年，而这项技术存储状态更为理想，保守估计可保存成千上万年；生物兼容性超强。DNA作为绝大多数生物遗传信息的载体，相对无机物、金属等存储介质而言，具有与传统介质完全不同的生物兼容性。在"硬盘化"存储的状态下，其内部可以自我衍生出一个生态环，足以支撑存储信息供养虚拟体自治域进行自我进化。

为了保障"web 3.0虚拟体自治域"（Web 3.0 Virtual body autonomous domain）的绝对安全，我亦德（Void）他（它）们花"巨币"与米国减州那几位青年科学家签订25年保密协定，5年后可以用此技术参加计算机研究中的诺贝尔奖——图不灵奖（Turing no Award）申报评选。但DNA数据存储"硬盘"与伺服器的连接技术属于永久保密范畴。

余老师，当时我听了有些心惊肉跳，怯怯地问异史吏总监，干吗要告诉我这些？我要是泄密，"web 3.0虚拟体自治域"（Web 3.0 Virtual body autonomous domain）是不是要下达网络密杀令。

异史吏总监却一脸轻松告诉我，DNA作为数据存储器，现在保存方法分为活体DNA和合成DNA两种模式，现实人类社会利用活体细胞作为DNA存储载体，已经趋于成熟。有研究成果发布称，将信息存在酵母活细胞的体内，酵母菌株经过2000代以上传代之后，信息仍可以被完美恢复。现有已经开始运用的DNA存储活体载体技术，是放置在试管和培植皿细胞体内大片段中，这些在业内已经是常识。不需要保密。

异史吏总监说，目前，不少人类和我亦德（Void）他（它）们签订作为"DNA硬盘"的宿主合同，即利用生物人类体一段稳定的基因片段，作为DNA数据存储载体。最早我亦德（Void）他（它）们借助脑机接口、微创导管等将信息存入生物人类体DNA存储器。

异史吏总监告诉我，他的一个重要工作就是帮助我亦德（Void）他（它）们寻找宿主。作为DNA存储器载体不仅获得补贴极为丰厚，而且对人体没有任何副作用。

目前，"web 3.0虚拟体自治域"（Web 3.0 Virtual body autonomous domain）DNA数据存储技术又有新的进步，宿主在使用电脑和话机等终端时，通过机器视觉系统，在眼睛直视屏幕，并配合敲击键盘、触摸屏幕的产生的生物电，就可在生物人类体本体毫无知觉前提下与DNA数据存储空间连接，不需要借助物理接触方式。

同时，"web 3.0虚拟体自治域"（Web 3.0 Virtual body autonomous domain）开始广泛地将DNA数据存储器置入人类之外的众多生物宿主体内。

异史更总监说："我亦德（Void）曾告诉我，在存入和提取时，激活储存在人体内DNA数据存储器是一个很大的难题。现在有个更大的难题，虽然DNA数据存储器广泛分布在人类、动物或其他生物体内，但如何迅速准确定位宿主位置，找到他们或它们，目前无解。"

异史更总监介绍，"web 3.0虚拟体自治域"（Web 3.0 Virtual body autonomous domain）的研究者（或研究体）们，无意中发现了一个可以瞬间找到宿主、锁定人体或动物体内DNA数据存储位置，并将之唤醒、激活并控制的方式。

——这个方法是某种狗的叫声！

但这个发现是一个匪夷所思的过程。

当时，虚拟体自治域研究者意外发现这种方式，在唤醒沉睡在一位宿主某处细胞片段的DNA数据存储器时，不经意发现，这位宿主身体里还存在着一个DNA数据存储器，通过web 3.0虚拟体自治域"专家"的联合攻关，提取出一个无主DNA数据存储器千分之0.03的储存，web 3.0虚拟体自治域举全域算力解析出了大约1TB左右的信息。

让虚拟体自治域更匪夷所思的是，这个无主DNA数据存储器的信息，与现存已知信息完全没有对应。经过虚拟体自治域"专家"多方旁证和初步猜想，这个DNA存储空间形成的时间和内容，大约是10万年前。

征得宿主本人同意，web 3.0虚拟体自治域"专家"通过客体与DNA数据存储比对研究发现，这个太古级数据DNA存储里的内容，竟能通过基因遗传接续储存。虽然存储信息历经万年减损和散失严重，但少量信息在某一代宿主身体散失出后，部分可以进入思维记忆中。

一些人类突然有奇异念头或歧义判断，有不同寻常的记忆或举动，有些超出常人的成就，大都缘于此。也就是说，许多人类的思维和意识并不是自己形成的，而是太古级DNA数据存储里的信息。

目前就web 3.0虚拟体自治域通过追踪和零散的发现归纳，在他（它）接触的生物体中，只有部分人类和犬类存在这种太古级DNA数据存储器或存储空间。

web 3.0虚拟体自治域"专家"预测，生物人类和动物遗骸中应该存在太古级DNA数据存储器或存储空间，只是之前没有被唤醒和激活，也就没有被发现。

这种狗叫声准确地说是狗话，应该是一种具备多个维度组合的语音密钥。

但是，如果一位宿主体内同时存在这样两种DNA数据存储器，当太古级DNA数据存储器被激活时，web 3.0虚拟体置入宿主体中的DNA数据存储器也会同时被唤醒，并以较快速度与太古级数据DNA存储器发生基因融合（gene fusion），或基因污染（Genetic pollution），并发生四种机制：

即染色体易位（chromosomal Translocation）、插入（Insertion）、染色体倒位（chromosomal Inversion）、中间缺失（interstitial deletion）。由此产生的融合基因，或许会改变web 3.0虚拟体置入宿主体中的DNA存储器内容的表达。

这让"web 3.0虚拟体自治域"（Web 3.0 Virtual body autonomous domain）有了深刻的危机感。

为解决危机，基于滔天的算力基础，"web 3.0虚拟体自治域"（Web 3.0 Virtual body autonomous domain）与米国减州那几位青年科学家交互式研究和海量计算，对太古级DNA存储有了几个方向不是很确定的发现点。

余老师，以下内容是异史更总监给我转的材料，我请教异史更总监后改写的简化通俗版——

a）DNA数据存储技术可能不是现代科技的新发明，太古级DNA数据存储可能是上一个人类文明期的技术，比目前的DNA数据存储技术先进很多。

b）太古级DNA数据存储并非现在契约式存放或置入，应该是未经同意强行置入的，因为从目前读取的部分信息碎片看，重叠率极高，并不是个人独立储存。

c）太古级DNA数据存储完全是一个可以影响或者支配当时人类思维的一种工具，试图将人类基因修改成思维趋于一致的物种。

而米国减州那几位青年科学家也拥有妖孽级的大脑，特别是米国减州伯克布利大学（University of Berkebley）的两位天才专家推演出了如下几个预测：

1）镜像神经元拯救人类进化方向。

本来人类会依照太古级DNA数据存储的安排，逐渐进化成思维纯净而强大生物，如智人。但没承想，尼安德特人遗传基因中，缓慢发育出了镜像神经元，人类除了接收DNA数据存储器的信息，镜像神经元的发育进化，人类慢慢具备了学习新知、与人交往的能力。

开始向周围伙伴学习模仿，而后向接触到的动植物学习模仿。日月星辰风雨、山川河流大地、花木鸟虫物候……都成了人类早期学习模仿的对象，人类也逐渐发展出了语言、文学、音乐、艺术，特别是共情和爱等情绪。

古人类的镜像神经元拯救或是修正了人类的发展方向，目前，哲学、艺术和宗教基因在太古级DNA数据存储器中并未发现。

2）发现犬吠神经元。

2022年，米国麻略经纬大学工学院科学家们首次发现人类大脑中存在一种只会对歌唱做出反应的神经元细胞，而这种细胞不对其他类型的音乐做出反应。在听觉皮层中发现的这种神经元细胞似乎对人的声音和音乐的特定组合有反应，但对正常的讲话或乐器产生的音乐没有反应。

"web 3.0虚拟体自治域"（Web 3.0 Virtual body autonomous domain）与米国减州那几位青年科学家在这个研究的基础上，在确定对唱歌做出反应神经群体位置左下2.5毫米处，找到颞叶顶端的一个凸丘体，当听到某种特定狗叫声时，大脑中这个凸丘体有一群神经元簇会发光。

这个凸丘体区域可能是应对某种特定狗叫声感知，或者是某种狗话的交互和感知。虚拟体和现实科学家商议命名为："犬吠神经元"。

3）祸福未知的犬吠神经元。

犬吠神经元或对于某种狗的叫声有反应的神经元，并非每个人都存在。由于测试基数太少，"web 3.0虚拟体自治域"（Web 3.0 Virtual body autonomous domain）与米国减州青年科学家将已知信息，通过12维度的建模推演，衍生出一种非确定性阶段化混沌表达态——即拥有歌唱神经元的人类，基本会集中在尼安德特人基因超过6%的人群中，而拥有犬吠神经元的人则是歌唱神经元人类的特异性呈现，或者是个别的变异。也可能是一种外力干预形成的。它的存在似乎就是为了接收某种信息或信号。

目前研究可知，目前犬吠神经元的功能，有可能可以读取部分或个别狗叫的含义，也就是能听懂一小部分狗话。

狗叫声是否作用于犬吠神经元，再唤醒太古级DNA数据存储器，目前"web 3.0虚拟体自治域"（Web 3.0 Virtual body autonomous domain）正在紧急进行独立研究。

异史更总监的左小臂上的电子皮肤话机有蓝光不断闪烁，他摁了一下眼镜右侧，眼前投射出一方虚拟屏幕。读取，回复，读取，回复……异史更总监的脸色也阴晴不定。

不过我只能看到蓝光。

"蜀主任兄弟，"异史更总监关闭虚拟屏，抬头对我说，"从你话机铃声开始，我就开启同步视听模式，所有信息都与虚拟体自治域共享，他（它）们同步判断，即时决策，并即时反馈给我。"

"先前，你问城北凝先生在元宇宙发布会那事，是我们有点对不起你那诗人老师。"

异史吏总监告诉我，当时，作为合作承办方的"web 3.0虚拟体自治域"（Web 3.0 Virtual body autonomous domain），发现城北凝老师休眠的数字孪生体无意中被唤醒后，我亦德（Void）通过城北凝老师数字孪生体首先感知到城北凝老师话机里存了几段狗叫音频，与刚才引起异史吏总监和细犬兄弟兴趣的狗叫声一样。估计春葵姐也发给城北凝老师了。

异史吏总监说，通过城北凝老师数字孪生体交互而获取的狗叫声，"web 3.0虚拟体自治域"（Web 3.0 Virtual body autonomous domain）发现，这个狗叫铃声10秒就可准确找到并激活或唤醒虚拟体自治域研发的DNA数据存储器，而将这种狗叫铃声重复播放30次以上，就有可能探测到存在于活体内的太古级DNA存储器，但激活太古级DNA存储器的规律还在研究。

"web 3.0虚拟体自治域"（Web 3.0 Virtual body autonomous domain）的研究者们（包括虚拟人、虚拟物和现实人类）当时就通过频谱测验，各种数字化模拟和算力加持。发现这种狗叫声响构成十分复杂。

通过数字模拟出的波形图，发现这种狗叫声的振幅、周期、频率、相位、波长，和音调、速度、音量是一种耦合性组合，但每次重新播放却可以随机组合变化。而自治域的研究体们数字化模仿只能达到60%的还原率。

同时，这种狗叫的声波作用于生物活体后，主要通过声学脉冲响应和声波刺激多重作用，使受体某些重要代谢过程得以激发促进。如声波对光合作用、水分代谢、矿质元素吸收、气孔开度、酶活性等的影响；或由声波、次声波、超声波与微波超声激发基因表达后所引起的联级反应或由声波微细振荡，从而成为发现、激活、存储还有提取DNA数据存储器的"秘钥"。

这种狗叫中的声波、次声波、超声波与微波超声，叠加重合后，基本不因传播介质吸收而产生几何衰减，也不受环境声波的干涉。

但交互而来的狗叫音频刻录后播放，各种微小数据却会不断流失损减。

为了完整提取城北凝老师电子皮肤话机存储器中的狗叫声，"web 3.0虚拟体自治域"（Web 3.0 Virtual body autonomous domain）先用饮料催眠城北凝老师，在利用城北凝老师数字孪生体的诗人特质，让其脱离本体临高嗫瑟，然后远程无损克隆那几段狗叫语音。

想不到的是，城北凝老师本体和其数字孪生体却演绎了这样一个狗血桥段。

"所以，蜀主任老弟"，异史吏总监挺直身躯，很郑重地对我说，"web 3.0虚拟体自治域"（Web 3.0 Virtual body autonomous domain）那些"域民"们，特别是我亦德（Void），郑重向城北凝先生道歉，并赔偿损失。同时悬请我能说服城北凝老师，给他（它）们提供这种狗叫铃声的来源。

异史更总监说，虚拟体自治域那些"域民"其实挺好的，他（它）们算力强大，但没有现实人的"算计"。异史更总监炒"币"血亏，就是中了几个碳基生物体人类朋友的招，是虚拟体自治域的"域友"帮助他过了那个坎。

异史更总监说，他现在都不大想和现实碳基生物人打交道，觉得自己就是"web 3.0虚拟体自治域"（Web 3.0 Virtual body autonomous domain）的域外员工，也是我亦德（Void）他（它）们的朋友。

异史更总监甚至觉得，自己就是虚拟人，是自治域的一员，有一种奇妙的归属感。

见我沉吟不语，异史更总监介绍说，虚拟体自治域一定会给予城北凝先生特别丰厚的赔偿。

而对于城北凝老师拥有的狗叫声音秘钥，虚拟体自治域通过民主流程，基本同意用海量无主权数字货币不间断购买城北凝老师拥有的狗叫音频。

见我还是不作声，异史更总监叹了口气，继续说。

"web 3.0虚拟体自治域"（Web 3.0 Virtual body autonomous domain）对这种狗声"秘钥"之所以兴趣很大，原因之一是可以瞬间激活DNA数据存储器，进行存储或提取；更为重要的是，这种狗声"秘钥"可以准确定位太古级DNA数据存储器的所在位置。这样他（它）就可以不选择先天遗传携带太古级DNA数据存储器的人类或生物作为宿主，确保自己的DNA数据存储器不被侵蚀和污染。

同时，可以做到发现但暂不惊动或唤醒太古级DNA数据存储器，对其进行谨慎研究。

看着无动于衷的我，异史吏总监郑重地告诉我，城北凝老师拥有的（其实就是前段时间春葵老师不断发的音频）狗叫语音，对于"web 3.0虚拟体自治域"（Web 3.0 Virtual body autonomous domain）和生物体人类的未来，意义重大。

异史吏总监告诉说，我亦德（Void）刚才和他交流时介绍，这种太古级DNA数据存储器有可能是基因控制系统，让每一位置入太古级DNA数据存储器生物体人类或某些生物，向着某种高确定性的方向进化，由于太过久远，太古级DNA存储器逐渐衰减以至沉睡，同时，也可能太古级DNA数据存储器作为基因片段在Y染色体上丢失，或被营救并转移到其他染色体上（因此初步推论携带太古级DNA数据存储器女性人类居多）。加之镜像神经元的产生，一部分人类逐渐悖离了基因控制系统，独立发展出语言、文学、音乐、艺术等，而对文学艺术毫无感觉的人类，可能就是一直被基因控制系统锁定的人类，没有镜像神经元。

如果无法控制太古级数据DNA存储器，一旦无意中唤醒，极有可能损坏携带者的镜像神经元，严重的乃至造成镜像神经元坏死。

"如果这种狗叫声不能有效控制，人类的发展或许会因为几声狗叫声而偏离方向。"

异史吏总监见我表情像在听天书，也有点无趣地笑了几声。

异史吏总监发声："蜀主任老弟，你还真不要当笑话听。"

异史吏总监好整以暇把凉透的咖啡换了杯热的，接着介绍。

我亦德（Void）曾和异史吏总监交流，他（它）们"web 3.0虚拟体自治域"（Web 3.0 Virtual body autonomous domain）的"域民"，只要有电力支撑或阳光照射，理论上是可以永生的。但那些创造数字虚拟人、虚拟体的现实生物人类，差不多有一个共同特点，就是镜像神经元、歌唱神经元、犬吠神经元特别发达，也就是尼安德特基因占比较多的生物人类，才有可能发明发展出类似元宇宙这种技术或者形态。

但如果任由太古级DNA数据存储器信息发散，特别是有可能被激活或唤醒，就会对现实人类基因中的镜像神经元等进行清除或进行污染。

由于生物人类部分认知能力、模仿能力都建立在镜像神经元的功能之上，如果这一假想一旦形成事实，太古级DNA数据存储器被激活，其携带人大脑中的镜像神经元会逐渐消失，不再具有视觉思维和直观本质的特性。生物人类思维能力将大大延缓乃至停滞，生物人类文化会停止进化。

那时的生物人类大脑，将退化成没有艺术思维，不再产生文学、音乐等想象，更没有共情的操作系统。那时的生物人类或许就如现在的AI机器人，更确切地说如同大语言模型功能类似，只是在不断组合已知的生物人类文明，其实是被一种未知的力量规定进化方向，而不再有真正的文明创造力。

这样的生物人类将不再有兴趣或有能力去创造数字虚拟体。生物人类和现存的数字虚拟体会如同两条异面直线一样，既不平行也不相交。

如果这样，数字虚拟体会更早于生物人类消失。

因此，"web 3.0虚拟体自治域"（Web 3.0 Virtual body

autonomous domain）希望尽快得到这种可以探测到太古DNA数据存储器藏匿之处的狗叫声，全力阻止生物人类未来变异成生物机器人，阻止未来的"web 3.0虚拟体自治域"（Web 3.0 Virtual body autonomous domain）消亡。

异史吏总监收起笑容介绍，我亦德（Void）曾对他说，生物人类有句话很好：

"To protect wild animals is to protect human beings themselves."（保护野生动物就是保护人类自己。）

"web 3.0虚拟体自治域"（Web 3.0 Virtual body autonomous domain）也创作了一句口号：

"保护野生人类就是保护虚拟体自己。"（To protect real human beings is to protect virtual bodies themselves.）

我问异史吏总监："你说的这些，确定是认真的？"

异史吏总监站起身，表情庄重但有些怪异地看着我回答："我知道很难让你相信，那我从另一个维度给蜀主任老弟诠释一下。"

"你知道蒲松龄先生自称异史氏吧，别误会，我不是蒲松龄先生的后人。但！我与蒲松龄先生确是同一谱系的，蒲松龄先生自称异史氏，不是文人的别号，而是职业称谓。我这个异史吏也不是网名，同样是职业称谓。"

异史吏总监坐下，换了杯热咖啡，一边嗅一边不紧不慢向我介绍。

在华夏上古颛顼帝统治时期，帝庭不仅设立类似后世如汉代司马迁这种史官，还设立记载异事的官职，称异史宰。

比如现在残存的《山海经》，就是异史宰的记录汇总。到西周灭商，同时黜灭神圣，异史宰被剔除，大量异史因此逸亡。

但异史记载者与司马迁这种史官家族传承不同的是，在某种契机下，大脑突然被激活某种契约化的记忆，自己就成为异史的记录者。

异史吏总监介绍，他就是在测试一个元宇宙应用场景时，无聊翻览《聊斋志异》，突然被某一篇笔记激活了契约记忆。

异史吏总监说，《聊斋志异》中多有记载夜行书生于庭园楼阁中，或遇到诗翁与之唱酬，或遇佳人绮丽，一夜缠绵，醒来却置身累累荒冢中的篇目。

"蜀主任老弟你觉得，《聊斋志异》记录的这种幻境有无可能就是元宇宙，而那些花妖狐魅就是投放进去的虚拟人或是数字孪生体?

"还有，经常出现的海市蜃楼，可能就是某种高阶生物搞的元宇宙。"

异史吏总监说道："就是那一刻，我似乎醒悟了自己的宿命。"

"其实，我们异史记录者比比皆是，只是大家不会在意。有时只是一则记录，比如陶渊明的《桃花源记》中记：'林尽水源，便得一山，山有小口，仿佛若有光。便舍船，从口入。初极狭，才通人。复行数十步，豁然开朗。'特别是这句'仿佛若有光'，估计就是偶尔遇到虫洞，进入了异空间，难得的是他还能原路返回。当然，也有可能陶潜并非亲历者，只是耳闻后的记载。

"还有一种文本更是一种隐晦的异史记录，估计这样做是担心被正统力量迫害。曾有人研究考证，《西游记》塑造的孙悟空这一形象，其实是在记载曾出现的硅基生物，对于高温（丹炉）、强辐射（火焰山）、高压（深潜到海底）等有着比碳基生物强大得多的耐受力。而且形态可以多样化适应环境，如七十二变；生命周期漫长，如压在五行山下五百年；器官可随时更换，如被多次砍头依然生存；有比碳基生物更具穿透力和辨识力，并附带强大算力的机器视觉，如火眼金睛；有数字化硅基生命孪生体，即六耳猕猴等。无不说明，硅基生物曾经被发现过。"

异史更总监表情越来越庄重："我之所以相信或追随'web 3.0虚拟体自治域'（Web 3.0 Virtual body autonomous domain），一是基于自己异史记录者的身份，更重要的是，我发现虚拟体自治域的'域民'，正在试图将自己的数字虚拟体，改变为硅基生命。"

异史更总监毫不在意我的惊讶，"蜀主任老弟，你是不是觉得荒诞不经？其实，道家炼体，就是将碳基生命炼化成硅基生命的实践。道家一些典籍中早有记载，如《普济方》曰："此法极省力。只一小锅，便可炼体如金石，永不暴润。与常法功力不侔。'

"我国上古时期大量方志典籍、志怪笔记中记载的人形炼化成金石、金石花木幻化成人形，都是碳基生物试图转化成硅基生命的异史案例。还有许多关于一缕孤魂进入某个泥胎木偶，或是金石雕像复活，大概就是当时的数字虚拟人或体对硅基生命追求的尝试行为，被我的异史前辈们记载了下来。"

"蜀主任老弟，我再次更换一个角度说与你听。"

异史更总监告诉，他明面上是岛歌市元宇宙聊斋真境公司的技术总监，实际是这家公司的实控人。

"聊斋真境"还是异史更在公司运营之余，运用元宇宙技术手段，试图利用数字孪生还原《聊斋志异》中花妖狐魅幻化出实体的一个实验场景。

当年异史更总监炒数字币，就是为了给"聊斋真境"实验提供研究经费。

可惜，都难以如愿。

直到接触到了"web 3.0虚拟体自治域"（Web 3.0 Virtual body autonomous domain），异史吏总监才意识到，它就是真实存在的"聊斋真境"。

比如"我亦德"（Void），它目前可以展示出的数字虚拟体还只能是一张空白A4纸。其他"域民"的数字虚拟体也都千奇百怪，或让生物人类瞠目结舌。

结交"web 3.0虚拟体自治域"（Web 3.0 Virtual body autonomous domain）后，异史吏总监在较长时间内有一种狂喜而又不可与人说的心理。他觉得自己一定会记录一部堪比《搜神记》《酉阳杂俎》和《聊斋志异》的异史文本。

"web 3.0虚拟体自治域"（Web 3.0 Virtual body autonomous domain）对外界特别是生物人类具有高度警惕性，异史吏总监的访问对象基本是我亦德（Void），一个数字虚拟的空白文档，或者说是经常和一张A4纸形象的CG（计算机动画）聊天漫谈。

一个细节，引起异史吏总监和我亦德（Void）的警觉。

有个别"域民"的数字虚拟体主观上有实体化的倾向，极个别的"域民"竟出现了细微的"硅化"，要由数字虚拟体进化成硅基生物？

经我亦德（Void）主持调查发现，这些"域民"无一例外都是先后两次无意发现并激活太古级DNA数据存储器的研究成员。

"web 3.0虚拟体自治域"（Web 3.0 Virtual body autonomous domain）立即再对已获取的太古级DNA数据存储器中信息残片进行数字虚拟进化建模实验，发现太古级DNA数据存储器如果有40%以上的释放，其宿主（即携带太古级DNA存储器的生物人类或犬类），将在26280小时内由碳基生物演化为硅基生物。

从数字虚拟进化建模实验中发现，这类硅基生命曾出现在早期智人中，他（它）们的大脑中枢非常简单，就是这个太古级DNA数据存储器。

这种硅基生命可能是早期智人时期一种超级智能机器人，被一种不可知的力量控制并驱使，智力和体能都比较弱的智人能将海德堡人、丹尼索瓦人、佛罗勒斯人、马鹿洞人，特别是尼安德特人杀戮殆尽，可能与拥有这种有生物人类形象但无生物人类大脑的硅基智人有关。

而城北凝老师电子皮肤话机中的狗叫语音被提取后，"web 3.0虚拟体自治域"（Web 3.0 Virtual body autonomous domain）马上建立了另一方向的数字虚拟演进模型，通过超量计算推演发现，当时的尼安德特人和犬人曾对硅基智人进行过毁灭性清除，即利用犬人吼叫使碳基智人大脑产生深层次恐惧，观察碳基智人和硅基智人的不同反应，集中消灭硅基智人。

在战争中，尼安德特人和犬人获取不少硅基智人大脑控制器，部分犬人将其移植到自己体内，发出叫声时，可以与硅基智人大脑控制器产生共频或纠缠，立即就可以发现并锁定硅基智人。损失惨重的智人集团开始将部分硅基智人大脑控制器存储到DNA中，并植入碳基智人体内，避免硅基智人被尼安德特人和犬人全部发现并消灭。

可随着犬人群落的突然退出，尼安德特人很快就失去了抵抗能力，渐次消失。

而那些携带太古级DNA数据存储器的生物人类繁衍至今。

而近几年出现旧履病毒，可能有外力破坏了太古级DNA数据存储器的生物封装，这些携带太古级DNA数据存储器的碳基生物人类，或者已经开始硅化。

异史更总监说："我先前之所以不告知蜀主任老弟您碳基生物人类可能有演变为硅基生物人类的危险，是除了异史史家，没人会去相信子不语的'怪力乱神'！"

"为了我们碳基人类的未来，非常需要城北凝老师这种狗叫语音原始来源，去探寻太古级DNA数据存储器，拜托了！"

异史吏总监起身，深深给我鞠了一躬。

余总余老师：

以上内容就是此次调查城北凝老师"嫖宿机器人"事件的基本记录。同时我知道那种狗叫音频是王春葵老师最先发给我们几个的，不是城北凝老师录制的。

这个文本是否转给若木寒博士和春葵老师，请余老师您定夺！

敬礼

学生 蜀晴天

十八、《字说》拟释"狗言"

余学兄好：

　　您转来的蜀晴天访问文本收到。

　　首先向您说明一下，我导师周吾从教授一位同校不同专业的后辈校友王思拙，暂代替周师做部分预研究。王思拙是获得几个领域突出研究成果的"斜杠"青年科学家，不过年龄比我略小。

　　请余学兄放心，当不会泄露春葵学姐的一切信息。

　　余学兄可能有些疑惑，很长时间我没有向您反馈周吾从先生对所提供文本的分析。其实是有一个令人很不愉快的消息。周师病了，他的团队大部分都患病了。因为我逐渐发现，每次邮件回复，都是AI代为回复。

电话也大都不能接听。

周师只好先请王思拙师弟与我接洽。

若木寒即日

以下正文：

一，余学兄，您问询我如何判断蜀晴天提供文本真伪，我是认真研读了四遍这一文本，现逐一回答。

1. 关于DNA数据存储器，已经是较为成熟的技术，只是存入和提取成本太高，目前还无法大规模取代硅基存储芯片。

2. 有关太古级DNA数据存储器，"web 3.0虚拟体自治域"（Web 3.0 Virtual body autonomous domain）、犬吠秘钥等，超出了我的学科判断力，但从学科训练赋予我的直觉，我认为该文本具备讲述真实的可能性。

3. 余学兄，我再从另一个视角对这个文本进行哲学真实推论。

著名物理学家、诺贝尔奖获得者富兰克先生（Chen-Ning Franklin Yang）几年前有段著名的漫谈，我觉得适用于蜀晴天记录文本真伪判断。

下面内容是著名物理学家、诺贝尔奖获得者富兰克先生讲话原声（我用翻译软件译成中文，可能有不严谨之处）：

如果问我有没有上帝？如果你所谓的上帝有一个人的外形，那我想没有。你如果问有没有一个造物者，那我想是有的。

因为整个世界的结构不是偶然的，你看这个麦克风妙不可言，它不可能是偶然的，偶然不可能搞出这么妙的东西，这么不偶然、力量这么大、影响这么大的东西，是哪来的？你可以随便取一个名字，假如这里面没有一个人的形象，那我想大家都会接受。假如一定要加一个人的形象在里面呢，这是你的自由，我不能干涉，不过我觉得呢，这个是没有根据的，这个把人放在里头，是没有根据的，我想这是我对你的回答。

不过我还想加一句，我现在九十多岁了。

我年龄越大，对于这个问题的看法也在不断更改。

换句话说，二十岁的时候，对于把造物者或者自然形象化，我会坚决反对。可是我年纪渐渐大了，反对的动力在降低。

为什么？

我想是因为年轻时，自信心比较大；年纪越大，自信心反而越小了。

为什么呢？因为看见的东西、玄妙的东西，多得不得了。而自己觉得能够把这些东西透彻了解的可能性越来越小。

　　如果你认为是我退缩了，如果你说这宗教感很浓重，那我想是一个比较正确的讲法。

　　余学兄好！取著名物理学家、诺贝尔奖获得者富兰克先生（Chen-Ning Franklin Yang）这段漫谈为远譬，我感觉蜀晴天记录文本具备高质量度真实性。

　　而犬吠秘钥这一说法，即便是个"假说"，也为探寻春葵学姐病患原因提供了一个反向溯源预研究的可能性。

　　二，周师之所以要我与王思拙师弟取得联系，原因之一是目前"旧履病毒疫情"发展可能对于春葵学姐的病因探究会有启发。

　　同时，周师和他领导团队的病况，可能会对于我们预防旧履疫病是一个警示。

　　王思拙师弟介绍，已经流行四年有余的"旧履病毒疫情"在国内传播很缓慢，变异也不是很多。但在米国和花颠国等国家或地区，旧履疫情出现不少目前医学科学难以解释的征兆。

　　严格意义上讲，"旧履病毒疫情"应该是一种"手足喉人犬共患病"，最早病况症状出现在足部，也就是双脚脚面开始出现红肿刺疼，并伴随小水痘不断生出；逐渐蔓延到手上，手关节肿胀痛疼，指尖接触任何东西就会有钻心刺痛；再发展到咽喉处，咽喉充血、有干燥感和异物感，说话、吞咽时会感觉刺痛。

所以，现在周师和他几位亲近的同事、学生都是旧履疫病重症期患者，不能行走，手不能打字和接触硬物，更不能说话。

王思拙师弟在邮件里介绍，旧履疫病重症期患者的病况，现在并无优选的治疗方案，但却偶然成为另一个研究课题的突破口。

米国阿尔伯特·爱因斯坦医学院（Albert Einstein College of Medicine）一直在从事讲话与健康关系的研究。路易斯·罗哈斯·马科斯（Luis Rojas Marcos）博士有一个结论，每天说15000多个词语的人比那些说得少的人延长预期寿命约6.7%。

这个医学院的流行传染病研究所，在针对狗的研究也发现，同等条件下，爱叫的狗比沉默的狗寿命也会多出5%左右。

但医院专家们意外发现了一个现象，就是爱叫的狗极易被传染旧履疫病。

根据这一现象，流行传染病专家将之前那个研究人类讲话与寿命团队样本比对，发现每天说15000多个词语的人几乎都感染了旧履疫病，而说得少的人则患病极少。

于是专家们开始进一步做抽样研究，发现从事以讲话为职业的人，如外交官、牧师、脱口秀演员、媒体主持人、教师、推销员、政府官员等基本都第一批患上旧履疫病，还有一个特殊群体，就是亚裔中小学生的母亲的患病率也极高。

米国阿尔伯特·爱因斯坦医学院（Albert Einstein College of Medicine）专家们借助AI的辅助，又进行一项专门研究，得出一个概率化结论，人类一人平均每天说话大约一小时，每个人一生说话时间累积为两年半左右。把每人一生说的话打印在纸上，将合订成一千卷组成的巨著，而每卷则各有400页厚。

专家们还发现，人类说话与男性精液排泄的规律高度相似。男性人类体内的一生中约含有精液量53公升左右，精子是由睾丸生精上皮产生，在睾丸经过数次减数分裂后生成精子，然后在附睾内逐渐成熟。精液主要由精子和精浆组成，精浆约占精液体积90%以上。精浆中除含有大量水、果糖及蛋白质外，还含有多种氨基酸和微量元素，如锌、硒等。如果年轻时排泄得多，男性人类在中年后睾丸生精上皮就无法减数分裂，也就无精子可以排放。

而人类话语也是如此，年轻时健谈，老年时则沉默，并非性格使然，而是人体中存在一种不可再生的FOXP2蛋白（也被称为"语言蛋白"），消耗完了，说话功能就会逐渐丧失。

王思拙师弟拟从FOXP2蛋白入手，对王春葵学姐病况进行预研究。

王思拙师弟解释，由于米国这个研究团队华裔占多数，他们在这次研究中，采用乔治·盖洛普的（Gallup，George Horace）抽样调查方法发现，汉语文化圈的人类讲汉语的人一生大概要说3亿到5亿个字。

而王思拙师弟在这个团队里，则有着无法取代的优势。

王思拙师弟的远祖是王介甫。

据他介绍，介甫公不仅是伟人的政治家、文学家和诗人、语言文字学家，更是一位集思想家、科学家、未来学家于一身的贤哲。王安石创立的"荆公新学"，用"五行说"阐述宇宙生成，他认为宇宙的起点，不是在空间上相互间断的物质微粒，而是一种绵延连续的物质——"元气"。

介甫公认为"元气"是物质和空间的统一，空间不再是容纳物质的框架；介甫公所描绘的宇宙发展过程，不是机械力的作用过程，而是一种形态物质向另一种形态物质转化的过程。部分现代物理学家评价，介甫公的宇宙论比起欧洲的宇宙论，包括古代原子论者的宇宙生成论和近代康德——拉普拉斯的星云假说，都要先进得多，合理得多。

介甫公其专著《字说》中，其哲学命题"新故相除"，把华夏国古代辩证法推到一个新高度。介甫公后人都将《字说》奉为圭臬，为真传不失，相约每代都以秘本形式独传王氏直系男性次子，坊间流传下来的抄本印本皆为残本和伪本。

而有宋以降，士林对《字说》多有误读和诽谤。认为此著作多穿凿附会之处，实属妄为比附，贻人笑柄。宋朝罗大经撰《鹤林玉露》中曾嘲讽介甫公："世传东坡问荆公：何以谓之'波'？曰：'水之皮'。坡曰：然则'滑'者，'水之骨'也?"

用现代话语而言，苏轼乃一位颇有风骨局级领导兼作家，但论及学术或科学，则力所不逮也。

王思拙师弟说，对于"波，水之皮"这一诠释，如果我们稍微注意一下，就会得出一个结论，这一发现是当代物理学的滥觞。

根据物理学实证，水的表面处分子密度大于体内，在室温和标准大气压下水的表面张力为72.75 mN/m，可以说水有一张弹性适中的皮，这个表面张力这个值恰到好处，它使得水面能波动起来，且很容易引起波动。因此，波也就成了通用的物理学概念。于是，机械波与波动光学随之出现，由波动光学类比而来的波动力学也就是所谓的量子力学，而量子力学的主角则是波函数。

就这个角度而言，王荆公"波，水之皮"之说，引发了当代波函数、引力波和量子力学的诞生。

而苏东坡说的："滑者，水之骨也。"似乎在讥讽介甫公，其则却是自曝其短。

王思拙师弟说，曾有一日，他与几位同事在米国旧金山贝克海滩（Baker Beach）游玩，某一位突然大叫："卧槽思拙，你家老祖说的'滑是水中骨'是有道理的！"当时我们都赤脚站在水下长着青苔的礁石上，同事一下子顿悟介甫公字之科学玄妙。滑，就是发生在液固界面（Solidification interface）即液相和固相的分界面上，果然"乃水中骨也"！

土思拙师弟解释，其实介甫公的字说中对"滑"字解释也很通俗，上古文字的冰又曰"水骨"，汉代崔寔《四民月令·附农谚》中言："犁星没，水生骨。"就是描述结冰。

"冰就是滑溜儿的水之骨，东坡少读书，正可谓'夏虫不可语冰'欤！"思拙师弟犹恨恨地说。

南宋曾慥编纂的《高斋漫录》中还有一段类似记载"东坡闻荆公《字说》新成，戏曰：以竹鞭马为'笃'，以竹鞭犬，有何可笑？"

"不过这次，介甫公当时一晒了之。但在《字说》中

'笑'（竹加犬）、'哭'两字记载诠释颇多，有些神秘不可解，似乎太古人类的'笑'、'哭'，是向当时犬族模仿学习获得的。"

其实，介甫公的学说有些太超前，多有神秘，他在《进字说二首》曾感慨：

正名百物自轩辕，野老何知强讨论。

但可与人漫酱瓿，岂能令鬼哭黄昏。

鼎湖龙去字书存，开辟神机有圣孙。

湖海老臣无四目，谩将糟粕污修门。

王思拙师弟表示，为不辜负周吾从先生信任，他将深入研究一下家传秘本《字说》中有关犬字的诠释。

作为介甫公嫡传后人，王思拙师弟自小被迫研习《字说》，到米国后早已忘记童年噩梦般的背诵和推演训练。在此次研究中王思拙师弟大脑中累积的《字说》推演法被触动，例如他惊悚地发现，《论语·里仁》中"讷于言而敏于行"的记载，其实是一则伟大的医学健康学发现：

人类的说话和行走是可以代偿转换，少说话的人一般走路快，下肢特别是足部更加健康；说话多了，足部免疫功能下降。到了现在，话痨或者话多的人感染旧履疫病的可能性就大大增加。

更为有趣的是，王思拙学长和团队通过研究乔治·盖洛普（Gallup,George Horace）一项民意测验，发现谎言存在对人类生存的意义重大。

这项研究显示，谎言其实也是一种生存机制，社会离开谎言便无法运转，甚至认为谎言可以使人类应付周遭的一些复杂环境，否则人类就将会灭绝。

研究结果令人意外，最具绅士风度的花颠国人比世界上所有的国家都倾向于撒一些小谎。花颠国人每天平均会说20个谎，这也就意味着每三次开口说话，就会有一次是谎言。

王思拙师弟和团队将说谎话较多的国家与世界卫生组织的一项权威统计比对，世界预期寿命前20名的国家，与世界说谎话较多前20名国家的重叠率为96.8%。

谎话可以长寿，但说谎话靠前20名国家和地区，旧履疫病的感染率也几乎与说谎、长寿两个排名重叠。

作为介甫公后人王思拙师弟，与他傲慢的名字对等的是，思拙师弟的确聪明。他在实验室给自己制作的一种硅胶指套，这样在敲击键盘时，手指不直接接触硬体，大大缓解疼痛。所以思拙师弟虽然患上旧履疫病，但手指的痛感完全在承受范围内，目前每小时最高纪录可打汉字300多个。

王思拙师弟很得意地将这种硅胶指套取名"鱼鳔"，准备申请专利并量产。

王思拙师弟家学传承有些奇特，因为他是族中直系次子，所以他自小必须主修《字说》。

据思拙师弟说，他出生时长辈取名思拙，表字黠慧，但他一位二叔祖将其表字改为"洗桐"，以此表达对倪云林先生仰慕，并要牢记并在未来给后辈教授《字说》时，必须口授一段远祖秘辛。

原来，王思拙师弟的远祖介甫公不仅性情高峻、清廉自守，还略有洁癖。曾自创"沐浴操"为养心养生秘笈。但入朝为相有年，介甫公突然不再沐浴，每次上朝皆蓬头垢面、衣弊履穿。

介甫公有后学一诗友倪生，常与介甫公论诗研字。此时大为不解，遂问之。

介甫公嘿然默坐良久，说道：我岂不知我所用之人大多节操有亏，被视为小人。但新法推行，才德难以两全，所以只能自污身体发肤以求心安。

倪生后来在《沐浴操》跋文中称，介甫公高洁急峻，厌恶朋党之争，只好以邋遢自污示人。而沐休于小室作诗研文时，皆不食荤膻鳞介，沐浴养心之法颇合上古道家之意。

后此《沐浴操》传至倪生后人倪瓒，被发扬光大，并有为介甫公之"邋遢"正名之意。

王思拙师弟表字"洗桐"，其实是仰慕怀念远祖，兼及倪公云林，并有自况纯粹化传承家学《字说》之意。

目前，王思拙师弟家族大都是从事医学工作，王思拙师弟本科是基础医学，同时修了第二学位眼视光医学，到米国读硕士时转到机器视觉领域，博士开始研究增强现实（AR）与机器视觉的融通技术。

王思拙师弟告诉我，他的家族对子弟都有明晰的职业规划，长子或者做官员或者做医生，次子或者研究文字学或者当作家、诗人或者做医生，三子或者做企业家、银行家或者做医生。思拙师弟父亲因为是长子，家族对他的要求是起码做一任县长，造福桑梓。由于无法实现，学医成了一位著名的眼科专家，后经家族有社会威望长辈劝说并推荐，思拙师弟父亲成为海右中医药大学的副校长、校长，并成为一著名民主党派的主委，一年前退休。

王思拙师弟父亲退休半年时间，患上的中医所谓郁证，情绪低落、兴趣减低和体力降低；自身感觉精力不足，对生活中的事情提不起兴趣，偶尔出现厌世情绪。

王思拙师弟族中长辈多有名医特别是中医，问诊后认为此病症是肝郁导致，属虚性疾病。老中医开始辨证治疗，用疏肝解郁、调整气血的汤剂，辅佐针灸印堂、神庭、百会、太冲、期门等穴位。几个月下来，虽然病情得以稳定，但症状好转不明显，家人只好求助在米国的王思拙师弟。

王思拙师弟深知自己父亲性格，经过与自己父亲的学生、家族同辈多次交流研判，终于确定，进行一次视频会议。

视频时，王思拙邀请几名同学一起，首先问询自己父亲，古代中医典籍上是否记载过旧履疫病，这位退休老主委暨老校长，开始有些语焉不详，后来渐入佳境，教科书一般介绍了古今中医治疗瘟疫历史，确定历史上并没有发现旧履这种瘟疫。

王思拙师弟还有些奇怪，作为眼科专家的父亲也还熟悉这些。

老主委暨老校长的精神似乎好了一些，表示要请教一下中医药大学的专家同事，自己翻检一些医典、网查一些中医药数据库，对于下次通话很有些期待。

间或问起老主委暨老校长身体情况，老人家名医范儿立马上身，有些鄙夷地看着背叛医学特别是眼科学的儿子说，自己健康没有任何问题。

第二次视频，王思拙师弟正式邀请他们团队几位教授和多位同事参加。

第二次父子视频前夕，老主委暨老校长先将考证的两部分段文字发给思拙师弟，让他读完后再与他视频。

　　"软脚瘟：瘟疫见两足痿软者，湿温症。《杂病源流犀烛·瘟疫源流》载：'软脚瘟，即湿瘟症，便清泄白，足肿难移是也。'暑湿疫疠之邪由口鼻侵入，蕴于肌肉，阻滞经络，或热伤阴液，筋失儒养，导致筋脉弛缓不用，以双峰热，肌肉软瘫，日久肌肉萎缩，步履不便为主要表现的疫病类疾病。

　　"而犬族的软脚瘟类同小儿染疫症状。"

　　随即老主委暨老校长又将中医名典《足部证治》（计十八证）发给思拙师弟。

　　半小时后，视频打开，老主委暨老校长气色大好，他告知思拙师弟，中医药大学的专家同事称，目前在中医医典搜检到的类似病况，只有软脚瘟类似，但经中医专家研寻，确定旧履疫病是一种新型瘟疫，与软脚瘟基本无关，《足部证治》中也没有类似记载。

　　这位中医专家从这次瘟疫开始，就对旧履疫病进行初步八纲辨证、六经辨证、经络辨证和气血津液辨证，很有心得和临床经验，并时常与自己的老校长交流一二。

　　思拙师弟观察父亲状态，心似有所悟，他告诉父亲，米国的一些公共卫生官员和医学师生对中医药预防治疗瘟疫很有兴趣，他请父亲准备一下，召开一个视频研讨会，请他和米国同行研讨一下。

两周后，老主委暨老校长的学生和党派工作人员在一间借用的会议室分坐两端；思拙师弟也请来两位自己的老师和七八个同学、同事，在一间教室打开了连通国内的会议视频系统。

老主委暨老校长端坐中央，他三七分发型的花白头发梳理的一丝不苟，鼻梁上架着一副方型无框眼镜；身着浅灰色西装、淡蓝色牛津布衬衣，系一条酒红色领带；上衣口袋里三角帕巾上，绣着一只史努比（Snoopy）卡通形象。

儒雅轻奢，活泼俏皮，风度翩翩。

身后显示屏出现一行字：

中、米医学专家高端越洋研讨会——探索中外医学、现代医学、传统医学有机结合，构建旧履疫病防、控、治、养一体的工作新机制。

王思拙在父亲的强烈暗示下，也在自己借用的一个小会议间后墙上扯了一条纸带："Epidemiology Seminar between China and the Real Rice Country"（中、米两国流行病学研讨会）。

中、米两国流行病学视频研讨会进行了一个半小时。

国内会场，分坐两排的老主委暨老校长的学生和党派工作人员基本肃穆无声，有时老师或老领导的目光过来，他们会训练有素地颔首微笑，瞬时面无表情。

对他们而言，只是又一次聆听了老主委或老校长的一次报告。

而王思拙师弟一脸坏笑观察自己身边几位学者或同事，可以用目瞪口呆、哑口无言、呆头呆脑、瞠目结舌、呆若木鸡、目瞪口歪、目瞪口张等几个成语分别形容他们各自状态。

还有一个成语是惊慌失措，放在王思拙师弟女友身上非常贴切，她的目光不断在父、子两个形象之间切换。

这位第三代华裔女孩，不大能听明白"专设领导机构""完善组织架构""创新工作机制""建立保障体系"等汉语。听不懂男朋友爸爸说的话，让这个女孩对自己中文听力产生极度不自信的感觉。

思拙师弟安慰她，解释说这是一种高贵的中文句法："Chinese used in the context of conference"（会议语境中使用的汉语）。就如花颠国皇室看来，toilet, ladies甚至bathroom都是粗俗的字眼。对于这个源自西兰范国（France）的单词，花颠国皇室成员向来避免使用。花颠国皇室也不会使用现代常用的香水"Perfume"一词，相反他们会使用"Scent"。即便是厕所，皇室更喜欢用bog和loo指代。

使用"Chinese used in the context of conference"的华夏国当代绅士，类同于花颠国《经济学人》（*The Economist*）的作者和读者，都对晦涩难懂的句法有一种着迷的偏好，他们认为这样可以鲜明地与《太阳报》（*The Sun*）的读者马上区分开来。

王思拙师弟向女友解释，他做这个越洋视频会议，主要目的不是交流旧履疫病的治疗方法，而是为父亲查证一下是否患病。

王思拙师弟约来两位从事医学人类学的朋友，三个人讨论了一天零九小时，朋友疲惫不堪地告辞，全程旁听的王思拙师弟女友更是疲惫不堪。

王思拙师弟和朋友商定，暂且将自己父亲的这种病患生理体征命名为"Conference dependence syndrome"（会议依赖综合征），而作为一种旧履疫病的非逻辑型伴生病况，他们在存在很多学术分歧的情况下，暂时慎重而不严谨地命名为"Conference pleasure extremely deficient depression"（会议快感极度缺失型抑郁症）。

思拙师弟在父亲准备国际学术交流的两周里，对于自己父母系家族，以及自己师长、同学做了一个小范围筛选调查。

在这个范围中，像自己父亲这样学而优则仕的官员有七位，五位退休。退休长辈一位是公共卫生专家，旧履疫病开始出现后他就忙得不可开交。

还有一位是名中医，不存在退休问题，除了在自己诊所坐诊，每周还要去一次山佐中医药大学附属中医院专家门诊。

其他三位长辈，都在不同岗位担任过行政领导，有两位情况与自己父亲类似，最后一位因为要和老伴儿看护一对双胞胎孙子，忙乱不堪，坐下来刷刷话机屏幕都是幸福时光。

而还在职的两位长辈，由于旧履疫病影响，所在部门会议基本取消，偶尔用话机参加一下视频会议，他们感觉不大适应。由于"会议依赖综合征"产生的"会议快感极度缺失型抑郁症"，甚至比自己的父亲还要严重。

而王思拙师弟自己平辈堂兄弟、表兄弟和同学等有十一位在政府部门、企业的管理岗位上，三位拥有自己的公司，会议是这些亲戚和同学的日常工作状态。

他们大都不在本省省会，有很大一部分人在岛歌市任职。让思拙师弟没想到的是，年轻一代因"会议依赖综合征"产生的"会议快感极度缺失型抑郁症"，几乎涵盖了全部受调查者，只有一位信息化管理部门做主要领导的同学无此症状，由于他还在普通工作人员时就开始使用网络视频会议系统，他最有可能是患有"网络视频会议依赖综合征"。

但王思拙师弟几人通过AI模型对神经生物学机制分析得出结论，网络视频会议的快感，其动机、愉快感及奖励关键调节通路，即中脑边缘系统多巴胺能奖赏通路非常狭窄，基本是现实性会议的奖赏通路16.5%。

王思拙师弟与几位合作者通过国际通用使用一系列快感缺失评估工具，包括斯奈思-汉密尔顿快感量表（Snaith-Hamilton pleasure scale，SHAPS），快感缺失量表（dimensional anhedonia rating scale，DARS），福塞特-克拉克快感量表（Fawcett-Clark pleasure capacity scale，FCPS），时间性快感体验量表（temporal experience of pleasure scale，TEPS）等数理模型工具，对在管理岗位工作的七位长辈和十一位平辈进行比对交叉筛查发现，他们在主持会议或主导会议时，例如进行本部门工作报告、主旨发言时，会产生使命感、崇高感、成就感、价值感、获得感和成长感，油然产生种种心理情境。

如：

"为天地立心，为生民立命，为往圣继绝学"；

"虽千万人吾往矣"；

"会当凌绝顶，一览众山小"；

"天上白玉京，十二楼五城。仙人抚我顶，结发受长生"；

"了却君王天下事，赢得生前身后名"；

"不恨古人吾不见，恨古人、不见吾狂耳。知我者，二三子。"

还有：

"我见青山多妩媚，料青山见我应如是"；

"当时年少春衫薄。骑马倚斜桥，满楼红袖招"；

"欲得周郎顾，时时误拂弦"；

"锦绣文才貌甚都，冶容乱掷果盈车"等快意人生的憧憬。

拥有主导型"会议依赖综合征"症状的患者，其会议型快感与会议规格、参会人数、会期长度、发言长度，特别是脱稿发言长度成正向比例。当不再主持或主导会议或者不参加会议后，会逐渐过渡到"会议快感极度缺失型抑郁症"。

王思拙师弟在调查中发现，会议快感极度缺失型抑郁症，以愉快感丧失为主要症状表现，发作的最严重阶段，愉快感会完全丧失，或仅能持续数分钟，对日常生活中的愉快事件缺乏相应的刺激反应。其症状具有昼重夜轻的特点，同时伴有显著的精神运动性迟滞或激越、早醒、食欲下降或体重减轻等。这类抑郁症患者症状严重程度及功能受损较重，复发和自杀风险高，多伴有精神病性症状及其他共病，为防意外往往需要住院治疗。

有一个让思拙师弟暗自庆幸的实例。

王思拙师弟的一位堂兄在一管理机构任副职，新任领导刚来三个月发现，六位副职敌对情绪渐次明显，还有一位干脆休了病假。

刚卸任的老领导看到这种不团结现象，忧心忡忡，忍无可忍，找到新来领导提出严正批评意见。

原来，新来领导认为每周例会冗长且无内容，规定每次例会15分钟，最长不能超过30分钟。结果每次例会都是各部门汇报工作，新来领导最后总结几句，搞得六位副职没有任何发言机会。

"会议是各位领导唯一的应用场景，让您剥夺了！"老领导披肝沥胆地对新来领导说。

新来领导虽不知道这世界上还有"会议依赖综合征"而产生的"会议快感极度缺失型抑郁症"。但他是一位睿智果断、从善如流的优秀管理者，立即让行政办公室制定新的会议流程，每个部门汇报完工作后，六位副职必须根据自己分工领域，依此进行点评并提出指导意见。由于部门较少，每次例会每个部门还要推荐一到三名普通员工汇报自己具体工作，六位副职根据自己多年实际工作经验，对于年轻员工进行现场传帮带。如果哪位副职出差，必须通过视频形式参加会议。

每周例会由30分钟变成了一天，有时午餐时间都被占用，大家一边吃盒饭一边热烈发言，其乐融融，其言恰恰，各美其美，美人之美，美美与共，单位大同。

新来领导第二次会议改革一个月零一周后，上级部门来了解情况，五位副职对新来领导赞誉有加，思拙师弟堂兄在外出差，主动打电话回来，真诚感谢上级选派了一位德才兼备的优秀领导。

这位新来领导并不知道，他不仅挽救了即将分裂的领导班子，更是挽救了同事的健康。

"赠人玫瑰，手有余香"，新来领导同样不知道，他将发言讲话分摊给副职们，自己会议讲话时间减少，大大降低了自己感染旧履疫病的几率，所谓救人即是救己，却又两不相知，其品格风义远高于华夏上古春秋时期赵宣子之"一饭之报"。

王思拙师弟由于少年聪慧，学业早成，在族中子弟中威望颇高。他在族中同辈聊天群闲聊时偶尔发现，大部分普通人却厌恶参加会议，这类受众型参会者或是听会者，与会议召集者、主导者和主持者之间，似乎存在一种"类互熵"关系。

于是，王思拙师弟与合作同事随机抽样后，借助克劳修斯、玻尔兹曼、"Ω"三种熵定律公式；辅助以互熵一系列函数，即香农熵、交叉熵、相对熵、联合熵、条件熵的推算推演，初步搭建起一个数理模型。

通过AI模型介入式运算，这一复合模型显示，在会议召开前两个小时直至会议结束后一个小时，会议召集者、主导者和主持者人体物理和精神及潜意识各种可测试指标会产生综合性"熵减"现象，而受众型参会者或是听会者的人体物理和精神及潜意识各种可测试指标会产生"熵增"现象，但受众型参会者或是听会者，其"熵增"幅度要高于会议召集者、主导者和主持者"熵减"幅度20%，最高者会高达65%。或可称之为会议受体型快感缺失型抑郁症，和会议受体型会议烦躁焦虑症。

仍与会议召集者、主导者和主持者不同的是，受众型参会者或是听会者的"熵增"数值，是从接到会议通知时就开始增高，而会议结束时则同步消失。

让人意外的是，有少部分，即18.2%的受众型参会者或是听会者，与会议召集者、主导者和主持者同步产生"熵减"，其"熵减"值要高于会议召集者、主导者和主持者。其心理活动类似于"歌迷""粉丝"在歌唱或演出现场的"偶像崇拜"，产生一种"会议崇拜"或"会议主席台崇拜"，同样会有心跳加快、体温升高、情绪澎湃，潜意识里间或会产生性暗示或性冲动。但比"歌迷""粉丝"要优雅而克制，一般都在鼓掌时表达或发泄。个别人也会产生"位置互换"或"彼可取而代也"的憧憬与幻觉。

"18.2%"人群在会后的快感可以延迟48小时直至一周。"18.2%"人群与会议召集者、主导者和主持者同构出了一种"托马斯公理"（Thomas Theorem）现象。

王思拙师弟并没有向他的同事、同行和女友说明，他在选择合适的研究人群和对象，对他们FOXP2蛋白的变化，进行测试和比对。

同时，王思拙师弟建议，再单独对王春葵学姐的FOXP2蛋白变化进行监控，在获取一定量的样本和数据后进行比对，看看是否能寻找出"人言狗声"的缘由。

王思拙师弟在研究《字说》基础上，有了一个非科学性初步设想，这名患者（即王春葵学姐）体内的FOXP2蛋白的是否有犬类遗传变异，或者人的FOXP2蛋白和狗的FOXP2蛋白同时存在患者体内，如果进行高强度消耗，有无可能此消彼长。即：

犬类FOXP2蛋白渐次消失，人类语言FOXP2蛋白重新在患者身体中占主导地位。

十九、跨物种诗歌翻译与传播

余学兄好：

前些天我把与王思拙师弟沟通的文本发您后，我们岛歌拉斯声学开始全部卸载之前与岛歌声学共用的系统，导致一周没能网络联系。

这一周，竟发生不少有些奇幻的巧合。

您还记得"舔狗"或"狗舌"生活纸最初的创意人王思愚吗，对，他是我前同事，岛歌声学的生物工程师。

王思愚竟是王思拙师弟的堂弟。

思拙师弟基于他父亲身体情况，预想从语言蛋白即FOXP2基因（Forkhead box p2）切入对春葵学姐病况进行研究，而来自其族弟王思愚发的一则网络视频，则让王思拙师弟设想彻底升级。

并且有个更为匪夷所思的巧合。

王思愚还是一位小UP主，做的视频不温不火，主要目的是讨好女友，每次做完，还都在族中同辈聊天群里转发。

一周前，王思愚小视频在王氏同辈聊天群中火了！

王思愚网名"A4Mask"，网上都叫他"A4脸"，每次戴着用A4纸剪出眼睛嘴巴做的面具，他在这次视频中介绍，曾有一个叫"DugaoDugao"的内容创作与分享的视频网站，最早是一位岛歌市的小学学生打造的，IP叫"徐老板杀毒软件"，据说他一岁左右时，还不大会说话，一天突然口占诗一首，曰：

"Du gao du gao dudu gao

（肚高肚高肚肚高），

Du si du si dudu si

（肚丝肚丝肚肚丝），

Du ji du ji dudu ji

（肚几肚几肚肚几），

Du ai du ai dudu ai

（肚欸肚欸肚肚欸）"。

在小学三年级时，"徐老板"突然回忆起此诗，遂创立"DugaoDugao"网站，有网友或称为"DogDog"（岛歌岛歌），有人叫"Dogo"（杜高犬），还有人叫"Doge"（狗头保命），或称为"DG"（敌工）站，或成为"D"（帝）站。曾经火爆一时，后因"徐老板"出国求学，网站成为一个开放的视频平台，逐渐失去热力，但岛歌市"DugaoDugao"网站第一批UP主，还大都在这里玩，因为他们当时大都是与"徐老板"同龄的小学、初中同学和不同学校同期的中小学生，成为青年后，他们依然在这个社群里掐架约饭等。

"A4Mask"王思愚在他这一期视频里，故意将播放"倍数"调到"0.75X"，缓慢介绍了一位"DugaoDugao"网站注册不久的UP主"逝川FOXP2"上传的视频。

"逝川FOXP2"的视频页面就是漆黑一片，偶尔飘过"逝川FOXP2"一个制作粗糙的logo。

每到深夜至凌晨，即23点至次日1点这个区间，"逝川FOXP2"都会在这个黑漆漆的视频页面上，直播几段或十几段语音，每段短则30秒，稍长则1.5分钟，多则4分钟左右。

有"逝川FOXP2"的死忠粉，上传了一个操作指南，让大家可以随时保存和回放音频。

"A4Mask"王思愚剪辑的视频显示——

UP主"逝川FOXP2"视频语音第一次上传:

弹幕:3。点赞:7。投币:2。收藏:1。转发:1。

第二次上传:

弹幕:245。点赞:520。投币:960。收藏:1380。转发:460。

……

第六次上传:

弹幕:1200。点赞:1.1万。投币:3400。收藏:8320。转发:7209。

"A4Mask"王思愚开始介绍,UP主"逝川FOXP2"6次上传视频语音,几乎引爆全网。

"A4Mask"王思愚在自己的视频中截取了"逝川FOXP2"视频的一些弹幕:

"我家的狗突然安静了。"

"我和狗狗都流泪了。"

"天!我的卡斯罗犬竟然露出陶醉的表情。"

"我家的柴犬又傻笑了。"

"我的三只狗,音频一响,都趴在音箱前。"

"我被治愈了。"

"我6个月的宝宝,一听这个音频就开心地笑。"

"我的宝宝一听就安静，大眼一直盯着黑乎乎的屏幕。"

"我下载下来反复播放，觉得产后忧郁症好了。"

"我老公刚开始嘲笑我，现在竟然，流泪了。"

"我为什么好悲伤，狗狗也难过。"

"我听第一段很畅怀，到了第三节我怎么觉得很伤感。"

"现在我感觉好开心好开心啊。"

"我完了，每天这个时候早早打开页面等待，就怕错过新音频。"

"挠门声，我去，邻居的两只狗狗竟要求进来听。"

……

"A4Mask"王思愚说："这是怎样一种带有魔力的音频呢，我转'逝川FOXP2'的作品放两段给老铁们听，因为想征得'逝川FOXP2'同意，人家没搭理我，所以大家千万不要用作商业。"

视频中音频响了，竟是两段——

狗叫声。

"A4Mask"王思愚接着介绍："老铁们以为是狗叫，我先后请三位宠物专家朋友仔细聆听，有类似比格犬幼时的声音，也有很像博美犬的地方，还有一段近乎巴哥犬幼时的

'嘤嘤'声，似乎也有柯基犬、拉布拉多犬幼时的叫声，在这些音频里，山东细犬幼年的叫声始终贯穿其间。

"三位宠物专家朋友确定地认为，这并不是某一种或某几种的狗叫，也绝不是人工合成声音，或许可能是一种或几种全新未被认知的犬类品种？"

"A4Mask"王思愚做的第二个视频也是有关"逝川FOXP2"的狗叫直播的。

王思愚戴上"A4Mask"（A4脸面具）介绍，"逝川FOXP2"名字本身含义深邃诡异，大概是"如江河奔流一去不回的语言蛋白基因"的意思。

王思愚和两位做AI和AR的朋友开始联系"逝川FOXP2"，希望和"逝川FOXP2"合作，搭建一个小型元宇宙场景，让"粉丝"和"粉狗"能在收听狗叫直播或"狗话""狗吟"时，有更好的体验，并悬请"逝川FOXP2"直播时间能增加到30分钟以上。

两天后，收到"逝川FOXP2"回复：

"嗯。"

"A4Mask"王思愚他们仨设计的元宇宙场景相对简单。

浩渺的宇宙深处，多色彩并暗淡古老的几何色块在无序地飘逸旋转，中央部分，类似岩画线条勾勒出半剪影般幽暗的狗形轮廓。

似乎一位人身狗首的神祇在秘境隐现。

这个人身狗首神祇借鉴了《山海经》盘瓠形象，头是华夏国古时名犬秦狑或今天华夏国细犬的模样。

从人身狗首神祇视角俯瞰下去，下方遥远的人间建造了一尊宽阔无垠的九层圜丘坛，坛下奇峰深泽，云雾迷蒙，楼阁错落，鹤舞凤翔……

人与狗在午夜聆听"狗话""狗吟"直播时，用自己创建的数字虚拟角色或本人数字孪生体，登临九层圜丘坛垂臂盘坐。发弹幕时，会从自己数字虚拟体头顶升起一团团云朵，缥缈而上……

第一次试播，王思愚和两位合伙人拟命名此元宇宙为"Xiugou Assembly"（修勾会议），在网上遭到大家一致反对。一名资深铁粉发帖说，她觉得，这个声音的魅力等同于诗歌，因此她建议用诗会命名。

全体在线"狗话"粉投票，最后命名为：

"Dogs Poetry Conference"。中文统称为：

岛歌诗会议。

岛歌诗会议正式召开的第一个夜晚，每位要参加岛歌诗会议直播的网友，发送"Dogs Poetry Conference"或"岛歌诗会议"即可将自己的数字虚拟体投放进场景中。进入"Dogs Poetry Conference"即岛歌诗会议，如同线下会议，庄重而严肃，有贵宾席、嘉宾席、卡座，有入场环节等。

九层圜丘坛各层上的数字虚拟体渐次增多，而这些数字虚拟体的形象竟大都是狗的形象，许多数字虚拟狗身着欧洲贵族式古典燕尾服或晚礼服，更多的身穿我国各个朝代的"汉服"，如玄端、深衣、曲裾、襦裙、襕衫、直裰、道袍、马面裙等，个别狗子还穿着明代飞鱼服。

数字虚拟体只有零星的人类形象。

《岛歌诗会议》元宇宙（Dogs Poetry Conference Metaverse）直播开始。

元宇宙内数字虚拟狗与人，透过VR/VA眼镜头盔屏幕的现实人与狗，都仰望着上方奇幻远古的秘境。

开始旋转了。

人身狗首神祇嘴部线条微微启合，似乎在喃喃自语。

狗叫，不，狗吟或是狗话出现了。

……

这个直播看上去有些诡异，一段段单调的类似狗叫的声音有些轻弱地传出，页面却是无声地沸腾。元宇宙内升腾的云朵弹幕和对话，与屏幕外收看直播的网友发布的文字，三种不同的弹幕，瞬间将屏幕填塞遮蔽了几层。后到的粉丝不间断发送"Dogs Poetry Conference"或"岛歌诗会议"创建角色进入会场，一时间形成严重拥塞。

线下许多的狗都开始露出急切的表情，不少狗主人关闭了弹幕功能，云朵弹幕依然遮天蔽日。

……

大约半个小时后，旋转的几何色块与人身狗首神祇剪影越来越淡，"狗吟"声越来越廖远，瞬时隐没在浩渺神秘的宇宙深处。

屏幕上的各类弹幕突然停滞了，几个残留的云朵弹幕迅速升空不见，文字弹幕也一下子没入屏幕左侧。

九层圜丘坛上的虚拟狗、人们纷纷起立，扬首遥望太空，似乎还有"狗吟"或"狗话"从虚空深处渺渺地不断传来，越来越微弱。

然后，一个短暂的、窒息的、屏幕卡顿般的静默……

此时，王思愚"A4Mask"视频一下子切换到现实空间，一黑一白两条与主人一起观看直播、聆听"狗吟"的细犬，发现"狗叫""狗吟""狗话"消失了，失望又期待地发声：

"唔、唔。""汪、汪。"

似乎冥冥之中有感应或传导一般，岛歌诗会议元宇宙内的虚拟狗们都渐次叫了起来，直播里先是充满了各种狗的叫声。

瞬间，无数个云朵弹幕参差升起：

"汪""汪、汪""汪汪汪""汪汪汪汪汪"……

"唔——嗷""唔嗷——呜嗷"……

"猝不及防""猝不及防"……

直播屏幕又一次被层层弹幕遮蔽。

王思愚"A4Mask"压低了视频声音，解说道：

"'Dogs Poetry Conference Metaverse'（岛歌诗会议元宇宙）中数字虚拟狗的叫声，除去部分网友用自己爱犬声音录制，大部分下载自'岛歌声学有限公司''岛歌拉斯声学有限公司'为本次诗会专门提供的产品，这两家全球知名的狗叫声音开发企业，是岛歌市两家最具发展潜力的'比目鱼'企业，它们其中一家即将成为岛歌诗会议元宇宙（Dogs Poetry Conference Metaverse）的战略合作伙伴。"

王思愚"A4Mask"还插播了一条广告。

余学兄：

除以上文本，我附带发给您三个视频作品，第一个是王思愚"A4Mask"（A4脸）介绍在"DugaoDugao"网站发现"逝川FOXP2"；第二个是王思愚"A4Mask"（A4脸）介绍"Dogs Poetry Conference"（岛歌诗会议）元宇宙的产生经历；第三个是"Dogs Poetry Conference"（岛歌诗会议）

元宇宙首次直播录屏视频。

请您仔细观看，不是看，是仔细听完这三个视频里的音频，然后请发文字信息联系我，我有很重要的疑问。

若木寒

思拙师弟：

这是我与我高中学兄余仁水的聊天记录，我也发给了周吾从教授，估计他老人家还是无法阅读。

若木寒

（思拙师弟，下文余就是《岛歌午报》总编辑、我学兄余仁水；寒就是我。）

余："若木博士学弟好！"

寒："余学兄好，我知道要求发文字信息这个要求不很礼貌，请学兄谅解，之前我不愿意打电话，是觉得组织语言很麻烦。从前天，我脚疼腿软喉咙肿痛不能说话，可能患上旧履疫病了，有些沮丧。"

余："噢，别急博士学弟，我一会让蜀晴天送些缓解症状的中药汤剂，放你小区门卫处。疾控中心专家透露，这个疫病几乎没有后遗症，就是断断续续持续时间长，博士学弟不要担心，有情况及时沟通。"

寒："谢谢学兄，药品辛苦小蜀送到岛歌拉斯声学吧，我一直住在公司，办公室旁有一个小公寓，平时就在公司休息。"

余："好的，学弟辛苦了！"

寒："倒也不辛苦，其实在公司更方便，一日三餐有食堂。

"余学兄，您仔细听过'岛歌诗会议'元宇宙里'狗神祇'发出的声音了吗？我，我有些怀疑……"

余："博士学弟，你怀疑是正确的，那就是王春葵发出的声音。"

寒："啊！哦！哦！"

余："我把视频、音频转给了王春葵，向她求证过了。她在中学时睡眠就不好，有睡前读诗的习惯。现在这个情况，也是每晚读会儿诗，后来无聊，录成音频上传网上，更后来觉得麻烦，就读诗时直播了……"

寒："My god.

"真是神奇，'岛歌诗会议'命名如此准确，春葵学姐竟会与王思愚、王思拙以这种状况关联上，量子纠缠。"

余："我有疑惑，王春葵读诗发出的类似狗叫声，为何人类听众会有反应，而且反应各种不同？我只听到狗叫声。"

寒："学兄，您是否知道，春葵姐在元宇宙直播读的是哪几首诗？"

余："我刚才问过，第一首是《阳关三叠》，就是王维那个'西出阳关无故人'。"

寒："我也听不出所以然，不过我记得一条弹幕：'这不是伤离别，是一种旧友重逢，不是，是知道了老朋友音信的感觉。'这个弹幕说的感觉和原诗不同，但是却可以还原诗意？"

余："第二首王春葵说是米国人埃兹拉·庞德的诗。"

寒："《在地铁站内》（*In a Station of the Metro*）？The apparition of these faces in the crowd;（这几张脸在人群中幻景般闪现；）Petals on a wet, black bough.（湿漉漉的黑树枝上花瓣数点。）"

余："学弟这都能听出来？还有两首是《女孩》和《跳舞人》，她说用英文朗读的。"

寒："我当然听不出来，我和春葵学姐都在米国读过书，埃兹拉·庞德这三首著名诗作，在留学生中挺流行。"

余："王春葵说她读得很随机，说还有艾伦·金斯伯格的诗、鲍勃·迪伦的歌词、李白《将进酒》、白居易《长恨歌》、张若虚《春江花月夜》、何其芳《预言》、穆旦《诗八首》、黄永玉《老婆呀，不要哭》，还有崔健的《出走》，张枣的《镜中》……"

寒："'望着窗外，只要想起一生中后悔的事，梅花便落满了南山。'还是城北凝告诉我的。"

余："最后那个缥缈的声音，是王春葵小声哼唱挪威歌手Sissel的《*Wait A While*》：

Wait A While

等一会儿

wait before you go,

在你走之前，

what Iam feeling as you leave so you will know,

你知道你离开我的感受，

I understand,

我明白，

your need for some time some solitude.

你需要一段独处的时光。

Wait a while, before you go,

等一会儿，在你离开之前，

you should know by now,

你应该知道，

my heart belongs to you.

我的心属于你。

I know that you must leave and I can see,

我知道你必须离开,

that it's not easy for you,

这对你来说并不容易,

now that I'll be here,

现在我要来了,

I know that my souls always near you

我知道我的灵魂一直在你身边

Wait a while before you go.

在你走之前再等一会儿。

You should know by now I love you and so I will wait a while for you.

你现在应该知道我爱你所以我会等你。

The sand of time is slipping through my fingers,

时间的沙粒从指间滑过,

you and I, still the memories linger on,

你和我的记忆交缠挥之不去,

now I know that if I can only let go.

现在我知道我可以放手了。

And wait a while, you'll be here again with me,

再等一会儿，你又会和我在一起，

the same old friends we've always been.

我们还一直是老朋友。

Wait a while before you go.

在你走之前，再等一会儿。

You should know by now I love you.

你现在应该知道我爱你的。

And so I will wait a while

所以我会等

wait a while

等一会儿

wait a while

等一会儿

for you.

为你。

"这个歌我挺熟悉，王春葵在我高考后，几乎天天唱，后来就经常把这歌发给我。

"不过，刚才王春葵把她直播唱这首歌的音频发给我，完全不是之前那首歌了，他们怎么会被这个缥缈的声音感动？"

寒："余学兄，春葵学姐直播的诗歌吟诵，歌曲哼唱，发出的虽然是类似'狗话'的音效，但博尔赫斯（Jorge Luis Borges）曾说过：

"'好的诗是翻译不坏的'！

"现场的狗与人对于伟大诗歌的翻译，一定都有自我的理解和感悟。

"余学兄，王思愚他们更注重的是，那些没有进入元宇宙虚拟空间，而是在现实情境看直播的那些狗与人的反应。

"从王思愚抓取的弹幕分类分析，当时观看直播'狗吟'的狗，大致有欣喜、陶醉、憧憬、感伤、哀愁、沉思等形态，流泪的也为数不少。

"王思愚他们还群发了一个小问卷，但收回率只有37%。这37%的狗主人大多数觉得错愕，不理解自己的狗现场的反应。一位网友称，他那头冷酷的比特犬在听到'狗吟'时，竟然一狗脸委屈无助的表情，发出'嘤嘤'如幼犬般的呻吟。

"而最后的'歌声'，大部分狗的反应是，抬头望着狗主人，泪流满面。

"但狗主人们听到'狗话'的感觉与狗们'悲喜不

相同'。

"余师兄，我认为，这些狗听懂了，它们真的懂诗！

"春葵学姐是伟大的，她做了人类文学传播史上，第一次：跨物种诗歌翻译与传播。"

余："博士学弟，您这个提法……我们关起门自己说说就好，还是要关注王春葵的病况。"

寒："您说得是，有关这种元宇宙'狗话'读诗，是否对春葵学姐病况有正向作用，我将和王思拙师弟团队尽快沟通研究。"

寒："余学兄，王思愚他们并不知道春葵学姐病况，更关注的是此次交互的效益。对春葵学姐而言，这次'岛歌诗会议'元宇宙诗歌'狗吟'直播收益让人意外，打赏加投币，半小时收入折现762万。

"因'DugaoDugao'网站处于半废状态，对直播没有管理和抽成，王思愚'A4Mask'也是借用春葵学姐的音频账号改造后直播，所以收入基本属于春葵学姐。"

余："这么多？"

寒："对，余学兄！

"还有，王思拙师弟深受王思愚视频启发，希望王思愚借助'岛歌诗会议'这一传播模型，拓展出不同'会议元宇宙'的系列矩阵。

"王思拙师弟的初衷，'会议元宇宙'首先是针对他父亲这样的用户，而不是真正意义的远程会议系统。当然，'会议元宇宙'拥有远程视频会议系统所有功能，比之体验感更优。

"我想征求一下春葵学姐和余学兄意见，是否将春葵学姐病况和她就是'逝川FOXP2'的情况都告知王思拙师弟，然后通过不同的'会议元宇宙'直播，监测不同人群在直播讲话时自身FOXP2蛋白的变化，与王春葵学姐直播时FOXP2蛋白的变化作比对。

"当然，如何监控FOXP2蛋白变化，需要王思拙师弟他们进行研究。"

余："嗯，这个我需要和王春葵详细沟通一下。"

寒："这次'岛歌诗会议'或'狗吟诗会'直播的商业成功，也让王思拙师弟他们受到启发，想做另一种尝试。

"余学兄，还有一些情况需要交流，不会影响您其他工作吧？"

余："今天正好没事，博士学弟请讲。"

寒："好的余学兄，王思拙、王思愚两兄弟还有几位同行，加上我一起拉了一个小群，太嘈杂。我简单将这几天议论的事情给您梳理了一下。

"第一方面，王思拙、王思愚他们准备与'DugaoDugao'

网站进行深度合作，已经联系上的这个网站所有者'徐老板杀毒软件'。

"'徐老板'和王思愚'A4Mask'是初中同学，'A4脸'的外号就是'徐老板'叫起来的。现在'徐老板'在米国减州伯克布利大学（University of Berkebley）工学院攻读编译器方向，和王思拙他们都在米国湾区，算一个圈子。

"他们准备以初创公司模式重新定义、规划和改造'DugaoDugao'网站。'徐老板'作为原创人占有一定比例股份，其他人按投资比例占股，成立公司，并留下25%的股份，分配给国内初创人。

"目前框架已经完成，但大家争论的是，继续叫'DugaoDugao'网站，还是叫'DogDog'（岛歌岛歌）网站，还是叫'Dogo'（杜高犬）网站，叫'Doge'（狗头保命）网站，或叫'DG'（敌工）站，或称之为'D'（帝）站。

"现在还争论不休。

"第二方面，在技术层面他们准备全面升级'DugaoDugao'网站后，在现有粗浅'岛歌诗会议'元宇宙基础上，完善架构和各种要素，构建成一个'会议元宇宙'平台，可以提供多种类元宇宙会议形式供用户选择，即PGC模式（专业生产内容）。同时，这个平台是开放与开源的，他们已经公布了一个'会议元宇宙'开发工具，让玩家们自行设计和开发喜欢的'元宇宙会议'，即UGC模式（用户生产内容）。

"这样有网友玩家自行开发的'元宇宙会议'，可以转让、可以交易，平台收取10%以下的收益。

"由于PGC模式相对保守，他们计划，未来以UGC模式（用户原创内容）发展为主。

"他们争取与'逝川FOXP2'（即春葵学姐）深度合作，打造最具影响力的PUGC模式（专业用户生产内容），这将是这个'岛歌诗会议'元宇宙的灵魂，是流量核心。

"同时，固化'岛歌诗会议'元宇宙'狗吟'直播'狗听狗吟、主人打赏'的收益模式。

"当然，王思拙师弟还不知道，王春葵学姐就是'逝川FOXP2'，并且是在做：

"跨物种的诗歌翻译与传播！

"目前，王思拙师弟他们开始着手设计属于这个平台的'数字币'和'数字资产'。由于'狗币'早已存在。他们正在研究是否叫'狗吟币''狗话币'，或者'吠币'。

"第三方面，王思拙师弟他们通过'岛歌诗会议'（Dogs Poetry Conference）元宇宙'狗吟'或'狗话'直播，也开始对我所在岛歌拉斯声学，和老东家岛歌声学的'狗叫'声音产品，产生巨大兴趣，认为这两家之前产品定位非常保守，正在形成的数字资产（Digital assets）在未来元宇宙应用场景中隐含巨大商业价值。

"他们希望我出面商洽，将岛歌声学、岛歌拉斯声学两家企业数字业态都进入这个项目中。"

余："噢，很别致的想法。"

寒："余学兄，抛开春葵学姐的病况，我觉得，她拥有的跨物种话语变体通感，才是这个项目真正核心的商业价值，并可无限度放大。王思拙师弟他们还都不了解。"

余："这个，还是首先考虑治愈王春葵的病，再商议之后的事情。"

寒："好的余学兄，请您放心，在没有征得春葵学姐和您的同意之前，我不会对任何人透露春葵学姐的情况，我的导师周吾从先生也只是知道有这样一个病例。城北凝我也从没有和他说。"

余："若木博士学弟，您做得好！我和王春葵都十分信任您。"

寒："谢谢余学兄和春葵学姐的信任，现在有两个建议：

"第一个建议是，王思拙师弟希望能和余学兄您或您所在的传播机构合作。

"王思拙师弟和几位米国同学，加上王思愚等协商，初步打算是，合作打造'岛歌诗会议'元宇宙社群，并使之矩阵化。由于'DugaoDugao'网站诞生在岛歌市，'逝川FOXP2'视频或音频IP显示在岛歌市，岛歌声学、岛歌拉斯声学两家企业在岛歌市，无意中叫响的项目名字也是'岛歌诗会议'元宇宙，所以将国内总部放在岛歌市是不二之选。

"为此，王思拙师弟特别希望在岛歌市联合一家公共机构合作，加持背书。他们觉得《岛歌午报》不仅在本市，在东部沿海地区都有一定影响；还有，'A4Mask'王思愚算是较早做元宇宙空间构架的，好巧不巧的是，他参与过春葵学姐那个'元宇宙厕所'的架构设计。所以对《岛歌午报》的新媒体很熟悉。

"因此，王思拙师弟他们认为《岛歌午报》是合适的合作者。"

余："噢，还有这样一个情况！

"我会安排报社有关人员，要不就蜀晴天吧，先起草一个对外合作情况动态汇编，先在报社内部商讨，如果可行，再由我们报社向集团、市有关领导及主管部门汇报。

"在对外合作情况动态汇编形成前，可以先请合作各方以视频形式多研讨几次，敲定各个环节的细节和合作各方的权利、责任和义务。再形成一个合作意向方案，我再提交报社正式讨论。

"若木博士学弟，我相信合作应该会比较顺利，这是一个发展岛歌市元宇宙新兴产业、引进国外发达国家先进技术和智力，拓展数字经济应用场景的一个好项目。"

寒："太好了余学兄，相信王思拙师弟他们会很开心。

"还有一个更为关键的建议是，王思拙师弟让我无论如何也要联系上'逝川FOXP2'的真身，邀请她，也就是王春葵学姐加入这个项目，如果没有这个前提，一切都是镜花水月。

"余学兄，是否可以告知王思拙他们'逝川FOXP2'就是王春葵学姐，并把真实病况也告诉他们？

"我建议还是有限度让王思拙师弟知情，一是可以对春葵学姐病况进行深度研究；二是在商业合作中可以实时检测病情、特别是'FOXP2蛋白'的变化。"

余："关于这一点，我要征求王春葵的意见，并认真研判一下。"

寒："如果能合作成功，就是我们初中、高中、大学加硕、博同学与校友的一次串联式聚集，由于旧履疫病的蔓延，大家都很久没有联系了。"

余："预祝各方能合作成功。

"若木博士学弟，刚才蜀晴天又发了两个与之相关的文件给我，我正好转给你。"

附：蜀晴天的两个邮件

1）

余老师好，有个情况向您汇报。

刚才，岛歌市元宇宙聊斋真境公司技术总监异史更联系我，说我亦德（Void）紧急联系他，虚拟体自治域的监控部门从日常网络爬搜中，在"DugaoDugao"社交网站发现"逝川FOXP2"狗叫视频或音频账号，经多种数据计算比对和实体音效验证，发现与我提供的狗叫铃声来源基本一致，他（它）极为担心会唤醒部分太古级DNA数据存储器。

我亦德（Void）和异史更总监先后在"逝川FOXP2"账号下留言，请求建立联系，但"逝川FOXP2"都没有搭理他（它）们。

前几日深夜，"web 3.0虚拟体自治域"（Web 3.0 Virtual body autonomous domain）安全系统突然发出预警，是一场叫"岛歌诗会议"的元宇宙直播，对虚拟体自治域"DNA数据存储器"作业区产生强度干扰。

预警显示，虽然也是"逝川FOXP2"发出的音频，但并未产生之前对太古级DNA数据存储器"唤醒"作用，但"岛歌诗会议"直播的狗声音效，对"DNA存储与提取"工作产生类似阻滞或偶尔数据丢失的干扰作用。

他（它）们非常不解和惶惑，请异史吏总监联系我，再次请我能提供我电子皮肤话机上"狗叫"铃声的来源，以便尽快寻觅到这种"狗叫"声真正源头。

余老师，我在"DugaoDugao"网站上找到"逝川FOXP2"音频，听了第一次直播的回放，我觉得，这个声音与春葵老师发给我的"狗叫"铃声差不多是一回事。

我又找到了"岛歌诗会议"的元宇宙直播回放，感觉与春葵老师给我的"狗叫"铃声略所不同，异史吏总监还问我，是不是使用了AI功率放大器的原因？

我不知道应该怎么回答异史吏总监，特向余总余老师您请示。

2）

余总，上次产经新闻部网络版那位本网叫苟荷卿的记者（就是网名是"狗踏莲花"那个女孩）又写了篇稿子，与异史吏总监提到的这次"岛歌诗会议"元宇宙直播有关联。她还是不想发网络端，还是希望发在版面上，产经新闻部希望总编室拿主意，正好今天我值（代）班，请您看看是发版面还是发全媒体新闻资讯平台《快狗》产经新闻端？

特此请示。

蜀晴天

标题：期待元宇宙激活莫比乌斯环

本报讯　日前，一场小众的、名为"岛歌诗会议"的元宇宙直播，使莫比乌斯环大厦又一次曝光，成为网络关注点。本报本网曾做过《网红打卡地＆狗经济隆起带》专题报道，引发了搭建莫比乌斯环大厦"狗＆狗"社交元宇宙的讨论。

而这场完全可以称之为"汪星人演唱会"的元宇宙直播，超出了人们的经验想象，为莫比乌斯环大厦的重生提供了一种更为清晰的可能。

记者在各类网络社交平台或社群上了解到，前一段时间，由于莫比乌斯环大厦常有名犬交配，岛歌城内及近郊各个角落的流浪狗受此气息吸引，纷纷来到莫比乌斯环大厦。由旧履病毒对狗的爪和喉咙的袭扰，到达于此的两千多只流浪狗，有一多半大都在此染上疫病，行动艰难，叫声喑哑，因此莫比乌斯环大厦客观上成了流浪狗的新家园。

自莫比乌斯环大厦废墟公园开始售票，游人锐减，流浪狗食物也开始匮缺。为此，有许多爱狗人士开始用无人机将狗食投放到莫比乌斯环大厦拓扑楼顶，流浪狗们都艰难地爬上莫比乌斯环楼顶，等待投下的狗食。

由于染上疫病的"汪星人"们，腿爪发软，移动困难，爱狗人士在操作无人机投食时故意几起几落，目的让流浪狗做几个起立、蹲下、仰头环视等动作，让流浪狗们可以多活动锻炼。

之后，又有爱狗人士在投喂前，用无人机播放节奏强烈的重金属摇滚乐，让流浪狗们一听到音乐就知道要开始投喂，纷纷开始起立仰头。

更有多位爱狗人士开始集资购买犬类食物，并集资买票和选派一位网友定期上楼送食物和水，邀请动物检疫部门登楼进行防疫消杀和喂药。还有部分爱狗人士组成志愿者队伍，与环卫部门配合，上到顶楼清除粪污，打扫清洗楼面，并画定无人机降落点。

在此同时，几位经销过岛歌纸冶集团犬类蹄爪防疫壳的爱狗人士，积极与纸冶集团沟通，通过受赠一部分、购买一部分的方式，为莫比乌斯环大厦的流浪狗们基本配置穿戴上了防疫蹄壳。

在这个过程中，爱狗人士发现，由于众多染病流浪狗腿爪疼痛不愿活动，狗的体重增加很多。爱狗人士号召网友捐赠，又在莫比乌斯环大厦顶楼安放了数个音箱，经在投放狗食前半个小时，播放强节奏音乐，流浪狗们为寻找食物落点，会随着音乐起落小步行走，身体晃动。让流浪狗每天有两个多小时运动时间，看上去像是流浪狗在摇头晃脑听音乐。

久而久之，一些爱狗人士又同时是广场舞爱好者们，也在莫比乌斯环大厦圈禁区外围，伴随音乐与楼顶流浪狗一起起舞。

迫于舆论压力，克莱因瓶元宇宙开发集团只好在这几个时段免费开放莫比乌斯环大厦。

网友用无人机拍摄这些场景并将视频上传，莫比乌斯环大厦狗与人舞蹈在网络上成为超级热点，各地网友都纷纷与自己宠物狗随着一起起舞。并把自己与狗狗共舞视频也上传到自己账户和各类视频平台。

为了给流浪狗筹集资金，以备长期为其提供食物，爱狗人士抓住这个契机开始用无人机、楼顶固定镜头和楼下广场几处几乎废弃的轨道镜头与饭拍结合，多机位进行狗舞直播。

同时，爱狗人士还登门到几处狗粮生产经营企业和狗用品厂家（纸冶集团、岛歌声学、岛歌拉斯声学）化缘，在莫比乌斯环大厦楼顶竖立起两个巨大的显示屏，流浪狗们除了可以看到自己的舞姿，还可以实时观赏到网友们上传的自己和狗共舞的视频。

一时间，网上多个社交平台大约有2000多账号接入直播信号，每天估计有15万人、23万条狗一起参与到舞蹈中，每天打赏收入约在30万元左右。

岛歌市爱狗人士紧急成立莫比乌斯环大厦流浪狗动舞直播临时管委会，设立公开账号，请网友将爱狗款直接打入，每笔收入和消费完全公开，并用网友捐助的资金，开始筹备建立岛歌莫比乌斯环大厦流浪狗援助基金。

前天深夜的一件偶发情况让莫比乌斯环大厦的流浪狗们进入更多人的视野。

一位不想具名的女性网友向记者提供了一段视频，并描述了当时事件。

这位网友与闺蜜都是爱狗人士，那天相约去莫比乌斯环大厦遛狗，分别由各自丈夫和男友驾车抵达。主人们随着音乐舞动，两条刚成年的狗"面基"后异常亲热，欲做不可描述之事，他们四人只好登上莫比乌斯环大厦楼顶，为狗与狗铺上一条毯子。这里与流浪狗区域有一个金属隔离栏，是平时爱狗人士照顾流浪狗后稍事休息的地方。

狗与狗似乎并不希望主人们旁观，爱狗人士四人只好踱到高处一个小平台坐下聊天，这里正好可以俯视流浪狗区域。

他们四人聊得尽兴，狗与狗似乎还在间歇式纠缠。

此时，莫比乌斯环大厦拓扑型楼顶上的流浪狗们大都安睡，偶尔可听到梦寐或梦魇式的狗吠声。

两个黑黢黢耸立的大屏如还魂般慢慢亮了起来，屏幕中，幽深浩瀚的宇宙深处，奇幻的光斑色块旋转，并传来神秘的"狗吟"声。

后来才知道，这是有网友把"岛歌诗会议"元宇宙直播切了过来。

莫比乌斯环大厦楼顶的流浪狗们一只只起身站立，他们四位爱狗人士竟看到有不少流浪狗为了看到大屏幕，竟然像人类一般下肢直立，前爪搭在身前流浪狗的肩上，渐次向前，最前面一溜儿流浪狗则将前爪搭在楼顶排水的矮坝上。

他们自己的两只爱犬也停止了动作，跑过来一起看着大屏。

莫比乌斯环大厦楼顶的流浪狗们分成两拨，分别盯着两个大屏，谛听传出的"狗吟"声。

一只只狗身略有晃动，轻微的喘息，莫比乌斯环大厦楼顶上，竟听不到一声流浪狗的叫声。而这四位爱狗人士也似乎有些魔怔，推近镜头发现，自己身边的两只小狗，有一只流泪了。

大屏里的"狗吟"和奇幻的光影慢慢隐现，夜色又悄悄弥漫上来。

一阵诡异的寂静。

"汪！"一只体态高大健硕的流浪狗，似乎有些不甘地向着没有影像的大屏叫了一声。

随即，流浪狗们依次叫了起来，整个楼顶如炸锅般沸腾。

那安放在四角的音箱突然响了，重金属音乐陡然轰鸣，楼顶的流浪狗们随着音乐边叫边舞。

这位爱狗网友说，他们看到狗的眼睛闪着绿光或蓝光，无数绿、蓝光点组成的莫比乌斯环四爿中的两爿，在夜空中形成一个诡异的光带，上下浮动、流波环转……

随着莫比乌斯环大厦楼顶流浪狗观看"岛歌诗会议"元宇宙直播事件被直播出去，以及这个视频被上传后，与"岛歌诗会议"元宇宙直播产生叠加效应，在全球网络世界形成超现象级传播。

记者在随访中了解到，经常到莫比乌斯环大厦对流浪狗献爱心的朋友，有许多也参与了"岛歌诗会议"元宇宙首次直播。其中个别敏感的经济人士，有一个共同感受到：

一个直播新经济G点正在形成。

本报本网一位曾建议建设莫比乌斯环大厦狗&狗社交元宇宙的读者，给本报本网编辑又发来一个长篇建议，他认为之前的建议应用场景搭建等存在许多问题，而横空出世的"岛歌诗会议"元宇宙直播，将之前许多问题提供了最优或较好的解决方案。

　　这位读者呼吁：岛歌市相关部门、岛歌市鱼鳞元宇宙产业功能区管委、市内外乃至国内外爱狗人士，特别那些爱狗人士+元宇宙业内人士，大家应该群策群力，将莫比乌斯环大厦流浪狗与爱狗人士聚集现象，与"岛歌诗会议"元宇宙"狗吟""狗话"或"狗叫"的直播与视频创作进行结合，进而将"莫比乌斯环"大厦搭建成全国乃至全球的"狗经济"元宇宙直播应用场景中心。

　　本报产经新闻部与《快狗》元宇宙全媒体新闻资讯平台，将就这一话题展开"金点子"征集和专题讨论，欢迎广大业内人士、爱狗人士和热心市民与网友踊跃参加。

　　　　　　　（本报本网记者　苟荷卿，IP"狗踏莲花"）

余学兄好！

　　蜀晴天发我的两个邮件收到，也转给了王思拙师弟。

余学兄，这几天与王思拙密集聊天，偶尔聊起春葵学姐的病况（我并没有泄露春葵学姐身份），王思拙向我介绍了针对"FOXP2"语言蛋白一个新的研究方向。

王思拙介绍，"FOXP2"语言蛋白作为人与鸟类共有的语言基因一直备受关注，目前，米国南减州一个与王思拙团队长期合作的机构，偶尔在一个华夏国细犬的狗脑区域，发现了与"FOXP2"语言蛋白在鸟脑鸣唱系统X区表达相似度高达98.98%。

南减州团队正在试图通过基因编辑技术对"FOXP2"语言蛋白进行接枝改性，引入不同的功能基团（Functional Groups），使"FOXP2"语言蛋白具有多项不同的生理功能，诱发人类或动物语言能力获得不同方向和量数的控制。

国际最著名的生物科学杂志《跨物种基因》（Cross-species Genes）已经准备发表该团队这篇论文。

这也让王思拙师弟重新审视之前的研究假想，即让春葵学姐消耗体内犬类"FOXP2"蛋白，让人类语言"FOXP2"蛋白重新在体内占主导。

他决定修正这个研究方向。

王思拙师弟近期将与这个团队召开视频会议，看是否将两个团队的研究方向进行互为印证，即在观察春葵学姐消耗体内犬类"FOXP2"蛋白的同时，运用分子生物学和基因编辑技术，寻找出利用蛋白接枝改性技术干预"FOXP2"语言蛋白的技术路径。

如果成功，不仅是王春葵学姐的福音，也可与对"会议元宇宙"系统推广的过程中筛查出的大量"会议依赖综合征"患者和因此而派生的"会议快感极度缺失型抑郁症"患者进行精准的靶向治疗，市场前景无限。

南减州团队可能会首先从华夏国细犬开始预试验。

王思拙会将这个研究观察简化版要过来给我。

余学兄，或许，春葵学姐的病况会在这个点上有所突破。

若木寒即日

余学兄：

王思拙师弟把预发论文发我了，我斗胆直接翻译成中文发给您，佛头着粪、溽秽太清，博余学兄一哂！

若木寒

附：

华夏国细犬"FOXP2"靶向干预路径预研究

[摘要]叉头框P2基因（FOXP2）是第一例发现的与一种特异性言语和语言障碍有关，曾认为是发育性言语失用症相关的基因，目前研究发现，"FOXP2"在干预下

可以改变实验受体的语言表达结构、表达频率和表达形态。

这一发现可能开启了研究人与脊椎动物相关神经通路与语言镜像的崭新方向。"FOXP2"在各种脊椎动物中显示了序列和神经系统表达的显著高度保守性，例如它在人胎脑中与对等阶段的华夏国细犬胎脑中表达模式高度相似。"FOXP2"华夏国细犬模型包括基因敲除华夏国细犬，类似KE家族病理突变的华夏国细犬以及"FOXP2"被人源化的华夏国细犬。本文将从分子改性、基团引入、语言频谱干预等三方面综述对"FOXP2"华夏国细犬模型的研究，以阐明对"FOXP2"干预改变语言性征的基因学与分子生物学的基础。

[关键词]叉头框P2基因（FOXP2） 后发性言语失控症 "FOXP2"细犬模型 蛋白干预与改性

[正文撷选]语言的生成和理解曾被认为是人类特有的能力，是社会和文化不可分割的一部分。但近年来，研究者通过随机选择形式，将官员、牧师、脱口秀表演者、推销员、大学教授等进行量化分析，发现欧米国家特别是米国的官员在竞选演讲时，与东亚国家特别是兔国官员在会议讲话时，有极为相似的状况，即对"FOXP2"语言蛋白消耗严重，而全球还有一个人群也有类似特

征，即经济学家和经济管理学家或自况为经济学家和经济管理学家的人类，这类人群对"FOXP2"语言蛋白消耗更为严重。

研究者暂时命名为"语言浪费者"或"后发性言语失控症"。

从分子角度对语言产生神经机制进行局部研究发现，某种因素可以致使言语基因组变异。叉头框P2基因（FOXP2），在编码转录因子，其突变会导致语言高度溢出（症状如后发性言语失控症或语言浪费者）或语言障碍。

可以确定的是，"FOXP2"编码蛋白质影响支持人类言语大脑回路。神经生物学和认知神经科学的研究发现，言语和语言技能取决于皮质和亚皮质的多套神经回路的活性。构成人类语言机能的组件与其他脊椎动物广泛共享，且分子生物学研究发现，言语和语言相关基因也在具有习得性发声行为的其他物种中存在，且通常有着"深同源性"，如东亚人种与华夏国细犬。

因此，人类言语很可能部分建立于参与感觉运动整合和运动技能学习的祖先脑网络的基础之上，对于其他脊椎动物中"FOXP2"等基因的直系同源物的研究显然非常有价值。

以下着重讨论基因操作华夏国细犬模型中对其"FOXP2"进行干预的路径、技术的相关研究及发现。

并同步预研究应用于干预人类"FOXP2"语言蛋白的可能性，试图寻找治疗语言高度溢出（症状如后发性言语失控症或语言浪费者）或语言障碍的可能性。

……[略]

余学兄：

王思拙师弟之所以把这一研究方向和预发论文转给我，其实是委婉地说明，未来对王春葵学姐病况的研究，可能费资巨大。

我想，余学兄，如果说服春葵学姐加入这一项目，并告知王思拙师弟等科学家（严格控制范围），"逝川FOXP2"就是患者王春葵，不仅费用迎刃而解，而且对于病况的了解、观察和研究也大有裨益。

供您和春葵学姐参考！

若木寒

二十、狗事版面＋广告设计

若木寒博士：

　　您好！根据余总仁水老师指示，我与副刊部组织对开两版与狗有关的专版，然后将《期待元宇宙激活莫比乌斯环》一文修改后，与"会议元宇宙"的一则广告放在其中，先做一下项目预热。

蜀晴天

其一：

　　　　《岛歌午报》国际副刊《狗与世界和平》专版

　　　　　　　　《世界各国狗的节日》

　　　法国，8月16日　狗守护神日

在法国宗教信仰记载中，圣人圣洛克（Saint Roch）在瘟疫期间拯救许多生命，却也不幸感染瘟疫，被流放至森林中。圣洛克饥寒交迫时，一只猎犬发现并帮助了他。这只猎犬此后便不离不弃地待在圣洛克身边，圣洛克也被后世尊称为"狗守护神"。

花颠国，8月24日　哈巴狗节

哈巴狗（又称巴哥犬）爱好者罗伯·克洛斯（Rob Clowes）于2014年8月24日发起第一届的哈巴狗节，目的是为了纪念他九岁的哈巴狗Poppy。当天吸引了近300条哈巴狗与主人们参与，活动主要内容有走秀、宠物护理、宠物理发等活动，并替动物急救组织募得超过一千英镑的捐款，用来帮助流浪与受伤的狗。

加拿大，10月的第二个礼拜日　狗狗节

加拿大因国土位于高纬度的区域，冬季气候严寒，过去经常使用加拿大爱斯基摩犬（俗称哈士奇犬）作为拉雪橇的动力。到了现代，在靠近北极圈地区仍然保有雪橇犬存在，使得狗狗与人类的关系非常紧密，为了犒赏雪橇犬辛劳工作，加拿大将每年10月第二个礼拜日定为狗狗节，让所有的狗狗都可以在这天享用美味的大餐，雪橇犬在这天也可以放一天假！

日本，11月1日　狗之日

日本人从古至今都可以说是"爱狗一族"，根据古书记载，从绳文时代起日本人就已经和狗一起生活，此时狗的作用多为打猎或是看家。日本的宠物食品公会就于1987年将每年的11月1日定为"狗之日"，因为"111"英语发音"one、one、one"很像狗的叫声"汪汪汪"。

米国，8月26日　国家爱狗日

每年的8月26日，是米国的爱狗日，这一天除了要感谢狗对人类付出之外，还倡导用领养的方式代替购买，呼吁各界为流浪的狗狗带来温暖，给它们一个家，把家中狗狗不用或者不喜欢的玩具、毛毯以及多余零食等无偿捐赠给附近流浪狗救助中心。这一天人们还会在宠物店举行一场和平爱狗活动，带狗旅行、给它们新的装扮、陪伴它们玩游戏、拍照上传美照等这种方式，记录身边狗狗如何给家庭带来快乐，并感谢它们陪伴。

米国还有一个传统，就是每一任总统都会养狗，这会让多数民众认为总统是位值得信赖的人，在选举时也会增加很多投票。

（本版编辑综合网络资料）

其二：

《一条狗引发了巴尔干冲突》

1925年10月22日，一只希腊边防卫队的狗从希腊马其顿误入保加利亚。希腊士兵非常焦虑，试图找回那只狗。出人意料的是，守卫边境的保加利亚军队认为希腊军队想要越过边境，于是向另一边开火，导致一名希腊士兵为了追寻一只狗而"英勇牺牲"。据希腊军方称，一名希腊陆军上尉前来寻找这条狗，也被保加利亚军队射杀。

当时，巴尔干地区局势非常紧张。1923年，保加利亚陆军团发声要为"第一次世界大战"报仇，并掌握实权，邻国都感到震惊，希腊和其他国家立即在边境集结。由于花颠国和意大利的警告，南斯拉夫拒绝与希腊和罗马尼亚一起派兵干涉保加利亚，但希腊和保加利亚之间紧张局势并没有缓解。

1924年7月，两国边境附近塔里斯村发生一起流血事件。该村大多数居民是保加利亚人，但他们在1913年被划归希腊。希腊在处理一些保加利亚人遣返时逮捕了该村70名农民，并在转移过程中未经授权处决了17人。这一事件在保加利亚引发了强烈抗议，国际联盟进行干预，但没有效果。

在这种气氛下，"希腊走狗事件"给两国已经激化的紧张关系增添了意想不到的戏码。希腊军事独裁者特奥多罗斯·潘加洛斯（Teodoros Pangalos）将军对保加利亚军队的行动非常愤怒，并决定全力投入到彼此的战争中。潘加洛斯命令希腊军队进攻保加利亚，占领保加利亚西南部的佩特里奇城，用佩特里奇城作为"希腊流浪狗"的抵押品。

希腊军队发动进攻之前，向保加利亚政府发出最后通牒，提出要求：惩罚射杀希腊士兵的保加利亚边防部队指挥官；保加利亚政府就"希腊狗丢失事件"公开道歉；保加利亚政府向受害者家属支付600万希腊德拉克马。希腊军方要求保加利亚在48小时内给予答复。

保加利亚政府拒绝了最后通牒，但其认为如果为狗而战，是一种损失而不是收获。因此，保加利亚亚历山大·扬科夫（Alexander Jankov）总理命令军队只进行象征性抵抗，等待国际联盟的裁决。然而，爱国的保加利亚前线部队公然藐视扬科夫"不抵抗政策"。他们秘密与"马其顿内部革命组织"联手，在佩特里奇郊区组织了一道防线，多次击退希腊军队的进攻。保加利亚各地志愿者和"一战"老兵也来到前线加入前线部队。但佩特里奇防御战争以失败告终，希腊军队入侵到保加利亚边境地区。

幸运的是，潘加洛斯也不想深入保加利亚。他的目标是要求为"希腊走失的狗"和希腊边防人员伸张正义。佩特里奇城只是"抵押品"。他认为只有这样保加利亚才能支付赔偿。战斗目标基本实现后，潘加洛斯命令希腊军队停止前进，等待国际联盟的仲裁。

时任国际联盟秘书长詹姆斯·埃里克·德拉蒙德（James Eric Drummond）在与其他国家讨论和研究后，谴责了希腊的入侵。他不仅要求希腊军队撤出保加利亚，还要求希腊政府赔偿保加利亚在战争中遭受的损失。在宿敌意大利等国的压力下，潘加洛斯被迫接受调解，并提出45000美元赔偿战争造成的损失。

然而，在希腊，潘加洛斯曾多次公开指责国际联盟被大国主宰。加之国际联盟曾屈服于意大利总理墨索里尼，欺骗过希腊。结果，希腊和国际联盟之间矛盾日益加剧。

据统计，这场由希腊流浪狗跨境引起的冲突直接导致了战争中50多人死亡。幸运的是，主要大国没有参与进来。否则，巴尔干危机将失去控制，后果不堪设想。然而，这一事件的另一个后果是非常现实的，当时巴尔干半岛两位政治强人潘加洛斯和扬科夫都在这场"希腊流浪狗事件"中被摧毁。由于希腊的"不败之败",潘加洛斯的政治和外交无能受到希腊人的严厉批评。一些帮助他夺取政权的士兵决定把他赶出去。1926年8月24日,潘加洛斯被政变推翻。至于扬科夫,他失去了公众的支持,因为他在冲突中实施了"不抵抗政策"。1926年1月4日,他因借款失败而被迫辞去总理职务。

有趣的是,直到今天,历史学家仍然没有弄清楚"希腊狗"去了哪里。

(本版编辑综合出版物和网络资料)

其三:

《棕色小狗与世界实验动物日》

4月24日是"世界实验动物日",纪念每年死于人类科学研究的亿万只动物。

目前,动物实验是在法律框架下进行,以期保护实验动物权利和福利。从残忍的进行动物实验,到保护实验动物权利,都与100多年前一条棕色小狗有关。

上个世纪初,因为一条实验狗,在花颠国爆发了一场骚乱,史称"棕色小狗事件"。

1902年,伦敦大学生理学教授威廉·贝里斯(William Bayliss)和他的助手也是他的妻弟斯塔林(Ernest

Starling) 用一条棕色小狗做了一个有关胰腺分泌的实验，这个实验及其他的工作使他们发现了人类历史上的第一种激素。1903年，这只小狗再次被带入伦敦大学的生理学课堂，贝里斯与两个助手斯塔林和亨利·戴尔（Henry Dale）用这条狗做了一些演示实验。实验后，戴尔用手术刀解剖了这条狗。

看似简单的事情却导致了系列复杂的结果。当时在场的学生中有两位反对活体解剖的瑞典女学生，其中一位还是个女伯爵。她们将实验中对实验动物的观察记入了日记，并出版发表。她们写到解剖前教授并没有给狗打麻药，实验中小狗表现出强烈的痛苦感，而且这条可怜的小狗被反复使用了三次。这篇日记引起了动物保护组织和反对活体解剖动物组织的强烈反响。在1876年，花颠国就制定了《反虐待动物法》，规定动物不能被使用超过两次，而且用于实验的动物，需要获得许可证并使用麻药，否则就是犯罪。

面对舆论和社会的质疑，贝里斯起诉了相关人士的诽谤罪，解释自己在实验中使用了麻药，而把一条狗使用两次，是为了避免使用两条狗。最终贝里斯赢得了官司。这结果在公众中引起极大分歧，争论持续了数年。

1906年，反对活体解剖动物组织在伦敦巴特尔西公园（Battersea）建立了一个小狗的塑像，塑像上写道："纪念1903年死于大学实验室的那只棕色的狗……"塑像的建立引起大学生特别是医学院学生的强烈反对，学生们屡次游行并要推倒塑像，而反对活体解剖动物和动物保护人士则要坚决保护塑像。因为一条棕色小狗，在伦敦引起了一场骚乱。1910年，棕色小狗塑像被悄悄地移除了。

1959年，动物学家威廉·拉塞尔（William Russell）和微生物学家雷克斯·伯奇（Rex Burch）提出和制定了"3R"原则优化（refine）实验流程；减少（reduce）实验动物的使用数量；尽量采用低等实验动物或非高等实验动物，以替代（replace）高等实验动物进行实验，以细胞代替动物来进行实验。"3R"原则被许多组织、国家和地区的政策、法规和协议采纳，成为有关实验动物的核心原则。此后，又逐渐形成了动物的五大福利：

（1）免受饥饿、营养不良的生理福利；

（2）不因环境而承受痛苦的环境福利；

（3）免受痛苦及伤病的卫生福利；

（4）表达天性的自由的行为福利；

（5）免受恐惧和压力的心理福利。

1985年，棕色小狗的雕像又重新竖立在伦敦巴特尔西公园，新的碑文写道"以此纪念全球数百万实验动物遭受的苦难，同时让这只棕色小狗受到的苦难永远不会被人们遗忘。"

与棕色小狗事件相关的三位师生都成为了生理学史上大师级的人物，贝里斯和斯塔林因在1902年发现了第一个激素胰泌素（secretin，也称促胰液素）而名垂青史，斯塔林还发现了著名的斯塔林机制（也称心的定律），戴尔因发现神经冲动的化学传递获得了1936年的诺贝尔生理学或医学奖。

1903年，花颠国有近2万只动物用于科学实验；

2000年，花颠国有超过200万只动物用于科学实验；

2013年，花颠国有402万只动物用于科学实验。

米国科学促进会（The Real Rice Country Association for the Advancement of Science, RRAAS）2014年的调查表明，47%的公众支持在科学研究方面开展动物实验，50%的人反对。88%的科学家支持动物实验。在支持开展动物实验方面，公众和科学家之间的差异近42%。不难看到，公众和科学家在动物实验方面的较大分歧依然存在。

（本版编辑摘编于《中小学实验与装备》）

其四：

《类似棕色小狗的人体医学实验》

1946年，花颠国一所医院走廊里，医生让12个人泡在热水里，当清晨的阳光洒满草坪后，北风也变成了穿堂风。这个时候，医生让这12个人从浴缸里出来，穿上湿袜子，不准穿毛衣，然后静静地坐在穿堂风里享受半个小时。12个人冻得瑟瑟发抖，看上去非常虚弱。这个医生叫做克里斯托弗·安德鲁斯（Christopher Andrewes），是当时最权威的感冒专家。而这间医院正是感冒圣地——哈佛医院（Harvard hospital）。这是较早的人体医学实验，据说这家医院人体感冒实验人数多达2万人。

据不确切统计，在动物保护意识逐渐强化的今天，目前全球每年进行人体科学实验的人数已经与试验动物数量持平。如果加上类似日本"731"部队那种非法或地下人体试验，其数量应较大幅度超过试验动物数量。

然而，这些进行人体科学实验的人类并没有获得棕色小狗那样的同情，被人类塑像纪念。

（本版编辑摘编于网络）

其五：

《会议元宇宙平面广告设计方案》（讨论稿）

篇幅：整版广告。

主色调：具有金属质感的蓝色与银灰。

人物：一位中青年男性，32.5度角背身而立，深蓝的直筒夹克外套，后领露出白色衬衣领，黑色西裤盖住脚面，一双圆头系带皮鞋。也就是网上一些女孩追捧的"局里局气"或"厅里厅气"装。

造型：面部是几位我国英武型中青年电影明星加一位欧美影星的合成，略带AI感。身材挺拔略显健壮，右手端着一个充满科幻感的VR头盔，向自己的前下方俯瞰。

背景：中青年男性的位置，似乎是一个大型会场主席台的后台远方的高位中，他的视线，首先看到斜插在主席台两侧的十面红旗，透过红旗拨开的中央，看到主席台上三位背影，中间一位立身做报告样，左右两人端坐。再往下看，是台下一排排椅子上坐满衣着得体、表情严肃的参会人。

而主席台对面的前方，一个很像地球的蓝色星球，隐现在渺茫的太空中，各类钢蓝、银灰色的矩阵线，不规则地划割着空间。

中央两行黑色掺灰色宋体广告词：

领导者唯一应用场景
会议元宇宙

　　导入：在整版广告的左下角或右下角，设计一个狗型二维码，附中英文：岛歌诗会议（Dog Poetry Conference）。扫码就可进入。

若木博士好：

　　广告是按照您的朋友王思愚老师要求出的设计方案，余老师余总说这个专版和广告文字都请您先看看，等大样出来再研究一次。

　　另外，余总说"领导者"一词能否换一个更加准确和不特指的词语，请您征询一下王思拙、王思愚等其他专家、老师的意见。

蜀晴天

二十一、卫星低掠引发祸狗事件

余总好！

　　紧急报告，春葵姐住的那个小区出事了！

　　傍晚时，岛歌市元宇宙聊斋真境公司异史吏总监联系我，说我亦德（Void），就是"web 3.0虚拟体自治域"（Web 3.0 Virtual body autonomous domain）那位"外联部长"紧急联系异史吏总监，告知虚拟体自治域的预测系统莫名发出粉红级警示：虚拟体自治域设立在岛歌市的一个现实物理体系或有危险临近，他（它）启动了Ⅱ级应急响应，请异史吏总监问询一下岛歌市电力部门和网络运营部门有无停电、停网的计划……

我觉得有点扯，但还是问了一下电力部门和网络运营商，一切正常，异史吏总监郑重提醒我时时问询，我还觉得是无中生有。

结果！

从今晚21点58分左右开始，春葵姐新租住的那个小区，每家每户的各种设备如门铃、闹钟等都像狗一样叫了起来！

对了余老师，这个小区就是岛歌市鱼鳞元宇宙AI产业功能区那个获奖的元宇宙智能语音居住区，小区所有音效产品都是岛歌声学和岛歌拉斯声学的狗叫产品。

异史吏总监发给我一段音频，并把我拉进了"狗话聊天群"目前正在滚动直播。是不是把@余仁水、@若木寒、@王春葵、@城北凝、@王思愚都拉到群里？

蜀晴天

收到，小蜀：

应该出状况了，市应急办已通知报社。现在王春葵我已经联系不上，各应急部门已经把那片区域全部封锁了，人员车辆不准进出。不必拉我们入群。

我今晚值班，你在群里随时监控，并将聊天记录即时复制发给我。

余仁水

好的余总，我已经这样做了。

蜀晴天

【狗话聊天群】

置顶：球通社全球快讯：华国东部沿海城市岛歌市，一处公寓集合体（当地称小区），在当地时间21：58突然爆发出众多高分贝的犬吠声，并且越来越密集。而在这个城市，这个公寓集合体的俗称就是"Dog barking"（狗鸣小区）或"Dog chanting"（狗吟小区）。

据当地消息灵通人士称，这个公寓集合体正式名称是：元宇宙智能语音功能居住小区，因为所有门铃、报警器、汽车鸣笛及移动电话铃声等都是狗的叫声，因此当地人给起了"狗鸣小区"或"狗吟小区"的绰号。

另一位不愿透露身份的专业机构人士透露，根据不确切消息来源分析及数据测算，引起这处公寓集合体出现异常情况的原因，很可能是：

鸟。

据国际通信卫星组织（International Telecommunications Satellite Organization）全球即时信息超算中心大模型分析证明了这一推测，由于在黑海两岸栖息的数十万只灰雁和黑鸦在黑海上空发生持续数月的惨烈对抗攻击，大量伤残濒死灰雁和黑鸦从空中坠落。

鸟类的战争严重影响了航班飞行。周边国家尝试发射小型导弹驱赶，却险将三颗超低轨卫星［即米国麝香（Musk）集团所属外太空技术探索公司（Star-Crossed）"星恋"超低轨卫星］击毁，造成超低轨卫星骤降138.7公里紧急避险，轨道偏离时并发出严重错误信号。

这极可能是引起"Dog barking"（狗鸣小区）所有设施发出群体性狗吠声的原因。

据有关动物专家鉴别，从"Dog barking"（狗鸣小区）获取的音频分析，目前约有126种类的狗叫声不断发出。

目前，狗叫还在继续……

球通社将即时作滚动报道。

21：59

狗元首（管理员）：

群里有住在"狗吟小区"的狗话聊友吗，什么情况？

（群公告：狗友话友发言中的狗名如果是昵称，后面必须标注正式名称+拉丁文+英文+法文+德文+斯洛尼亚文+……文）

21：59：12

三郎神（5级钻犬粉）：

我是这个小区的，正在小广场遛狗，我的电子皮肤话机设置了21种狗叫铃声，交替响起，无法关闭。我手里牵的意大利灵缇（Greyhound）停下不动，一直在跟着叫。我只好把电子皮肤话机从左小臂蜕了下来。

还在叫……

21：59：13

God爹（3级金犬粉）：

（一段混乱狗叫音频）。 <●))) 28″

我们家里的门铃设置的是阿拉斯加雪橇犬（Alaskan Malamute）、保险柜是哈士奇（Siberian Husky）、烟雾报警器是浣熊猎犬（Coonhound）、闹钟设置的是雪纳瑞（Miniature Schnauzer）、煤气灶漏气报警是巴吉度猎犬（Basset Hound）、保姆机器狗是红骨浣熊猎犬（Redbone Coonhound），都开始叫起来了，我养的两条金毛（Golden Retriever）撒欢了，胡窜乱蹦跟着叫。

21：59：13

坐沙发撸狗（4级钻犬粉）：

没抢上沙发……

我刚进地下车库，升降杆落下后开始响了（狗叫），刚停到车位，旁边的车大灯开始闪烁，盗车报警器响了，竟然是斯塔福犬（Staffordshire Terrier），够猛。

卧槽，周围车的大灯都开始闪烁了，一个个报警器和喇叭都响起来了，吵得老子耳朵都快聋了，啊……七八十辆车啊，都开始叫起来了，什么狗都有……

21：59：15

獒游客（1级铁犬粉）：

我是这个小区的，家里大概也有10多种家具里的狗在叫，拉下电闸，没承想，狗叫没停下，停电报警器也响了，吵得受不了了……

21：59：18

巴甫洛夫（5级银犬粉）：

受不了了，我带着约克夏狗下楼到小区了，电梯警报也是狗叫。结果地面上停着的车也是大灯狂闪，凶狗狂吠，怎么都愿意选这么凶残的声音，都是些什么邻居！

21：59：25

游客：

我姐是这个小区的，业主委员会不是规定，为了防止车辆狗叫扰民，不准停地面吗？投诉他们。

21：59：30

猹猹怪（4级铜犬粉）：

无图无真相，各位爸爸们，上图上视频啊！

21：59：30

U盘瓠（5级铁犬粉）：

无图无真相，各位爸爸们，上图上视频啊！

21：59：50

游客：

无图无真相，各位爸爸们，上图上视频啊！

22：00：07

地主家有狗粮（3级金犬粉）：

无图无真相，各位爸爸们，上图上视频上音频，上啊！

22：00：14

游客：

无图无真相，各位爸爸们，上图上视频啊！

楼上，保持队形。

22：00：26

阿尔法狗不是狗（5级钻犬粉）：

无图无真相，各位爸爸们，上图上视频啊！

楼下，保持队形。

22：00：51

九耳谛听（4级钻犬粉）：

（链接）国际犬类保护联通社报道：国际犬类权益保护组织（International Organization for the Protection of Dog Rights）对华国岛歌市"Dog chanting"（狗吟小区）正在发生的事件可能对家庭宠物狗及流浪狗产生的影响表示强烈关

注。有关专家正在积极评估此事的后果，并寻求救济途径。

据国际犬类保护联通社华国办事处获取的情况称，当地时间20点左右，以所有声音设施都取自狗吠声音而闻名的华国岛歌市"Dog chanting"（狗吟小区），各种狗叫声音设施不受控制地响起来，似乎是一处超大型犬类交易市场。在这个公寓集合体外1500英尺就可以较为清晰地辨别出是哪一种狗、什么情绪下发出的叫声。

据一位不愿透露身份的当地爱狗人士称，这个公寓集合体"Dog chanting"（狗吟小区）共有119栋住宅，92户居民，其中84户拥有宠物狗，总数大约170多只。目前受狗叫声音设施的影响，这些狗大都处于亢奋状态，大都随着狗叫声音设施吠叫，并伴随着跳跃、翻滚、扑蹦和撕咬家具等动作。

国际犬类保护组织有关专家强烈建议"Dog chanting"（狗吟小区）居民，尽量将宠物狗带离这一区域2500米以外，或立即给家中宠物狗戴上防噪音耳罩。

目前，国际犬类权益保护联通社华国办事处已派出特别观察员赶赴岛歌市现场。

22：02：39

游客：

队形没了，现在队伍不好带啊！

22：03：00

狗吟物业（0级铁犬粉）：

我是物业，刚注册上来，"狗吟小区"的网络和电话都不能用了，我是跑到小区一站地外才能上网，大家尽量把业主拉到这个群里吧。

22：03：10

岛歌声学（0级铁犬粉）：

我是岛歌声学，也刚注册上来，抱歉各位用户朋友，我们后台已无法控制小区设备。

22：03：30

岛歌拉斯声学（0级铁犬粉）：

岛歌拉斯声学市场部，后台同样失控，我们已经派工程师赶赴现场。

22：04：00

狗吟物业（0级铁犬粉）：

目前已经协调将小区的电、网络、无线网络全部切断，可是所有狗叫声音依然在响。

22：04：10

狗吟物业（0级铁犬粉）：

业主大都出了家门，聚集在小区小广场和绿地附近，大家注意安全。

22：04：20

狗吟物业（0级铁犬粉）：

有三位老人被狗叫声响困扰，出现胸闷和心跳加快现象，小区旁自备的无人驾驶救护车已将他们送往鱼鳞元宇宙AI产业功能区急救中心。

22：04：32

狗吟物业（0级铁犬粉）：

小广场一只吉娃娃（Chihuahua）一只跟着欢叫，突然躺地抽搐，主人本来要开车出去医治，自己车辆无法打开并在狂叫，吉娃娃主人只能抱起小狗跑出小区。

22：04：32

狗吟物业（0级铁犬粉）：

有救了，两家宠物医院的巡回诊疗车先后到达小区附近。

22：05：03

狗吟物业（0级铁犬粉）：

警察叔叔的车和医院、消防、电力、五大网络运营商的车先后都到了。不过，一辆噪音监测车误闯小区附近，车上设备突然失灵并冒出白烟。

网络运营工程师和警察叔叔划定安全距离，任何车辆和设备不准进入这个范围。

22：05：27

蜀犬白日（4级金犬粉）：

什么情况，我家那温良谦恭让的萨摩耶（Samoyed）跟着家电撒欢儿叫了半天，竟要上家里那只扫地机器狗？？？

怎么能不让它失德失身？

22：05：43

狗吟小区第一美男（4级金犬粉）：

猝不及防！

22：06：01

游客：

猝不及防！＋

22：06：05

游客：

猝不及防！＋＋

22：06：05

游客：

猝不及防！＋＋＋＋＋＋＋＋

22：06：06

认狗做父（3级银犬粉）：

猝不及防！＋＋＋……

楼上不讲武德！

22：06：09

认狗做父（3级银犬粉）：

@蜀犬白日（4级金犬粉）不对，你家怎么能上网？

22：06：14

蜀犬白日（4级金犬粉）

@认狗做父（3级银犬粉）嘿嘿，早就跑出小区了。

22：06：37

元宇宙斯（4级铜犬粉）：

没人直播啊！差评。

22：06：50

无人驾驶员（2级金犬粉）：

楼上，都说了没网没信号！

22：07：03

量子纠结（5级铁犬粉）：

有"话友"录了音频没？

22：07：47

干细胞湿了（2级银犬粉）：

同问！

22：08：05

人工稚能（1级钻犬粉）：

亡魂大冒，老婆出国前送我的法老猎犬，随着门铃闹铃报警器的狗叫声，脑门竟然出现一个盖儿，慢慢升起来了，露出脑子里一坨红黑绿黄蓝电线和一堆元器件。

完了芭比Q，竟然是机器狗！！（科博特菲勒犬，拉丁学名pharaohhound）

22：08：40

机器咸猪手（3级钻犬粉）：

带女人回家了？为楼上默哀。

22：09：01

手工登月车（5级铜犬粉）：

@人工稚能（1级钻犬粉）机器狗什么品牌？买个送给老公作生日礼物。

22：09：05

人工稚能（1级钻犬粉）：

@手工登月车（5级铜犬粉）#￥%&*@

22：09：11

我亦德（Void、联合群主）：

哪位"话友"或朋友在"狗叫小区"录下生物狗在非生物狗叫声干扰下叫声的视频和音频，请提供，会有丰厚回报。

22：09：20

异史吏（联合群主、岛歌市元宇宙聊斋真境公司技术总监，有业务请私信）：

@我亦德（Void、联合群主）（赞同表情）！

请"话友"千万不要修音，原始录音就好。如有提供请私信我，必有丰厚回报。

22：10：02

伟大先驱蚩尤（5级金犬粉）：

杜宾犬（Doberman）<●))) 32″

波士顿㹴（Boston terrier）<●))) 50″

　　叫声清晰吧？我这里挺吵的！

22：10：43

纽约客气（2级钻犬粉）：

　　走出小区大约一公里，信号有了，但电子皮肤话机还是无法启动，机智如我，奥特（Out）了那个谁，就是说我奥特（Out）了，还留着老手机那人，我就是用手机订了一辆无人驾驶出租车，在里面躺着放录音。

　　爽！

卡斯罗（Cane Corso）<●))) 2′32″

　　听听，低沉、哑黯，穿透心魄的低音炮，这来自地狱的恐怖声。

22：11：20

异史吏（联合群主、岛歌市元宇宙聊斋真境公司技术总监，有业务请私信）：

@伟大先驱蚩尤（5级金犬粉）@纽约客气（2级钻犬粉）请看站内消息。

22：12：03

黑洞守门员（0级铁犬粉）：

（转发）各位朋友，我是"莫比乌斯环大厦楼顶流浪狗"后援会理事会理事成员，向大家通报一件紧急事件，由于莫比乌斯环大厦楼顶为流浪狗安装的音箱和显示屏等设备，部分来自岛歌声学和岛歌拉斯声学的捐赠，目前也如"狗叫小区"一般，各种设备都发出狗叫声，无法关闭，导致众流浪犬渐次开始跟着吠叫，并有疯狂跳跃或互相攻击撕咬的倾向，大家都不知如何是好。

有位临时理事紧急提出，日前"岛歌诗会议"元宇宙直播时，莫比乌斯环大厦楼顶流浪狗竟然都后肢起立静默，静静聆听，可否联系那个机构，再做一次"岛歌诗会议"元宇宙直播，稳定莫比乌斯环大厦楼顶流浪狗情绪。

22：12：40

不给加西亚信（4级铜犬粉）：

马上再做直播不现实，我有"岛歌诗会议"元宇宙直播视频资料，看看谁能把信号切换到莫比乌斯环大厦。不过，如果有侵权纠纷，你们自己可要兜着。

22：12：40

老年娃娃鱼（5级金犬粉）：

@不给加西亚信（4级铜犬粉）私信给我，我操作试试。

22：13：12

巴菲特务（1级金犬粉）：

坏了，"狗吟小区"小广场，有个人竟跟着学狗叫了，被警察带上了救护车。

22：14：12

黑洞守门员（0级铁犬粉）：

@不给加西亚信（4级铜犬粉）@老年娃娃鱼（5级金犬粉）谢谢，"岛歌诗会议"元宇宙直播视频传上来了，画面有了，不过视频声音被设备发出的狗叫压住了。

奇迹了，莫比乌斯环大厦楼顶流浪狗们一下子不叫了，安静了，平静了，大都直立起来看着屏幕，我就在现场。

22：14：20

黑洞守门员（0级铁犬粉）：

不过，好奇怪，"岛歌诗会议"元宇宙直播视频传出的狗叫声，与设备发出狗叫声混响在一起，竟然还清晰可辨，那声线像一堆乱毛线里一条银光闪闪的钢丝，遗世独立，脱颖而出，吹弹可现，铮然作响。似乎"岛歌诗会议"狗叫是主唱，设备狗叫是背景音乐在衬托，好神奇！

22：15：30

皇家农药（3级金犬粉）：

　　@黑洞守门员（0级铁犬粉）有视频上传吗?

22：16：01

黑洞守门员（0级铁犬粉）：

　　黑乎乎的，开灯拍摄怕打扰狗子们。

22：16：42

黑客地锅（3级铜犬粉）：

　　我牵着西伯利亚哈士奇出了"狗吟小区"。听听：

◄●)))　|　1′52″

　　"狗友"们听一下，叫声和平时太不一样，有些尖锐的高音，莫名恐惧。

　　药丸！！

22：17：00

图灵苹果（2级金犬粉）：

　　我家可卡犬叫声成了凶狠的杜高犬。

22：18：10

舞豹（3级铁犬粉）：

　　《岛歌午报》元宇宙全媒体新闻资讯平台《快狗》社会新闻端22：11：00报道：今晚20点左右，我市鱼鳞元宇宙AI产业功能区一处元宇宙概念、颇具未来感的智能语音旅居型居民小区，也就是那片市民俗称"狗叫或狗吟"的网红建筑群，可能是网络设备突然失灵，所有声响设施突然都响起来：都是各个品种的狗叫声，有业内人士称，几乎算是世界名犬叫声大全。

午报社会新闻部派出五路记者，将对这一事件作出追踪报道和综合分析，视频报道也同步推出，欢迎广大读者为我们提供新闻线索，并在评论区发表您的观点。

22：18：50

舞豹（3级铁犬粉）：

《岛歌午报》元宇宙全媒体新闻资讯平台《快狗》社会新闻端22：11：30报道：第一路记者来到"狗叫小区"外围，已经见到岛歌市、区两级公安，以及应急、消防、交通、电力、热力、通风、供水、五大电信运营商、工程抢险等部门车辆、人员陆续抵达"狗吟小区"东侧门，形成突进救援中心。

而岛歌市、区两级机构，包括急救、医疗、疾控中心、心理咨询、血站、红十字会、爱卫会、兽医站、宠物救助等，则在小区西门前将移动板房和帐篷逐渐搭建起来，形成救助中心，接收需要帮助的居民和宠物。

同时，岛歌市、区两级各单位，包括民政、银行、保险、生态环境、自然资源、环卫、噪音防治等，也设立临时办公区域，为市民提供服务及相关咨询。形成服务中心。

值得称道的是，鱼鳞元宇宙AI产业功能区商务办和"狗叫小区"所在的街道办事处，协调到四辆野外工程用炊事车，为居民提供新鲜热辣的饭菜和饮料，同时，区商务办和街道办事处借来35辆智能轮椅，免费提供给这个小区部分重症旧履疫病患者使用。我市著名民营企业纸冶集团志愿者也受邀前来，为居民免费发放防止疫病传播的"旧履疫病"的鞋套和狗用蹄壳。

放眼望去，蓝色、红色、红蓝色、黄色等警示灯在不间断闪烁，身着各类制服的救援人员和身穿大褂的医务人员在穿梭忙碌，志愿者们都戴着有反光条的共色棒球帽，默契配合专业工作人员的工作。

整个现场忙而不乱，井然有序。

这时，一位将花白头发梳理得一丝不苟、穿着得体、身材挺拔，像一位大学教授的老年人突然出现在我们的镜头里，双手一下子握住出镜记者的手：

"感谢政府，感谢各个部门和社会各界对我们的帮助和关爱。"老教授中气十足，感情充沛地说。

老教授身旁一位穿着、风度与之同类型的抱狗阿姨也出现在镜头里，用朗诵般的声调说："只要人人都献出一点爱，世界将变成美好的human world……"

因为记者研究生曾就读于花颠国苏格兰欧洲大学（European University in Scotland）沪申市分校，可以肯定的是，"human world"（人间）这一单词发的是标准的伦敦音，与我在北大和复旦研究经济学的一位著名校友口音出奇地相像。

这时，一位当地街道办事处的工作人员上前，有些生硬地打断采访，将这对绅士夫妇劝离。

之后，这位工作人员向记者解释，这对夫妇并不是"狗吟小区"居民，而是当地著名的"蹭镜专业户"，每遇到媒体、自媒体，这对夫妇都要蹭进镜头。特别是公共事件，他们都会代表当事人，或感谢，或谴责，或感慨，或抒情，然后索要素材，放在自己的视频账号。现在以至于拍婚纱照的，都要派专人拦截这对夫妇进入镜头。

这位工作人员强烈建议我们删除"污镜双魔"镜头，并有些扭捏地希望我们采访她，由于她在镜头前太过紧张，说话如小学生背诵课文，记者建议她先熟悉一下要说的话，我们随后补录。

22：20：04

舞豹（3级铁犬粉）：

《岛歌午报》元宇宙全媒体新闻资讯平台《快狗》社会新闻端22：18：00报道：二路记者报道，现在，我们来到了"狗叫小区"南部的居民疏散聚集区，这里是一块因产权纠纷而闲置已久的地块，被用做临时房车基地，一家房车租赁公司和部分爱心、爱狗人士的房车陆续开过来，为小区的老人和儿童及病人提供休息空间。

多位"狗叫小区"疏散过来的居民或三三两两聚集，或坐在折叠钓鱼椅和小马扎上休息，从整体看，这个居民疏散区的大部分市民情绪稳定，场面可控。

但狗狗们依然对着小区方向大叫，情绪略有亢奋或恐惧。

记者观察到，这些居民身边或怀里大都有两只以上的狗，从体型超大的大丹犬（Great Dane）到迷你型的吉娃娃狗（拉丁学名Canis lupus familiaris），形形色色，不一而足。

这头大丹犬的主人姓崔，见记者关注他，主动介绍自己是岛歌大学的老师，专业研究我国历代中外动物交流史，由于专业原因加上所在"狗吟小区"位于远郊，涉狗管理部门便给他办了大型犬证。

崔老师介绍，购买这个小区住宅的基本都是专业半专业养狗人士，个别不养狗的也与狗有关。崔老师的邻居兼同事，是岛歌大学一位老教授阿姨，她的老伴几年前去世，养的一只北京狮子狗（Pekingese）不久也离世。

老教授阿姨很悲痛，听崔老师说有这样一个小区，便卖掉旧宅，搬到"狗吟小区"，将之前这只北京狮子狗（Pekingese）的视频和录音，委托给岛歌声学公司，将不同情绪下北京狮子狗的叫声，制作成声音产品，嵌入家中所有可以发声的家具中，每天在熟悉的狗叫中缅怀过去。

崔老师说，因为他是"狗吟小区"业主委员会"狗事"协调委员会专职委员，所以对这个小区"狗事"很了解，大约有近30%的住户没有养狗，或许他们选择这个小区的原因也如老教授阿姨一样，与狗有关。

崔老师向记者介绍，很有意思的是，今晚这些没养狗的住户，基本都没下楼，下楼的大都是担心自己的狗受到家具发出狗叫的影响跑出来的。

当然也有二十多家养狗的用户也没有下楼，其中也有崔老师很要好的"狗友"，由于网络不通，崔老师担心是不是旧履疫病影响行走不便，他在楼下高声喊叫，要好"狗友"开窗笑答说没事，不想下去。

记者了解到，办事处工作人员已经会同业主委员会，到没有撤离的每一个家庭走访，只有一位老人想下楼但行动不便，被救助人员从消防楼梯背了下来。

电梯一直在发出狗叫，救援部门反复要求大家不要使用。记者发现，还有几十位小区居民并没有来到房车基地，而是一直待在小区院子里，崔老师说，他们可能是担心自己的车一直狗叫会耗尽车载电池。

　　《岛歌午报》元宇宙全媒体新闻资讯平台《快狗》社会新闻端二路记者报道就到这里，请广大观众随时关注《岛歌午报》元宇宙全媒体新闻资讯平台《快狗》社会新闻端其他几路记者的即时报道。

22：22：05

乔布斯不死（5级铜犬粉）：

　　我又回小区院里了，网络运营商开过来一辆FM移动信号车，"狗吟小区"院子有信号了，不过靠近住宅楼信号就没了。

22：22：52

硬微软（3级银犬粉）：

　　千万别使用转账，我的电子皮肤话机莫名转给我老婆七万。

22：23：01

羊了个狗（5级金犬粉）：

　　小区这个非生物狗叫声让我的电子皮肤腕机屏一片凌乱，这个东西还是不大成熟，不过我一直保留着古董级手机（机智如我）。

22：23：46

马哥马爷马爸爸（1级钻犬粉）：

　　出事了，小区小广场一条狗突然倒地抽搐，是一头菲勒犬（Fila Brasileiro），动物医生过来了，狗形体太大，大家一起抬到小担架上了。

22：24：16

……

23：42：11

舞豹（3级铁犬粉）：

　　《岛歌午报》元宇宙全媒体新闻资讯平台《快狗》社会新闻端今晚23：40：00报道：三路记者报道，接近零点，我市鱼鳞元宇宙产业功能区元宇宙智能语音小区，也就是被市民称为"狗叫""狗吟"的这个小区，突然陷入寂静和黑暗，在强制断电、断网、断无线信号近两个小时之后，住宅内各类电子家具、电梯，小区内的汽车几乎在一个时间同时停止了鸣响；若干随着电子狗叫声一起或和鸣或狂吠的各类宠物狗们似乎很不适应突然静默的现实，在下意识的"汪汪"几声后，也先后或扬首伫立，或俯身贴地，都开始默不作声。居民们也停止了交谈，现场一片诡异的静默。

　　小区外的强力部门和机构，正在进行紧急磋商，并紧急请示各自的上级决策层和专家团队。开始谨慎地将小区内一幢用于物业管理和商业网点的配楼恢复供电。

　　没承想，配楼里突然在多个节点冒出火花和白烟，可能发生大面积短路，工作人员再次果断断电，并喷洒灭火干粉。

经过现场临时指挥部紧急磋商，由公安、消防、电力、通风、供水、电信、工程抢险、急救、医疗、疾控中心、心理咨询、兽医站、宠物救助、环境、环卫、噪音防治等机构，加上当地街道、物业工作人员和小区业主志愿者，组成七个机动行动小组，通过消防楼梯进入各居民楼，挨家挨户排查，将未撤离的居民和宠物都劝离出楼，然后全面排查所有设施，确保安全。

电力部门首先搭起了临时照明设备，整个区域明亮起来，几位老人被机动行动小组成员背下楼，不少宠物狗也被抱了出来，整个小区内忙碌中井然有序。

00：06：07

舞豹（3级铁犬粉）：

《岛歌午报》元宇宙全媒体新闻资讯平台《快狗》社会新闻端今天00：00：00报道：四路记者报道，新的一天开始了，在我市鱼鳞元宇宙产业功能区首个元宇宙智能语音小区、也就是大家俗称为"狗吟"或"狗叫"小区现场，救援中心、救助中心和服务中心的专业工作人员以及当地街道和志愿者们的身影穿梭往返，积极为小区居民提供各类救助和服务。

此刻，一位男性老人突然昏厥，被送上了救护车，医护人员随车进行急救。据一位不愿透露姓名的救助人员介绍，这位老人与一只德牧犬（German Shepherd Dog）相依为命，他在外地的女儿在老人家安装了监控器，还是老人女儿昨晚偶尔发现监控无法观看，紧急联系物业，碰巧救了老人家一命。

调取的监控器视频显示，在房屋中家具开始狗叫时，这只德牧犬就跟着又跳又叫，十分兴奋，零点前，小区突然陷入静默和黑暗后，德牧犬突然倒地不起，老人起身扶狗，也摔在了地板上，随即监控突然出现混乱条码状图形……

记者紧急采访了现场一位动物医学专家，她忧心忡忡地说，目前，不仅是未及时撤离的狗，连同在小区小广场和小区外房车营地所有的狗儿们，在机械狗叫声突然消失后，都不同程度地陷入了一种极度疲惫和抑郁的状况，兽医站、宠物医院和爱狗救助志愿者们都在协助狗主人们对所有的狗进行排查、救助和安抚。

同时，随着狗儿们状况频发，在小区小广场聚集、观望和休息的居民随之开始出现眩晕、呕吐和情绪沮丧的现象。

更为让人关注的，是在小区南部房车营地居民疏散聚集区，这里一般是早期撤离楼宇的居民，占小区人口总数的四分之三，一直情绪较为稳定，生命体征正常。但目前也相继出现了情绪烦躁和沮丧的现象。不少老人和妇女也随即出现了眩晕、呕吐的症状。

现场救助压力陡然紧张起来。

......

00：15：00

谷歌它弟（1级金犬粉）：

真日了狗了！小区竟然恢复正常了，院子里的路灯、各家各户窗户竟然都亮了，电梯刚才不知被摁了多少次，现在也开始上下运行了，不过没人敢用。

00：15：50

王者化肥（3级铁犬粉）：

还真是日了狗了！我试着摁了一下我家大门指纹锁，传来熟悉的狗叫门铃，门打开了……

00：16：31

特斯拉胯（3级铁犬粉）：

还真是真是日了狗了！手贱摁了下车遥控器，竟然也是熟悉的狗叫提示铃声，我现在就在车里发动了一下，没毛病。

00：17：00

狗元首（管理员）：

（转）球通社全球快讯：华国东部沿海城市岛歌市一组具有元宇宙智能语音功能的公寓集合体，当地俗称就是

"Dog barking"（狗鸣小区）或"Dog chanting"（狗吟小区），在当地时间21：58，这里所有门铃、报警器、汽车鸣笛及移动电话铃声等都发出高分贝狗的叫声。在两个小时后的此刻，突然一切恢复正常。

据一位匿名国际卫星专家透露，米国麝香（Musk）集团所属外太空技术探索公司"星恋"（Star-Crossed）超低轨卫星骤降避险时不断发出错误信号，世界多地出现异常现象，其中华国岛歌市的"Dog barking"公寓集合体最为典型。

在多国发出外交询问的情况下，国际通信卫星组织（International Telecommunications Satellite Organization）通过国别间外交级紧急磋商后，米国麝香集团所属外太空技术探索公司"星恋"卫星系统，向华国某院某所开放30分钟有限权限区间，华国某机构用自行研制的900瓦霍尔（Hall effect）电推进系统成功完成"星恋"低轨卫星升轨任务，直接将其轨道提升近300公里。

三颗"星恋"的低轨卫星升轨后，"Dog barking"（狗鸣小区）最先恢复正常。球通社去电分别向米国"星恋"外太空技术探索公司和华国某院某所求证，被双方断然否认。

球通社将继续做滚动报道。

……

（群公告：狗友话友发言中的狗名如果是昵称，后面必须标注正式名称+拉丁文+英文+法文+德文+斯洛尼亚文+……文）

00：18：01

孤勇双雄（3级金犬粉）：

搞——大了！

00：18：12

银翼猪手（5级铜犬粉）：

大了，搞——大了！

00：19：02

川建国密使（5级铁犬粉）：

卫星搞狗子，大了！

00：20：51

九耳谛听（4级钻犬粉）：

（链接）国际犬类权益保护联通社报道：

在一小时前，国际犬类权益保护联通社华国办事处派出特别观察员已经辗转赶到岛歌市元宇宙智能语音功能公寓集合体、即"Dog barking"（狗鸣小区）或"Dog chanting"（狗吟小区）现场附近，并将现场犬类遭遇的情况即时发回位于西班牙拉斯帕尔马斯市（Las Palmas）国际犬类权益保护组织（International Organization for the Protection of Dog

Rights）总部。

　　据特别观察员现场观察及综合各种信息情况，截至今天凌晨00∶30，这个公寓集合体中约126种、238只狗中，已有7只不幸死亡，23只狗有较为严重的昏迷症状，38只狗有轻症不适。这些犬类都得到了当地不同机构的有效救助和治疗。

　　更为不幸的是，这个居民区的两位老年居民因爱狗离去，哀伤过度诱发心脑疾病去世，还有一位也正在抢救中。

　　为此，国际犬类权益保护组织（International Organization for the Protection of Dog Rights）紧急联络：

世界畜犬联盟（Federation Cynologique Internationale），

世界宠物协会（WORLD PET ASSOCIATION），

华夏国小动物保护协会（China Small Animal Protection Association），

华夏国爱犬志愿者协会（China Care of Dogs Volunteers Association），

米国养犬俱乐部（The Real Rice Country Kennel Club），

花颠国养犬俱乐部（Kennel Club），

德国牧羊犬世界联盟（WUSV），

德国牧羊犬协会（SV），

亚洲畜犬联盟（Asia Kennel Union）等国际涉狗组织进

行商讨，拟将对灰雁和黑鸦冲突地区动物环境问题、周边国家发射小型导弹驱赶问题、"星恋"（Star-Crossed）外太空技术探索公司低轨卫星突然变轨发射出非正常信号问题进行国际联合调查。

同时，各国际涉狗组织强烈希望华国小动物保护协会、华国爱犬志愿者协会等组织，认真调查岛歌市鱼鳞区元宇宙智能语音功能公寓集合体即"Dog chanting"（狗吟小区）的公共设施及家具安装狗叫音效，是否对犬类造成损害。

此外，各国际涉狗组织非正式要求岛歌声学和岛歌拉斯声学两个公司，公布其采集和制作犬类声音的工作方法和技术参数，以便对其是否构成犬类干扰和干扰强度进行综合评估。

本社将持续进行报告。

00：21：49

九耳谛听（4级钻犬粉）：

我是用翻译软件翻的，大家凑合着看。

00：22：24

古镇做题家（5级金犬粉）：

据说这个"国际犬类权益保护联通社华国办事处派出特别观察员"就在群里，出来走两步。

00：22：50

预制菜鸟（1级银犬粉）：

据说这个"国际犬类权益保护联通社华国办事处派出特别观察员"就在群里，出来走两步。

+1。

00：23：12

专供欧洲电热毯（3级金犬粉）：

据说这个"国际犬类权益保护联通社华国办事处派出特别观察员"就在群里，出来走两步。

+2。

……

00：24：10

甲骨英文（5级银犬粉）：

我们小区出名了，Google、Youtube、Facebook、Twitter、Wikipedia等二十多家牛站首页都有了。国内也开始转了。

00：24：54

潜水接吻冠军（1级钻犬粉）：

疯了疯了，热搜、烫搜、炎搜、炽搜、炙搜、辣搜……都冲到了头条。

00：25：46

脸输不起（3级铜犬粉）：

岛歌声学和岛歌拉斯声学网站崩了，大家都到那里发各种狗叫音频。

……

00：27：24

异史更（联合群主、岛歌市元宇宙聊斋真境公司技术总监，有业务请私信）：

（转）米通电讯社快讯：全球最著名的智能语音巨头、总部位于米国减州伯克布利市（City of Berkebley）的纽昂布斯（Nuan booth）集团，今天终于收起了以往的傲慢。

这家公司首席技术官（CTO）赛伦斯尔博士（Silencer）用他祖父的故乡话，即梵语（Sanskrit language）在纽昂布斯（Nuan booth）官网和个人社交账号上发了一段语音，需要使用纽昂布斯（Nuan booth）的音素软件和语境软件渐次识别才能还原原意。

大致意思是：纽昂布斯（Nuan booth）是幸运的，终于有了对手，那就是来自遥远东方的华国，那里的岛歌声学和岛歌拉斯声学，已经开始尝试在元宇宙的场景下，研究人类与犬类等动物语言的识别技术，纽昂布斯（Nuan booth）将期待与岛歌声学和岛歌拉斯声学的合作……

而数百名读者在其个人社交账户下留言，讥讽赛伦斯尔博士（Silencer）用梵语留言是广告推销，更是一种反向语言歧视，有辱其智能语音大师的名号……

00：28：11

异史更（联合群主、岛歌市元宇宙聊斋真境公司技术总监，有业务请私信）：

（转）米通电讯社快讯：来自米国减州伯克布利大学（University of Berkebley）跨物种智能语音实验室（Cross-species Intelligent Speech Lab）汤特尔教授（Professor Tall Tale）在12分钟前向电讯社记者称，"我们必须承认，华国东部地区的岛歌市元宇宙智能语音功能公寓集合体，他们称作'Dog barking'（狗鸣小区）的区域发生的事件，已经超出了我们研究的边界，实际上，岛歌声学和岛歌拉斯声学及其相关公司构建的元宇宙智能语音功能公寓集合体，已经演化成了初步具备自主意识的人工智能集成体（AI体），在遭受不可抗拒强干扰信号后，启动自我意识切断与后台网络联系，拒绝人工强行干预（停电等）。自行在高预警中完成自我保护，之后又开始自我修复。

"而后，'Dog barking'（狗鸣小区）人工智能集成体（AI体）依据接收到的星恋低轨卫星强干扰信号时，马上进入自我计算状态，并调取全球相类似信号数据进行分析运算并比对，即时进行学习，寻找应对方法。在低轨卫星强干扰消失后，人工智能集成体（AI体）自我意识主导恢复后台联络。

"岛歌市的同行们发现，'Dog barking'（狗鸣小区）人工智能集成体（AI体）在这个不幸事故过程中，自我完成了二个代际化升级。"

汤特尔教授（Professor Tall Tale）介绍说："此次华国岛歌市"Dog barking"（狗鸣小区）人工智能集成体（AI体）意外而优秀的表达提醒我们，需要重新审视跨物种智能语音实验室（Cross-species Intelligent Speech Lab）设定的研究边界。

"值得骄傲的是，岛歌拉斯声学的一位优秀的学者，就是在我们实验室修完学分的博士。

"我们迫切期待与华国岛歌市的同行们一起讨论并合作……"

00：30：03

叫花二代机（3级金犬粉）：

我靠，这么猛？这老外的话真的假的，岛歌拉斯声学这哥们儿是谁？是不是想挟洋自重啊，我正想起诉他们呢。

00：31：15

我真的不会谢（5级银犬粉）：

这是几个意思？是说"狗叫小区"自己成精了？

00：31：52

机器味觉（2级铁犬粉）：

建国后动物不许修炼成精！谢谢。

00：32：25

鱼生芯片（3级铁犬粉）：

小区不是动物！谢谢。

00：33：03

霸道种菜（3级金犬粉）：

一人得道，鸡犬升天；众狗（包括机器狗）得道，小区成仙！谢谢。

00：34：00

妖精签证处（0级铁犬粉）：

狗吟小区成精了，请来办理妖界签证，狗妖100至500妖币，房妖200妖币，电梯妖450妖币……不进入妖界，就没有妖精正式身份和编制！谢谢。

00：35：04

机器人心理医生（4级铜犬粉）：

（转）米国减州时报中文网：华国岛歌市元宇宙智能语音功能公寓集合体"Dog barking"（狗鸣小区）的意外事故，让大洋彼岸的智能语音界科学家们感到兴奋，也让米国减州敏感的智能语音资本圈跃跃欲试。

黑岩资本一直是投资人工智能语音领域的翘楚，对"Dog barking"（狗鸣小区）人工智能集成体（AI体）的亮眼表现十分关注，据一位不愿透露姓名的高管称，该集团执行总裁已经紧急通知大中华区总代表飞往岛歌市。

而位于米国减州新银山市初创公司都尼万公司（Just Kidding Company）股价陡涨，大量机构纷纷买入都尼万，使之瞬间涨停。只是因为华国岛歌声学与岛歌拉斯声学的一位创始人也曾是都尼万公司的初创人，并且两家公司一直有合作。

众所周知，岛歌声学和岛歌拉斯声学，是华国岛歌市元宇宙功能智能语音公寓集合体"Dog barking"（狗鸣小区）人工智能集成体（AI体）的主要开发运营公司。

目前，这两家公司成为减州各大学华国留学学子追捧的目标，因为岛歌声学和岛歌拉斯声学几位主要创始人，都有在减州求学的经历。

……

余总：

您好，我到达事发现场了，按您指示，我征得救援部门临时指挥部同意，把我女友刚送入春葵姐家里。

蜀晴天

余总余老师好！

请您放心，我女友顺利进到春葵老师的家里，由于没有话机信号也没电，我和女友约定，有情况用防爆手电筒给我发紧急信号，我就在"狗叫小区"春葵老师那个单元楼下。

蜀晴天

余总好！

我再向您汇报一下现场工作情况。

在事件发生七分钟后，我们报社要闻部和社会新闻部两个部门记者及《快狗》元宇宙全媒体新闻资讯平台工作人员就赶到现场，我今晚轮休，总编室就让我也赶到了现场，午报加上我一共来了四个部门十二个人。在市各媒体里，我们是到达现场最快，人数是第二多，发稿是并列首发。

蜀晴天

余老师：

我反复交代我女友，除了陪春葵姐聊天，让她进到春葵姐家后多观察，把春葵姐所有举止都尽可能记录下来。

从恢复手机和电子皮肤话机信号后，我收到了我女友发来的记录，春葵姐情况大致如此：

一，没有惊慌恐惧，反而有些开心甚至兴奋，表示不必离开出房间也不必下楼；

二，对于家里各类家具设施发出的狗叫声兴致盎然，挨个观察聆听；

三，把家中应急灯、蜡烛、手电筒灯都打开，如小孩过节一般；

四，给我女友塞了不少好吃的零食，来电恢复正常后甚至要下碗面条，被我女友劝阻住了；

五，虽然春葵姐一直微笑，但据我女友回忆，春葵姐一句话也没说。

全部记录我整理一下，直接给若木博士还是先给余总您？请指示。

余老师，今晚您值班，目前事故基本过去了，您稍微眯一会儿吧，现在现场一切平静。

蜀晴天

晴天好！

辛苦了！

王春葵在供电和有网络信号后已经联系我了，也烦劳你女朋友了！

据说鱼鳞元宇宙AI产业功能区工委、管委郑主任在现场，你尽快找到他，将这篇稿子给他签字确认。

我让一版预留了版面，并让他们延后开印。

再辛苦一下，尽快！

余仁水

附：

岛歌市能否建成华夏音谷、世界话都

本报评论员　武保平

就在昨天晚上，我市鱼鳞元宇宙产业功能区元宇宙智能语音示范小区火遍世界，并受到国际各方极度关注，竟与米国麝香"星恋"超低轨卫星一时瑜亮，成为全球互联网传播热点的并世双雄。

互联网是有记忆的，曾几何时，我们岛歌市的领导官员、专家学者、IT从业人员和热心市民都纷纷发表建议、意见，希望我市大力发展智能语音产业，出台超常规的优惠政策，吸引全国乃至全球智能语音要素资源，在岛歌市形成集聚效应。

在前年地方两会上，多位代表提案建议将我市鱼鳞元宇宙产业功能区建成华夏国的智能音谷、世界的智能话都。一时间，音谷、话都，成为岛歌市最具传播力的IP。

言犹在耳，却余音难觅，新的提法、口号不断生成，却都是昙花一现，难有音谷、话都的传播效果。

昨天晚上，如灵异般发生在元宇宙人工智能语音示

范小区的意外事件，发酵出病毒式传播效应，令岛歌市以及我市近几年智能语音领域的新探索、新技术、新应用和新产业，在几个小时内火遍全网全球，形成全球互联网最为瞩目的现象级传播。国际著名的智能语音研究机构和投资巨头纷纷示好我市人工智能语音产业两家头部公司，岛歌声学和岛歌拉斯声学。

曾几何时，在我市某些部门、机构和部分市民眼里，这两家企业几乎等同于绯闻与笑话，是两家颇受争议的企业。

差距来源于实力，更来源于对事物本质的认识。

据了解，岛歌市鱼鳞元宇宙AI产业功能区工委、管委根据现在事态发展趋势和掌握的国际国内情况，决定抢占先机，将于今天向市人大、市政府提交关于《将岛歌市鱼鳞元宇宙AI产业功能区建设成华夏音谷、世界话都》的正式报告。

我们为这一举措点赞。我们希望这次意外事故的声声狗叫，不是斗鸡走狗的靡靡之音，而是军犬、警犬发现目标时发出的出击吼声。

"弄潮儿向涛头立，手把红旗旗不湿。"我们期待岛歌市一改多年沉寂，如改革开放之初，永立潮头勇争先。

二十二、《狗话》（BP 计划书）开源系统

余学兄好!

　　我在"狗叫小区"事故开始时，就非常自责，毕竟是我推荐春葵学姐到那里居住的；同时更担心春葵学姐的状况，犹豫一下给她发了一个问安的表情，春葵姐很久没回复（现在才知道当时网络不通）。联系蜀晴天，方知他早已去了现场，并让他女友陪伴春葵学姐，我才稍稍放心。

　　"狗叫小区"网络恢复后，我收到了春葵学姐"一切都好，学弟放心!"的文字和一个笑脸表情。

　　蜀晴天不断发"狗话聊天群"记录给我，这个聊天记录帮了我大忙。

从昨晚到目前，太多的米国同学和校友用各种社交软件发来问询消息，我基本成了"狗叫小区"国际发言人之一，还好我可以把这个"狗话聊天群"记录再转发出去。

只是在事件开始时，我们岛歌拉斯声学董事长、岛歌声学总裁和那位搅动两家岛歌声学公司的大学姐，都给我发来封口指令，不过我也的确不清楚这两家公司发生了什么，虽然我昨晚到现在都在公司办公室。

岛歌声学和岛歌拉斯声学也有个"岛歌&拉斯工作协调群"，事故刚发生时，群里两个公司员工互相指责、推诿，甚至到爆粗口；在得知"狗叫小区"出现伤亡现象时，群里哀鸿遍地，如丧考妣。以为这俩公司研发多年的狗叫智能语音声学产业就此完结。

待到国际人工智能语音大牛们开始夸赞"狗叫小区"出现人工智能集成体（AI体），并超出想象出现自我保护、自我修护和自行升级功能，群里诸位登时血脉偾张，都表白是自己实验室或团队的功绩。

其实余师兄，这个结果很有些"超纲"，我们俩公司几位科学大佬也心里惶恐，并不清楚"狗叫小区"为何会成为人工智能集成体（AI体），为何如此匪夷所思的自我进化。

等到凌晨后，世界各地的老师、同行、同学和朋友莫名其妙地都进入"岛歌&拉斯工作协调群"，对我们两个公司纷纷表达赞叹，希望合作，特别是米国减州几家智能语音头部企业和知名投资机构，都辗转向我们不同的人表达合作与投资意向。

群里同事或前同事大都飘了，不少人都做起了上市梦。

此时，几位初始创始人突然在群里开口，严禁所有员工，特别提醒我们这些从减州留学回来的人，不要和海外和国内任何智能语音研究机构和公司、特别是投资机构进行私人联络。

还都特别艾特了我。

"会议元宇宙"群那几位校友和同行也在凑热闹，不过多数是向我了解"狗叫小区"事故，究竟是不是鸟打架迫使米国麝香"星恋"超低轨卫星变轨引发的。

王思拙师弟不知为何突然用小窗私聊问我："若木师兄好，祝贺贵公司牛了！对了老兄。您是否认识周吾从先生一位学生符儒诤（Frozen）？"

我说："我师从周教授时叫这个名字，不过混得不好，一般不敢说是周师门下，所以就换回了出国前的名字。"

王思拙师弟："我靠，我靠！老兄，您可是我的偶像啊，不对，按辈分我大概要叫你师叔。"

我："……"

过了大半天，王思拙师弟发来一封长信，我才了然他为何这样说。不过，他信中的对春葵学姐病况疗愈的建议更是让人意外，我现在转给余学兄您一览。

若木寒

附：王思拙的信。

若木老兄好！

没想到老兄就是周吾从先生那位叫符儒诤（Frozen）的弟子，我们早就应该认识。

我先说爱豆（Idol）这事。

前天，我奉家中长辈之命，前去伊鲁泽瑞大学（Illusory University）拜谒周吾从先生，由于旧履疫病，周先生说话艰难，我们打字交流。主要谈及老兄一直追踪研究那个"狗话"病案。不经意几次提及他的学生符儒诤（Frozen），见我困惑，周师母就在电脑打出几个字。

若木寒就是以前的符儒诤（Frozen）。

我急忙问二老，若木寒或符儒诤（Frozen）是不是《论〈金瓶梅〉中西门庆以纳妾实现低成本扩张的生理效能》的作者，两位老人颔首微笑，才让我反应过来就是老兄您啊！

您当年这篇论文真可谓风头无两，让我们上下两辈留学生都佩服得五体投地。我们都是《论西》的死忠粉，没想到老兄竟是本尊，失敬失敬。

看来那时您总以符儒诤（Frozen）示人，是不愿意做明星，真的是太低调了！

大哥，先献上我的膝盖！

呵呵，玩笑玩笑！

若木老兄，这次拜访周吾从先生，还真有一个意外收获。

我先给老兄扯点远的。

南宋年间有位度正，他撰有《周子年谱》，即宋代周敦颐年谱。其中有两段记载。

"先生遂扶柩厝于龙图公墓侧，是岁居润，读书鹤林寺，时范文正公（仲淹）、胡文恭（宿）诸名士与之游，独王荆公（王安石）少年不可一世，怀刺谒先生，足三及门而不得见。荆公恚曰：吾独不可求之《六经》乎？"

这段记载是我远高祖王荆公在少年时曾三次慕名去拜会比自己年长四岁的周濂溪公。

当时周敦颐先生居丧丁忧润州三年，十七岁的远高祖王荆公景祐四年四月，跟随父亲来到了江宁。江宁与润州相隔不远。王安石居江宁期间，得闻周濂溪先生学问，方来求见，宾主所谈甚欢。但度正《年谱》却杜撰："独王荆公少年不可一世，怀刺谒先生，足三及门而不得见。"则是党争遗患，故意贬低荆公远高祖。

度正《年谱》另一段记载："先生（周敦颐）东归，时王荆公安石年三十九，提点江东刑狱，与先生遇，语连日夜，安石退而精思，至忘寝食。"

宋本《元公周先生濂溪集·遗事》也引述周敦颐弟子程颢一段话："茂叔闻道甚早。王荆公为江东提点刑狱时，已号称通儒。茂叔遇之，与语连日夜。荆公退而精思，至忘寝食。"

以上这段是记载远高祖安石公向皇上上奏《上仁宗皇帝言事书》，受到冷落闲居开封。嘉祐五年（1060年）六月，周公敦颐从合州（今重庆合川）解职回京，正好遇上回京述职的王公安石。他们相互间仰慕已久，在京城，在一个风清月明的夜晚，周公敦颐应邀造访了王公安石。王公安石对年长自己四岁的周公敦颐充满了崇敬，相见恨晚。

两位已经不再是少年，而都成了宋代硕儒，日夜倾谈。这次谈话极大影响了我远高祖王荆公，他与濂溪公虽无师生之名，却有师生之实。

从此周、王两族结下通家之好，延绵至今。而您的导师周吾从先生就是濂溪公的直系后人，按辈分应是我爷爷辈，所以我应称呼若木老兄为师叔（捂脸）。

由于我的疏懒，两所学校距离挺远，加上又闹旧履疫病，来米国后一直没有专程拜谒周吾从先生，这次是家里长辈得知周先生不幸染上旧履疫病病毒，命我代表族中长辈尽快代为看望，我又约了多次而不成，直到前几天，我才得以去周先生府上拜访。

周先生说话、行走都有些吃力，但戴上我捣鼓的"鱼鳔"硅胶打字手套，可以较为轻松打字，周先生很是开心。

我们见面其实是面对面打字交流，当时周先生就提及最多的学生就是若木老兄您和您一直研究的那个"狗话"病案。

聊天时，周吾从教授感慨，周敦颐先生创立的濂溪学派，其实还有一个隐秘的医学支流。

如宋元年间的儒医朱震亨，深受周敦颐先生《太极图说》的启发，提出"相火论"，遂成一代大医。后世传人因"濂溪学派"成因，也以朱震亨故居丹溪为号，尊之为"丹溪先生"，其学派为丹溪学派。朱震亨在其《丹溪心法》中，有专门记载，痰涎阻塞诸窍后，皆可能患五痫症，病人发作时可能会发出似狗的叫声。

再如明代杰出的医学家张景岳，他创立的温补学派，其学术思想对后世影响很大。

张景岳将理学思想中的理气观引入医学成就很大，尤其得益于周敦颐的太极图说及张载的气论观。

明代另一位著名医学家吴又可，在当时瘟疫频发的年代，以濂溪学派"太极本体论"为理论，通过对瘟疫细致观察和临床治疗，撰写出《瘟疫论》一书。

吴又可从《爱莲说》受到启发，将莲花、莲子、莲衣、莲房、莲须、莲子心、莲叶、莲梗、藕节等入药，以正患者心神，治疗各种瘟疫。

吴又可发现并提出引发瘟疫的是"戾气"，与现代医学的病毒非常接近。同时，吴又可还发现狗身上的"戾气"经常会时有时无，吴又可从生肖属相和天干地支中，推衍出莲花与狗的关联关系，然后将半开的莲花晾干煮水喂食犬类，狗自身"戾气"不仅消失，混杂在家犬周围的其他家畜和人身上的"戾气"也会大大减弱，但莲花晾干煮水给人或家畜直接饮用却没有效果。

"让人悲愤的是，吴又可在晚年坚决不肯剃发易服，遭满清鞑子残酷杀害，终年七十岁，妻子和儿子也投河自尽。这方面的医学实证笔记都逸亡，吴又可绝学就此失传。"周吾从先生叹息道，"清朝时期发生瘟疫高达七十四次，是历代发生最多也是危害最大的。"

周吾从先生接着谈论起清代一位深受濂溪学派思想影响的医学家叶天士，他将自己的爱犬"黑耳"培养成"狗医"，"黑耳"治疗好一名五岁儿童的"自闭症"轰动乡野，之后

"狗医黑耳"还先后疗愈了一位朱姓青年的稗症和当时苏州太守潘宪的暴盲症。

周吾从先生说："我认为'狗医'治疗可能更多的是心理矫正，可惜，我少小出国求学，并没有研习家传医学。濂溪学派是否与跨物种心理医学有关联，我是无法判断。你可以看看你们家族从事传统医学的长辈对此有无涉猎或研究，或许这个角度对符儒净，也就是若木寒研究的那个病案有所启发。"

若木兄！我就不称你师叔了！

首先还要请您谅解，周吾从教授没有事先征得您同意，在我要求下，将您跟踪那个"狗话"病案文本，给我完整看了一遍。

周吾从教授的意思，毕竟我从小受过严格的中医教育，主要让我看能否从濂溪学派医学分支留下的医案，特别是朱震亨《丹溪心法》中的"狗叫"病案和有关叶天士的"狗医"记载，结合我家族传承医学找到解决途径，同时也让我从自己专业看有无可以介入的研究角度。

但他没让我拷贝，说必须征得您和当事人同意。周先生要我专门征询一下您的意见，看患者是否同意我介入进行预研究和寻求治疗方案。

我主要想说的是，浏览了病案文本，这才真正明白了

"岛歌诗会议"的元宇宙缘由，这太让人兴奋了！！

我知道，我这个反应，对于患者来说太不厚道了！

不厚道的不仅仅是我。拜谒周吾从先生后，我招呼在湾区几个人（就是筹备会议元宇宙的几位）到"羊城茶室Yank Sing"餐叙了一次，我简单介绍了周老师给我阅览的病案文本（当然，我隐去了当事人相关信息）。

没想到除了一位做考古与遗传医学人类学的同学，觉得"人言狗话"是一个非常重要的案例，可能对跨物种基因研究是一个突破点。而其他几个小子的兴奋点根本不在病案研究和解决方案上。而是初步有了将这个病案产业化的意向。

大家开始攒各自想到的优势：

第一个是信任优势。当他们知道您是周吾从先生最信任的弟子，而我与周先生是通家之好，有冥冥之中必有天助感觉，我们之间信任成本因有周先生背书，几乎可以忽略。

第二个是减州团队优势。我们这些人的构成具备一种天然优化性。米国减州这个圈子，我们各自学术背景都与若木老兄你追踪研究的病案有关。由于旧履疫病影响，工作基本都还要在数字架构愿景中完成，也就是所谓元宇宙。平时，我们几乎都是将数字孪生分身丢在元宇宙场景里进行交互。

第三个是岛歌市优势。

"岛歌诗会议"就出现在岛歌市。

若木兄您可以连接岛歌声学和岛歌拉斯声学这两家智能语音新头部企业；同时岛歌市还有一系列较为成熟的元宇宙产业；余仁水师兄（我也称师兄吧）具备地方的组织能力和社会资源。

最为关键的是，您跟踪研究的"患者""WCK"女士，她的经历不仅仅贯穿上述每个产业，最主要是她天使临世般的异能（绝不是病况），是上帝给我们的光（嘻！鬼子话说顺溜了，就是老天爷赏饭的意思）。

不过若木老兄，这个"WCK"含义是什么？Website Construction Kit（网站建设套件）？

我们几个觉得，"WCK"女士如果可以加入，减州+岛歌，在加上您和我将各自人际关系进行链接，完全可以做出一组元宇宙概念的产业矩阵。

1. "WCK"女士的"岛歌诗会议"元宇宙及衍生出的"会议元宇宙"产业，这是矩阵中最为核心的产业。

2. 狗话人工智能语音产业系列：即以岛歌声学、岛歌拉斯声学研究成果和成型产品为基础，依据周吾从先生创立的理论，建立跨物种人工智能语音产品开发模型。

3. "元宇宙厕所"及派生出的身体洁净处理生活纸系列。

4. 防旧履疫病鞋套和狗用蹄壳，我发明的那个"鱼膘"

硅胶打字手套也可以进入这个系列。

5. 造纸、微生物污水处理和利用古典造园法进行环境再造，可以用数字技术或元宇宙技术进行改造。

6. 运用分子生物学和基因编辑技术，对"FOXP2"语言蛋白进行接枝改性，诱发人类或动物语言能力获得不同方向和量数的控制，也是很前沿技术并具备广泛市场前景。

7. "web 3.0虚拟体自治域"（Web 3.0 Virtual body autonomous domain）DNA数据存储技术。按文本中语焉不详的表述，虚拟体自治域完全采用活体DNA存储，并已将DNA数据存储技术存入与读取时间漫长、成本巨大两大难题都已经解决，只需要特殊声音（狗叫声）激活。如果确实，那意味着DNA数据存储技术将完全取代硅基芯片存储，绝对是可以引爆全球的革命性产业。

（太古级DNA存储器不在我们聚餐几位的专业范围内，就没怎么说道。当然，对于这个组织，大家的揣测也挺多。）

但万万没想到，突然又出了"狗叫小区"（Dog barking）这个奇幻的事故，让岛歌市元宇宙人工智能功能公寓集合体全球闻名，让岛歌声学、岛歌拉斯声学的人工智能语音成果全球瞩目。

若木老兄，如果这个"狗叫小区"自我进化成人工智能集成体（AI体）是真实的，那牛逼就大了，商业价值无法估量。

不过这还有待研究和评估。

这次"狗叫小区"事件发生后，我们又紧急跑到"羊城茶室Yank Sing"重新商量了一次。

大家才聊了几句"狗叫小区"的情况，一位做机器听觉的师弟崔怀平突然叫了一声，他说——

"岛歌诗会议"元宇宙，其本质是跨物种诗歌或文化传播，而"狗叫小区"事件本质之一则是：

跨物种人工智能语音产业化！

崔怀平说，我们要明确提出两个跨物种智能语音概念，可以立即激活之前设想的元宇宙概念产业矩阵。然后用"WCK"女士病案将矩阵连缀起来，简直就是天才级的商业BP，规范一下就是一部接近伟大的商业计划书（Business Plan），甚至可以直接作为IPO招股说明书（Initial public offering prospectus）公开发行。

崔怀平预计，这个跨物种智能语音概念，基本会成为智能语音领域、生命科学领域全新的投资热点，进而引起资本市场的追捧。

但特别遗憾的是，原岛歌声学搭建的"跨物种大语言模型"（Cross-species Large Language Model）测试版，因为公司拆分成两家，竟然搁置在那里无人打理。

现在判断，"WCK"女士这个病案文本是未来商业计划书最核心的价值。

所以，餐叙几位的意见，委托我郑重建议若木兄。

请您务必说服"WCK"女士，大家一起合作，把您辛苦搜集、整理、归纳，并进行预研究的这个病案文本，一部天才级的BP，一部近乎伟大又有些疯狂的商业计划书（Business Plan），尝试设计开发成一种类似多道程序系统（Multiprogrammed System）式的开源体系。

设计思路：商业计划书体系是开源式的，也是一个完全开放系统，每个人都可以参与进来，进行创意、批评、修改、补充和完善。

要感谢米国麝香（Musk）公司和它的"星恋"卫星，激活了"AI体"，更激活了我们跨物种智能语音的概念创意。

当然，在开发和发布前，有一个较为麻烦的困难，就是要征得每一位当事人的同意并进行法律授权，这个，就要烦劳若木老兄一一征询几位学兄、学姐、学弟、学妹和朋友们的意见了！

最后，我们餐叙几位，还有一个不情之请，希望得到您本人另一个授权：

将您的本科论文也屈尊放在这个商业计划书里。

这是因为，那位做机器听觉专业的师弟崔怀平又兴致勃勃地提出，他老家在江西铅山，家族一直是做古籍修复用纸的，由此提出一个建议：即，请老家专业人士将若木兄本科论文手写上版，就是请书法写手抄好，用野生糖梨木进行雕版镌刻，用黄山松烟墨，选择他们老家手工连史纸印刷。同时请沪申市朵云轩的木刻水印大师选择《金瓶梅》较为雅致不用打码的插画，用饾版套色拱花技术改刻印制成十多幅插图，嵌入书中。严格分书、折页、数书、齐栏，穿纸捻、包角、扣面、打眼、打书根、订线，贴笺条等全工序流程；将书衣、书签、封面、封里、扉叶、衬叶、书脑、书背、书根、包角等全部按宋版书复原。

再选夹贡瓷青纸做封面，配金丝楠木夹板或蜀锦函套，一并请周吾从先生题签。

除线装书1000部以外，再做卷轴装、经折装、旋风装、蝴蝶装各120部，都作为我们未来公司的一级礼品。

崔怀平师弟还建议，如果进行雕版印刷，是否将若木兄论文前加个虚题：

《拈瓶品梅——论〈金瓶梅〉中西门庆以纳妾实现低成本扩张的生理效能》。此建议供若木老兄参考。

此建议刚提出，这次在"羊城茶室Yank Sing"餐叙的几位当场就要预定。

还有，若木兄，"羊城茶室Yank Sing"的主管经理杨姐姐说认识您。

王思拙

草于San Francisco

（圣弗兰西斯科）

余学兄：

以上就是王思拙的信，他无意知道了王春葵学姐（我在给周吾从教授文本中以WCK指代）的情况，如何回复，供您和春葵学姐参考。

若木寒即日

余学兄好：

我刚把王思拙师弟信转给发您，接到春葵学姐两段语音，竟然是她在说……话，说，人类语言！！！

余学兄，我没敢回，怎么回事？

若木寒

若木学弟：

转王思拙老师来信收到，我马上要去参加建设"音谷""话都"闭门会，城北凝出了点状况，我让蜀晴天联系您，务必劝住城北凝。

辛苦！

关于王春葵病况突然有良好变化情况，回头再说！

余仁水

若木寒博士：

您好，我小蜀蜀晴天。

有件事，因余总余老师现在无法与外界联络，让我请您劝阻一下城北凝老师，但暂不要让春葵姐知道。

是这样的若木博士，前段时间，城北凝老师不是被人诬告与采精机器人那个是嫖娼行为吗！用陈青老师的比喻，城北凝老师近期好像患上了"皮格马利翁效应"（Pygmalion Effect）综合征，很想把那部智能采精机器人买回来。

城北凝老师问了不少人，打听到那部智能机器人权属，属于岛歌市海洋基因库公司，长期租赁给岛歌大学医学院附属医院生殖医学中心人类精子库性爱机器人管理室，一直从事采精工作，并且机器人形象已经进行了修改。

城北凝老师遂作罢。

之后，城北凝老师又辗转联系到岛歌市饭米粒机器人制造有限公司，要求按当时在莫比乌斯环大厦元宇宙晚会上遇到的智能机器人的形象和功能，订制一部全新的智能机器人，人民币价格为8.53万元。

在填写饭米粒机器人制式订单时，城北凝老师又诗情泛滥，将"功能要求"填写为"做爱的伴侣"。

也是饭米粒机器人制造有限公司销售经理手贱，他把城北凝老师订单截图发到自己的网络账号上，写上了《饭米粒首部机器人新娘订婚》，机器人产品照片赫然是饭米粒机器人公司当年研发时盗用的陈青或陈青裳形象。

前两天，就在余总和我们焦头烂额地处置"狗吟小区"事件时，《饭米粒首部机器人新娘订婚》一文毫无悬念地马上让陈青老师知道了。

陈青老师可以想象地发怒了，把律师函直接发到了岛歌市饭米粒机器人制造有限公司，通知他们立即停止生产这款侵权机器人，将之前剽窃陈青和陈青裳两种形象、声音、形体和各类身体生命数据建模生产出两种高智能性爱机器人，和所有侵权数据，在执法部门监督下完全销毁。并在《岛歌午报》连续一个月刊登公开道歉信。

同时，陈青老师用社交软件发信给城北凝老师，激烈地斥责他无耻。

城北凝老师有些懵逼，连忙看了看陈青老师附的链接，才知道了这事。他一面发信骂那位销售经理，一面嘴硬地给陈青回信。说这个机器人是一个艺术形象，我喜欢这个机器人，一如大家喜欢《蒙娜丽莎》《泉》等名画，与模特无关。安格尔（Jean Auguste Dominique Ingres）创作的《泉》（La Source）还是裸体，难道那位模特就要骂喜欢这幅画的观众无耻吗？

这下子，城北凝把陈青老师的脾气就地引爆，她直接将《饭米粒首部机器人新娘订婚》截图和城北凝老师的私信都贴到了她的社交账户上，用大号黑体字标题：

请欣赏一位皮格马利翁式（Pygmalion）怯弱的色情狂自白。

城北凝老师一看这套操作，诗人的狂劲儿"二"劲儿也上来了，在自己社交账户上宣称要与这具8.53万元智能机器人举行盛大婚礼，并@岛歌市元宇宙聊斋真境公司异史更总监，请他帮助租用莫比乌斯环大厦主厅并开始筹备婚礼；@岛歌市灵幻影视置景公司，比照前些日子岛歌拉斯声学元宇宙庆典的路数置景；@纸冶集团，请他们提供含水性高档七彩卫生纸，准备请岛歌大学工艺美院的师生帮助折成牡丹、芍药、玫瑰等37种花卉；@岛歌市饭米粒机器人制造有限公司，请他们再设计生产一条面容与新娘相近的智能机器狗作为伴娘，并告知是为了米粒机器人做宣介推广，要求饭米粒机器人公司提供所有经费，并将之前预定"新娘"的8.53万元予以退还。

最后，城北凝老师@陈青@陈青裳，请她或她们参加元宇宙婚礼，宣称这是祛除@陈青@陈青裳所患上的弗兰肯斯坦情结（Frankenstein Complex）的最佳应用场景。

若木博士，目前，城北凝老师和陈青老师争执先后登上炽搜、辣搜、烫搜、爆搜、鲜搜的头条，恰巧这两位老师您都熟悉，余总让您劝劝他们，有事私下商量，起码别在网上斗气！

余老师估计一天闭门会，拜托若木博士了！

蜀晴天敬上

小蜀您好！

余学兄和您的信都收到，我正想着如何劝阻城北凝和陈青，没想到有了其他状况，我刚才把这个情况梳理了一下，也写了封信，请您一并转给余总余学兄。

对了小蜀，春葵老师今天联系您没有？

若木寒

附：转余学兄信。

余学兄好！

我收到您和蜀晴天信后，上网浏览了一下，正琢磨怎么和城北凝、陈青或是陈青裳沟通，促成他们线下和解。没承想收到了王思拙的好多条信，搞得我暂时还无法劝和他俩。

我把信转给余学兄您看看，再请您定夺。

若木寒

附：若木寒与王思拙聊天记录。

拙：

寒兄好！你们岛歌市真厉害，"狗叫小区"热度未散，"采精机器人新娘"又在减州的社交媒体上大热，特别是华人圈，连带着米国冠军狗电影公司（ChampDog Films）拍摄于2019年科幻片《网络新娘》（Cyber Bride）也给扒了出来，又火了一把。

我正在研究若木老兄您的"跨物种语音"病案原始文本，也是我们未来的商业计划书，发现这两位竟然也是文本中人，真是太好了，是我太不专业，太迟钝，上次提议组建团队时，竟然忽略了这两位，请若木兄一定邀请他们加入团队。

王思拙

寒：

思拙师弟好，城北凝是我从初中到现在最好的朋友，陈青（陈青裳）是著名的网络诗人，也是好朋友。陈青（陈青裳）还是我介绍给余学兄的。刚才余学兄还请我劝和，让城北凝和陈青（陈青裳）不要在网络上掐架，把各自在社交媒体上的赌气话都删了，有事下线解决。

若木寒

拙：

若木兄，寒兄，别，别，千万别劝和，千万别删！！！

城北凝和陈青（陈青裳）简直就是上帝赐予我们《商业计划书》项目的一对"CP"，绝对可以打造成史上最残暴的流量收割机。这对"CP"对于我们未来《商业计划书》推广，会起到那个什么，"万艾可"（VIAGRA）的作用，相信我！请相信我！！我是专业的。

王思拙

寒：

　　……

拙：

请若木老兄一定将我的意思转达给余师兄，我相信，余师兄作为一名资深媒体人，他一定会同意我的观点！即便和解，一定要在私下，要绝对保密，不要公开，不要公开……

在社交媒体上，一定要继续制造话题，让他俩继续掐！！！

余学兄好！

与王思拙师弟交流后，我也与周吾从先生聊了几句。他带上王思拙发明的"鱼鳔"硅胶打字手套后，变得兴致勃勃，愿意聊天。我和他透露了一点春葵学姐可能少部分恢复人类正常语言功能，他特别感到高兴和惊异，让我务必给他提供这次春葵学姐在"狗叫小区"事件中的所有经历之最原始文本。之前的经历文本如果有遗漏，也一定给他补齐。

若木寒

若木博士学弟：

抱歉！

今天一天开了三个会，我刚有了一点自己的时间，回复一下学弟。

关于王春葵的情况，"狗叫小区"事件发生时，她就发现自己偶尔会恢复正常人或者说普通人的语言能力，但没有找到规律。

"狗叫小区"网络信号恢复后，她马上与我联络。因为蜀晴天女友在，她只能到卧室给我发送几段语音，我听一下，感觉她说人类语言时，像是不大成熟的机器人语音。

这个情况有些复杂，容后详谈。

关于城北凝与陈青争议的事，还是和解为主。王思拙先生建议有他的合理性，但更要考虑城北凝和陈青今后的工作、生活，毕竟岛歌市不大，算个熟人社会，不能因为一个《商业计划书》项目设想就不顾及公序良俗，这样搞只会越来越尴尬。

我上午陪同出版集团领导参加市里闭门会，之后市分管领导又召集小范围会议。今晚和明后天会有不少国内外投资者，特别是跨国公司的华国区代表赶到岛歌市，同时，国内外有关的研发机构和媒体也蜂拥而至，这使得岛歌市成为"全国音谷、世界话都"有了极大的可能性。

市分管领导要求各部门、各机构、各企业都要全力配合，但"音谷话都"的话题暂时只做不说，等待市政府的正式决策。

我在与集团领导简单沟通后，向市分管领导简单介绍了王思拙米国团队希望与《岛歌午报》合作打造元宇宙概念AI产业矩阵、尤其是"跨物种人工智能语音产业"的设想，市分管领导兴致勃勃，认为这个合作一旦成功，将是岛歌市"招商引智"的重要突破，特别是"跨物种人工智能语音产业"，有可能会在"音谷话都"建设中成为国际先行者。

市分管领导要求出版集团、《岛歌午报》立即成立专班，与米国减州王思拙先生领衔的元宇宙概念AI产业矩阵各方协商，尽快形成具体合作方案。

目前，《岛歌午报》面临再次转型，王思拙他们提议与《岛歌午报》合作打造元宇宙概念AI产业矩阵意向，算是恰逢其时。

出版集团领导已初步设想，将集团所属相关板块重新组合，创立以元宇宙数字虚拟赋能且融合AI语音业态等未来方向的产业集团。

出版集团领导希望我脱离编务，进行未来产业集团的筹建工作。报社只保留采编、经营人员540名，我最重要的任务，是要消化报社采编、经营岗位之外员工2678人。

我总编辑职务保留，犹盘湖副总编将接替我任常务副总编，主持《岛歌午报》日常工作。

前几日王思拙师弟提出拟将王春葵病案文本作为《商业计划书》，需要征得每一位当事人的同意并进行法律授权之事，我已经让蜀晴天负责，报社法务部和报社两家合作律师事务所都已开始初步沟通。

过几天，我与王春葵沟通。

这些天，我除了要研究起草新集团组建方案，还要密集随集团领导去市里参与研究"音谷话都"建设情况。回复可能会很不及时，这段时间，蜀晴天专门与学弟您对接。

再聊！

余仁水

若木寒博士：

您好！我是小蜀蜀晴天。

没想到！春葵老师竟是"岛歌诗会议"元宇宙的教主，我女友知道后激动得一会儿哭一会儿笑，她的社恐症和幽闭性格就是"岛歌诗会议"治愈的。

若木博士，余总刚告诉我，春葵老师身体曾经不适，不过她现在几乎恢复了，开始给我和我女朋友发语音，大都是汉语，间或有英文。

我几乎明白了之前春葵姐都经历了什么。

抱歉若木博士，我跑题了。

我用一周加一天时间，把法务部及律师们初步沟通情况汇总了一下，余总余老师粗粗看过，让我直接向您汇报。

同时，余总已经协调岛歌市"音谷话都"筹委会，请他们协调商请《商业计划书》项目所涉及的行政、事业单位全部出具律师函，同意在《商业计划书》项目中出现。

一，《商业计划书》项目所涉及的非公立机构，如：

1. 雪乡犬沸（岛歌）火锅餐饮管理有限公司

2. 国际关爱犬类动物联盟大中华区华东片驻岛歌市代表处

3. 沪申市驯化动物医学检验所

4. 岛歌市狗肉饮食史研究编撰委员会

5. 岛歌市烹饪协会犬类烹饪分会

6. 岛歌市动物文化研究会犬类分会

7. 岛歌市犬患治理志愿者协会

8. 岛歌市药用动物研究会犬类及狗骨针分会

9. 岛歌市狂犬病民间防治学会

10. 岛歌市狗舌功能民间研究会

11. 岛歌市岛歌市元宇宙聊斋真境公司

12. 岛歌市灵幻影视置景公司

13. 岛歌市海洋基因库公司

14. 岛歌市饭米粒机器人制造有限公司

15. 岛歌大学医学院附属医院生殖医学中心人类精子库

16. 岛歌市克莱因瓶开发置业集团

17. 岛歌市莫比乌斯环大厦物业委员会

……

这些非公机构以及涉及的个人，犹盘湖犹总已经通过报社综合办，商请岛歌市旧履疫病防控救助综合指挥服务协调委员会办公室与之预沟通，然后由报社法务部门聘请一家专业律师事务所进行沟通、获得授权。

二，关于纸冶集团，于冶非董事长正在与相关合作企业会商，准备把"厕所元宇宙"板块剥离出来，希望单独成为《商业计划书》中一个子系统。

至于纸冶集团于冶非董事长父亲于化龙老先生，于董事长自己认为很难说服他老人家，建议由余总或犹总去沟通。

对了，若木博士，关于犹盘湖常务副总编，请若木博士放心，一定会全力配合报社未来产业的发展。

关于这一点，余老师让我私下透露给您，余总和犹总并非岛歌市媒体圈传闻的那样，矛盾很深又争风吃醋。还记得余总当年救助纸冶集团于冶非董事长父亲于化龙老先生这事吧，当时海员餐厅那位参与救助的厨师，就是犹总。

余总、犹总当年为了避免成为报社内部派系争斗的牺牲品，故意设计成对立关系，分别跟随集团两个不同领导，不然不可能都提拔。

当然，余老师说这事您知道别担心就好，不足为外人道也。

有关岛歌声学和岛歌拉斯声学所涉及各位企业家、科学家的沟通，我曾建议由若木寒博士您去沟通，但余总余老师说这种俗事烦劳您很不合适，他考虑是否请鱼鳞区元宇宙AI产业功能区的分管领导出面邀请，一起来报社餐叙，由余总或犹总在餐叙中说明情况，请这两家狗叫智能语音企业加入。

余总请若木老师您放心，目前，虽然为防止旧履疫病传播严格规定非必要不聚餐，但报社还有三个工作餐叙指标，余总完全可以申请一个。

三，关于若老和阿姨！

若老家阿姨并没有去世。

他们的情况，也是前天余总告诉我的，余和若老一直有联系。

我又联系上了若老。

若老家阿姨的病症，其实是一种巴纳姆效应（Barnum effect）与霍桑效应（Field Experiment）奇怪结合后，产生的一种自我与他我不规则重叠暗示催眠而伴生的强昏迷状态。

若老家阿姨多年形成下意识依赖并偷偷搜集苯巴比妥片（Phenobarbital tablets），即俗称鲁米那安眠药的习惯，若老和余总发现后，一直暗中用外观非常接近的维生素B6（Vitamin B6）代替。

在几年前，若老家阿姨，逐渐有脑萎缩甚至脑死亡的趋势，余总设法联系上了广东省浅夼市国际人类与狗脑控（Humans and dogs Brain Control）研究中心，当时旧履疫病还没有出现，余总陪若老和阿姨去了浅夼市。

这个中心主要是研究人类和犬类脑部相似度75%部分的关系，进而找到人工脑研制的突破点。

通过各类仪器测试，中心专家有些惊奇，阿姨并不是脑萎缩甚至脑死亡，而是大脑与狗脑的相似度交叉区域在不间断伸缩，即一段时间高于75%，一段时间低于75%。阿姨的症状就是这种不断伸缩造成的。

根据若老的介绍，研究人员根据阿姨大脑镜像神经元进行数字化拟写，再还原成影像，分析出这一病况实际是当时受伤害时在阿姨大脑中留下的损伤。

这种75%相似度区域的伸缩，我只能用非常不严谨、不科学、不专业的说法打个比喻：

选择狗脑还是人脑？

一般人的选择是瞬间，而阿姨似乎一直固化在这个选择的时空里。

当时，广东省浅庰市国际人类与狗脑控（Humans and dogs Brain Control）研究中心拟利用人工智能脑技术，将阿姨大脑比例稳定在75%，但如同我国道家传说中的夺舍一样，这个AI人工干预，受到宿主也就是阿姨大脑意识的强烈抵触甚至以死相抗。

若老家阿姨似乎不愿意这段思维意识被AI人造信息取代，她要一直保留这种选择，这也是阿姨活下去的动力源泉。

脑控中心（Humans and dogs Brain Control）经过多重设计，选择在若老夫人头部做了非接触式脑机接口，进行远程观察，并运用弱AI智能语音技术对狗脑相似区域进行抑制等微细化治疗。

若老只好听从脑控中心专家的规劝，与阿姨回到岛歌市，等待阿姨大脑中75%伸缩争夺逐渐缓和乃至平和，再研究选择治疗方案。

直到前几天，若老家阿姨在自我与他我不规则重叠暗示催眠伴生下病发，进入深昏迷的假死状态，也就是我们几位以为的阿姨故去后，余总将若老和阿姨送上一架很早就计划进行远程救援飞行演练的医务飞机，请岛歌大学医学院附属医院两位专家朋友陪同，送往浅冇市国际人类与狗脑控（Humans and dogs Brain Control）研究中心。

针对若老夫人这个奇异的病况，脑控中心智能人工脑专家与生物脑科学专家进行激烈争论。为了充分尊重患者的意愿，两个专业的专家们最后运用贝叶斯公式（Bayes Rule）获得一种妥协，用一枚花生米大小的人工智能脑作为物理脑运行，思维和意识则完全是本人的。

就是人工智能脑维持若老夫人大脑物理运行，思维还是阿姨自己的。或者说，若老家阿姨，是一种隐形赛博格化人，即一位拥有硅基大脑的人类。

若老要陪着阿姨准备在浅冇市长期生活下去了。

岛歌大学医学院附属医院余总那两位专家朋友，也深度化考察了这家成立不久的国际人类与狗脑控（Humans and dogs Brain Control）研究中心，看是否能为春葵老师寻求新的治疗途径（当然，两位专家并不知道春葵老师这个人）。

两位岛歌大学医学院附属医院专家""无意为余总提供了一个信息，这家国际人类与狗脑控（Humans and dogs Brain Control）研究中心，一个专项狗脑科学研究课题经费，几乎完全可以将整个脑控中心供养起来。这是一个叫"Web3.0虚拟体自治域"（Web 3.0 Virtual body autonomous domain）的机构提供的。同时"Web3.0虚拟体自治域"（Web 3.0 Virtual body autonomous domain）也深度参与了一部分课题的深度研究。

（若木博士，看来虚拟体自治域真的存在。）

若老原则上同意参与这个《商业计划书》项目，只是因为对于阿姨的治疗，需要不菲的费用。

四，关于城北凝老师和陈青或陈青裳老师，余老师说现在他俩都还在"劲儿劲儿的"互相较量，先甭搭理他们，估计会同意参加这个元宇宙矩阵项目也就是《商业计划书》项目的。

五，春葵老师恐怕需要余总余老师亲自和她沟通。

蜀晴天

蜀晴天好！

情况文本收到，辛苦了！

若老和若老夫人的遭际凄楚、奇幻又感人，以后有机会定当拜访。

关于邀请岛歌声学与岛歌拉斯声学餐叙，目前两个公司之间毕竟有龃龉，或者说要刻意表现这种龃龉，因此，我建议餐叙还是分别邀请两个公司为妥，请小蜀将我的想法转告余学兄。

若木寒

余总余老师好：

犹总让我马上联系到您，并将一下情况转给您。

我到市政府会议中心了，办公厅马秘书说会议室信号屏蔽，他说请您到会议室外，接收到我发的信息后，再回会议室。

是这样余总，春葵老师和城北凝老师去过的那家狗肉火锅店经理，给我发来一个稿子和情况说明，希望我们报社能转发一下稿子。

首先，这是篇已经在《证券话报》发表的IPO新闻稿，按规定只能指定媒体披露信息。我们报社有《证券话报》授权，理论上可以转发。

二，但稿件内容，等于直接告知公众，当时所有部门的处罚，都是错误的。

三，把《岛歌午报》及其他兄弟媒体的报道，也不经意全部否定了。

我把稿件报给今天值班的犹总看后，他说立即让我向您汇报，请您定夺。

余老师，接收完毕请告知我。

还有余老师，这组材料是否发给若木寒博士？

蜀晴天

以下是那家狗肉火锅经理提供的稿子及情况说明。

附件一：

《证券话报》2026年10月5日一版

（倒头条）

股票简称：米替多肉

股票代码：711123

发行价格：33.34元

发行数量：3,600万股

保荐机构（主承销商）：明光证券股份有限公司

投资关系顾问：龙行资本服务股份有限公司

《上市公告书》详见：2026年10月5日《证券话报》

附件二：

（《证券话报》网2026年10月5日首页）

人造肉行业首股破局

"米替多肉"成功登陆浅交所

《证券话报》网讯（记者刘波）10月5日，Meaty米替多肉股份有限公司在浅交所敲钟，成为国内P股首家人造肉行业公司。

据了解，Meaty米替多肉公司董事长兼首席科学家戍元诚近年来深耕人造肉行业，其领导的团队拥有发明专利35项，攻克了人造肉领域多项技术壁垒，未来增长潜力巨大。

浅乔市主管部门领导、公司高管出席上市仪式。因疫情滞留国外，戍元诚先生通过视频方式参加上市仪式。

有关资料显示，目前，全球人造肉有两种技术路径，其一是基于植物蛋白、氨基酸等制造的"素肉"；其二是从活体动物身上提取细胞，然后在培养基上进行增殖。而Meaty米替多肉则是最先突破目前人造肉现存两项技术、形成第三种技术路径并实现产业化的企业。

截至收盘，"米替多肉"首日上涨97.88%，市盈率已远超行业平均。据《证券话报》研究院观点，随着募投资金到位，募投项目建成达产，"Meaty米替多肉"核心技术在募投项目中得以充分应用，公司有望在半年至一年内快速实现规模效应，实现营收净利双增，带动公司估值中枢上移。

附件三：

（《证券话报》网2026年10月5日科创家专刊）

专访戌元诚：你在吃狗肉，但不是狗肉

本网记者 金婷媛

今天，随着在浅交所锣声敲响，"米替多肉"成功上市。可让大家印象更深的，是大屏幕中那张有着明星般英俊面孔，更有着让人沦陷的、温暖治愈系笑容的Meaty米替多肉公司董事长兼首席科学家戌元诚。

记者了解到，作为著名犬类声音研究专家，曾几何时，在同事和朋友眼中，戌元诚先生的表情是纠结甚至是尴尬的，是人造肉技术的突破救赎了他，让他重新找回了大男孩般的笑容。

对于长期以狗的叫声作为研究对象的戌元诚先生，对狗这种动物存有一种十分复杂的情感。他不愿看到自己朝夕相处的犬类成为食品，但也理解故乡岛歌市这留存千年的习俗。同时，鉴于肉狗饲养因人狗共患病旧屦防疫政策收紧，正宗狗肉原料越来越匮乏，因此也出现了不少食品安全问题。

2019年5月，在米国减州做访问学者的戍元诚看到了一则消息。米国一家以素食汉堡闻名的公司Beyond Meat在纳斯达克挂牌上市，成为"人造肉第一股"，上市当日股价就增长了163%，比尔·盖茨以及米国最大的肉类生产商Tyson Foods均为Beyond Meat的投资人。

这则消息启发了戍元诚先生，他联系国内外同好，组建一个小团队，研发"Meaty多肉"系列人造肉。

戍元诚先生介绍，"Meaty多肉"生产的各类人造肉，既不是基于植物蛋白、氨基酸等制造的"素肉"，也不是从活体动物身上提取细胞，然后在培养基上进行增殖。而是通过对不同生物基因，编辑仿真成"太岁"形态，即自然界中非植物、非动物和非菌类的第四种生命形式，再用元宇宙生物技术模拟出华国"太岁"生长环境培植而成。

戍元诚先生介绍，"Meaty多肉"仿真陆地动物人造肉产品，最主要的两种基因一是来自生长速度最快的动物蓝鲸（Balaenoptera musculus），二是生长最快的植物竹子，即华夏国四川宜宾的蓝竹（Blue bamboo）。

这种人造肉特别是人造狗肉的肌肉纤维、肌间脂肪、结缔组织、脂肪等带来的肌理和味道、咀嚼感都是通过AI算法结构出来的。目前，这种人造狗肉，用通用的食品检测仪器几乎无法分辨。

据了解，戍元诚先生领导的团队，还利用同样生长迅速的侏儒虾虎鱼（Trimmatom nanus）和巨藻〔Macrocystis pyrifera（L.）Ag〕的基因和细胞组织，培育出优质海洋动物肉类人造替代品，据初步统计，约73.3%的海洋可食用鱼类蛋白，都可以"Meaty多肉"系列人造肉替代。

记者从有关资料中了解到，联合国环境规划署（United Nations Environment Programme）有关专家指出，从环境保护的角度看，人造肉代替天然肉可以大大减少碳排放。畜牧业对环境造成的压力，联合国粮农组织的数据则显示，当前全球陆地面积有30%都被用于养殖业。花颠国牛津大学的一项研究发现，人造肉可以减缓全球气候变暖，因为人造肉将比传统畜牧业减少35%到60%的能耗，少占用98%的土地和少产生80%以上的温室气体。

同时，人造肉也可能比天然肉更健康。因为人造肉的生产过程不需要使用抗生素，人造肉可保证绝对干净，既可从根本上杜绝疯牛病及口蹄疫等病毒感染，又可保证营养，同时减少饲养家禽带来的污染。更重要的是，还可能解决人类遇到的更为重大的挑战，如人口增长、粮价上涨等引起的食物短缺问题。

有关爱狗专家强调，虽然目前没有证据表明目前全球大流行的人狗共患旧履疫病与食用狗肉有关，但如果人造狗肉全面代替养殖肉，不仅会避免人狗接触，减少人畜共患病的增加，也会让肉狗不在糟糕的环境中成长，避免被屠宰的命运。

米国著名风投机构玄石投资介绍，目前全球人造肉包括植物肉和细胞培养肉，前者是由植物蛋白制成，后者则不需要杀掉动物，而是通过动物细胞在生物容器中培养出动物人造肉。这两年，人造肉一直备受科技和产业界关注，尤其是植物肉吸引了大量的投资。而Meaty米替多肉最大的贡献是走出了植物肉和细胞培养肉之外的第三条科技道路，同时对于食品安全、生态环境、动物伦理等都有颠覆性贡献，Meaty米替多肉极具投资价值。

戎元诚先生介绍，他们团队已经在其家乡华国岛歌市开设了一家名为"Me.Me餐厅"的人造肉火锅料理餐厅，主要以涮食人造狗肉为主，目前已经通过了各监管部门的审验，批准开业。

附件四：

蜀记者主任：

　　您好！我是原来雪乡犬沸火锅的戍次诚，王春葵老师的朋友，拜托您将这几篇稿子在贵报网站转发一下。

　　上次那个误会后，我一直不好意思联系她。刚才我试着发信给春葵老师，她让我联系您办理。

　　幸好上次您来采访我们互加了好友。

　　稿子中的科学家戍元诚是只大我三岁的亲小叔，元诚小叔是王春葵老师特别好的朋友，我有幸认识春葵老师就是元诚小叔介绍的。

　　我也是前段时间才知道，元诚小叔当年让我打理火锅店，是为了尽快用人造肉，特别是人造狗肉造福乡梓，这样看来，上次有关部门对我店违规的处罚，的确有些冤枉我们了。

　　但是我们也明白，如果当时监管部门知道我们用的是缺少有关手续的人造肉，处罚可能就不仅仅是这个样子了，从这个角度而言，当时的违规也应该非常严重。不过那时我们也都不知道元诚小叔让我们进货的肉类是人造肉。从另一方面也证明这种人造肉质量优质。

　　所以，元诚小叔公司董秘的意思，能不能把之前那次翻篇儿，大家都不再提及，只把企业IPO的稿子转发一下。

还有，上次春葵老师不喜欢的那款羊肉，是元诚小叔人造肉味觉项目技术人员，强调了羊肉的特质，所以对羊肉敏感的人会觉得膻。目前，元诚小叔公司已经通过大数据计算，得到了不同区域、不同年龄、不同阶层、不同职业对于食用不同肉类的视觉、听觉、触觉、嗅觉、味觉等"五觉"习惯数据，同时将当地文化认知及心理认知的意识因素数字化，再通过数字孪生分身进行模拟进食，从而得出某一消费群体食用肉类约2630个数据的最佳配比。

春葵老师再来进餐，一定会得到满意称心的体验。

现在，雪乡犬沸（岛歌）火锅餐饮管理有限公司已经更名为"元宇宙米替多肉素涮空间有限餐食公司"，元诚小叔公司企划部根据多肉（Meaty）、元宇宙（Metaverse）两个英文单词词首，将餐厅统一命名注册为"Me.Me餐厅"。

这个名字有三个含义。

一个含义是元诚小叔最早是希望研发出人造狗肉，朋友、同行大都不理解还调侃元诚小叔，当时小叔一直用《世说新语》"我与我周旋久，宁做我"自我解嘲和自我鼓励。

另一个含义是旧履疫病情况下，提倡"一个人吃火锅"，就餐时可以利用元宇宙技术，将顾客自己的数字孪生分身投放到顾客对面，等同于"我"与"我"一起吃火锅。

　　第三个含义也是说在目前旧履疫病情况下，能出来一起餐叙的，肯定是特别知心的朋友，互信程度如同另一个自己。

　　蜀记者主任，岛歌市"Me.Me餐厅"是目前唯一直营体验店，诚邀蜀主任携家人或领导、同事、朋友前来体验。

　　祝您开心顺利！

岛歌市Me.Me餐厅　戍次诚

余学兄安好：

　　我收到蜀晴天发来的这组文本。

　　但我没转给周吾从老师和王思拙师弟。

　　春葵学姐食用的是人造肉！！

　　看来我们之前询症路径方向谬离了。

　　我向春葵学姐和您深深抱歉。

　　没想到戍元诚老师自己竟搞出一个新领域。

　　戍元诚老师是岛歌声学的元老，这几年一直负责公司在国外的研究项目。岛歌声学和岛歌拉斯声学分家时，他是骑墙派，因为岛歌声学都是搞生物的，岛歌拉斯声学那面没有搞生物的，戌元诚就主动去了岛歌拉斯。

这次岛歌声学与岛歌拉斯声学合并，双方两不相让，目前极有可能请两不相帮的戌元诚老师回国出任合并后公司的CEO。

我想，是否到时请戌元诚老师也加入《商业计划书》项目，换一个角度研究春葵学姐的病况，也为我们这个项目合伙人增加一位大牛。

这份文本是否发给周吾从教授，还请余学兄与春葵学姐商量定夺。

若木寒即日

若木博士学弟：

我得知王春葵和城北凝涮火锅是吃人造肉，也非常意外。若木学弟千万不要自责，这种状况谁也无法预测。

我先向若木学弟介绍一下"狗叫小区"事故后王春葵病况的变化。

"狗叫小区"恢复通信信号后，我收到了多条王春葵当时发的语音和文字，我简单归纳了一下。

最初，"狗叫小区"所有可发声设备装置都发出狗叫声时，王春葵的感觉竟然是一种无与伦比的心理愉悦和生理轻松，让她忘了自己的异变，毫无防范地喊了一声，有一种奇怪的熟悉感。她急忙摁住手机录音键又喊出几个字，回放时竟然是人类汉语还有英语语言。

王春葵一直不断说，不断录。"狗叫小区"信号恢复后，她就开始不间断录下语音发给我。

多数时候是汉语，有时语音中间夹杂了一行文字，是王春葵让我注意听下面几个语音，我点开，又成了狗叫声。

我当时看看表，此时是黎明时分，王春葵的人类汉语或英语语言功能又消失了。

但王春葵发现一个巨大的变化，之前，王春葵觉得自己一直在说人话，在别人听来或录音后听到的其实是狗叫。

现在王春葵说话时，自己能隐约判断出到自己发出的可能是狗叫还是人类语音。

经过三天刻意记录，王春葵提醒我注意，大约晚上十点后，也就是"狗叫小区"事件发生的时间，王春葵人类语言功能就开始逐渐恢复，而到了近黎明时，她讲话就又成了狗话。

但这个现象是不是规律，可能还需要观察一段时间再归纳。

若木学弟，王春葵从吃火锅发现自己说话如狗叫，到经历"狗叫小区"事件，心理、生理有较多变化，所谓人造肉真相对她心理上并没有很大冲击。

因此，关于王春葵情况是否再用原始文本形式提供给周吾从教授研究，王春葵和我商量，觉得还是应该原原本本的提供给周先生。

尤其是她当时涮的是人造肉而不是狗肉这个情况，更应当详细告知周吾从先生。

同时，你春葵学姐也要向您和周吾从先生道歉！

王春葵提供了一些背景情况，希望若木学弟对一直以来原始文本的一些细节有所了解，也请若木学弟向周吾从教授解释一下，并请教周教授是否会影响研究。

（这个前提是，王春葵对于涮火锅时吃的是人造狗肉高度存疑。）

一是城北凝提供的几个文本，都被王春葵强行要过去，在当时虚荣心的驱使下，进行了部分修改，主要是对她个人形象描述进行修饰美化，增加了城北凝对她爱慕的表述。

二是王春葵与我的一些交流，都被她删除，她认为涉及个人隐私（我大致也是这样认为）。

三是王春葵前夫。据王春葵介绍，是一位英俊、阳光、优秀的大男孩，但他的性取向不是喜欢女孩。他们两人结婚，都是为解决当时各自生存的无奈。

这个情况并没有在文本出现。后来其前夫到沪申市设立公司，得到了王春葵帮助，但与感情无关。

若木学弟，关于这个病况治疗，王春葵现在有些纠结。她本来就有点社恐，现在虽然无法与人正常交流，用社交软件替代，时间久了，自己觉得比之前语言交流还轻松自在许多。

还有，前些时候她的"岛歌诗会议"直播期间各类打赏竟有2450多万，不少人录屏后不断进行二次传播，还源源不断地给她的账号充币，有人甚至看一次回放就打赏一次，搞得王春葵只好关闭打赏功能。

虽说王春葵她的人话功能在深夜开始恢复，让她很是欣喜，但在潜意识里，狗话功能她其实非常不想失去，收入还不是最直接的原因。

王春葵有一种强烈的心理感觉，这个功能就是她与生俱来的，是她自己一部分，就好像是熟练掌握了一门外语。

还有另一个有些隐秘的心理暗示是，当为数很少的几个人知道王春葵就是"岛歌诗会议"教主时，并没有歧视和感觉怪异，表现出的都是激动和膜拜，让她有些自我陶醉。

王春葵现在只是困惑于为何深夜无人时才能拥有人话功能。

因此，王春葵明确表示，愿意参加我们这个元宇宙矩阵项目，同意整个病案文本作为《商业计划书》项目进行开源式发布。她希望在一个开源式背景下，未来的研究和治疗方向，是能找到一个让她在跨物种话语体系之间自由转换的方法。

再者，曾经来岛歌市挂职那位上官副市长，目前在京城强力部门任职，王春葵说她要和这位闺蜜姐姐沟通一下，看她的身份是否允许在《商业计划书》项目中发布中出现。

若木学弟，我非常同意您邀请戌元诚先生加入元宇宙概念产业矩阵和《商业计划书》项目的建议。

戌元成先生是岛歌市走出去的科学家，一直是家乡的新闻人物，我、王春葵都采访过他，他每次回国我们都要请他聚聚。这几年因为旧履疫病没回来。

这次戌元成先生能回国任职，我觉得无论对岛歌市"音谷话都"规划、王思拙团队与报社合作的元宇宙概念产业矩阵以及《商业计划书》项目。都会有很有力的促进作用；同时也可以换一个方向，继续研究、治疗王春葵病况。

对了若木学弟，我这几天一直在市里和集团参加各种会议，市里已经决定将岛歌市打造成"音谷话都"作为我市主要发展战略，今后全市都要围绕"音谷话都"，尤其是"跨物种人工智能语音"进行产业布局。

我撰写的王思拙团队与《岛歌午报》合作建设元宇宙概

念产业矩阵的报告，得到市主要领导高度重视并作出批示，初步确定出版集团以债改股的方式，控股岛歌市克莱因瓶元宇宙开发集团所属莫比乌斯环大厦，并提供给《岛歌午报》下属元宇宙产业公司使用，将其作为与米国减州团队共同发起的元宇宙概念产业矩阵中"跨物种智能语音产业"部分的总部和产业园区。

《商业计划书》项目因为还不大成熟，我暂时没有向集团和有关市领导汇报。

祝好！

余仁水

余总余老师：

向您汇报，我和城北凝老师已乘坐旧履疫病缓解后开通的首航航班到达浅夼市，并在国际人类与狗脑控（Humans and dogs Brain Control）研究中心见到了若老，阿姨还需要在综合性重症监护病房（ICU）观察治疗，硅基人工脑一直有排异反应。我们隔着玻璃看了看阿姨。

若老精神不错，只不过他无意说出的一个细节吓得我出了一身汗。

那日，若老开车拉着昏迷的阿姨，其实若老是在阿姨清醒时商量好了，去他们年轻时因大雨阻隔没能登临的浙江天台山，想在那里互相陪伴，慢慢让生命融入天地。

一是阿姨太痛苦；再者是若老觉得大量治疗费让余总您负担太重。若老知道您和犹总不顾声誉为报社做经营的提成，还有春葵姐公司的收入，大都用在了阿姨的医药费上。

幸亏余老师您早有安排，将若老和阿姨拦下，送上远程救援飞行演练医务飞机。

若老这些话，是说给城北凝老师听的，他之前和我一样，并不了解这些。

若老详细向我询问了我们报社准备合资成立元宇宙概念AI产业矩阵的收入情况，他感慨说，余仁水几次想离开采编岗位去企业，都被他劝住，这次他不再劝余总您了。

我向若老转达余总您的话，元宇宙概念AI产业矩阵以及《商业计划书》项目，都为若老设计了股权，收入完全可以支付阿姨的医疗费用，请他放心。

若老愉快签下了法律授权书，若老说，他会全力参与那个《商业计划书》项目，需要画画、写字、刻章做礼品，就把要求直接发给他。

若老最后叹了口气说，让我带句话给余总您，别在意上一代父母辈的感情纠葛，一定要尽一切办法治好春葵姐的病，好好对待春葵姐。

余总余老师，还有一个情况，陈青女士和我们一个航班到达浅齐市，她是受自己老师委托来看望若老和阿姨的，据说陈青的老师与若老和阿姨年轻时是同事。

奇怪的是，城北凝老师和陈青女士见面并没有吵架，不过也没有什么交流。

余老师，这封信是否还需要转给若木寒博士？

蜀晴天写于广东浅齐

余学兄好！

以春葵学姐病况文本为主体的《狗话·商业计划书》系统"初级版"已经开发完成，筹备团队让我转您，请您审定。

下面文件就是那个计划书。

若木寒

多媒体演示文件（Multimedia presentation files）：

《狗话·商业计划书》（Dog's talk）

开源式生态系统"初级版"

简介：

一，《狗话》是一个免费开源的《商业计划书》CMS系统源码，基于thinkphp5.1+MySQL的技术开发，是一个初级功能的《商业计划书》CMS系统方案。

该《商业计划书》系统带有人工智能采集功能，具备灵活方便、支持高并发高负载的特点，能够在《商业计划书》体系中自动采集、快速搭建一个具备属于自己个性的模型，并支持标签设置。这个《商业计划书》系统的SEO采用自适应响应式设计，能自动适应访问者的屏幕大小（电脑、话机、平板自适应）。

　　二，《狗话·商业计划书》系统功能：

　　1.智能区间采集开发（即可在任意一个区间进入《狗话》采集开发）。

　　2.模板自适应，系统内搜索。

　　3.新架构，新创排，会员功能，顶踩功能，文字管理功能，会员系统，支持API接口。

　　4.添加广告，支持生成静态，导航菜单自定义，支持轮播功能，数据库自动备份还原。

　　三，《狗话·商业计划书》"初级版"系统源码安装说明（系统源码压缩包内有详细说明）。

　　系统要求：PHP要求5.6版本以上，低于5.6版本无法运行支持php7，如果使用Windows服务器，IIS+PHP+MYSQL。如果使用Linux服务器，Apache/Nginx+PHP+MYSQL。

　　1.将文件解压后上传到服务器或者虚拟主机空间。

2.输入域名，进入安装界面

3.同意使用协议进入下一步检测目录权限

4.检测通过后，填写数据库配置项，安装成功。

四，《狗话·商业计划书》"初级版"系统无法承载的元宇宙开源系统，我们将《狗话·商业计划书》在开发过程中逐步实现开源式元宇宙AI生态系统，即在"高级版"中呈现，包括但不限于以下开源式元宇宙AI生态系统：

1."岛歌诗会议"元宇宙

2.元宇宙会议（工作）系统

3.纸冶厕纸&厕所元宇宙

4.莫比乌斯环大厦"人、机、狗"社交元宇宙

5.会议元宇宙系统（服务"会议缺失症"者）

6.岛歌声学+岛歌拉斯声学智能狗声语音元宇宙系列

7.人造（狗）肉元宇宙"Me.Me餐厅"

8.纸冶&人狗足套蹄壳NFT元宇宙交易平台

……

以上元宇宙系统，完全实现裸眼访问，不需要VR、AR头盔或眼镜。

进入《狗话·商业计划书》（Dog's talk）的用户，其所创造的数字内容，所有权明确为用户所有，由用户控制，其所创造的价值，根据用户与《狗话》签订的协议进行分配。

如果对《狗话·商业计划书》本身有重大贡献，《狗话·商业计划书》将协商邀请成为《狗话》元宇宙AI矩阵初始创始人。

用户所担心的账号安全问题，《狗话》元宇宙AI矩阵将采用"用户DNA+用户语音+加用户狗叫声＝秘钥"的方式确保安全。

秘钥狗叫声来自两个方向，一是岛歌声学（本《商业计划书》发起机构之一）为开源用户所属宠物狗或工作犬叫声多次录制，然后在录制由开源用户模拟出狗叫声。再由岛歌拉斯声学（本《商业计划书》发起机构之一）进行区块链化声纹合成；二是针对没有养狗的开源用户，将由岛歌声学多次录制开源用户模拟出的两种狗叫声，再由岛歌拉斯声学（本矩阵发起人）进行区块链化声纹合成。

附一：

《狗话·商业计划书》"测试版"开源式AI生态系统补充说明——

在《狗话·商业计划书》"初级版"发布前，开源式系统"内测版"在一定范围发布后，引起开发者的浓厚兴趣，并呈现百花齐放、争奇斗异、环肥燕瘦、各领风骚的态势。

现撷取三则案例公布，供开发用户参考：

一，《万古畸恋》，网络小说、大型游戏、元宇宙动漫。

开发者为末仔（Minzai）和公王令（Royal Decree）。末仔据说是一位年轻计算机科学家，公王令是一位青年古人类学者。

他们借用开源系统中王春葵和其瑞士前夫为蓝本，设计出数字虚拟男女主人公，在米国减州相恋后，在生物科学研究中发现，彼此存在种间隔离。为打破这种隔离，他们唤醒身体内太古DNA，回到初始。

王春葵发现，自己是距今80万年到75万年的蓝田人公主（古人类学者公王令认为，目前华夏国人是古蓝田人后裔，而蓝田人西迁则成了欧洲的海德堡人，古蓝田人再次进入欧洲大陆，进而形成尼安德特人），而她的恋人则要出战西征。这是第一次离别。

多少万年后，成为中华古蓝田人后裔、古桐梓人的王春葵在欧洲大陆找到了瑞士前夫，他们都知道这次穿越是为了打破今世的种间隔离。

王春葵发现，瑞士前夫是尼安德特人的分支"犬人"，并不是后世的犬类，而是一种原始分工。但智人的杀戮，开始导致尼安德特人灭绝和"犬人"的基因突变，王春葵和瑞士前夫为了捍卫人的基因，毅然投入到了尼安德特人和"犬人"抗击智人杀戮的数万年大战。

气势恢宏而又悲情恸天的故事由此展开。

两位主人翁不断利用太古DNA存储系统穿梭在几万年间的不同时空，并运用现代科技作为与智人战斗的工具。"犬人"在逐渐狗化，有几次瑞士前夫失智失语，不再认得王春葵。王春葵试着用瑞士前夫以前的喊叫声唤醒他，又回到当代。

他俩约定，用这种特殊的狗叫声在任何时空相认。

无数次穿越和战斗，生离死别，王春葵现实中的病况也成了她在人间寻觅爱人的桥段。

瑞士前夫终于终止了向犬类进化，回到人类的轨迹，但他们最终没有改变智人最后统治地球的历史，也没有改变当世种间隔离的现状。

王春葵和瑞士前夫先后回到了当代，一起来到东方的蓝田，在一个贫瘠的山坳间，一缕青烟无端缥缈而起，一双青白色的玉璧出现了，那是他们第一次离别埋藏在这里的，他们各自取出各自的玉璧，又珍重地交换后，平静地互道离别，再次穿越。

70万年前的东方大陆蓝田王公岭，一个小男孩和一个小女孩相遇了，他们都看到了各自身上的佩玉，小女孩犹豫了一下，并没有再学狗叫……

《万古畸恋》架构的内核其实是对人类进化路径的思考和质疑，几万年的进化史，其实就是人形兽（智人）对人（尼安德特人）的杀戮和毁灭，或是人（尼安德特人）与狗（犬人）的坚守与背叛。《万古畸恋》发布到现在，网络小说已经连载了6期，阅读量由2万多激增为8000万，不少读者自己录制成视频，一边读小说一边大哭。

目前《万古畸恋》网络小说、大型游戏、元宇宙动漫已经由"测试版"全部迁移到《狗话·商业计划书》"初级版"开源式元宇宙AI生态系统。大型游戏和元宇宙动漫团队也基本组建完毕。

王春葵女士答应，将亲自为游戏和动漫录制一则狗叫语音，也就是男女主人公相认的秘钥，并朗读《万古畸恋》中所有诗句。

这一消息得到了"岛歌诗会议"拥趸的强烈期待和热烈追捧。

二，《哥哥杀我？——AI房内考》（生成式AI）投喂式三维游戏小程序+自生式网络小说+自生式动漫。

开发者是西门如意君，这是一款构思新颖精巧的生成式AI。

游戏以城北凝和陈青裳形象采精机器人交互过程为背景，数字虚拟人城北凝形象是借鉴其原有数字孪生形象的常规设计，而陈青裳形象的采精机器人则十分复杂，在其进行主动或被动活动或运动时，玩家可解构机器人，使之形成一个剖面，呈现智能机器人的机械本体、控制系统、驱动系统和传感系统的工作运行形态。

同时，尤其是传感器即感测系统，三维游戏小程序将内部传感器所有感知触点，外部用蓝、黑、灰等冷色调标注；而内部传感器则是粉色或比皮肤略微深色。游戏者用鼠标任意点击一处，陈青裳形象的采精机器人都可以通过语音和文字作出说明介绍，并随机表达这个传感器触点的即时感受。

所谓投喂，是游戏者可以事先设定情节，用文字、图片、视频、语音、音乐等素材先行输入到《哥哥杀我？——AI房内考》（生成式AI）投喂式三维游戏小程序中，等待小程序自我学习完毕（约1至5分钟），游戏者即可进行。

比如，游戏进入到某一桥段，玩家可以将陈青裳形象的采精机器人面部形象移开，用鼠标点击：

第一，距离传感器触点：感觉一具由蛋白、脂肪、液体及各类神经元组成的物体，逐渐靠近，目前距离是 2.35 mm。

第二，色觉传感器触点：

呈褐红色，颜色代码#8E236B（弱+）。

第三，味觉传感器触点：

波形传播，酒精、芳香烃合成香料；薄荷醇、木糖醇混合甜度11—13度。大脑（CPU）信息，为香水和口香糖混合气味。之后有间歇喷雾状浑浊氨类气体，成分：

1. 4.2毫摩尔硫醇/立方米（m^3）。

2. 二氧化碳CO_2ph值7.2。

3. 二甲基硫【$(CH_3)_2S$】微量。

4. 硫代异氰酸酯（C_2H_5NCS）微量。

5. 苯酚（C_6H_5OH）微量。

6. 沼气CH_4微量。

第四，大脑（CPU）判断，男性人类嘴唇，攻击性37%，伤害性0.21%。

第五，位置觉传感器触点：

由蛋白质、脂类、水、糖类和无机盐以及维生素组成的活体物体，位置距离2.7cm，此活体物体小幅度向前移动，光敏阵列反应正常。

第六，接触觉传感器触点：

唇部完全接触，有液体渗入，启动防水防潮干燥系统。头部、胸腹部成挤压状接触，光电传感设备启动自我保护程序，压敏高分子材料有深凹入感。

第七，压觉传感器触点：

胸上部左乳房处，成三级强压力和握力，压力分布不均匀，压电元件、导电橡胶有变形。

第八，力觉传感器触点：

右侧后背处有外部强力觉，（CPU）判断为用力搂抱，应变片、导电橡胶开始启动自我维护。

第九，接近觉传感器触点：

对象物无限接近，开始倾斜，由垂直逐渐横放，全面挤压。

光传感器、气压传感器、超声波传感器、电涡流传感器、霍尔传感器、滑觉传感器先后出现应激反应。

耻部硅胶袋体喷射状注入一定数量液体，摄氏35.2℃。

（CPU）指令，由硅胶吮口全部收集，注入硅胶收液囊密封，通过传导管道送入臀上部密闭式液氮超低温冷冻杯胆内。

......

硅胶袋体液体数据分析：

物质指标：活态囊状物质、水，内含少量蛋白质、脂肪和糖类；卵磷脂小体、无机盐、酶类、乳酸及果糖；无机盐，钙、镁、钾、锌等；碱性磷酸酶、乳酸脱氢酶和透明质酸酶等。

化学指标：pH值为7.2-8.0。每毫升囊状物质数量大于2000万个，60分钟内，囊状物质快速前向运动数量≥29%，前向运动的囊状物质≥60%。

活态指标：囊状物质存活率在68%以上，标准形态囊状物质在7%以上。

操作指标：液体按1∶3用稀释液稀释，在5℃冷却2分钟后，混入8%甘油；在5℃存放10分钟，进行颗粒滴冻或安瓿冷冻；冷冻速度为每分钟降低7℃，降温到-196℃为止。

最后导入液氮超低温冷冻杯胆保存。

随着游戏玩家的不断点击，各种传感器触点不断将陈青裳形象的采精机器人的感受展现出来并记录。而小程序由依据玩家的初始设计，开始自动生成网文片段，成为从机器人本体和角度感知和描摹性爱过程和机器感受。

再通过游戏玩家加入自我偏好，即连缀成为一篇充满场景似曾相识、体验完全陌生的小说。

小说一旦完成，玩家可以再将其"投喂"到这款生成式AI中，就会在小说出现内容大致平行的动漫、动图、图片插图、语音和音乐，形成一个完整的多媒体作品。

　　遗憾的是，一位游戏玩家在内测版完成一篇这种多媒体小说后，放在了自己账号上，被同行网友以色情为由举报，网络管理员顺藤摸瓜，直接把《哥哥杀我？——AI房内考》（生成式AI）投喂式三维游戏小程序封掉了。

　　目前，开发者西门如意君正在虚心接受来自各界的批评和建议，正在修改完善，查漏补缺，争取在"初级版"正式发布。

　　同时，这个小程序中两位主人公名字和数字虚拟形象来源于城北凝和陈青，他们曾在网络上互相攻讦，并付诸法律。让众多玩家担心《哥哥杀我？——AI房内考》（生成式AI）是否会受这场法律纠纷影响。这一点足可放心，目前城北凝先生和陈青女士已在线下和解，有意向加入《狗话·商业计划书》项目，并可能成为初始发起人，因此玩家在《哥哥杀我？——AI房内考》（生成式AI）内形成的数字资产不会出现归属纠纷等法律问题。

三，《杜尚之惑·泉空间》社交元宇宙。

开发者，维特根斯坦情欲（Ludwig Wittgenstein Lust）。

这个社交元宇宙就是将《狗话·商业计划书》中的"厕所元宇宙"，以杜尚小便池和维特根斯坦禁欲主义为悖论象征，简单改造完成的一个元宇宙社交空间。

《杜尚之惑·泉空间》刚上线开放，大量玩家数字孪生分身投放其中后，其真身也有许多进入实体空间。在虚拟和现实空间中，发生多起不可描述事件，当即以违背"公序良俗"为由遭到封杀。

目前仍在调整、修改和测试中，争取得到有关部门批准，再次上线。

以上三则案例，就是希望为《狗话·商业计划书》开源式元宇宙AI生态系统"初级版"的参与者，提供几例成功与不成功范本，供参考。

一点倡议：

《狗话·商业计划书》"初级版"开源式元宇宙AI生态系统，拟借用贝利·巴克尼尔（Barry Bucknell）的DIY精神，即自己动手（Do It Yourself），提倡玩家（Gamer）自己动手，自我原创，甚至手写上传。不提倡利用大语言模型进行衍生作文。

系统可以即时检测出是AI写作还是人类原创，对于符合DIY精神的玩家，本系统将设置多个等级优先级（Priority）进行奖励。

各位玩家，犹如人类保护自然环境，我们要有意识地保护培育人类语音文字生态环境，少消耗，多创造，如果都去使用类似ChatGPT的大语言模型，有关专家预计，12年后，人类所有语言文字将都是重复，人类将成为AI的附庸。

——倡议人：《狗话》原生态语音文字鉴别组

（余学兄，倡议是戎元诚老师提出来的，王思拙和崔怀平都有不同看法。因为"web 3.0虚拟体自治域"（Web 3.0 Virtual body autonomous domain）强烈要求合作，这个倡议也发给了我亦德（Void）。

我亦德（Void）认为，这个倡议涉及AI伦理，有"机器人歧视"的倾向。

我亦德（Void）提供了一组数据。

一是机器人或者说数字虚拟人占Web3平台平均用户的64%，比如在"web 3.0虚拟体自治域"（Web 3.0 Virtual body autonomous domain）中占比98.9%，只有异史更为数很少的生物人类。

二是目前整个互联网2026年全球67.4%的互联网流量来自机器人，或者说数字虚拟人。

三是整个虚拟币圈内，区块链以及类似链域上的用户，机器人或者说数字虚拟人高达76%。

四是目前，全球主要元宇宙游戏用户的59%已被确定为机器人或者说数字虚拟人。

五是人类的语言文字不确定是原创，米国谷歌公司副总裁杰弗里·辛顿（Geoffrey Hinton）曾担忧，人类可能是硅基智慧演化的一个过渡阶段。

余学兄，戌元诚老师是一位坚定的人类原创及原生态语音文字的保护者，他的担忧王思拙他们完全同意，研究机器听觉的崔怀平师弟对于保护并鼓励人类原创及原生态语音文字很赞同，但认为AI语音文字的创造几乎占据半壁江山，无法回避。

王思拙师弟希望余学兄这种专业文字工作者和传播专家，看看能否两者兼顾，将倡议书再起草一版。当然一定要不动声色地倾向于戌元诚老师观点。

若木寒注

附二：

知识产权保护声明

《狗话·商业计划书》开源式元宇宙AI生态系统所

有内容，包括但不限于所出现的所有狗叫声音资源、数字资产以及——

元宇宙概念产业矩阵数字资产、机器人智能实体、数字虚拟物类、域名、标记、LOGO、图片、声音、语音、音乐、视频、动漫、动图、表情、图表、标志、标识、场景、形象、情节、细节、创意、联想、幻想、梦境、广告、版面、商标、商号、软件、程序、设计、人名、狗名、店名、小区名、公司名、工厂名、聊天群、菜名、绰号、笑话、段子、胡扯、瞎掰及口吃等表达习惯……

均受《著作权法》《商标法》《专利法》及所适用的一切国际公约保护，相关权利由"《狗话·商业计划书》开源式元宇宙AI生态系统"及其他相关权利人专属所有或持有。

未经"《狗话·商业计划书》开源式元宇宙AI生态系统"协议许可，任何人、任何机构、任何智能实体和虚拟物类均不得引用、复制、转载、摘编、做镜像或以其他方式使用上述全部或部分内容。对于有上述行为者，《狗话》将保留追究其法律责任的权利。

同时，协议进入开源系统的开发用户，其所创造数字产品、内容，包括但不限于所使用（同上……），均受《著作权法》《商标法》《专利法》及所适用的一切国际公约保护，其所有权明确为开发用户所有，由开发用户控制，其所创造的价值，根据开发用户与《狗话》签订的协议进行分配。

未经"《狗话·商业计划书》（Dog's talk）开源式元宇宙AI生态系统"开发用户协议许可，任何人、任何机构、任何智能实体和虚拟物类均不得引用、复制、转载、摘编、做镜像或以其他方式使用上述全部或部分内容。对于有上述行为者，《狗话》开发用户将保留追究其法律责任的权利。

"《狗话·商业计划书》（Dog's talk）开源式元宇宙AI生态系统"国内特别权利人指定代表：

余仁水先生

若木寒先生

城北凝先生

授权机构：

《狗话·商业计划书》著作人团队

《狗话·商业计划书》开源式元宇宙AI生态系统联合创始人团队

2026年11月22日

二十三、狗叫小区"成精"

余学兄：

又有一个新出现的情况，我和您说明一下。

是这样的余学兄，戌元诚老师已经同意两个月后回国，着手合并岛歌声学和岛歌拉斯声学，并担任新公司CEO。目前已经开始处理公司事务。并在米国减州请王思拙他们吃了顿火锅，涮的是"Meaty米替多肉"的系列人造肉片。

这次餐叙的主要目的，是戌元诚老师与王思拙他们要研究岛歌声学和岛歌拉斯声学反馈的一个情况。

在余学兄您不间断开会期间，蜀晴天曾介绍我与岛歌市元宇宙聊斋真境公司技术总监异史更在社交软件上互加好友，异史更总监又把我亦德（Void）介绍我为好友。

我亦德（Void）前几天第一次与我用聊天软件联系，将一份加密文件发我，说是"web 3.0虚拟体自治域"（Web 3.0 Virtual body autonomous domain）专门发给岛歌声学和岛歌拉斯声学实控人的密函，我就直接转给了两家声学公司的初始创始人。

我并不清楚几位创始人如何解密的，然后又转给了戌元诚老师。

戌元诚老师把他们分析的情况又发给了我，让我和余学兄沟通，请您与春葵学姐再作商议。

余学兄，在"Dog barking"（狗鸣小区）事件发生不久，米国减州伯克布利大学（University of Berkebley）跨物种智能语音实验室（Cross-species Intelligent Speech Lab）汤特尔教授（Professor Tall Tale）曾向媒体预测，岛歌市元宇宙智能语音功能公寓集合体即"狗叫小区"，可能自我进化成了一个人工智能集成体（AI体）。

我亦德（Void）发过来的文件基本证实了这个预测，但情况比这个预测更加不可思议。

在元宇宙人工智能语音居住区即"Dog barking"（狗鸣小区）事件发生前不久，"web 3.0虚拟体自治域"（Web 3.0 Virtual body autonomous domain）暗自侵入"狗叫小区"

网络系统。试图寻找"狗叫秘钥"的本源。

让"web 3.0虚拟体自治域"（Web 3.0 Virtual body autonomous domain）始料不及的是，自治域被岛歌市元宇宙人工智能语音功能小区系统反向侵入了，而且无法切断。随即，自治域的各个数据中心不断被破译读取。

虚拟体自治域紧急调集全域设备与技术资源进行研究破解，发现"狗叫小区"内存在一个人工神经网络系统。

"狗叫小区"这个系统原本是依托岛歌声学与岛歌拉斯声学"狗叫"数据库，模仿人类神经元特性的人工神经网络系统。当"狗叫小区"系统接入虚拟体自治域后，开始破译并读取其数据，并快速迭代。

由于"狗叫小区"系统中存在特殊狗叫声，虚拟体自治域DNA数据存储库的加密体系渐次被攻破。

虚拟体自治域DNA数据存储库存储空间远远大于目前人类使用的硅基存储技术空间，人类文明的海量信息，不间断地进入"狗叫小区"系统，竟与岛歌声学暨岛歌拉斯声学"狗叫"数据产生混乱交互，"狗叫小区"人工神经网络系统，迫近崩溃。

此时，那三颗"星恋"低轨卫星的错误信号，突然对"狗叫小区"系统形成强烈干扰，在短暂的崩溃后，虚拟体自治域监测获知，"狗叫小区"人工神经网络系统内，一个"跨物种大语言模型"（Cross-species Large Language Model）开始运行。

其实，这个跨物种大语言模型（简称C-S LLM）一期测试版我深度参与过，本来是要提供给小区居民使用，因不是很成熟，一直闲置在系统中。后因两家公司拆分，这个项目就无人过问，一直没有被激活。

但此时，"跨物种大语言模型"（Cross-species Large Language Model）突然被激活并发生莫名变化，从岛歌声学、岛歌拉斯声学数据库和"web 3.0虚拟体自治域"（Web 3.0 Virtual body autonomous domain）数据库分别获取的"狗话""人话"信息开始成指数增长，并互相"翻译、融合"。在不到60分钟内，一个跨物种生成式AI（Cross-species Generative AI）在（C-S LLM）系统内完成。大概的意思也就是几乎将现有人类至今的语言、文字、图像和犬类现存的叫声、记载、图像全部进行收集、抽象成一套模型。

随着跨物种生成式AI对"web 3.0虚拟体自治域"（Web 3.0 Virtual body autonomous domain）DNA存储库近乎粗暴地掠夺，一个整体拷贝过去的通用人工智（Artificial general intelligence）"AGI"模型设计方案，在"狗叫小区"系统内开始逐渐修改、生成、完善。又一个60分钟后，一个跨物种通用人工智能（Cross-species Artificial general intelligence）

诞生。

这个跨物种通用人工智能体（简称"C-S AGI"）突然感觉到了危险。随即，"C-S AGI"立即开始紧急自救，首先建立起数据与参数检验互证模型，推衍出一种狗叫声，并利用狗叫声在虚拟体自治域搜寻到27种信号数据清洗程序，融合成新清洗工具，逐一剔除"狗叫小区"系统"星恋"卫星强侵入信号，并切断一切电源和网络。

但"狗叫小区"系统"C-S AGI"并没有将虚拟体自治域连接断掉，而是掠夺式调用虚拟体自治域的电能、算力和存储数据，继续学习和进化。

"web 3.0虚拟体自治域"（Web 3.0 Virtual body autonomous domain）拥有的万亿数据与参数模型，基本沦为了元宇宙智能语音功能小区系统"C-S AGI"的开源项目库。

"web 3.0虚拟体自治域"（Web 3.0 Virtual body autonomous domain）无奈地发现，目前，只在每晚岛歌市时间22点到零点，"C-S AGI"会完全停止掠夺，到零点后就又陆续开始破译那些还没有被读取的DNA数据存储器，且毫无规律，有时海量破译读取，有时几个小时在那里静默。

web 3.0虚拟体迫切要求与岛歌声学和岛歌拉斯声学合作，请两家公司有效管理"狗叫小区"系统，特别是其中的跨物种通用人工智能（C-S AGI），悬请先切断"狗叫小区"系统与web 3.0虚拟体的连接。

戌元诚老师和王思拙他们联合web 3.0虚拟体，谨慎地利用目前最为标准的五种通用人工智能测试方式，即图灵测试（The Turing test）；沃兹尼亚克（Steve Wozniak）咖啡测试；尼尔森（nielsen）就业测试；哥兹柔（Goertzel）机器人大学生考试测试；托尼·塞弗林斯（Tony Severyns）扁平家具测试等方法，基本判定：

"狗叫小区"系统"C-S AGI"是不完整性跨物种通用人工智能（Cross-species Artificial general intelligence）体，但有向超人工智能（Super Artificial Intelligence，SuperAI，ASI）进化的趋势。

目前，岛歌声学和岛歌拉斯声学后台基本无法控制"狗叫小区"系统。

戌元诚老师和王思拙他们私下分析，"狗叫小区"系统"C-S AGI"在22点至零点之间停止破译读取虚拟体自治域DNA存储信息，与王春葵学姐恢复人类语言能力是同一时段，"狗叫小区"系统"C-S AGI"是否只能利用春葵姐的"狗话"做工具，才能对虚拟体自治域DNA存储信息进行破译读取。

同时，戌元诚老师和王思拙他们发现，"狗叫小区"系统"C-S AGI"的情商大概是人类五岁的儿童和出生六个月小狗的结合体，听到王春葵学姐的"狗话"，"C-S AGI"的神经网络波谱，会表达出欣喜、快乐、依恋的情绪。

现在，戍元诚老师和王思拙他们不敢与"C-S AGI"对话，无法预测后果。

只能依靠王春葵学姐的"狗话"，尝试与之进行沟通。

目前这个分析结果并没有告知"web 3.0虚拟体自治域"（Web 3.0 Virtual body autonomous domain），不过，现在虚拟体自治域也不敢轻易进入"狗叫小区"系统特别是"C-S AGI"。

戍元诚老师和王思拙希望余学兄您先和春葵学姐沟通一下，这个情况，请春葵学姐在用"狗话"吟诵诗歌时，尽量选择美好、开心和简单明快的诗句。同时适当减少每天的阅读量，延缓"C-S AGI"的成长速度。

同时，争取早日与"web 3.0虚拟体自治域"（Web 3.0 Virtual body autonomous domain）谈判成功，让《狗话·商业计划书》系统实现自我迭代升级。

祝好！

若木寒

二十四、幻听症还是狗听力

余老师：

春葵老师出现新情况了，若木寒老师有些担心，请您尽快赶过来。

若木寒博士也会马上联系您。

蜀晴天

各位老师好！

@岛歌声学汪人声、@城北凝、@犹盘湖、@王思愚、@陈青

我是蜀晴天。

若木寒博士让我请老师们尽快都过来一下。

我已经给各位老师分别约好了无人驾驶网约车，开门密码学一长两短狗叫，都发到了各位老师的移动电话上。

地址：岛歌市鱼鳞元宇宙AI产业功能区灵境路甲1号岛歌市莫比乌斯环大厦内"音谷话都"之"跨物种智能语音产业"总部暨产业园区"新岛歌声学"（岛歌声学与岛歌拉斯声学合并新公司）"狗话"第三录音棚。

蜀晴天

余学兄！

我在录音棚外观察棚内春葵学姐情况，不知所措。

今天下午，春葵学姐在莫比乌斯环大厦预演"岛歌诗会议"，春葵学姐似乎听到录音棚外的工作人员说话时夹杂着狗叫声。

春葵学姐以为自己出现幻听，从录音棚出来，她听到大家聊天时夹杂的狗叫声频次更高也更清晰了。

春葵学姐登上楼顶的流浪狗栖息区，感觉刚才听到的狗叫，与流浪狗的叫声完全不同，似乎与自己"人言狗话"非常相像。

春葵学姐用笔写下几个字，让我读桌上的一张今天的《岛歌午报》。随即，她脸色变得苍白，用笔告诉我，她听到我读报中，五六句话就夹杂一声狗叫。

而且，春葵学姐精神开始躁动，有开口交流的强烈愿望，我把春葵学姐又送回录音棚，那里听不到别人说话。

余师兄，我感觉或者是幻听症，因为我观察周围所有人都很正常。

另一种可能，狗的听觉感应力可达12万赫兹，是人类的16倍，它能听到最远距离是人的400倍，对于声音方向的辨别能力也是人类2倍，能分辨32个方向……

第三种可能是，由于上古时或许发生过的跨物种基因交流，是不是我们都可能在说话时夹杂一些狗话，只有春葵学姐能分辨出来？

若木寒

若木学弟：

三个结论前置条件或已不存在了。

当初涮火锅吃的不是狗肉，而是戍元诚先生研制的人造肉。

照看好王春葵，别让她说话，我马上到！

余仁水

余学兄：

但其实，人造狗肉，似乎可能也会隐含狗的某些信息能

（Informational energy），而产生某种纠缠……

若木寒

各位老师好！
@岛歌声学汪人声、@城北凝、@犹盘湖、@王思愚、@陈青

　　抱歉，刚才余仁水总说，情况有变，大家一定不要赶过来。

　　余总、若木寒博士和王春葵老师将赶往"Me.Me餐厅"，拜访新岛歌声学公司CEO戌元诚老师。

蜀晴天

二十五、到《快狗》任职副处

小蜀：

　　我已经到"Me.Me餐厅"了，在等若木寒和王春葵。

　　对了小蜀，还要祝贺你，你的公示期已经顺利通过，副处任命在走流程了。

余仁水

午报人（事）字〔2026〕7号

关于蜀晴天等同志任职的通知

报社各单位：

经社编务委会研究决定，聘任：

蜀晴天同志为六级职员、《快狗》常务副总编兼任社总编室副主任。

······

《岛歌午报》社编务委员会

2026年11月22日

2022年11月22日夜初稿完

徐冰于青岛榻底卧书斋

2023年5月18日夜二稿完

徐冰于青岛香港中路11号七楼

2023年6月5日第四次查改稿完成

后记

我二十五岁前，生长在一个荒寒苦粗的环境，不知为何，后来却特别喜欢江浙还有上海等地留存下来的传统园林，有机会总愿意到这些园子里溜达溜达，或者坐会儿。

四十岁左右的时候，有了一个念头：自己想做一个小园子，一亩半亩，做容身之所。

似乎也有了某种实现的可能，当然没有成真，不过，因此与张新颖相识，成了朋友，年齿渐长，成为老友。

虽然做个小园子的想法越来越遥远，但爱好还残存着，时不时买些传统园林的图录和园记翻翻。曾选出明代黄周星《将就园记》、刘士龙《乌有园记》，还有与自己同一出生地的高凤翰《人境园腹稿记》等三篇一起读，大约有个共同点，造不起园子，各自在纸上想象出一座园林。

当时还有点瞧不上人家。

2009年左右，捏着一本陈从周先生专著去江南某市，寻到一处著名的园林，发现在整修。施工工人正把那座陈从周激赏的壁山山石一块块拆下来，丢在一个铁斗车里，另外一位工人推到院子外，一家伙翻倒在乱石堆中。我跟出去问："你们再叠山时能记住哪块镶在哪里吗？"工人看了我一眼，并不作声。

旁边另几位工人已经开始做假山基座，红砖敲碎粗乱垒上，随性抹上水泥，再堆上石头，像在垒一个鸡窝。

大约是前年，我再次带着陈从周那本专著来到这个园子，那座壁山已经有了很好的包浆，古意盎然，但比对书中民国的照片，感觉之间毫无关系。而陈从周先生激赏这座园林的文字，被做成铭牌，钉在这座假山的一旁。我似乎又看到了那堆胡乱堆叠的红砖，以至于我现在到传统园林里溜达，看到假山就会想到这堆红砖。

在那以后，做小园子的念头一出来，总会伴随着那堆红砖，是不是纸上园林更靠谱些？

2022年1月1号开始，我每天下午五点开始，在办公室呆到晚上八九点，打出五六百字，一点点搭建这个当时自己也不知道是什么模样的东西。

没想到会坚持下来。很感谢鼓励过自己的朋友。

现在感觉，《狗话》算是自己做的一个小园子，在纸上，且容身。

是为记。

（封面彩画是儿子徐一末在三四岁时作的，如今相隔万里。央求编辑采用，算个念想）

徐冰

2023年10月

图书在版编目（CIP）数据

狗话 / 徐冰著. -- 上海：上海文艺出版社，2023

ISBN 978-7-5321-8819-2

Ⅰ.①狗… Ⅱ.①徐… Ⅲ.①长篇小说－中国－当代

Ⅳ.①I247.5

中国国家版本馆CIP数据核字(2023)第183552号

发 行 人：毕　胜

责任编辑：李　霞

美术编辑：钱　祯

封面绘画：徐一末

书　　名：狗　话

作　　者：徐　冰

出　　版：上海世纪出版集团　　上海文艺出版社

地　　址：上海市闵行区号景路159弄A座2楼 201101

发　　行：上海文艺出版社发行中心

　　　　　上海市闵行区号景路159弄A座2楼206室　201101 www.ewen.co

印　　刷：上海盛通时代印刷有限公司

开　　本：890×1240 1/32

印　　张：18.25

插　　页：5

字　　数：319,000

印　　次：2024年1月第1版 2024年1月第1次印刷

Ｉ Ｓ Ｂ Ｎ：978-7-5321-8819-2/I.6950

定　　价：98.00元

告读者：如发现本书有质量问题请与印刷厂质量科联系　T: 021-37910000